朱辉文集

牛角梳·白驹

朱辉——著

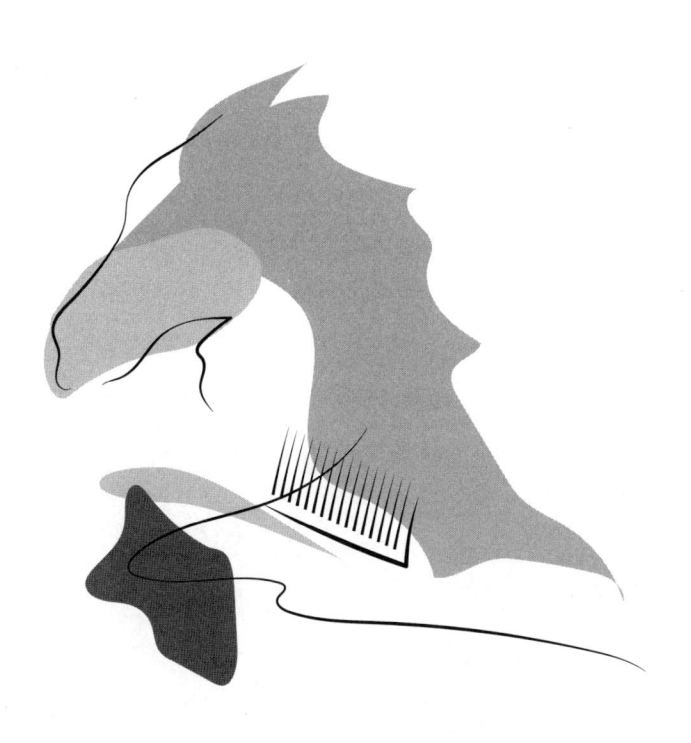

江苏凤凰文艺出版社

图书在版编目（ＣＩＰ）数据

牛角梳·白驹 / 朱辉著 . — 南京 : 江苏凤凰文艺出版社，2024.1
 ISBN 978-7-5594-7465-0

Ⅰ．①牛… Ⅱ．①朱… Ⅲ．①长篇小说—中国—当代 Ⅳ．① I247.5

中国国家版本馆 CIP 数据核字 (2023) 第 003141 号

牛角梳·白驹

朱 辉 著

出 版 人	张在健
选题策划	陈 武
责任编辑	孙建兵　李珊珊
责任印制	刘 巍
出版发行	江苏凤凰文艺出版社
	南京市中央路 165 号，邮编：210009
网　　址	http://www.jswenyi.com
印　　刷	三河市华东印刷有限公司
开　　本	880 毫米 × 1230 毫米　1/32
印　　张	14.5
字　　数	285 千字
版　　次	2024 年 1 月第 1 版
印　　次	2024 年 1 月第 1 次印刷
书　　号	ISBN 978-7-5594-7465-0
定　　价	68.00 元

江苏凤凰文艺版图书凡印刷、装订错误，可向出版社调换，联系电话 025 - 83280257

总　序

我的写作始于20世纪80年代。第一篇公开发表的作品是散文《水杉林畅想曲》，1984年，那时我还在华东水利学院农田水利工程专业学习。我没有读过中文系，引导我写作的，是阅读和天性。

第一篇小说《夜谭随录·三题》，发表于1987年的《青春》，居然是用文言文写的。无知无畏，现在想来不免汗颜。这是我的小说起点，此后又有一些习作发表，直到1990年的短篇小说《在劫难逃》，我的小说才有了点模样。

多有论者指出，我的小说风格驳杂，难以归类，有两套"语言系统"。这是有原因的。时光漫长，人在变，作品的风格也会变；激起我心灵感应的题材很多，我更在意风格与题材的匹配。

语言自然是极重要的。语言关涉小说的内核，但有时候，作家的语言也如他穿的衣裳。总穿一套"好"衣裳，而不随季节、场合换装，未见得是有衣品，也可能是缺衣服。我只想写出好的小说，至于它们的风格是否方便分拣、归置，我并不在意。

迄今为止，我大概写了一百个中短篇。这些篇什，被2000年前后一连四个长篇小说拦腰分开，《我的表情》《牛角梳》《白驹》和《天知道》。这并非刻意规划，只是情之所至。

这套文集只选了小说。短篇小说五卷，中篇小说两卷，长篇小说三卷。中短篇小说按时间流编列。除了少量散佚的或实在难以见人的——譬如那个文言文小说，基本都在这儿了。这是我的道路。

文集截止于2021年，我的写作之路还在延伸。到文集出版时，我已写出了长篇小说《万川归》。

对我的创作予以关注、批评和褒奖的师友们，你们的慷慨令我心存感念。流风所至，文集用了腰封，文字来源于师友们的评论，没有一一注明；也有一些摘自我自己的创作谈。

感谢出版方。感谢为文集的搜集、整理提供帮助的朋友们。

是为序。

朱辉，2022年10月

目 录

001　牛角梳

284　白　驹

牛角梳

上部

1

叶蓁蓁小时候放过牛，现在说起来谁相信呢。她是个秀丽淡雅的姑娘，长眉入鬓，大眼睛，鼻子挺直，嘴唇和下巴线条分明，身材也很高挑。如果说有什么缺点，那就是她还不够白，远达不到她所企慕的"颜如玉"的程度。其实她只要少出门，少见太阳，也能再白一点的，她也试过，确实有效果，但她的白经不起考验。她的白只能在冬天存活。太阳稍狠一点，她的肤色就暗了。在裸露的夏季，女人白皙的肤色最具惊心动魄的视觉效果，但这个时候，叶蓁蓁只能做一个平凡的女人，因她对自己难免有点灰心。

幸亏她还有一头茂密的好头发。她把头发留长了，黑压压地垂下来，护着她的面颊，人一晃动，头发也晃动，仿佛是一个活泼的画框，衬出了她脸上珍贵的白皙。在黑发的衬映下，即使是夏季，她的面容也能显得白。虽然她永远也不可能拥有那些生来肌肤就好的女人忽而白如腻玉、忽而艳若桃李的肤色，但她也是一个容貌美丽、身材出众的姑娘。她的黑发是她肤色的反衬，再毒的太阳也不能把人的皮肤晒得比头发更黑，这是叶蓁蓁对抗四季变幻的手段。但是，人生的季节变换呢？她抗拒得了吗？

几年以前，她还是个姑娘，再往前十几年，她还是个乡下小丫头，常常骑在牛背上。现在，她自己知道，她已经是个女人了。终有一天，她也会老，头发会疏落，长发会变成她所不适宜的发型，就像镜框用久了会脱色，会散架。她得到她所向往的东西了吗？不知道。叶蓁蓁一时还真说不清她到底盼望着什么。她经常要理一理自己的思路还有情绪，这些东西虽不像头发那样每天要梳上一遍，但也得时常梳理一下。现在外面是黄昏，屋子里因为没开灯，看起来已经是夜晚了。叶蓁蓁站在镜子前面，镜子里面是她自己，浅浅地浮现在镜面上，再往深里看，黑沉沉的，是一片虚空，她是虚空里的一个身影。她想起了男人们常说的那句话——"女人家头发长见识短"，可见还真有人把头发和见识联系在一起。她哑然失笑。梦想她当然是有的，但也就像头发，确实是从你身上长出来，但平时你注意不到。只有在自己梳理的时候，你才会感觉到它，细细碎碎，仿佛落下的皮屑。

叶蓁蓁用来梳头的是一把牛角梳子。梳子很粗糙，几十根齿，没有一样粗细的。大概那个做梳子的开了一天的梳子齿，一根、两根、一把、又一把，已经快要疯了，于是最后一把乱锯一气，就成了现在这个样子。牛角梳有一个小把子，细细的好像是老鼠尾巴，扔在桌上，也确实像一只被压扁的老鼠。叶蓁蓁梳头时常常用指甲轻轻划过梳子齿，看细微的皮屑纷飞着弹出去，弹到虚空里去，渐渐地，她倒发现了这梳子另外的好处——她的指甲划过时，那些粗细不一的齿，竟形成了曲调。她划过去，再划回来，那曲调她渐渐熟悉了，有音色，也有旋律，有些喑哑，细微处却也琤琤。这实在不像是牛角应该发出的声音，那应该是号角，是激越的人生之音，现在这梳子的曲调，却有些忧伤。

　　但这确也是牛角的音质。也许和长发纠缠了，就该是这样的声音吧。叶蓁蓁知道，牛角的顶端，被磨光的地方透出的质地，就和这梳子一样。她生在省城下辖的小县城的城郊，父亲是化肥厂的职员，连科长都不是。因为自己没成就，早早地颓唐了，把人生的希望寄托在后代身上，准确地说是寄托在儿子身上。叶蓁蓁出生后，父母也还算疼她，因为他们看到了希望；妹妹出生后，她父母索性把疼爱收起，等着儿子出世后再去施洒他们的爱；希望中的儿子真的出世了，叶蓁蓁和她妹妹很快就成了可有可无的人——至少敏感的叶蓁蓁是这样看的。她无奈，也很气愤。十多岁时，家里把她送到了乡下的奶奶家。她在那里吃着粗茶淡饭，穿着补丁衣服，放学了，就和邻家的孩子们去打猪草、放牛。那头大牯牛也有自己的性子，警惕的时候，就平端着长长的犄角，对着你，像举着两把弯刀。它是喜欢叶蓁蓁的，叶蓁蓁也敢迎着它的头走过去，这时它要么把头仰起来，要么低着头，打着响鼻把灰尘喷得一蓬一蓬的。它喜欢叶蓁蓁去亲近它，每当在这时候，它也许还抱怨自己的犄角碍事。每当叶蓁蓁骑在牛背上，牛一颠一颠，她也一颠一颠，她的腿感觉到牛身上粗糙的温暖。夕阳，暮霭，在那一瞬间，她突然有一个念头：她也许真不是她父母生的，倒像是这牛生了她。大牯牛在乡间小路上颠着跑着，牛是知道自己要往哪里去的，牛背上的人却不晓得她的前途在何处。远处是峰峦起伏般的树林，树林的那边是县城，她的家。她不知道什么时候才能回去。

初二的时候她回去了。父亲那时已当了股长，大概是知道自己无根无靠已到了顶，突然想起要把儿女拢在一起。据他自己说是考虑到叶蓁蓁要读书、考学，不能再耽搁，总之叶蓁蓁是回去了。她染了浑身的疥疮，手指缝里都在流黄水。她被隔离开，一个人睡一张小床。母亲把她喊到厕所里，放好水，给她一块硫磺皂，让她每天以此洗身子。那是大冬天，她洗澡时很冷。硫磺皂一天天变小，变薄，最后变成肮脏的泡沫和脏水，沿着她的身体滑下去、滑下去，滑到脚踝处的水面上，逃跑一样四散离去。她觉得自己在变小，变硬，最后只剩下了一颗心。

叶蓁蓁的疥疮好了，那硫磺皂最后只剩了一张纸，像一块琥珀，有点像现在这把牛角梳子，在阳光下，隐隐有一丝阴影。

说是为了督促叶蓁蓁读书，其实父母依然不太管她。她注定是个只能依靠自己的人。那时县城里已经重视读书了。每年县城里都到处传颂着某个学生考上某所重点大学的事迹，每年高考过后，这样的故事又会增添新的版本。叶蓁蓁朦胧地意识到，她应该好好读书，只有把书读好，考上大学，她才可能光彩地离开这个地方，离开这个家；但是读书也有困难，乡下的几年毕竟把她耽误了。她读书的意志也不够坚定，面对那些难题，她的心思时常有点飘渺。也许，她命中注定，只能在这个小县城，嫁一个人，做个营业员或者工人，就这样过一辈子了。潮湿的教室里，窗外细雨迷蒙，远处的操场、篮球架，对面教室里的读书声，一切都像隔了一层帘子，是朦胧的。

爱情也朦朦胧胧地来了。它来的时候是悄无声息的，像房子里不知从哪里钻进的一只猫，突然"喵"了一声，你才意识到它来了。爱情的消失却像猫受了惊吓，"嗖"地跳到桌上，破窗而出，说不定还要打翻些瓶瓶罐罐。高中的时候，叶蓁蓁爱上了一个男生——这也许是最不适宜恋爱的时间，但叶蓁蓁确实悄悄地喜欢上了他。也许只是因为他个子高，在叶蓁蓁模糊的想象里，班上只有他才够得上做自己的恋人；也许是因为他善于讨人喜欢，他家境好，衣着新潮，时常会给叶蓁蓁送一点小礼物，如一张明星的卡片呀、一本流行的书呀，也没什么大东西。但叶蓁蓁确实是喜欢他，甚至是"爱"他——想到这个字时她有点脸红。现在看来，那真是小猫小狗的爱情。那把牛角梳就是小狗给小猫叼来的礼物。因为家里管得松，叶蓁蓁在高二时曾和那男生偷偷去过扬州。他们当天去当天回，鬼鬼祟祟，就像是私奔。在扬州的车站前，叶蓁蓁看上了这把梳子，可惜，只剩下一把，没得挑了。那男孩大方地扔下五块钱，把它递到叶蓁蓁手上。叶蓁蓁当时被幸福淹没了，她相信他不光是信了那小贩说的什么"明目清火"之类的话，更重要的是他注意到了她的茂密的长发。他以前也送过她礼物的，但这是一把梳子，与众不同，是与她肌肤相亲的东西。梳子是摆在镜子前的物件，镜子好像是她的眼，梳子仿佛就是她的手。在她迷蒙的幻想中，这把梳子是一个家庭的先行者，是一个好兆头的象征。

然而这却是一个错误。不恰当的爱情是一味毒药，它不光伤害你的人生，有时也会杀死爱情本身。可是，这又能怪谁呢？如果你正处于那个成长的时期，你又是一个女孩，身体起了奇妙的变化，你的身体开始峰峦起伏，头发润泽绵长，你的双手自然会在上面流连。

如果他们都没有考上，或者都考上了，哪怕考上的不是一个学校，他们也就会那么过下去，过到老。但事实是，他考上了，她却没有。

这把梳子一直跟着叶蓁蓁。她没有扔掉它。现在她看到梳子，心里有时也会"咯噔"一下，但那伤口已经过了修复期，已经平复了。高考揭榜的那几天，她常常握着梳子，压抑着，失声痛哭。

那时候，叶蓁蓁很投入。他们上课的时候眉目传情，放学以后还经常悄悄地一起逛街，间或也递递纸条，反正家里人也不怎么管她。他们也知道要用功念书，但功课的事，并不能互相替代。高考临近的那段日子，最炎热也最艰苦，那个男孩提出两个人分开看书，男孩说："我们一定不能分心，都要考好，考上同一所大学，同一个专业，那样我们就可以继续在一起读书了。"他们甚至还商定好了具体的学校和专业。他们的功课都属中上，叶蓁蓁相对还要好一点。这样的计划很美好，看上去也相当实在，然而最后的结果是，那个男孩榜上有名，而叶蓁蓁却考砸了。

　　叶蓁蓁惊呆了，她看着自己的分数单，宛若五雷轰顶，一切的美好设想都仿佛是沙滩上小孩子堆砌的城堡，海浪一冲，便立即无声地坍塌了。考完两门后她就知道考得不好，但这个分数是这么地尴尬，本科上不了，专科也就差几分，索性差个十万八千里也就算了。这就像跳高，从横杆上高高跃过当然光彩，若横杆太高，从底下一钻而过也就彻底死了再跳的心思，最可恨的就是下了死力气，却不高不矮地把那根横杆撞出老远。这是最令人沮丧的情况了。叶蓁蓁大哭了一场。她本以为男孩会来安慰她，但他没有。她从别的同学那儿知道，他已经在收拾行装，准备到学校报到了。叶蓁蓁恨他，更恨自己。她心里还奇怪：他怎么就考上了呢？他们在学校的时候，一起看电影、溜旱冰，一起躲在他家的小房间里看武侠小说；考试时有时还一起作弊，常常还是自己帮他，可是他死用了几个月的功，竟然真的考上了，分数还很高。叶蓁蓁由此平生第一次感到了男人的厉害，也注意到了男人的神秘。叶蓁蓁在家里伤了几天心，发了几天呆，电话铃一响她就以为是他的电话，后来历经一次次的失望，她都懒得去接了。按常理，她本可以打个电话去祝贺一下，但她觉得自己若打电话过去话很难说，想想，本来两人信誓旦旦，相约在大学校园，现在人家就要去赴约了，自己却去不了，该说什么好呢？拿到高考成绩后的第三天下午，她决定还是要到男孩家去一趟，她想见见他。为了维持自尊，叶蓁蓁已经在家里躲了好几天。在这几天里，她沉着脸这里坐坐，那里摸摸，但是心却像片柳絮似的没个着落处。她在家里又蹲了一天，等两眼的红肿全退了，这才出门。

路是叶蓁蓁走熟走惯了的。她头脑空空，仿佛是她的双腿在带着她的心、拖着她的身体往前走。男孩家住的是平房，她去的时候正是傍晚，全家人正忙得喜气洋洋。门口撒了一地的炮仗屑，花花绿绿的扎眼睛。男孩的妈妈正在收拾墙角的几件行李。看见叶蓁蓁来了，她很客气地招呼了一下，马上喊男孩出来。男孩乍一见她有点慌张。他这一慌，叶蓁蓁心里立即透亮。他们进了男孩的房间，但没有像往常那样把门关上。男孩的爸爸原本就比较喜欢叶蓁蓁，他端了一盆切好的橙子进来。叶蓁蓁拿起一瓣，见他一转身出去，就把橙子又放回盘子里。他们两个无话可说。男孩桌上摊开的书是叶蓁蓁买的——《侠客行》的上册。叶蓁蓁的目光在上面稍一扫，男孩马上拿起来，翻了几下，说："我刚刚看完，正好还给你。"叶蓁蓁在心里冷笑，她没有伸手接书，反而从口袋里又拿出一本书——是《侠客行》的下册，她原本是想带给他看的，但现在没有必要了。叶蓁蓁把两本书并在一起，卷在手上。她说："我走了。"她看见男孩的脸红了。男孩送她出门时，他妈妈在门口说："走啦，不再坐一会儿吗？你们以后就不能常见到了，再坐一会儿吧。"叶蓁蓁没有搭理她。他妈妈又自顾自地说："现在也真是，连炮仗都掺假了！你看你看，地上多少整的没有响！"叶蓁蓁看见男孩狠狠瞪了他妈妈一眼。叶蓁蓁的脸涨得通红，她快步走出了门。她一句祝贺的话都没有说，她也不想说。她想，原来他家的人对她多好，可今天自己肯定还不如一个炮仗，炮仗还能增添喜气，可今天她是讨人嫌的。

叶蓁蓁头也不回地走远了。从背后看过去，她的步态自如、坦然，其实她的眼泪早已流了出来，面颊凉飕飕的。她猛然发现自己走错了，本该过街却没过，但她担心会被身后的眼睛笑话，索性沿着墙根儿一直走下去，走到无人处，她捂住了脸。

她站在街头，脚上粘了不少炮仗屑，她停住脚，狠狠地在地上蹭着鞋底。喜庆是人家的，她只有失败。爱情和学业双重的失败。如果有可能，她真想把鞋子扔掉！

但是她躲不掉。她走在大街上，又弯进了小巷。许多人家的门口都洒落着炮仗屑。她恨不得立即天降暴雨，把这城淹掉，把她自己也冲掉。今天是个好日子，她似乎想起来了，这是个吉利的日子，除了有不少人考上大学，还有不少人家办喜事。洞房花烛夜，金榜题名时，可那都是人家的。她像个孤魂野鬼，所有的喜气都把她逼在外面。她觉得自己已经死了。

她在护城河边坐了很久，蚊子叮得她实在吃不消。她在小摊上吃了一碗面条。回到家，家里人正等她吃饭，她说自己已经吃过了。她父亲问她在哪儿吃的，叶蓁蓁不耐烦地说："你不是知道我到同学家去吗，我在他们家吃过了。"她父亲眼睛一亮，连连夸那个男孩聪明，有前途，说："这个小家伙不错！"她妈妈也凑过来，唠叨个不停。叶蓁蓁烦透了，她躲进自己的小房间。声音关不住，声声入耳，她隔着门喊道："你们别烦了好不好！还让不让别人看书！"她父亲说："你还打算再考啊？你要是想上的话，我们化肥厂有几个代培的指标，专门照顾骨干职工的子女。你要愿意，我就去报个名。"叶蓁蓁一听，猛地把门拉开，说："有这种好事？"

父亲说："我也是才听说的，我骗你干吗？"

叶蓁蓁说："那我要上。你去想办法。"

她弟弟妹妹一齐嚷："我也要上！"

父亲笑道："都能上都能上。你们要上好大学，清华、北大，不过你们要靠自己考。"

叶蓁蓁的心被刺痛了。这是她今天的又一个伤口。她忍住疼，呻吟似的说："你先管管我吧。"

她父亲说："你就等着好消息吧！"

他显得挺有把握。叶蓁蓁心里很疑惑，听着有点云里雾里。她一贯在心里瞧不起她的父亲。在她的心目中，她父亲懒惰、窝囊，还又贪杯，一辈子没大出息。她根本就不相信代培的事能成。他要忙就让他忙去吧。她想。她躺在床上，前思后想，觉得自己没考上，首先是因家庭环境差，不是书香门第。她甚至怀疑自己的脑子也不太灵，父亲就这个样子，女儿又能怎么样？还有，她认为自己太傻了，复习期间，甚至考试的时候，脑子里还满是那个男孩。把未来想得太美，还未曾考完，四肢先酥了，脑子先醉了，还考个鬼！可恨那个混蛋倒是稳扎稳打、步步为营，竟然考上了。他调好一瓶酒，你一杯，我一杯，自己一点事儿没有，却把叶蓁蓁醉倒了。叶蓁蓁倒了他不管，自己径自上大学去了！叶蓁蓁恨得牙痒痒的，脸上的眼泪是没有了，皮肤绷得发脆。那一瞬间，叶蓁蓁恨不得拿把刀捅他一下。要知道，这次恋爱是叶蓁蓁的初恋，她是准备和他结婚，过一辈子的。而且她当时以为，这也就是她最后一次的爱了——其实，怎么能轻言"最后一次"呢？这事哪儿有个完呢？

那男孩在叶蓁蓁的精神上留下了深刻的印记。他还有一些东西留在叶蓁蓁这儿，叶蓁蓁把它们理成了一堆，准备找机会还给他。那把梳子，那把牛角梳，再用它梳一次头吧。她麻木地梳理着自己的头发。这些天她没有心思打理自己，头发凌乱地纠结着，竟像神经那样敏感。粗糙的梳齿夹住了头发，涩住了，她气恼地一用力，头皮顿时疼得像被什么咬了一口。她的泪水汹涌而出。她紧紧地攥住梳子，直到手心发疼，摊开手看，手掌出了血。

这是她今天新的伤口，仿佛是某种奇异的动物咬下的牙印。如果再算上傍晚时在河边被蚊子咬的疙瘩，叶蓁蓁真是遍体鳞伤了。

叶蓁蓁还真的上大学了，是代培的大专。叶蓁蓁简直不敢相信她父亲还能办出这样的漂亮事儿。后来她才知道，父亲的单位因为效益不好，除了实在没有办法的，没人愿意让子女自投罗网。而且化肥厂欺她父亲膀子不硬，压根儿不肯出钱，最后她父亲自己给厂里交了培养费，这才给她办了手续。

但不管怎么说，叶蓁蓁去上大学了。

她从此不再提那个男孩的名字。她在新环境里没人知道她的过去，原来的熟人也渐渐地把他们的那段故事淡忘了。说起来，哪个女孩没有这样一段最初的、不成功的故事呢？她的学校和那个男孩所在的学校分别位于城市的两侧，但他们在县城的家相距不远，两人假期里有时还会偶然碰上。刚开始时她的心还会猛地刺痛一下，后来就变成了一种痒丝丝的感觉，好像是阴天的陈年旧创复发。旧创长在她的隐秘处，外人并不知道，只她自己有数。

叶蓁蓁没有把那把梳子还给他。她要把它留在身边，时常看看。她觉得这样的感觉并不坏，甚至对她还挺有好处。

2

这是所中等规模的大学，地处省城的西郊。在这个高校林立的城市，这样的一所学校实在是不起眼。学校里有几千个学生，有博士生、硕士生、本科生，当然也有专科生。这是一座宝塔。但是当学生们一起走在路上，你看不出他们的层次分别。一进校时，学校给每人都发了个校徽，新生们傻乎乎地戴了几天，很快就收起来了。他们终于弄清,博士生和硕士生是黄颜色的,老师们是红的,本科生和专科生才是白的。学生们没有人喜欢这种区分。他们认为他们都是自由平等的人。

也不光是新生不戴,研究生也不戴的。他们是研究生,这难道还需要特别说明吗?难道不是一望而知吗?他们不屑去戴。叶蓁蓁班上却有个同学,经常戴个黄校徽,招摇过市,不知是捡的,还是从老乡处讨来的。他这样戴,大概不是为了表明自己的理想,而只是在开一个玩笑,以此宣示自己对某种秩序的不满。也许他最不满的还是自己的身份:他们只是专科生,而且,是代培的专科生。但他偏要戴,要戴就戴黄的!叶蓁蓁每次看到那个同学,心里都有一丝辛酸。学校是美好的,城市更美好,但是他们终究还要回去,回到他们原先的地方去。家乡仿佛池塘,他们注定不能像鸟儿那样一飞冲天,他们是蝌蚪,好不容易变成青蛙、变成蛤蟆,但也只能在岸上晒晒太阳,最后还是要回到泥淖里去的。

然而叶蓁蓁爱这所学校。现在距离毕业还早得很。现在这学校也是她的学校。她喜欢它。学校有无数的好处,至少这里没有家长,也没有谁自居为家长。他们平生第一次成了自己的主人。他们可以选课、选老师。吃饭时也可以在有限的范围内满足自己喜欢的口味了。

学校的伙食是好的。大学生们模仿那个"住欧洲房,开美国车,娶日本妻"的笑话,也给省城的大学排了座次:"舞"在哪里,"学"在哪里,其中的"吃"就在叶蓁蓁他们学校。说不定还真是营养的关系,叶蓁蓁最迅猛的发育正是在大学完成的。她原本身材高挑,只是太瘦,现在长成了一个凹凸有致的姑娘。比起现在,以前她只能算是个小丫头。叶蓁蓁当然注意到了自己身材的变化,如果——叶蓁蓁倏然一惊——如果那个曾经拥抱过她的男孩现在再来抱着她,这个玉香温软的身体,告别的拥抱后,他也许会有一声叹息吧?

但这是不可能的。他在城市的另一端,一种惘惘的对峙。叶蓁蓁现在眼里没有他。

他曾经也来过一封信的。这几乎是叶蓁蓁预料中的事,或者说她一直盼望着这封信。她没有拆信,而是把它扔到桌上,然后轻轻梳理着自己的头发。她轻舒玉腕,动作柔缓。她不急,延宕着,似乎他正在对面等待着她的答复。她捏着梳子,心里坚决地对他也对自己说:你走吧!你早就走掉了,现在要再走远一点!

她在信封上写上"查无此人",把信扔进邮筒里。想来他是能认出她字迹的。就是要让他认出!对叶蓁蓁来说,他已经不存在了。

叶蓁蓁出落出来了。她个子高,但她姿态不高。鼻孔朝天那是漏斗。况且谁不知道呢,趾高气扬的女生扬着头并不是想让别人看不见脸,其实是想招引大众的仰视目光。叶蓁蓁并不想招惹谁,至少她现在还没有看上什么人。她衣着打扮的风格不是光彩照人、惊艳四座的，而是不显山不露水、温柔可人的。她如果着意于装扮也可以引人注目，但有些古语其实是很有道理的，比如"红颜薄命"。不过这个词落不到她的头上，她知道过于招人注目不是什么好事。从二年级开始，系里的男生们开始给他们属意的女生取绰号，有几个女生被他们归纳起来，称作"两菜一汤"。"两菜"指的是两个姓蔡的女生，长得漂亮，风流，绯闻不断；"一汤"指的就是叶蓁蓁。叶蓁蓁开始还不知道这个绰号是什么意思，后来蔡坤一点破，她气坏了。她找了个机会向那个嬉皮笑脸的戴黄校徽的男生发了火。叶蓁蓁想，凭什么呀！蔡坤姓蔡，被他们说一说还有点道理，可自己并不姓汤呀！蔡坤倒是并不在意被男生们整日挂在嘴上，心里还有点得意，她劝叶蓁蓁道："他们狗嘴里吐不出象牙，是拿你凑凑数的，我们系里没有姓汤的女生，只好拿你这个'叶子'来做'汤'了。"叶蓁蓁正色说："什么'叶子叶子'的，你可不要再给我叫出什么难听的来！"

没想到，从此叶蓁蓁又有了一个绰号：叶子。慢慢地就被叫出了名，叶蓁蓁后来也默认了。"两菜"是两个"荤菜"，而叶子是素净的，叶蓁蓁很满意这种对比。她决不愿意自己像支香烟似的老被男生们挂在嘴边。事实上对她有意的男生很不少，她对他们也很礼貌客气，但就是不假以辞色。她显得很随和，但其实很有主见。她读自己的书，做自己的事。

叶蓁蓁和蔡坤同住一个寝室。她们的房间是正对楼梯的那一间，小而窄，只能住两个人。别的女生宿舍是七个人住，她们是零头；别的女生被做成了一件寻常的"衣服"，她们是那零头做成的"围巾"，自由，而且显眼。在叶蓁蓁看来，蔡坤的身体是吸引男人目光的箭靶子，她漂亮、性感，但是太轻佻了，是个不知道保护自己的傻女人。叶蓁蓁和她住在一起，目睹了她好几次情感的聚合和分离。大学才上了两年吧，算一算，蔡坤已经谈过三个男朋友了，有两个时间太短，不超过两个月，还不算在内。叶蓁蓁冷眼旁观，她发现，蔡坤每一次交男朋友都是认真、投入的，可是也许正是因为她投入得太快了、太认真了，男孩最终都会离开她。每一次失恋蔡坤都会哭一场，伤心好几天。蓬头乱发，其状堪怜，可这并不妨碍她不久后再去爱上别人。蔡坤就像个贪水的小孩，见了一汪好水就要跳下去，扑腾两下，呛了水再上来。蔡坤因为恋爱而伤心的时间很多，这几乎成了她的一种常见状态。叶蓁蓁看着她，就像看见一个贪水的孩子湿衫裹身，被冻得瑟瑟发抖，流鼻涕打喷嚏，又可怜又可恨。叶蓁蓁说她是"多情的种子乱发芽"，她还不服气。

　　叶蓁蓁暗地里观察了蔡坤的几任男友，觉得没有一个是自己瞧得上的。长得有好有差，这一点也还在其次，主要是，综合水平都不高，不上档次。这些男生一个个都很肤浅，还喜欢夸夸其谈。一个男朋友，不光要能给你提供爱情，还应该能够给你提供实在的帮助，她突然就悟出了这一点——没有她的父亲，她能进到这里来吗？不能的。但他也只能帮她进来，却不能帮她如意地出去。就叶蓁蓁班上的男生而言，放眼望去，叶蓁蓁没一个看得上。叶蓁蓁看着他们，心不跳，脸不红，没感觉。

叶蓁蓁很平静地读着大学。她的心里有很多表情，但脸上始终平静。对他们这个班，学校不甚重视，前两年每年换一个班主任。叶蓁蓁对这一点很恼火，也有点泄气。这两个班主任都很喜欢她，对她都很不错，但是都没有能当到她毕业。大学三年级开始，新班主任又到任了，是个刚从本校外系毕业的学生，叫白瑾。白瑾的家不在省城，是在外地农村。他刚从学生变成老师，对工作特别有热情。他经常到学生宿舍来，学生们都叫他"白老师"，每次听到这个称呼他的脸都要红一红。班上有几个男生原来就认识他，和白瑾聊天聊得高兴有点得意忘形时，有时就会直呼其名，这时候白瑾的脸就会一红，表情会顿一顿。那些粗心的男生是注意不到这些的，或者注意到了也不屑去琢磨，可叶蓁蓁看得出白瑾在乎这个。碰到白瑾时，如果有其他同学在场，叶蓁蓁一般不主动搭话，只静静地站在一旁；如果是单独碰上，叶蓁蓁就会红着脸轻轻地喊一声："白老师。"白瑾听到后红着脸应一声，然后他们各自走路。白瑾虽然没有回头，但他头脑里有叶蓁蓁远去的背影。

叶蓁蓁不是班干部，但班上但凡有活动，白瑾给她布置一点工作，她都会悄无声息地妥帖做好。白瑾对她的印象非常好。

白瑾到男生宿舍去过以后，往往会穿过马路，到女生宿舍来坐坐。蔡坤很健谈，话多，白瑾经常和她聊天。叶蓁蓁每次都坐着听，或者看看书，偶尔也插一两句话。蔡坤对白瑾很热情，常常拿出零食招待白瑾。蔡坤永远是有许多零食的，花花绿绿摆了一桌，总像是过年后刚返校的光景。她也叫叶蓁蓁吃，其实里面常常也有叶蓁蓁买来的东西，但叶蓁蓁就是不吃。她心里很不快。她觉得白瑾对蔡坤似乎有好感。她奇怪，怎么会的呢？难道白瑾对蔡坤还不了解吗？叶蓁蓁想他可能还不知道她的恋爱经历，但蔡坤名声不好，他总该有所耳闻吧？叶蓁蓁认为一个女人的恋爱老是失败，其中肯定有某种必然性。习惯性失恋就像习惯性流产一样，一旦落下病根儿，就很难治好。叶蓁蓁想到这儿，心里又有了底。

有一天傍晚，叶蓁蓁正在洗头，白瑾来了。叶蓁蓁有点慌乱，她平时打了个独辫子，这会儿却披头散发，发梢还在往下滴水。盆里的水是第一遍洗头用过的水，浮着灰色的泡沫，显得挺脏，叶蓁蓁真不愿意让他看见自己的这副模样。她一面招呼他坐，一面用身子掩着水盆，出去把脏水倒掉了。叶蓁蓁给他泡了一杯茶。白瑾坐在凳子上，叶蓁蓁倚在他对面的上下铺床边，慢慢用梳子梳着头发。他们一时找不出什么话来说。叶蓁蓁额上有一绺湿发贴在眉毛边，白瑾忍不住想提醒她，只见她的脸上湿湿的，鼻子那儿挂了一滴水，两腮绯红，白瑾看得痴了。他立即意识到什么，脸一下红到耳根。他搭讪着说："蔡坤出去了？"话一出口马上就觉得不好，却已收不回。叶蓁蓁若无其事地说："她出去了。好像是个男生在下面把她喊走了。"其实叶蓁蓁回到宿舍时蔡坤就已不在了，她并不知道蔡坤去哪儿了。叶蓁蓁说："你找她有事啊?"

白瑾忙说:"没有。我是顺便到你们这儿来看看。"白瑾这会儿神情已经自然下来,他开玩笑地说:"怎么,一定要有事才能来呀?"

叶蓁蓁说:"哪儿能呢。我看你每次来都和她聊得挺欢的。"

白瑾说:"什么呀。我是和你们两个聊天,只是你不太爱说话。"

叶蓁蓁说:"我没有蔡坤会说话。她活络得很。"

"她活络吗?"白瑾说,"我问你个事儿,有几个男生喊蔡坤的时候,老是拖腔拖调的,还偷偷地笑,这是怎么回事?"

叶蓁蓁笑着说:"我也不知道。"

白瑾说:"不,你知道。"

叶蓁蓁说:"可能是她有个绰号,叫什么'彩色宽银幕'吧——嗨,我多嘴了!不过你肯定听说了。"

白瑾说:"我真的不知道。这是什么意思?蔡坤——彩宽,是彩色宽银幕的缩写吧?"

叶蓁蓁说:"对呀。他们大概是笑蔡坤长得胖,又喜欢穿大红大绿的衣服吧,这帮男生不是好东西!"

白瑾稍一想,哈哈大笑起来。叶蓁蓁笑了一下,说:"白老师,你可不能说是我告诉你的。蔡坤知道了要跟我吵架的。"

白瑾说:"我当然不会说。不过她就这么厉害?"

叶蓁蓁说:"反正我不敢惹她。"

他们随后又东一句西一句地说了一会儿话。天黑了，屋内的光线暗淡下来。叶蓁蓁拉开了日光灯。白瑾问："蔡坤一般什么时候回来？"叶蓁蓁说："那可不一定。"白瑾又问："她是在谈恋爱吗？"叶蓁蓁说："可能吧。"白瑾看着她说："现在大学里有不少学生在谈恋爱。你没有谈吧？"叶蓁蓁说："没有。"白瑾问："为什么？"叶蓁蓁说："不为什么。总不能因为别人谈我也就谈吧。"正说着，蔡坤回来了，她神色委顿，似乎情绪不好。白瑾随口说了两句话，就告辞了。叶蓁蓁起身送他。一出门，白瑾回头看看叶蓁蓁，两人相视一笑，好像共同保守了一个有趣的秘密。

从此以后，白瑾和叶蓁蓁就有了一种特殊的关系。他们是师生，这种关系一旦罩上玫瑰色会特别地引人注目。这使他们两个都格外小心，但同时，他们的接触也就多了不少机会和借口。他们都不愿意招摇过市，他们的见面地点通常还是叶蓁蓁的宿舍。蔡坤有时中途回来，他们原本谈得挺热闹的气氛，这时一下子就会冷场，或者他们马上改变话题。蔡坤开始时很不满，有时还用话挑一下，刺两句，他们都像商量好似的表现得很大度、友好，从来也不反唇相讥。慢慢地，蔡坤也就作罢了。应该说，她和白瑾本来也没什么，她也并不缺男朋友，她倒是不愿意再失去叶蓁蓁这个女友。蔡坤和叶蓁蓁也许说不上有什么友谊，但她们关系和谐，她们都觉得一个宿舍就两个人，若还闹别扭，有个什么劲呢？蔡坤想得挺开，她不但容忍白瑾和叶蓁蓁在自己宿舍里约会，后来，她甚至还主动给他们提供一些方便。

叶蓁蓁和白瑾之间渐渐形成了一种默契。他们在人前很节制、客气，若无其事，私下里却非常亲热。几乎每一天，白瑾都要在老师和情人之间进行一次角色转换，他沉迷于这种游戏。每念于此，白瑾都会耳热心跳。他爱叶蓁蓁。白瑾家境不好，叶蓁蓁其实也只是出身于小县城的市民家庭，但她很会强调农村和城市的区别。她会在约会时对白瑾当天在班上的讲话或其他表现提出批评，有时也会给一点赞许。叶蓁蓁经常说："你这件衣服和裤子颜色不配。穿牛仔裤不能穿皮鞋，你不知道吗？"白瑾嘴上不一定服气，也不一定言听计从，但心里对她的审美眼光非常服气。白瑾记得，前两年他们老家稻乡的一个大学生把对象带回去，那个女孩是城里的，他家里人那个兴奋的哟，恨不得敲大锣让全村人都去看。现在想来，那个女孩矮矮的、土土的，哪儿比得上他的叶蓁蓁呢？他真的非常爱她。

有时候他们晚上在一起，白瑾非常激动，他们拥抱、接吻、互相抚摸。冲动之下，白瑾还想有进一步动作，叶蓁蓁就会坚决地拒绝他。她说："我还在上学，我害怕出事。"白瑾说："出什么事？"叶蓁蓁说："你真不知道？万一我怀上孩子怎么办？！"白瑾说："不会吧？"叶蓁蓁说："不会？你怎么知道的？！你好像是有老经验了嘛！"白瑾吓得再不敢开口。他虽然被拒绝了，但他还是觉得叶蓁蓁好，持重、贞洁，多么难得。白瑾以后抱着叶蓁蓁时虽然还会冲动，但他立即就会想到怀上孩子这种危险。他的头脑里就会出现一个朦胧的婴儿，这个婴儿虽然不清晰，但是他是那么的大,那一瞬间几乎占据了他的整个脑子。事后回想起来,他觉得自己的大脑在那一刻非常像一个即将破壳的鸡蛋。

很快,叶蓁蓁只剩一个学期就要毕业了。很自然的,他们在谈恋爱时多了一个共同的话题,那就是毕业后的工作分配。本来,这件事与他们两个关系都不大:叶蓁蓁是在这里代培的,当然要回她父亲原来的单位——化肥厂;白瑾只担任这一个班的班主任,所有的学生都已有了去处,他也不必费这个神。但叶蓁蓁越来越闷闷不乐,终于有一天,在白瑾的单身宿舍,叶蓁蓁说:"我不想回我父亲的单位,你一点也不关心我!"

白瑾说:"我可从来没听你说过。为什么呢?现在交通方便,郊区也不远。"

叶蓁蓁说:"什么不远!我父亲很快就退休了,我若到那个单位一点依靠都没有,我怎么办?"

白瑾说:"那有什么关系呢?我在这个学校里又有什么依靠呢,过得不是也还可以吗?"

叶蓁蓁说:"你可是个男人呀,而且——"她可怜巴巴地说:"那个单位效益那么差,我会很穷的。"

白瑾问:"对了,那是家什么单位?"

"什么单位?企业!"他既然不知道,叶蓁蓁也不愿再告诉他,"企业效益能好吗?"

白瑾不说话,因为事情确实非常难办。叶蓁蓁说:"你愿意——我们,今后很穷吗?"

这句话打动了白瑾。他说："我当然不愿意。可是，你是签了合同的呀，而且，那个单位出了代培费，能放你吗？"

"什么合同！结了婚还能再离哩！"叶蓁蓁仿佛失言般的住了口，然后说，"对了，我想起来了，培养费是我父亲自己出的。是我父亲把钱交到单位，再由单位交到学校的。肯定是这样！"其实叶蓁蓁已经在心里盘算了好长时间，这一条是最有力的理由了。她看白瑾满脸狐疑之色，继续得意地说，"我父亲早留了这一手，宁可自己出这笔钱。他是很有韬略的。"

白瑾说："可班上那么多同学，要是都不愿意回代培单位，那不就乱了套吗？"

叶蓁蓁生气地说："你只想到你的工作！他们也是自己出钱的吗？她们都是你女朋友吗？！"

白瑾说："正因为你是我女朋友，别人会说闲话。"

叶蓁蓁的脸一下涨得通红。她大声说："学校要是知道了这层关系，更应该照顾！"她哭了起来，"没想到做你的女朋友，事情反而办不成！"她哭喊道。

白瑾慌了手脚。宿舍里虽然没有别人，但单身宿舍隔音很差，他很担心叶蓁蓁的哭声被同事们听见。门外有人走过去，走到门口，脚步声轻了下来。白瑾想那人肯定已是竖直了耳朵，把耳膜绷紧了。白瑾着急地指指门外，叶蓁蓁狠狠瞪了他一眼，擦擦眼泪，不哭了。白瑾说："你哭什么呀，我们不正在商量这事儿吗？你让我想想看，怎么个弄法。"

牛角梳　上部

叶蓁蓁说:"我也不是蛮不讲理,偏要你弄成这事,但我们总得努力一下吧?"白瑾说:"那是当然。"

之后的一段时间,他们两人一直在为这件事情奔波。难度肯定是有的,辛苦就更不必说了。代培单位的事倒还算好办,劳资科正为下岗职工没处去犯愁。虽然他们两个去的时候那个科长端着架子,咬死了要履行合同,让他们多跑了好几趟,但最后用三条烟两瓶酒也就解决了。倒是学校这一头很麻烦,按规定,叶蓁蓁至少要回到原单位所属的工业局。白瑾想了很多办法,求了不少领导,终于还是办成了。说到底,白瑾的人缘不错,他在本校上学,能够留校工作,总会有一些领导赏识他。现在青年教师肯当班主任的不多,学校也考虑到要凝聚人心。白瑾和叶蓁蓁终于如愿以偿,解除了入学时签订的合同。两人互相看看彼此,都瘦了一圈。

叶蓁蓁对白瑾非常好。白瑾在外面跑,她在宿舍里给他做饭。白瑾宿舍里还有一个单身汉,形单影只,看到别人这一对儿过着像模像样的小日子,不免眼红心热,冷不丁会冒出一两句冷言冷语。叶蓁蓁开始假装听不懂,后来有些受不了,索性把菜买到自己宿舍,做好了再用饭盒带过来。白瑾从外面火辣辣的太阳底下回来,叶蓁蓁把饭菜摆好,常说着"这个菜可能还不错""那个菜肯定淡了,盐不够了""没有买到嫩肉粉,肉有点老"等等。白瑾吃着叶蓁蓁精心做的菜,觉得一切都是恰到好处的香。他提前看到了一个幸福家庭的雏形画景。

3

事情算是有了初步的眉目，至少，叶蓁蓁肯定不用再回到那个化肥厂了。虽然她暂时还不知道她将会到哪里工作，但她的未来至少不可能与肥料和猪联系在一起。也许是因为她小时候在乡下见惯了墙上用白石灰写的标语——"家家养猪，户户积肥"，她一想起化肥厂，继而就想到猪。

她想起她放过的牛来了。想起那弯弯长长的犄角、那看上去稀疏柔软但其实很硬的牛毛、那庞大的腹部，想起牛温暖地托着她的双腿，颠着，晃着。小路的前方是奶奶的房子。奶奶前几年就去世了，房子是空的。接着牛跑进了她的记忆里，很难得地闪一下影子。她顿觉一丝酸楚，更觉得幸运。省城和县城其实相距不远，只有一个多小时的车程，但那儿也是外地呀。上学的这几年她很少回去。为了办妥解除合同的最后一点手续，她不得不再回去一趟。

白瑾此前一直没到她家里去过，这一次他执意要跟着去。他爱她，他要和她终身厮守，这也是一道必走手续。他的脚必须要在她家的地上踩一踩，就像盖上他的私章。在叶蓁蓁眼里，家还是老样子，弟妹又长大了些。弟弟正处于变声期，状态显得疲沓；妹妹看上去样子也懒，头发都乱着，但也许人家就是那个发型，叶蓁蓁觉得犯不着去说她。他们两个都不像有大出息的样子。叶蓁蓁在心里也为他们计划了，高中毕了业后，他们都在县城找个工作，妹妹嫁出去，弟弟娶一个进来，父母亲两边住住。当然，如果他们愿意，也可以到她自己以后的家里去，父母虽正在变老，毕竟也还是父母——想到这里，她不由地看看身边的白瑾，脸有点红。

来了客人，父亲自然要喝两盅。他拿出的酒是五粮春。叶蓁蓁不懂酒，想来酒也算是好酒，然而只剩下半瓶。也许侧面说明了酒确实不差，所以半瓶也珍藏着，也许还自然流露出一种把客人当自家人并不见外的感情，但叶蓁蓁却觉得寒碜。父亲给白瑾让酒，白瑾不肯喝，他似乎是能喝一点的，但他看了看叶蓁蓁后，一直只象征性地与父亲在酒杯上碰一碰。他对叶蓁蓁的这一看也让她父母觉得满意，觉得放心。于是父亲就和"儿子"喝起来了。女儿有出息他当然高兴，但她解除的那个协议却是他自己当年亲手签下的，这几乎就像是解除了她和这个家庭的某个协议，做父亲的不由有些辛酸，只能用酒去压。他自斟自饮，喝得脸发红，眼放光，话倒不多。忽然间又一迭声地道起"好"来："白瑾不喝酒，好！"——说着还在端着酒杯的"儿子"头上拍一下，"白瑾做班主任，好，白瑾家不在省城，好！年轻人吃过苦才会有出息，我们蓁蓁，小时候就吃过苦啊，你看现在——"他话一开头就收不住了。叶蓁蓁已预先打电话通知家里收拾了一下，免得乱糟糟的样子给白瑾留下不好的印象，但她无法提前理清楚父亲的脑子。她忍不住在桌下猛地踩了他一下。父亲愣了，不知道自己哪里出了错。叶蓁蓁不由分说，站起身招呼母亲把父亲往房间扶。父亲挣扎了一下后，顺从了。到了床上，他倒真觉得自己有点醉了。

叶蓁蓁恼得不行。她倒不光是怕父亲说出自己小时候放过牛的事，只是心里阴阴地恼火。他就知道说"好！"以前高中谈的那个男孩来家，他也是说过"好"的，好，好什么呢？倒好像他生怕自己女儿嫁不出去似的！

晚饭过后，叶蓁蓁帮母亲收拾了一下，当晚就和白瑾赶回了省城。

他们并肩坐在颠簸行驶的汽车上。窗外是绵延不绝的低矮山陵，间或有一两辆小车从他们的车边飞掠而过，渐渐消失在他们前方的视野里。他们彼此依偎着。他们这是在路上，为了前途，必须奔波。车内灯光暗淡，看不见灰尘，但能闻到灰尘糟污的气息。坐在车上的都是一些疲倦的人，没有人说话。白瑾把手轻轻挽在叶蓁蓁的腰间，他的手指触到了她腹部的一道皱褶。他感到了一种神秘的诱惑，但不敢再动，怕她生恼。他微微有些头晕。这些天白瑾感觉好像总是在出差，总是在路上。叶蓁蓁对他的依赖和温柔使他平生第一次真切地感受到了身为一个男人的自豪。本来他的顾虑很多，现在他反而觉得这件事既然已经做了，就一定要做到底。他知道，事情还没有最后成功，他的内心深处认为，只有和叶蓁蓁结了婚成了家，才能算是他人生道路上的一个停靠点。他现在还只是在半途。而且，他们还不能停留，就像是如果现在下车，只能是前不着村，后不着店，被抛在荒野里……但是，在省城找个工作，谈何容易呢？

毕业的那个夏季是个伤感的季节，在校园里到处可以看见同学们依依分别的情景，恋人们在分手、拥抱、吻别、泪飞如雨。在一阵阵的蝉鸣声中，林荫大道上回响着拖动行李箱的声音，渐渐都远去了。叶蓁蓁他们班因为是代培班，都有了去向，有些人早早地就奔了前程，另有一些人留恋着校园，继续在校园里晃荡着，迟迟不忍离去，至少到八月底，他们依然能算是这里的主人。白瑾和叶蓁蓁继续在奔走。他们明白，只能是他们自己去找工作，决不会有哪份工作主动来找他们。白瑾把自己所有可以利用的社会关系都捋了一遍，这时候他才发现，他还只是一棵小树，根系单薄，竟是个四不靠的光景。一次次的失望过后，叶蓁蓁总是问："那怎么办啊？那怎么办啊？"她显得柔弱、无助。这时候除了白瑾，这世界上没有一个人会来帮她。白瑾已经习惯了她的这种神情，但他还是感到有一点沉重，甚至还有点隐约的不快。好几个单位都提出了学历要求，似乎他们那里管收发的都应该是个本科生。一听说她是大专学历，事情立马就黄了。如果她是本科学历，他肯定立即能给她找到工作，可惜她不是——但是他不能抱怨，她本就已经开始自怨自怜了，他不忍心再给她压力，况且，机会绝不是压出来的，说不定是撞上的。他找到了一个称心的女友，却找不到一份称心的工作，他们只能继续奔忙。白瑾整天骑着车子，或者坐在公共汽车上，他连眼睛都不敢闲着，四处张望，那神情似乎真会有机会撞进他眼里来。那天在街上，他意外地碰到了蔡坤。蔡坤穿得花花绿绿的，一个人在逛街，隔着老远就在招呼白瑾——一个人，她今天倒是独自一人！在白瑾心里，似乎蔡坤永远应该有一个男朋友陪着。白瑾微笑着下了车。蔡坤已经在新单位上班了，心情灿烂，和白瑾一脸的倦色形成鲜明的对照。白瑾本不愿意暴露他正在为叶蓁蓁的工作四处奔命，特别是对一个以前的学生，但不知为什么，乍一见蔡坤，他就有倾诉的欲望。他的烦闷、他的苦恼，几句话一说就暴露无遗。蔡坤依然热情爽朗，她迟疑着突然插话说："我们那儿倒还有岗位，不知道叶蓁蓁愿不愿意去？"白瑾眼睛一亮："哪儿？""商场啊，我在那儿做会计。"白瑾问："她做什么呢？做营业员？"蔡坤说："怕是只能先这样了，就怕她不肯。"白瑾沉默了。如果蔡坤不在同一单位做一个相对上层的工作，他相信事已至此，叶蓁蓁是会接受的，但是现在这样的局面——他没有把握——岂止是没有把握，他有绝对的把握叶蓁蓁会受不了！他早已了解她是个好强的人。他只能先跟蔡坤说好，回去跟叶蓁蓁说一说。他又骑在车子上了。在无边的城市人流里，他终于觅得了一份工作，但他预感到带回的可能不是一个机会，而是一场风暴。

依然是一辆大客车，永远为平民准备的交通工具。窗外是绿油油的风景，客车把他们从叶蓁蓁的老家载到了省城，现在又向白瑾的家乡驶去。叶蓁蓁果然哭闹了一场，她什么也不说，只是哭，但这比什么都厉害，比什么都丰富。白瑾也赌了气，一言不发。终于她的哭声住了,抽噎着说:"我没处可去了,就去了吧。"突然又咬牙说:"不就是卖东西吗?又不是卖人!丢人就丢吧!"忽而又笑了:"要卖人我就卖蔡坤,把她卖了还让她点钱!——她不是会计吗?!"说着自己扑哧一声笑了出来。白瑾后脊梁有点发冷,但他已身心疲惫,不管怎么说,她是同意了。一切都定下来后,学校的暑假已过了一半,学校终于安静了,一片凄清。很多人出去旅游,白瑾温言有加,做通了叶蓁蓁的工作,他们坐上长途车,一起到白瑾的老家去看看。汽车颠簸着,省城周围的丘陵逐渐平缓,仿佛那山陵软化着流淌,流向了平原。他们继续着他们的旅程。然而相对于人生而言,再长的旅途都只是一瞬。

白瑾的老家是苏北平原上的一个小村子,叫"稻乡",离省城有两百多公里,开长途汽车要用五个多小时。白瑾每个寒暑假都要回去,但这一次的心情与以往不同。一路上,他不停地对叶蓁蓁介绍着他的家乡。稻乡和省城是那么的不一样,任何一点不同都可以让他讲上好一阵。汽车开向苏北的腹地,公路越来越窄,柏油路渐渐变成了简易公路,最后变成了更简陋的三合土路。路边的行道树也越来越矮,越来越不成样。汽车进入稻乡境内,车身被颠簸得咣当当乱响,讲话都听不清了。白瑾指着远处随风起伏的浩荡的芦苇,大声告诉叶蓁蓁:"稻乡古称'楚水',到处都是河湾港汊,前面那个地方叫'十字坡',《水浒》里就写过这个地方，那儿还有一家孙二娘包子店哩……"他的声音非常大，汽车为了避让一辆飞速行驶的自行车，猛地一停，他的声音把满车人的目光都吸引了过来，两人的脸全红了。周围的人注意到了他们稍显不同的衣着和外地口音，不少人在打量他们，两人都有点不自在。一种掺杂着一点优越感的不自在。

这里是真正的水乡，公路永远和河流相伴而行。叶榛榛当然不是第一次来到农村，但她一直有一种荒诞感，仿佛在梦游。她感到新鲜，又感到惶惑，甚至还有点怕。车子是那么的脏，车窗也关不拢，公路上的灰尘长驱直入，一直钻到她鼻子里，她用纸巾一擦，纸巾尽黑。上车不久，她的真丝衬衣的袖口上就不知从哪里被粘上了一块口香糖，她用纸擦了半天也没弄掉。她没有声张，怕白瑾多心，而是悄悄把袖子挽起来。她在车上一直觉得身上沾染了谁的口臭气味，她恶心死了。白瑾一路上不停地唠叨，其实她听了不一会儿就失去了兴趣。她心里想：白瑾就生活在这样的地方吗？他的童年和少年时代是怎么样度过的呢？公路边有几个小孩在放羊，飞驰的汽车把小羊吓得颠颠地往路基下跑。叶榛榛不由地想，白瑾在这儿放过羊吗？打过猪草吗？

水牛呢？这里不是水乡吗，为什么没有看到水牛？

如果不是白瑾的家在这儿，她八世也不会到这个地方来。叶榛榛突然觉得，她已经为他们的关系做出了某种牺牲。还没有到达目的地，她已经在心里懊恼了。

车程的终点离白瑾的家还有十几里路。他们下了车，又上了一种当地俗称"秃秃秃"的机动三轮车。车上只有硬板凳可坐，开起来像只青蛙，活蹦乱跳。叶蓁蓁被颠得浑身骨头好像就要散架，耳朵里只有"沙拉沙拉"的声音，脑袋像个干葫芦。车子终于停下来时，天已经全黑了。

村口有人在接他们。他们本没带多少东西，白瑾一下车手上的一个包就被他的弟弟抢过去了。白瑾的父亲有点手足无措，他见叶蓁蓁背了一个小包，马上就来伸手拉，叶蓁蓁推让了几下，最后也就由他了。她本想说这包是女孩随身带的，但她不知道怎么说，也不好意思说。白瑾和他的家人不停地说着稻乡的土话，她一句也听不懂。他们沿着一条灰色的土路向村子里走去。村里有电，但灯光暗淡。叶蓁蓁想，要在这儿待几天呢？

白瑾的家在村边上，后面是一条河，前面是别的人家。房子有三间屋，中间是堂屋，一盏电灯高高地吊在梁上，光线昏暗。他们到家时，白瑾的母亲正在煮饭弄菜。厨房在院子里，他母亲里里外外忙个不停。她弄好了饭菜后，招呼叶蓁蓁吃饭，刚想开口，想是怕叶蓁蓁听不懂，只做了个含糊的手势。

饭菜是丰盛的。白瑾的父亲一直要白瑾给叶蓁蓁夹菜，后来索性自己动手。大块的肉、大段的鱼堆在叶蓁蓁碗里，但叶蓁蓁坐了车，没胃口，而且她觉得，菜太咸了。

晚上睡觉也成了问题。东房间原来是白瑾父母睡，西房间白瑾的弟弟住。白瑾他们一回来，他父母想把自己的房间让出来给他们住，但他们不知道儿子和女朋友是否愿意住在一起。白瑾和他父母叽咕了一会儿后，红着脸出来问叶蓁蓁。叶蓁蓁狠狠瞪了他一眼，说："你们倒想得挺好！我可不愿睡你父母的床。你从前在家睡哪儿？"白瑾说："我和我弟弟睡在西房间。"叶蓁蓁说："那我就睡西房间，叫你弟弟出去借宿。"白瑾涨红着脸，躲闪着她的目光说："那倒是可以，只是西房间只有一张床。"叶蓁蓁说："那你也出去借宿嘛！我可是跟你先说好的，我只是来玩玩的。"白瑾好像想说什么又没敢说，只低着头去安排了。

忙了好一阵叶蓁蓁才算睡下来，但叶蓁蓁几乎一夜没有睡着。盖的是新买的一床浴巾，天也不是太热，可叶蓁蓁总觉得浑身痒痒的不对劲。床上似乎有一种说不出的怪味儿，好像是一股小男孩发育期散发的气味。她把枕头反过来，身子睡在他弟弟不常睡的床的外沿，蚊子又趁机隔着蚊帐咬了她一夜。翻来覆去刚要迷糊睡去，又要起来方便一下。白瑾临出去时交代了，就用床下的痰盂，但她一蹲上去，只听叮叮咚咚响，吓了她自己一跳，生怕睡东房间的他的父母听见。这么一折腾，睡意全无。不一会儿，远近的公鸡开始叫了，白瑾的母亲也起来喂猪了。

第二天一起来，叶蓁蓁的气色很不好。她想把痰盂拿去倒了，但又不知道厕所在哪儿。正迟疑间，白瑾的母亲进来了。叶蓁蓁刚想问，只见白瑾母亲已经要来端痰盂，她拦也拦不住。她又急又羞，好像是不知有多少隐私将被别人看见，因此她一天的心情都变得很差。对别人她还算礼貌客气，对白瑾就有些爱理不理。

牛角梳　上部　　　　　　　　　　　　　　033

白瑾感觉好像是在伺候个大小姐，没人的时候总赔着个笑脸，生怕她不高兴。他家的厕所和猪圈比邻，人和猪合用一个粪池。厕所没有门，只有张帘子挡着，人在里面时，听到隔壁有猪在哼哼，还要提防外面的人贸然闯进来。叶蓁蓁上厕所时白瑾就在外面站岗。一天过去，两个人都很累。

白天，他家里常有一些亲戚来串门，叶蓁蓁知道他们是来看自己这个城里来的"新媳妇"的。他们用带有稻乡口音的普通话和她聊天，叶蓁蓁话不多，还有些好事的亲戚言辞闪烁地打听她和白瑾什么时候办喜事。她又好气又好笑。第三天晚上，他们到河堤边散步，叶蓁蓁说，她想回去了。白瑾说："不是说好了住十天的吗？"叶蓁蓁说："你不觉得我们都很累吗？你父母亲整天忙个不停，我们走了他们就可以歇歇了。"白瑾不答话。叶蓁蓁又说："要么我先走，你再待一段时间吧。"白瑾说："我当然和你一起走。"

白瑾提出要走，他家里并没有多作挽留。他父亲虽是个农民，但是相当聪明，他也许最先看出了儿子的这桩婚事最终只能是一场空。他连"把儿子托付给你，你帮我们好好管管他"之类的客套话都没有说，倒让叶蓁蓁有点心中耿耿。在回去的汽车上，叶蓁蓁心情轻松。她知道，自己是再也不会到这个地方来了。她心里如果有爱，也只是爱在省城的白瑾，再往深处想想，她爱白瑾到底又有多深呢？也许是被什么说不出的东西夸大了吧！

他们回到了学校。暑假还剩下一个尾巴，叶蓁蓁很忙了一阵。她还要办一些手续，到商场去报到。她和她的新同事一起合租了住房。按白瑾的想法，她完全可以自己单独租一个小套间，但叶蓁蓁以节省为理由拒绝了——这也确实是个理由，那点可怜的工资，够干什么呢？这时候她心里和白瑾已经有了一点隐约的距离。她几乎已经看到了他们这段关系的结果。

白瑾开始时还经常到叶蓁蓁那里去，渐渐地就去得少了些。那两个同住的女孩，不知是成心的，还是缺心眼，从来也不知回避，叽叽喳喳的，把住房闹得像个鸟巢，门上竟然还真的贴上了个雀巢咖啡的商标，只留着"雀巢"两个字。白瑾心里闹得慌，很烦，他甚至怀疑那两个女孩的不识趣是源于叶蓁蓁暗底下的指使，但他不敢问个究竟。他至少能看出，叶蓁蓁并不反对这样的局面。那两个女孩闹够了，说够了，突然摸出一副牌来，扯着他一起打"八十分"，三缺一，他逃都没法逃。

这是她们的房子。这房子以外当然是更广大的天地，但叶蓁蓁很少肯跟他出去。

几圈"八十分"下来，白瑾的脑子发蒙。他终于在心里发了狠，告辞了。叶蓁蓁把他送下楼，就不再远送。他慢慢地走远，突然心中不舍，又悄悄地折回来。楼上的灯还亮着，他看见叶蓁蓁映在窗前的侧影。她抬着胳膊，轻轻梳理着她的长发。他熟悉她此刻的身姿，但是——这么晚了，她为什么还要梳头？难道她还要出门？——他是越来越猜不透这个女孩了。他心里突然涌上一股冲动,想要上去问她,质问她:他们现在到底是怎么啦?为什么会这样?!但是他没有勇气。人还是以前那个人,依然大方,依然得体,并没有出格,只是温度低了点,而温度只能在触摸中感觉,无法询问。白瑾知道自己无法开口,他没有勇气,只有一点自尊,这自尊只能让他走远,只能让他随遇而安,忍着疼。

叶蓁蓁抓着梳子。牛角的质地有点像玉,粗糙的梳齿在她手指间弹出细碎的声响。头发如绸缎一样披垂着,早已梳好,很柔顺,很清爽,所有的头发现在只朝向一边,她不时下意识地用梳子再在上面捋了一下。这套房子她一个人住一间,上学时的那些物品已经被她清理过,带来了,整洁地摆好,看起来很清爽。这是她自己的小窝。她不愿给白瑾一个木已成舟的家的错觉,所以她要和别人合住。也许人总是需要一个家的,现在她倒经常回家,回她在郊县的家。父母显然诧异白瑾为什么没有同来,问过几次,每次叶蓁蓁都把话题岔开了。除了这个让叶蓁蓁有点烦,在叶蓁蓁心里父母的家也还是温暖的。一种潮湿的、不那么清爽的温暖。既然她的心房不能让白瑾住,暂时容纳父母和弟妹也是好的。

她和蔡坤还一直保持着来往,常常一起逛街,一起吃饭。毕竟是同学,毕竟她的工作是蔡坤帮助找到的,两人又在同一个商场里工作,想不一起都难。她肯定是不中意目前的工作,但也说不上特别的讨厌,只是有点飘忽,那感觉总像脚踩不到实处。每天她都要见到无数的人,他们把无数的商品带走,她傻傻地站在那里,忽然觉得不知道自己算个什么!——这时候她觉得厌烦了：这就是白瑾给她找的工作！她其实也不欠他什么的。

秋天的时候，白瑾的母亲来麦城看病，叶蓁蓁还是陪了好几天。但她越来越不耐烦，她非常怕同事们看见白瑾的母亲。有一次他母亲在医院门口随地吐痰，被人家抓住要罚款，叶蓁蓁倒是想把钱一交就走，但他母亲不肯，在那儿吵吵嚷嚷，讨价还价，叶蓁蓁觉得非常丢脸。白瑾母亲看病花了不少钱，她自己带来的钱很快就用完了，然后就用儿子的。白瑾觉得这天经地义，叶蓁蓁却看不下去。为了钱，他们第一次大吵一场。白瑾的母亲知道了，心中气苦，病没看出个名堂就回去了。为这事，叶蓁蓁和白瑾都伤了感情。

但他们暂时还没有分手。他们就像是两条河水，既然汇到一起，倒也不会轻易分开，除非山洪暴发，河道漫溢，除非久旱不雨，河流干涸，否则他们还将一起流下去，往前流淌，一直流到婚姻里去——这是白瑾暗地里梦想的，却也是叶蓁蓁惧怕的。她似乎一直在等待着什么——一点机缘，一点可能，甚至是一点麻烦。

4

这是个难得的好天气。秋高气爽，碧空如洗。一架小飞机不知何时从天空掠过，留下了一道乳白的弧线，久久没有消散。弧线下方的空中，有很多风筝高高低低地飘荡着，蝴蝶、蜻蜓、蜈蚣，还有许多姿态各异的几何图形。每一只风筝都有一根细线牵引着，被无尽地飘荡下去，每一根细线下面都有一双手，被紧紧地拽着。风筝成群飘舞，那是一个艺术化的自由天空。

天空下面是尘世。明故宫广场上，绿茵如毡，繁花似锦，男男女女成双结对，这里是年轻人的天地。广场的南边是明故宫历经战火残存下来的牌坊和石刻，那里被重建成一个白马公园，老年人在繁茂的树林间散步，练气功。一群幼儿园的小孩子，叽叽喳喳地鸟一样叫着，笑着，在草坪上嬉戏。他们的老师远远地看着他们，几个人聚在一起，说着闲话。

这是一幅宁静祥和的图景，令人感动。但这宁静祥和只是相对的，和许多幸福的留影一样，不可深究。就像那些练气功的老人，他们的动作舒展而平缓，但是有一种说不清道不明的"气"在他们身上运行，至少，他们体内都是有病的，只不过外人看不出来。石凳上有一对中年夫妇在争执，他们都下岗了，所以他们要吵架。很快，在另一边，有两对年轻人发生了冲突，原因是他们其中一对的小"屁帘儿"挂上了一只华贵气派的"大蝴蝶"。风筝是自己动手做的，风筝很简陋，线却结实无比，把线扯断了，"蝴蝶"飘到城墙外面，不知去向。蝴蝶的女主人觉得大不吉利。两对年轻人火气都不小，两个女人尤其不依不饶，似乎自己的男朋友不和对方决个高下就没个了结。广场上乱了。小孩子们如看戏一样围过去，你捅我一下，我挠他一把，闹得不可开交。等到两个男青年开始动手推搡，孩子们轰一声全散了，一个小女孩突然尖声哭起来,她的鞋子被同学踩掉了。

远处有一台摄像机,黑亮的镜头闪着光对准这里。市电视台的记者杜衡拿着话筒站在旁边,她不时提醒她的搭档注意脚下,防止跌倒,一面向四处张望,寻找她的采访对象。市电视台是个小台,杜衡是小台的大记者。本市有七八家电视台,依仗古城的文雅街名,设置了不少栏目,征婚牵线的叫《桃叶渡》,嬉皮搞笑的叫《长乐路》,社会新闻的叫《三步两桥》,谈话类的有《议事园》《评事街》等等。杜衡是《评事街》的头牌主持。她很喜欢她的工作,不光因为每上一档节目能够拿到一千元,还因为做这项工作让她觉得自己很重要。她在街上常常被人认出,被营业员认出还能享受打折的优惠。每天她都能接到一些电话,或者来信来访,向她提供线索,请她帮助解决烦难。她挑出一些比较容易简单的话题做成节目,希望能引起社会反响,自己也声誉日隆。这是一种很幸福的感觉。前天,她接到一个观众打来的电话,反映明故宫广场上放风筝的人践踏草坪,污染环境。杜衡掂量一下,觉得这话题不错。秋天本不是放风筝的季节,因为本市近两年春季沙尘暴频发,爱放风筝的人才被挤到秋天放——连导语都是现成的,而且又不针对明确的对象,这档节目不可不做。他们先拍了一些游人践踏草坪的镜头,没想到遇上了打架场景。这简直是天帮忙,杜衡和搭档都很兴奋。很快,有人喊了一声,打架的四个人注意到了他们的摄像机。他们慢慢放下揪住对方的手,讪讪地嘟哝着什么,目光充满敌意地注视着杜衡。搭档还在拍,杜衡不安地缠绕着手里的话筒线。"拍什么拍!你爸你妈结婚,你也来录像啊!"一个染了头发的小伙子骂了一句,一甩手走出了镜头。杜衡微笑着保持镇定,镜头里人群渐渐转过身子,散了。

搭档把镜头对准地面,录了个草皮被踩翻的近景。那边,幼儿园的孩子已经被老师归拢成一圈。一个男孩手里拿着一枝菊花,要往身边女孩的头上插,女孩侧着头等着。杜衡拖着电线走了过去。

"小朋友,你为什么要往她头上插花呢?"

"她要做新娘子。"小男孩看起来有点怯怯的。

杜衡把话筒对着女孩。女孩说:"你们不是在录像吗?录像就要有新娘子,"她看来要厉害得多,继续道:"怎么,不行啊?"

杜衡问:"你的花是从哪里来的,能不能告诉阿姨?"

小男孩也胆壮起来:"是我摘的,不行啊?"

杜衡和蔼地说:"你能不能再去摘一朵,给阿姨看看?"

"这行吗?"他看看身边的女孩,小女孩仰头看着天不理他。他立即气壮起来:"好,我去!"那小女孩突然在他身后说:"不关我的事!"

两个孩子的说话声吸引了老师的注意。刚才不知道她们在哪里,周围是空荡荡的草坪,小男孩刚把花掐下来,她们突然就闪出来了。两个老师,分工明确,一个呵止小男孩,另一个上来问话:"你们干什么呀,成心害我们是不是?"

杜衡说:"你们的孩子真可爱。"

老师看看摄像机上的台标,沉着脸问:"你们,是电视台的吧?"

杜衡说:"是呀。这片子做出来肯定很好。你们领导一定会表扬你们。"

"不会吧?"老师有些发懵。

"哦,怎么不会呢?"杜衡奇怪道,"你们领导不希望有正面报道吗?对了,对了,你还不知道我们要做什么节目。"搭档已经把摄像机从肩上卸下拎在手上。他一直看起来像一个右眼突出的怪物,现在看清了,他眉清目秀。他接过话说:"小孩子摘花,说明他们天真烂漫,不懂事;你们及时出来制止,正表现了你们是好老师,忠于职守。你们觉得这样效果怎么样?"杜衡问:"你们是哪个幼儿园的,我们好做字幕。"

"这——"两个老师彼此对视一下,支吾着。她们还是觉得有哪里不对。孩子们突然齐声喊起来:"我们是代代红幼儿园的!"

杜衡满面笑容:"好,好,你们就等着看节目吧!"说完看一眼搭档,和两个老师点点头道别。一个老师赶上来问:"那我们什么时候能看到节目?"

杜衡皱皱眉头:"其实节目能不能上我们也还没把握呢。要经过一审、二审、三审。"她叹气道,"领导总是难伺候的,哪儿都一样。"

老师目光同情地点点头。

杜衡走了一段路，拐了个弯，两人扑哧笑了出来。类似的情况他们遇到过无数次，每次因势而为，总能顺利脱身，这不能不说是一桩本事。她丈夫马远尘在出版社工作，他曾经组过一本书稿——《逃生宝典》，里面尽是些火灾、地震、车祸、洪水之类的话题，水深火热。杜衡翻翻他带回家的稿子，建议他加上《记者脱身》一章。马远尘先是不承认这是逃生，后来又说没人写。杜衡说："只要你出得起稿酬，我就写！"其实她哪有那个闲心。她节目还做不过来呢。

杜衡是到电视台工作后，才逐渐喜欢上自己的职业的。十多年前她面临大学分配时，电视台远远不像现在这么红火。刚热衷于招兵买马、积蓄人才——其实又岂止是电视台呀，当时几乎所有与文化有点关系的单位都对大学生敞开着大门，那是大学毕业生的黄金时代，他们无限风光，看起来似乎有着无限光明的前途。杜衡虽然容貌端庄，但并没有做走上荧屏的梦。电视台来要人，学校推荐她，她也就去了，但心下倒更羡慕那些被分到大学的同学。她似乎天生就是个职业女性。她先做了几年编辑、记者，后来又当了主持人，渐渐地就有了点名气。虽然她的知名度还远没有高到上街就有人围着签名的程度，但她在小皮包里提前准备了一副名牌墨镜，她戴着墨镜走在人群里，自己就有了一副好心情。她想：她名气也是有的，但麻烦没有，做名女人原来也不难啊，一副墨镜就搞定了。她主持的《评事街》栏目，在每周五的黄金时间播出，第二天上午还要复播。她星期六逛商店，常常有意无意走到电器柜那儿，看着那层层叠叠的大小屏幕，只见有无数个自己，像孙悟空拔了根毫毛分了无数个身，在上面侃侃而谈，她难免有些自爱自怜。杜衡逛街，当然不是为了找感觉，她还有观察观众反应的任务。那一天在东方商厦，她却有了个意外的收获。那几天秋雨绵绵，一家生产音响设备的企业——雷神集团顺势而为，在各大商场开展活动，给顾客送雨伞，活动的名字就叫"雷神为您遮风挡雨"。其实"雷神"从来就是和风雨相伴，它要能挡雨倒真是出了鬼，但企业要的就是这个效果。不过这活动的效果并不好，伞刚插进伞架，营业员先拿起大半，剩下的，被几个手脚最快的顾客席卷而去。他们每人拎着好几把伞上了街，活像是卖伞的——你别说，还真有拿出去卖的。"雷神"被东方商厦的代表看在眼里，心里着急，又不敢上去阻止，怕得罪了上帝。正巧他认识杜衡，正巧杜衡又在抢伞的现场，他立即把杜衡请到一边，稀里哗啦倒了一通苦水，发了一堆牢骚。杜衡心念一动，立即感觉到这里面的新闻价值。她当即决定做一档节目。她掏出手机，和搭档通了个电话，约好马上去台里取设备。临走前她交代那个"雷神"代表："你现在什么也不要说，等我们一到，你在伞架上再放一批伞，然后就没你的事了！"

一小时后，杜衡和搭档带着设备杀到了。说"杀到"，那是因为他们心里很兴奋，有一种俘获猎物前的激动，但其实，他们的步态和表情看起来都很悠闲。搭档拎着机器，杜衡牵着话筒，见过世面的城里人大概不觉得牵着电线的一男一女和牵着手的有多大不同。没有谁跟在他们后面盯着看。倒是那个"代表"有些紧张，杜衡朝他使了个眼色，他抱起一包雨伞，慌慌张张地直奔伞架。地上有些湿滑，他趔趄了一下，一把伞掉在地上，他回头看看，但也顾不了，继续跑到伞架那儿插伞。外面雨不小，他似乎是服务热情得过了头，他的狼狈相激起了周围一阵笑声。杜衡还在担心这下怕是不会有人去拿伞了，但事实马上就告诉她，她的担心是多余的，掉在地上的那把伞首先被一个顾客捡走，他倒不贪心，只拿了这一把伞就直奔外面，不知是早就急着要走，还是要试一下这伞是不是真能防雨。他的行动具有某种示范性，只几分钟工夫架子上的伞就全被拿光了。杜衡的搭档抓住时机，录下了全过程。拿伞的人其实已经注意到他们，但他们毫不在乎，羊毛出在羊身上，谁买了"雷神"谁就是羊，而他们每人只拿一两把伞，只算是拔了一两根毛。今天营业员一个都没动手，不是她们不要伞，而是怕吃相太难看。她们有的已经将好几把伞放在柜台下面了，心里有优势感，吃着笑着，看着顾客们拿伞。不一会儿，搭档摄像机的监视器里就只剩下个空空的伞架了。搭档有点遗憾。这档节目的重点，应该是营业员私自拿伞，这才有话说。他看看杜衡，意思是：该你出马了。

　　杜衡看看营业员，营业员也看看她。杜衡立即就找到了目标，她凭着自己的感觉朝一个身材高挑的姑娘走去。

叶蓁蓁永远也不会适应营业员这样的工作。无数的商品，无数的顾客，永远也做不完的交易。她觉得自己就是一个被出卖的人，一天一天，自己的青春就这么被卖掉了。

她依然是温和的。对顾客她不卑不亢，因为容貌秀丽，她的柜台前经常会有些男人在那里磨蹭，没话找话，但她从不假以辞色。现在在大商场也能讲价了，那些男人们很少跟她讨价还价，他们都特别大方慷慨，可叶蓁蓁并不感谢他们，只觉得他们可笑。她卖的是化妆品，柜台前常常会走来一对年纪相貌特别不般配的男女，那男的忍不住偷看一眼叶蓁蓁，就是不看自己的女伴。叶蓁蓁站在他们前面，不施粉黛，淡雅大方。她成了一把标尺，绝对能把那女的比下去，那女的把所有的化妆品都买回去擦上也没用！这时候叶蓁蓁的生意往往做不成，那女的会气鼓鼓地走开，把那男的晾在那里。他好像嘟哝了一句什么，看起来有点恋恋不舍，却也只能一脸尴尬地跟着离去。

叶蓁蓁冷笑着。那男的可怜，那女的也可怜，还可笑——突然她觉得，最可怜的还是自己。那白瑾，现在他还算是自己男朋友的，他什么时候能想起给自己送一套化妆品呢？他怎么就想不到呢？哪怕是个小梳子哩！

那对正在走远的男女争执着，叶蓁蓁知道与自己有关。他们换个地方也许还会再去买化妆品，让那丑女人去装扮，他们还会言归于好。叶蓁蓁心中一阵酸痛。

她和同事处得还好，有时也嘻嘻哈哈地笑闹，但她心里瞧不起她们。无数的话，她没处去讲。蔡坤时常来找她，一起逛逛街，一起在街上吃饭。蔡坤一贯粗枝大叶，她满足于自己的工作，也替叶蓁蓁感到满足。这让叶蓁蓁很愤恨：难道她蔡坤就该做财务，自己就只能站柜台？谁比谁差呢？！可她没法去质问蔡坤，因为连站柜台这工作也还是人家介绍的哩。她自己也知道，你不去站柜台，那柜台自己也站在那儿，不会倒的。按说她是该感谢蔡坤的，但她不感谢，甚至还在想，这家伙没准是成心的！

和蔡坤在一起时叶蓁蓁话很少，只听蔡坤说她那些鸡零狗碎的事儿。有很多地方她可以插话，提醒蔡坤注意，不要上当，但她就是不说。她只提醒她自己，在心里反反复复，连自己都觉着唠叨了。那几天蔡坤刚认识了一个男孩，说是她们商场经理的儿子，她忍不住地显摆：长得帅呀，风度好啊，还会体贴人。——什么体贴呀，还不就是会骗女人心吗？！叶蓁蓁心明眼亮，看透了一切，但话虽如此，她还是心中气苦。她主动要了一瓶红酒，说是祝贺蔡坤，自己却喝了大半。

酒是会乱性的。你惹了酒，酒就会让你惹事。叶蓁蓁喝酒的速度很快，她不断地抓过酒瓶给自己斟。因为以前从来不喝，她喝酒的姿态很僵硬，蔡坤不和她斗气，她也像在和谁斗着气，完全不似捏着梳子轻舒玉腕的那个叶蓁蓁。那一次是叶蓁蓁平生第一次喝那么多的酒。她从没想到自己能喝这么多，如果不是下午还要上班，她感觉自己好像还能再喝下去。

电视台的主持人杜衡走了过来。

"你好,我们是电视台的……"

"啊。"叶蓁蓁面颊绯红,愣了愣神。周围发生的一切就像是一台戏,偌大的商场仿佛一个舞台,她脑子发木,感觉有点飘。

杜衡闻到了一股酒气。她原本还沉吟着想找一个切入口,这时瞧出此时合宜,突然觉得没有必要再绕弯子。她直截了当地说:"是这样的,我们今天是拍一条新闻,想宣传一下'雷神',他们为民着想,雨里送伞……"

叶蓁蓁突然朝那边喊:"喂,你有这么好吗?"那个"雷神"代表吓了一跳,涨红了脸,期期艾艾说不出话。杜衡说:"我们刚才拍了一些镜头,我觉得你形象很好。"

"是吗?谢谢!"

"请问你贵姓?"

"我?我姓叶。"

"小叶你好,我们想单独拍一下你。"

叶蓁蓁直愣愣地盯着她,杜衡刹那间失了勇气,几乎就要放弃。叶蓁蓁突然说:"你要怎么拍?说吧。"叶蓁蓁背后的营业员在交头接耳,杜衡视而不见:"我们想请你从这儿走过去,走时拿一把伞,就可以了。"

"可是没有伞了。"叶蓁蓁一边说一边理着自己的头发。那个代表忙不迭地说:"有,有,我还有。"转眼间,他不知从哪里又找出一把伞，插在伞架里。杜衡的搭档立即调好摄像机。叶蓁蓁冲杜衡笑笑，款款走向伞架，取了伞，朝杜衡走过来。杜衡急忙朝她做手势，她愣了一下，羞涩地笑笑，拐向了自己的柜台。叶蓁蓁拿伞的姿态很优美，她的同事鼓起掌来。叶蓁蓁把伞一舞说："笑什么啊？你，下面轮到你了！"那个被她点到的营业员做个鬼脸说："我什么啊？我才不拍呢，伞也没有了。"叶蓁蓁说："那我把伞再放回去，你去拿。""凭什么呀，我的形象又不好。"那营业员有点生气，脸顿时拉长了。叶蓁蓁绯红着脸倚着柜台，自有一种散漫的风情，回头看看杜衡他们。杜衡向她道了谢，说："可以了，OK！节目播出时一定通知你看。"

事实上杜衡连联系电话都没有告诉叶蓁蓁，更别提节目的播出时间了。她觉得心虚，恨不得立即飞掉。她很少觉得自己对不住人，今天却觉得自己简直是当了一次骗子！杜衡回家后忍不住和丈夫说起这事，马远尘先是哈哈大笑，后来又笑话杜衡不是主持人，而是导演。杜衡不服气，她争辩说这不是导演，是补拍，这样的事情多着呢，简直就是比比皆是：写自传的大肆虚构，本该虚构的小说作者却不放过任何一个在小说里提到自己朋友名字的机会，他们我提你，你提我，一起都混个脸儿熟——这种事情她见得多了！

但不知怎的，她心里总有点亏心，或许还有些担心。幸亏这档节目在送审时主任很满意，大加赞赏，这才稍稍冲淡了杜衡的自责之意。她是那么的忙，这座城市里永远有崭新的题材等着她去关注，她很快就把这事淡忘了。

然而这件事对叶蓁蓁来说，却是一次失态表现。从她沉静的外表里突然跳出了一个迥异于平常的人来，令她自己在事后都感到吃惊。完全清醒后的叶蓁蓁头脑里不断回放着她款款走向伞架，拎一把雨伞，走回柜台的片段。她凝视着自己的身姿，目光很专注，也有点散淡，就像当时对着画面的那个摄像机镜头。她简直不相信在那个镜头里活动着的人就是自己，然而她不是自己又是谁？那些围观着的同事一个个目光暧昧，现在她明白过来了，她们心里大概都有点幸灾乐祸，都在看一个笑话：没有谁像她这么傻了！明星出场还有出场费呢，她这不是出场，是出丑！她无疑是被别人挑唆，被别人利用了。

也许人人心里都住着一个疯子的，大部分时间它被关着，说不定什么时候就会冲出来的。她喝了酒后，那疯子就乘隙而出了。

也许她还有办法补救，比如说赶到电视台，阻止他们播放。这样的行动需要勇气，更需要激情，但叶蓁蓁叹了口气，她已经懒得动弹了。她已经没有什么可以再失去，她甚至赌气地想，她倒要看看节目播出了又能怎么样？已经寡淡到极点的生活还能再糟到什么程度？这生活中所有的热闹都是别人的，她仿佛一个小孩子，巴巴地赶到每一个鞭炮连天的地方，落给她的从来都只有一地碎纸屑，还有逐渐散去的硝烟，那现在她偏要在地上找个小炮仗，冷不丁地放它一放。

但她没有能看到那档节目。故事太多了，频道也太多了，市电视台就有五套节目，她根本就不知道究竟在哪里播出。每天晚上她都留意着电视上的讯息，就像在找一个熟人，但她不知道在无数的岔道中她应该走哪条路。同住的两个姑娘也知道这件事，热心得出奇，不惜牺牲了她们每天必看的韩剧，帮着她换频道。叶蓁蓁嘴里叱骂着，心里倒越发热切。但是她们看不到。十几天过去了，叶蓁蓁心凉了——她的心原本就冷，现在还有点酸，不是有款牙膏叫"冷酸灵"吗，冷了，酸了，接着确实就是灵——她心明眼亮，心里恨恨的，恨两个多管闲事的同屋，更恨那个不负责任的主持人。

即使是一个捡到的小炮仗她也没有放响。她依然只能寡淡地去上班。她想，自己没有看到节目，但那节目总还是放了的，总还有人看到。那天下班的时候，商场人事部的经理，一个趾高气扬的女人喊住了她。她冷冰冰地通知叶蓁蓁，因为她的行为影响了商场的形象，她被辞退了。

经理虽然趾高气扬，但却不漂亮，可以称作黄脸婆了，她简单的几句解释的话也正是从相貌切入的："小叶，你太漂亮了，真像个明星。可你要知道我们商场不需要明星，除了要请她们来做广告。你倒是做了个广告，可是效果你自己应该清楚。"

叶蓁蓁立即明白，事情已经无可挽回。她比经理更高傲。她挺直了身子，下巴坚定地指着经理的头顶说："那我下午就可以不来了，对吧？"说着她转身走向电梯，到楼上去办手续。经理辞退过很多员工，但却没见过如此决绝竟然不求一句情的，顿时倒有些气馁，又猜测叶蓁蓁是硬撑着，说不定立马就要哭出来。她口气和缓了，跟在后面开导着。叶蓁蓁一言不答。

　　半小时后叶蓁蓁就离开了她工作了半年多的商场，就像她到这里工作是出于偶然一样，她失去这个工作也是偶然的。这或许正说明了她天生就不该是这里的人，她没有理由混杂在一群营业员当中。她走出商场时远远朝她站过的柜台前看了一眼，视线有点模糊了。她避开了和那些营业员们的告别，连蔡坤那里都没有想起要去一下。她只是有点后悔，刚才面对人事部经理时，她完全可以说一句狠话，她可以指着身后琳琅满目的化妆品对她说："好了，这位子空缺了，下午你来顶班吧，化妆品你随便用，好好打扮！——这粉饼很好哩，再黄的皮肤都能变白！"

　　但她什么狠话也没有说成。她其实是懵了。这多像当年高考落榜时的那一幕啊！走出商场大门，叶蓁蓁的泪水流了下来。

　　她不知道该到哪里去。她突然想起那个主持人，感觉那主持人正杳无音信地躲在什么地方看着她的笑话。她不光是被挑唆、被利用了，而且是，被暗算了。

　　大街上永远有茫茫的人流。叶蓁蓁低着头，急匆匆地往前走，好像是在逃跑，又好像是在赶路，渐渐地，她又慢了下来，站在马路边上。她似乎这时才明白过来，她其实无处可去。她租住的房子里，那个倒班的女孩肯定在睡觉，现在回去，免不了一顿盘问，叶蓁蓁绝不愿意接受她的同情。前些天她们曾那么热切地希望看到那个节目，现在这节目的结果已经出来了，她宁愿一个人扛着，哪怕一直在路上走，永远就这么走下去，也不愿意把这可笑的结果带回去让别人知晓。

只有这没有尽头的大街才是她的栖身之所。

她脸上的泪水早已干了，却像一块没有撕去的残留的面膜，紧巴巴地绷在那儿。这时她的呼机响了，她慢腾腾地看看号码，是商场的电话。她有点迷糊，突然心里又咯噔了一下：也许，事情又有了转机呢？说不定他们又后悔了，还希望自己回去？！叶蓁蓁的心狂跳着，似乎所有的人都在注意她。她飞快地回拨了电话，稳稳神，先摆出了一副冷淡高傲的姿态，电话通了，里面传出的却是蔡坤的声音。

"你在哪儿？我急死了！"

叶蓁蓁说："我在街上，在逛街。"

"你、你还好吧？"

"我好啊。你找我有什么事？——啊，我都不生气，你气个什么？以后我到你们商场买东西，你可要帮我打折啊！"

"你真的不在乎？他们、他们也太过分了。"蔡坤的声音小了，显然她旁边有人，讲话有顾忌。听得出来，她是真为叶蓁蓁着急，怕她想不开。她唠唠叨叨还要再说什么，叶蓁蓁打断她说："我现在可是失业了啊，我好倒霉哟。"她笑嘻嘻地接着说，"别浪费我的电话费了，我要省钱了，挂了啊？"说完便把电话挂了。

笑容依然残留在她脸上，隔着面膜似的泪痕，像一层脂粉。她离开电话亭，继续往前走。秋季的天黑得已经早了，不知不觉间夜色像薄雾般降临了。叶蓁蓁走进小巷，又拐上大街，她的身边似乎永远都有骑着车子的人流，她躲着车，车上的人也躲着她——这些都是些下班回家的人啊，他们一个也没有被解雇！失了业的就只有她一个人！她呆呆地站在路边，突然觉得自己再也走不动了。

　　茫然的视野中是无边的夜景。远处有一片灯火辉煌的地方，一个巨大的如凯旋门般的门楼浮现在道路的尽头。叶蓁蓁倏然一惊，心想：这不是母校吗？自己怎么走到这里来啦？白瑾，现在还算是自己男朋友吧，他就住在这个大门里。进了大门，往左一拐，穿过一条林荫道，就是他住的那栋单身宿舍楼。四楼，朝南的第二间，他现在正在那里干什么？

　　一切都曾经是熟悉的，房间的陈设、灯光、印着学校标记的简单家具，还有那个通情达理的与自己同住的小张，白瑾来的时候常常知趣地避开去。最后她想，白瑾现在是一个人在住吗？

　　她终于发现，在眼下这个时候，在这个城市里，她还真就只有这么一个地方可以容身。夜色下在密如蛛网的道路上，她是一个飘忽的影子，这影子只有这一个终点。

　　她突然觉得气恼，脸腾地红了。现下报纸上常说一句话——"用脚投票"，意思是人们现在懒得解释自己的行为了，喜欢什么，讨厌什么，直接用脚步来表现。可她叶蓁蓁现在却只有一个候选人。她不承认是自己的心带她来的,是她的脚回忆起了它熟悉的路径——这样想着,她忽然加快了步子,朝着学校的大门走去。

尴尬难免会有一点的,毕竟她已经许久不来了,毕竟她曾经那么频繁地来过这里,连单身宿舍楼里类似于火车上的气息她都是熟悉的,但她没想到会遇到蔡坤。她真是为同学着急了,还没下班就来白瑾宿舍等着叶蓁蓁。叶蓁蓁还没进门就听到了她的声音,正在说着自己的事,听上去情节精彩得像一部肥皂剧。叶蓁蓁站在门外,完全能想象出她双手比画表情生动的样子。她又羞又气,抬手咚咚敲了两下门,像敲了一声惊堂木,里面的声音立即被打断了。

白瑾把门打开,愣住了。蔡坤刚来时就说了,叶蓁蓁肯定会到这里来,他说不会,现在还真来了,他不由地朝蔡坤瞥了一眼,心里挺佩服她。这一眼落在叶蓁蓁眼里,她心里恨恨的。她不说话,径自在椅子上坐下,也不看他们两个。桌子上摆着两杯茶,她端起白瑾用过的杯子猛喝了一口,把杯子朝白瑾一伸,白瑾愣了一下,忙不迭地拎过水瓶给她加满。叶蓁蓁转动着手里的茶杯,说:"说我呢?"

蔡坤说:"我等你。"

白瑾也说:"就等你来呢。"

叶蓁蓁咬着嘴唇,面上看不出,心里气得不行。她决不担心白瑾和蔡坤会有什么事,白瑾不值得她担心,她是气他们两个这副坐好了等着她来求救的模样。一个帮她留在了省城,一个帮她介绍过工作,真是两个能人了。她索性直截了当,说:"你们都知道了,我倒了霉了。你们有什么高招?——其实这工作又有什么劲?我只是咽不下这口气!"

蔡坤看看白瑾。叶蓁蓁的突然出现让白瑾又惊又喜,昨日重会的场景本该有点生分,有些不自然的,蔡坤正好又在这里,他像是做了什么亏心事,给当场拿获了。他的神情一直都尴尬着。见叶蓁蓁问他话,立即把所有的智慧都调动起来了,一个正在出谋划策的人应该是挥洒自如的。他对蔡坤说:"你看呢,你了解情况。"

蔡坤说:"要我说,就去找她,找那个烂主持人!冤有头,债有主嘛!"

"找她干吗?让她帮我再回去站柜台?还是杀了她?"叶蓁蓁扑哧地笑一声,对白瑾说,"杀她也只有男人去杀,该你出马。"

白瑾说:"蔡坤你干吗说得那么难听?什么冤有头,债有主!"白瑾完全是一副老师的口吻,"去找她那是应该的,不过不是去讨债申冤,这应该叫'解铃还须系铃人'——你有办法和她联系上吗?"

"没有。"

"地址总能找到的,电话也能查到。把她捅的娄子直接摊在她面前，看她怎么办！"

蔡坤说："那还不是讨债嘛。"

白瑾不理她，对叶蓁蓁说："她能把你的工作弄丢，就一定能给你找个更好的工作！她有责任，也有办法。"

叶蓁蓁低着头不说话。白瑾问："要不要我一起去？"

叶蓁蓁说："不用。"但她心里已经打定了主意，确实也只能这样了，她觉得，不做一下样子也太便宜了那个女人了。她笑着站起身，向四处打量着问："酒呢，我要喝酒！我记得上次来时书架上有酒的，是我们和小张一起吃饭时喝剩下的。哪儿去了？"

蔡坤说："又是酒！你还要喝啊？"

"我现在就想去找她。喝点酒壮壮胆！"她开玩笑地说，"哈，肯定是被你们两个刚才喝掉了！你看你们脸上红红的。"

白瑾说："你瞎说什么啊。"他知道叶蓁蓁是在乱说，可明知她是在乱说，他心里却真还有点发虚。他岔开话头说，"这事也是急不得的，你找到她也不要跟她吵翻，得理也要让人的。要给她留个回旋余地。"

今天晚上他确实是变得富有智慧策略了，这话说出来，连他自己都感到佩服，像个真正的老师。叶蓁蓁似乎领略不到他的智慧，继续开着玩笑道："是啊，是啊，得理也要让人哦，我明明看到你们两个单独待在宿舍里，却不计较，这就是懂道理，对不对？"

蔡坤气急了，生气地说："我走了，你不知好歹！我看你是发昏了！"

"不要恼羞成怒嘛！我也走了。"她笑嘻嘻地说，"别气别气，我们还是一起走吧。"

白瑾看看叶蓁蓁，想留她却没敢开口。他送她们下楼。看着她们走出校门的背影，他突然觉得叶蓁蓁的一切都很陌生，连她走路的姿态都感觉是陌生的，倒好像是熟悉的蔡坤带着个他初次相见的人。其实他一直是叫叶蓁蓁"叶子"的，但这"叶子"已经不复从前的嫩绿，仿佛到了秋天，叶子也红了，变得鲜艳了，这鲜艳的颜色让他不敢正视。他自惭形秽地畏闪起来。

5

杜衡的心情很不好，简直烦透了。她自认为是一个体面有身份也有定力的人，但叶蓁蓁在她面前一出现，她就知道事情不好了，麻烦惹上身了。

叶蓁蓁连电话都没有先打一个，直接就找到了电视台的杜衡的办公室。她很礼貌地坐在杜衡对面，几句话就把她的来意说清了。她的声音很轻，很有条理，说着说着就红了眼圈，掏出手帕揾着。"你说我怎么办？怎么办？"她无助地抽动着肩膀。

杜衡简直像挨了一记雷击。她紧张地看着叶蓁蓁，不知该怎么办才好。她的办公室是个大通间，每个小隔断里都有人在，全都竖起耳朵当了听众，目光也闪烁着从包间里射过来，像是一个个摄像镜头。她心想她这个主持人什么时候面对过十几个镜头呢？半空里陡然掉下了一个女孩，冲着自己抹眼泪，还不知道他们会想成什么事哩！杜衡给叶蓁蓁倒了杯水，轻声安慰她，马上又拿起电话，把事情说给她的搭档听。她声音很大，索性向全办公室公布，省得他们乱猜。反正也是为了工作。搭档感冒了，在家休息，他以为杜衡是在开玩笑，嬉皮笑脸地说："你让她来，来找我，我正躺在床上呢！"等杜衡真把电话递给叶蓁蓁，叶蓁蓁刚"喂"了一下（其实是哽咽一声），搭档就声哑了。

搭档说马上过来，但一直就没影子。杜衡估摸着他这感冒几天内怕是不会好了。叶蓁蓁哭过了，自己也有点不好意思，随便找些杂志在旁边翻着。同事们一个个置身事外，平时欢声笑语，现在连话都少了，好像都赔着小心。杜衡打了几个电话，又接了几个电话，不愿意再待在办公室里，就把叶蓁蓁带到了大街上。叶蓁蓁到了街上，倒慢慢地高兴起来，好像忘了自己的目的。她对各类商品显然非常熟悉，一会儿看看这个，一会儿问问那个，还兴致勃勃地向杜衡介绍，哪种东西这里贵，前面哪里还有更便宜的，或者哪个是以假冒真，哪个今年流行等等。杜衡跟在后面，心里倒恍惚起来。她实在是猜不透这个叶蓁蓁，你说她厉害吧，让她拿伞她也就拿了，说她不厉害，她还能想到来电视台要工作！杜衡真是拿她没办法。她恨不得路边的商店，不管是卖眼镜的还是卖内裤卖粽子的，正好缺个人，把叶蓁蓁往里一塞就完事！她更希望叶蓁蓁真是个缺心眼的，逛了大街后就把什么事都忘了。

事情远不止这么简单。叶蓁蓁在商贸广场附近买了两串糖葫芦，硬要塞给杜衡一串，两人边走边吃，又走了一段，叶蓁蓁突然不愿往前走了。她说："前面就是我们商场，我不去了。她们见了我要笑话我的。"

杜衡心里本来已经轻松一点，突然那话头又绕到了自己身上，那感觉就像路上遇到飙车族，你本来以为他们已经远了，不想他们又轰隆隆地杀回来了。杜衡无言以对。中午她们是在一家小饭馆一起吃的饭，两人推来让去，最后还是叶蓁蓁很固执地付了钱。"没关系的，你还真以为我就没饭吃啦？"叶蓁蓁显得很开心，完全不像个下岗女工，叶蓁蓁很活泼，胃口也好，一不小心，一只小碟子被她碰到地上打碎了，她嘻嘻地笑着，拿脚将碎片悄悄拨到角落里，说："不怪你，这只小碟子是我自己打破的。"见杜衡那一副很难堪的样子，她立即伸伸舌头，不说了。

分手的时候，她再没说起工作的事，倒是杜衡主动提起，说一定尽力想想办法。叶蓁蓁笑嘻嘻地说："其实也没关系。我存了一点钱的，够我用上十天半月的了。"

叶蓁蓁说的话似乎是无心快语，但在杜衡听来，这就是给了个期限了。她心里憋屈得慌，但又无处发作。人家又没有胡搅蛮缠，这么懂礼貌，你还要怎么样？换了你自己又会如何？杜衡想。

白瑾曾经提醒过叶蓁蓁，要她不要吵翻，得理也要让人，事实上叶蓁蓁表现得更为出色。杜衡那里她再也没有去过，只隔三岔五地打个电话，电话里也不多说别的，只是很得体地问个好。她们再一次见面是在电视台大门口，杜衡刚下班，一出门就见到了叶蓁蓁。她心里一沉，知道避不过，只得微笑着迎上去。叶蓁蓁倒显得很不好意思，说自己不是专门来的，只是路过，说得杜衡很亏心。她抓着叶蓁蓁的手说："你放心，我一定给你想办法，一定解决你的工作问题！"她的语气很坚决，其实内心充满无奈。

杜衡回到家，把她对叶蓁蓁的承诺变成了对丈夫的要求。"你一定要帮我想办法，这事情你不帮我了断谁帮我了断？"她从马远尘后面抱着马远尘的腰说，"你一定要帮我解决！"

马远尘轻轻挣了挣他已经微微发福的腰，说道："别闹，别闹，我手上全是油！"他正在洗碗，手上腻，心里也腻味这件事。刚才吃饭时杜衡就已经把自己惹的麻烦和盘托出了，他并没有往心里去，以前她也说过这事儿，她当个笑话说，他也当个笑话听。但今天不一样了，他不能再像前两次那样，把这事只当成桌上的一碟好吃的菜。如果硬要说这还是一碟菜，那也是杜衡带回的一道很糟心的菜，现在只能由他这个做丈夫的把它吃掉！他沉默着收拾着厨房，把碗筷弄得叮当响，一言不发。

"我怎么帮你解决？我能有什么办法？"隔了半晌后他问。

"你们单位，你熟悉的那些朋友，他们单位，就没有一个位子？"

"还位子呢，现在全国人民都在找位子。"马远尘冷笑道，"那么你们单位，你熟悉的那些朋友，他们单位呢，就一点办法也没有？"

"有办法我还要求你？"杜衡气呼呼地说道，"我能把这个麻烦惹到我们单位去吗？我还有脸吗？况且我们那里是电视台，她能干什么？"

"是啊，她能干什么？"马远尘一屁股坐在沙发上斜睨着妻子，"电视台又怎么啦，有什么了不起！"

"那你那个学报又有什么了不起？"杜衡被激怒了，她尖利地讥诮说，"还不就是批批字号、改改错别字？改了错别字那文章就是你们写的啦？还真以为自己成了专家教授哩！"马远尘闭着眼，表示自己连耳朵也是闭着的，随她说。她站在他面前，尖刻地说："求你，你办不了，那就明说，也让我知道你的能耐！"

马远尘不得不反击了："那你就别来求我！"

"我真后悔，后悔把你当个男人！"杜衡突然捂住脸，嘤嘤地哭起来。

真是乱了套了。常常是这样，一件本来算不得什么的事，两人慢慢就会为此争执起来，吵得不可开交，事后两人平静了，竟一时想不起开始时究竟是为了什么才吵起来的。你现在看到杜衡这副涕泗横流、头发散乱的模样，能想象出她是个经常在电视上神采飞扬侃侃而谈的人吗？但这其实是同一个人。马远尘对妻子向来是包容的，因为他是男人，据说男人天生就应该这样。但她今天提的要求，确实让他为难，这可不是去买一套衣服或是一件首饰。他口袋里是有点钱，可是没有工作岗位，但两人都是忙了一天回到家，他实在不愿再这么吵下去。他一句也不想吵了。马远尘灵机一动，他走过去，打开了电视机。他不断地换着频道，好像非得找到什么东西。

果然找到了。电视里正在播放杜衡主持的那档"评事街"节目，另一个杜衡，一个风度优雅的杜衡正在电视里对某事品头论足。

电视里的杜衡正在评价的是一件家庭暴力事件。一个懦弱的男人，因为贪杯无能，经常被妻子暴殴。马远尘看了几眼，扑哧笑了。笑得很夸张。电视里是别人的生活，这房间里的生活才是他们的。那男人被妻子打得鼻青脸肿的，面对记者委屈地说："她们有妇联可以诉苦，我到哪儿去？我无处申冤啊！"终于杜衡也忍不住笑了。电视里的杜衡开始评论了："这是我们生活的另一面。家庭暴力有时候也只是以另一种角度出现。因此有专家认为，所谓'家庭暴力'，不应该仅仅局限于殴妻，而应该定义为拥有更强武力的一方在家庭里用暴力对付另一方……"

"男人可怜啊！"马远尘长长地叹了口气。

"他可怜什么！"杜衡忍不住开口了，"他窝囊。活该！"

好像正是为了反驳她，电视里的杜衡继续说道："我们必须重视所有形式的家庭暴力现象。在当今社会，不管男人还是女人，都面临着巨大的生活压力，但任何时候，压力都不应该转化为夫妻间的暴力,我们应该……"

马远尘赞叹道:"她说得多好啊!"

"好你个鬼!"他正说着,杜衡手里正擦着眼泪的毛巾飞了过来,"对你就要用暴力!"说着自己也笑了,走过去啪地把电视关上。"我一看你去开电视就知道你不安好心,想看我笑话!"

"这是笑话吗?"马远尘用指头顶着毛巾呼呼转着,哈哈笑起来。

他们这就算是和解了。和很多家庭一样,绝大部分时间他们家里是风轻云淡的,偶尔才会雷电交加。结婚近十年,他们的生活一直很安宁。和大多数家庭不一样的是,他们没有小孩。开始是不想要,各方面都在打基础的阶段,也还没有过够两个人的生活;后来怀上了,那时候正好是杜衡刚做上主持人不久,一旦挺出大肚子就会有人把她顶掉,她执意将孩子打掉了,不想却落下个习惯性流产的毛病,后面几次怀孕都没能留住孩子。他们都喜欢孩子,因没有自己的孩子就格外地喜欢。这事虽说还没有彻底绝望,但看来也急不得,这也不是加班加点埋头苦干就能成的事儿。也许因为没有孩子,在他们家里杜衡就把自己当成了孩子——至少马远尘认为她有这种心理。他是又要当丈夫又要当哥哥。杜衡身材娇小,这在电视里是看不出的,只有做丈夫的才知道,她其实还是个界于少女和少妇之间的女人。万幸的是她的工作历来不要他操心,但今天,他看来是逃不脱了。她不是说了吗——"这事情你不帮我了断谁帮我了断?"

马远尘确实也还有他的办法。第二天上班后，他给妻子打了个电话，说现在有个机会了，他们学报可能需要一个校对员，不知那个女孩能不能干。"这是全天下最后一个位子了，她要有兴趣可以来试试。"杜衡显然很高兴："她肯定愿意的，她不愿意也不能怪我了。"她在电话里"叭"地亲了一下，"谢谢你了老公，"又轻轻说，"晚上我好好犒劳你。"

马远尘笑笑说："你亲的是谁呀？电话上有细菌！"

叶蓁蓁当然是愿意的。她简直喜出望外。校对员，一听就知道是个什么工作，不能算很高档，但至少和文化沾上了边。这似乎离她心中并不清晰的理想尚有距离，但至少算是"上了路"。在叶蓁蓁心目中，工作是有高低贵贱之分的，并不是挣钱越多的就一定更好，这说明她说到底还是个有点守旧的本分女孩，一如她的衣着，清洁而得体，并不一味追求新潮时髦、夺人眼目。她得到这个消息时高兴得直言要请杜衡吃饭，杜衡推却不过，只得答应中午在电视台附近的小饭馆见面。这已经是她们二人第二次一起吃饭，结账时你推我抢，最后是杜衡掏的钱。她原本也担心叶蓁蓁瞧不上这工作，现在见到她跃跃欲试的样子，心下松了口气，竟还有点感谢她，所以杜衡是真心愿意来买这个单。她叮嘱叶蓁蓁，校对员的岗位其实也是公开招聘的，她应该先到学报去一趟，要点招聘方面的文字资料，她说："不光见见我老公，也见见其他领导。"

叶蓁蓁觉得杜衡说得有理。任何事情都应该考虑在前，想得细一点。她喝了酒，丢了工作，就是吃了放纵自己小性子的亏。她再也不能任性了。按她内心的想法，校对员这样的工作理应由杜衡双手奉上，这是她自己应该得到的赔偿，但她明白，该做的事情还得自己去做。去学报以前，她先和白瑾商量了一下，毕竟他在高校工作，而她要去的学报也属于一所高校。因为同样的原因，她原本还打算让白瑾陪她一起去，但当白瑾主动提出时，她倒反而拒绝了。她凭直觉感到，她一个人去效果肯定会更好。她已经知道了，学报的领导们都是男性，她相信没有一个男性领导会喜欢一个带着男朋友上门应聘的女孩。何况，她又很漂亮。

白瑾还提醒她首先应该到杜衡家里去一下，去拜访她的丈夫。他认为应该带一些得体的礼物，显得正式而有礼貌，而且，作为一次家庭性的访问，他一起去一定可以调节气氛——他怎么又提出要陪她去呢？难道他以为，在一些重要的时刻陪伴过她，他以后就一直可以陪伴她吗？其实这可真是说不准的啊，但男人有时候就是这么天真。叶蓁蓁再一次谢绝了他。她不但没有带他去，也没有带任何礼物。她在下午下班后敲开了杜衡家的门。杜衡还没回来，她丈夫马远尘一个人在家——也许这正是叶蓁蓁所期望的。马副主编看见叶蓁蓁，先是一愣，继而眼睛一亮。那天的叶蓁蓁格外美丽。马远尘请她坐下，一边和她说话，一边呵斥着家里那只冲叶蓁蓁不断龇牙的哈巴狗。那狗开始时是很有敌意的，门刚开，先是冲着叶蓁蓁一阵乱吠，弄得她很慌张，后来见到主人的态度,它才逐渐安静下来。

叶蓁蓁简单说明了来意,对自己的不约而至表示歉意。她话不多,恰当地表现了她明理聪慧、企求帮助、对工作充满期盼的态度。那狗看起来冷漠而有所戒备,叶蓁蓁不敢唐突去摸它。她给马远尘留下了一个良好而深刻的印象。他和她约好,让她第二天到学报去一下。

这个次序是不能乱的,应该先到他家里,再到单位。第二天叶蓁蓁如约来到了学校。这不是她毕业的那所学校,但那类似的气息让她感到亲切,又有一丝恍惚。

她难免有点紧张。虽然马远尘昨天已经交代过她,让她先找办公室主任,一个老太太,但她在爬上学报所在的四楼时,还是盼望着能在走廊里或是别的什么地方首先遇到马远尘,他是这里她唯一认识的人。事实上她确实遇上他了,他正在送什么人出来,但他却只朝她微微地点了个头,就重新回到了自己的办公室。

叶蓁蓁愣了半天,突然明白,他的态度是对的。就这样一个岗位,竞争对手也有好几个,每个都还有点路子,最好不要让别人知道有人在帮她。她明白了这个,心情立即愉快起来。有了这样的心情做底子,找办公室主任报了名之后,马副主编再当着主编的面和她谈话,她就有了准备。

马远尘打量着人事秘书领来的叶蓁蓁,淡淡地看着她的报名表,说:"哦,你是学统计的。我们这个校对的工作,主要不是统计错别字,而是要把它们挑出来!这对基本素质还是有一定要求的。"

叶蓁蓁一下子面红耳赤。虽说有准备,但他这话还是太冲,让她有点受不了。她除了点头,什么也说不出。天晓得马远尘这话除了演戏的成分,也还确实夹了气在里面。他答应帮她,可一旦真的开始帮了,他还是有被胁迫的感觉。她胁迫他妻子,妻子再来胁迫他,他一时收不住,话里就带了刺。他看着她的窘迫神情,有点怜惜,也有一丝快意。倒是那姓王的主编,一个胖老头,看叶蓁蓁可怜,把话头接了过去。他说:"没关系的,来应聘的人都没有基础,只要肯学就行了。"他和马远尘合作得并不算好,这时正好端出一把手的姿态,委婉地匡正他一下。

在招聘考试前的几天里,叶蓁蓁除了看书,脑子里不断回忆起她去学报的那一幕。她回忆那里人说的每一句话、每一个细节,她暂时还得不到更多的信息,但在心底里,她已经把那里当成了自己的单位。她肯定,自己是能被聘用的。她面前的那本《著编审校须知》就是马副主编托杜衡送给她的,许多地方画上了红线。她原本学习能力就不差,考试时一张卷子一做,叶蓁蓁立即在几个竞争对手中脱颖而出,高出众人一大截。结果是,她被聘用了。

6

这一次先是丢掉工作后来又找到工作的经历,确实有一些意外，但对叶蓁蓁来说，却是一次锤炼。她慢慢地成长着，突然间就成熟了。因为喝了一点酒，她被炒了，但如果不是后来的一系列事情，她也许就会一直醉下去，想醒也醒不了。她一想到自己可能要当一辈子营业员，至少是还要当很长时间营业员，她就觉得后怕。显然，有些人是帮过她、安慰过她、给她出过主意的，但关键的事却全要由她独立完成。她对自己有了底，很有信心。

这才是她真正的毕业啊。

她搬到了学校提供的新宿舍，两人一间，同室的女孩是个教师，家在本市，基本上不来住，叶蓁蓁平生第一次拥有了自己独立生活的天地。叶蓁蓁想，在这个城市站住脚可真是不容易啊。她终于算是站住了。找工作的过程是她和白瑾渐行渐远的过程。白瑾几次主动问她找工作的情况，问要不要他出面，她都拒绝了，她并不认为他能帮她，倒觉得他可能会帮倒忙。叶蓁蓁的拒绝冷了白瑾的心，也渐渐固结了她自己的心。她的心原来还是一池水的，风来时还会起一丝涟漪，现在不会了，她的心已逐渐冻住了，虽然从表面看来还是平滑如镜，但已有了自己的稳定的形状。

她所在的学校和她原来的母校前门对着后门，白瑾有时会来找她，她总是以有人来或是有事要出去为托词，避免和他在房间厮混。有一次白瑾在时，她又说马上有人要来，把门开着。白瑾忍无可忍，恼怒地追问她："有谁要来？来干什么？！"叶蓁蓁也恼了，但她不发火，只板着脸说："我说有人就是有人，你要没事你就等着吧！"白瑾也不想跟她吵，讪笑着说："你是有人，我看你是有人了！"叶蓁蓁正要说"这关你什么事"，只听见门外传来一阵脚步声，悬在中间的半截门帘一晃，蔡坤来了。

叶蓁蓁如遇救星，亲热地迎上去搂她的脖子。白瑾坐着，冷眼旁观。蔡坤从前是被叫过"彩色宽银幕"的，今天却是一身灰色，不是她不追求时髦了，而是今年秋季突然发了邪，灰色竟成了流行色。蔡坤永远是追求流行的，但因为身材丰满，上下一色灰，就显得她胖，还是不好看。但叶蓁蓁照例要夸她漂亮。蔡坤自然也要回夸。两人嘻嘻哈哈，你一言我一语。蔡坤朝白瑾打着招呼，拽了拽叶蓁蓁身上的米色休闲装，说："你看你看，我们叶子才真是漂亮哩！"

白瑾苦笑。以前他也是经常到她们两个的宿舍去的。那时的叶蓁蓁是叶子，蔡坤是一朵硕大的花；现在的叶子还是叶子，蔡坤却成了灰色的土。他面前的叶蓁蓁是一盆可供赏叶的盆景。他恍惚着，发出一腔感慨。叶蓁蓁嬉笑着说："白老师以为我们还没毕业呢，他来给我做思想工作。"

蔡坤一愣："什么？"

叶蓁蓁不说话。白瑾说不出话。

叶蓁蓁笑着，变戏法似的从抽屉里拿出很多零食，请蔡坤吃，又把瓜子往白瑾面前推推，说："白老师，你也请。"白瑾麻木地拿几粒，在手里搓着，捏碎了。他到这里来，叶蓁蓁只给他倒了一杯白开水，抽屉里的零食显然不是为他准备的——他突然笑自己小心眼，竟计较这个。但事实上零食象征的既是气氛，也是态度。他只能劝自己心胸要豁达。三人有一言没一语地闲聊着，说的无非是工作忙不忙、天气怎么样之类的话题。叶蓁蓁倒也不是不接白瑾的话，只是老半开玩笑似的称呼白瑾为"白老师"。蔡坤忍不住了，她是个直性子，突然拍一下叶蓁蓁的手道："你有病啊，什么'白老师，白老师'的，肉麻不肉麻呀你！"

叶蓁蓁正色地说："一日为师，终生为师嘛！是你自己没大没小！"

蔡坤看出她不是在开玩笑，吓得不知说什么好，看看这个，又看看那个。白瑾霍地站起，说："我先走了。"又对蔡坤说："你再坐坐吧。"

"不，不，我走。应该我走。"

"你不许走。"叶蓁蓁一把抓住她说，"你们想一起去散步吗？"

蔡坤这下不好走了，乖乖地坐下来。白瑾铁青着脸出门了。叶蓁蓁把他送到了楼梯口，就回来了。

蔡坤问："你们怎么啦？吵架啦？"

"没有。"

蔡坤疑惑地说："你们不是一直挺好的吗？"

叶蓁蓁说："那是你的认为。"

"那你不这么认为啊？现在都稳定下来了，都在学校，前门对后门，人家说你们两个的学校还要合并哩。我就等着喝你们的喜酒了！"

"又喝酒！"

"好，好，不喝酒，吃糖。"蔡坤想起叶榛榛因喝酒丢了工作的事，有点内疚，"白瑾挺好的，人很实在。要不是他，你毕业时肯定要回原来签的那个单位的。"

叶榛榛警觉地问："这是他跟你说的？"

"不，他没说过——事情不就是这样的嘛！"

"那个营业员的工作是你帮我找的，不是你我也留不了省城，"叶榛榛斜眼看着蔡坤说，"我是要感谢你还是感谢他？"

"我不要你感谢。肉麻。"

叶榛榛说："爱情也不是报恩。"

蔡坤顶她道："那爱情也不是不报恩！而且白瑾真的不坏——在学校时我还有点嫉妒你们哩！"

"好啦好啦，我们不吵了好不好。他人品好，工作体面，性格温柔——我让给你，要不要？"

"去你的！"蔡坤打了她一下，叹气道，"我真是弄不懂你这个人。"

"有些事是讲不清。我还看你跟你那些男朋友都挺好的哩！你还不是跟他们都散了？"

"你别说我。"说着不说，结果蔡坤还是说起了自己。一开了头就唧唧呱呱没个完，她说她现在看不起中国男人了，不浪漫，不懂绅士风度。叶榛榛想起她那个经理的公子，见她绝口不提，知道自己也不该多言，就没问。蔡坤说："不知道跟外国人结婚好不好，但至少和他们谈恋爱是很浪漫的，他们常送玫瑰花。"叶蓁蓁说："和他们结婚好啊，结了婚就可以移民到国外生活，那还不好啊？"蔡坤说："外国男人浑身都是黄毛，哪儿敢结婚啊！"叶蓁蓁说："哈，你试过啦？！夜里醒了，一摸像是在摸一只猪对不对？"蔡坤猛扑上来，打着她说："你才试过，白瑾才是猪哩！"

两人又笑闹了一阵。叶蓁蓁懒得从话里去揣摩蔡坤的生活。外国人离她太远了，她犯不着操心操到外国去。她只想把自己的生活过好。生活是自己的，别人的生活其实只是故事。一个人只要把自己的生活处理好，就足够了。

蔡坤当天就睡在叶蓁蓁这里。她倒是很快就睡着了，叶蓁蓁听着她微微的鼾声，恍若回到了大学时的同屋时光。她一直无法入睡，头脑里总是回响着蔡坤的那句话——"要不是他，你毕业时肯定要回原来签的那个单位的""事情不就是这样的嘛！"——是这样的，也许还不仅仅是这样，他在很多时候确实也曾经出谋划策，但是，她无法违逆自己的感觉和意愿。蔡坤的话不断回旋在她的脑海，刹那间她心中也闪过了一丝愧疚，但这也只是一闪之念而已。事实上叶蓁蓁这经常闪过心头的愧疚更让自己远离他。她更不愿意再见到"白老师"了。

叶蓁蓁到学报工作，王主编是第一个赞成的，他比马远尘的表态还要早。但不久后他就隐约听说，叶蓁蓁到他这里来，背地里还是马远尘施了援手，他难免有上了一当的窝囊感。他自己的女儿高中毕业后没考上大学，在学生宿舍管理科当临时工。这孩子自己学习不行，不成器，倒怪父亲没手段，不能给她谋个好差事。王主编当然不至于硬想把这样的女儿弄进自己单位，但一个和女儿年龄相仿的女孩子得到了他手下的这个职位，他心里总有些说不出的不快。平心而论，叶蓁蓁精明、温顺，并不讨人厌，甚至可以说还很讨人喜。她还是一个新手，本可以先带一带，但王主编对她的要求很严格。她第一次来应聘时，马远尘曾说过，校对这个工作可不是要去统计错别字，是要去找出错别字的，他当时还帮她解了围，但现在呢，王主编自己倒常常做些统计错别字的事。他把校样里叶蓁蓁漏校的错别字用红笔圈出来，轻轻地放在叶蓁蓁桌上，叶蓁蓁的脸一下子就全红了。他在人多时并不提这件事，算是给叶蓁蓁留了面子。叶蓁蓁很快就体会到了他的老辣。学报的作者们每写出一篇论文都称得上是呕心沥血，对论文里出现的编校错误都特别敏感。叶蓁蓁虽然还没有出过大纰漏，但她刚上班不久就亲眼见到了一个作者来编辑部告她前任的状，她觉得压力挺大。

　　她尽力地熟悉业务，同时，也悄悄观察着单位的情况。她发现，王主编的年龄已过六十岁，虽然暂时还掌握着实权，但肯定很快就要退下去，她犯不着和他计较，他是领导，任何时候也不能和领导计较。马远尘和王主编的关系比较尴尬，可他掌握着单位的未来,这也就意味着他掌握着她叶蓁蓁的未来。叶蓁蓁和马远尘的关系显然是特别的,但叶蓁蓁一直和他保持着一种很有分寸的关系,她听话、勤恳,但这都止于八个工作小时内。她打定了主意,那就是:两个领导的话她都听,但如果两人意见相左,她最后还是听马副主编的。幸亏她还只是一个校对,这样让她为难的情况极少发生,少到统计规律还起不了作用,还没有人能据此看出她内心的取舍。

和所有有野心的副职一样,马远尘明白,正当用人之际,单位原来的人立场都已确定,对新来的人应该着意关照。他对叶蓁蓁的态度很温和,说话的语气也很和蔼亲切。他们的学报是月刊,校对的工作量并不大,叶蓁蓁熟悉了以后,尚有不少空余时间,她问马副主编,有没有什么事情要她帮忙。马远尘考虑了一下,拿给她一篇文章,让她试着编编。他看见叶蓁蓁的眼睛亮了一下,他便即明白,这个姑娘是不会甘于长期当个校对的。

那段时间叶蓁蓁非常忙。文章是一篇校外稿,题目是《从实验到案头》,论述的是科技著作的写作方法。文章内容非常浅显,严格说来,不能算是一篇论文,但她编得很认真,这不光是因为这是她第一次编稿子,而且她注意到,文章的作者是她母校的校长。编这篇文章时,叶蓁蓁有一种莫名的兴奋感。她敏锐地注意到了文章后面的背景,具体是什么,她还说不清楚,但她出于本能地意识到她应该走进去。文章罗列的参考文献略有些语焉不详,她请示了马远尘,得到同意后,她直接去跟作者联系了。

若光是编这篇文章她还不至于太忙，只不过后来蔡坤又来添了不少麻烦。那天晚上，叶蓁蓁正在看书，蔡坤来了。她进来后没有把门随手关上，红着脸瞟瞟门外。叶蓁蓁知道后面肯定还有一个人，料想是她的男朋友。叶蓁蓁开玩笑地说："Come in！"不想应声进来的是一个金发蓝眼的外国人。叶蓁蓁吓了一跳。蔡坤说："这是汉森，理工大学的留学生。"汉森说："你好！"说着伸出毛茸茸的手。叶蓁蓁握着手，偷偷瞥蔡坤一眼，蔡坤倒是大大方方的，叶蓁蓁反而有点脸红。

叶蓁蓁拿出瓜子水果招待他们。汉森规规矩矩地坐在椅子上，只要了一杯茶，神情像个小学生。叶蓁蓁一时不知道怎么开口。蔡坤说："汉森是从美国加州来的，在这里学汉语。"汉森又说："你好！"

叶蓁蓁忍不住想笑。她问："在中国生活习惯吗？"

汉森说："习惯。我、爱、中、国。"

他这几个字是一字一字说出来的，显得十分诚挚。叶蓁蓁不知道，其实几乎所有的老外对他们不熟悉的中国人都是这么说的，这差不多已经成为一种套话。她好奇地问："你爱中国什么呢？"

汉森说："中国画好看，字也好看。中国的女孩漂亮。"——说这话时他看了一眼蔡坤，"中国菜非常好吃！"

叶蓁蓁忍不住笑了出来。她一下子想起了蔡坤的姓氏——"两菜一汤"。蔡坤愣一下，也笑了起来。汉森不解地看看她们。

叶蓁蓁忙说:"没什么。我们想起了一个故事。"蔡坤急忙向她瞪了一眼。

汉森说:"故事?"见她们两人好像不想说,也就不问了。他说:"叶小姐,你在什么地方工作?"

叶蓁蓁说:"我在学报上班。"

汉森不知道学报是什么。蔡坤拿过一张纸,写上"学报"二字,教他念。念完了,又拿把刀子把纸裁成一个小方块,递给汉森。汉森从口袋里掏出一个小本子,原来里面还夹着不少这样的卡片,上面写的都是汉字,有的是蔡坤写的,另外一些想来就是汉森自己写的了。汉森的字迹歪歪扭扭,和中国小学生写的字还有些不同,很像是中国的中风病人为恢复身体功能写的字。

他们就这样聊着天,不知不觉已经十一点了。叶蓁蓁看他们还不想走,开始猜测他们的来意。她用眼睛询问了蔡坤好几次,蔡坤才扭捏地说:"你的同室怎么还不回来,出差了吧?"

叶蓁蓁说:"是啊。要十几天哩。"

蔡坤说:"我想来住几天。"

叶蓁蓁吃了一惊。她说:"好啊。可你单位不是有宿舍吗?"她觉得此事有点蹊跷。

蔡坤对着她耳朵悄悄说:"我有麻烦了。要上医院做掉,在你这儿歇几天。"

汉森假装翻着卡片,不朝这边看。叶蓁蓁轻声问:"是他的吗?"蔡坤点点头。叶蓁蓁说:"那你不是可以住到理工大学的留学生宿舍去吗？你可不能便宜了他，他应该照顾你。"

蔡坤说："他们外国人不懂得怎么伺候坐小月子的女人。"

叶蓁蓁说："那我就懂啦？我可不会伺候你。"

蔡坤说："我不要你伺候。我只要个地方休息就行了。"

叶蓁蓁微笑着说："混血儿很漂亮的哦，你不想要个洋娃娃吗？"

蔡坤在下面狠狠揪她一下说："求你了，你别闹了！"

叶蓁蓁看她实在有些可怜，只好答应了。那边汉森看叶蓁蓁一点头，神情也松弛了下来。叶蓁蓁隐约觉得汉森并不简单，蔡坤可能又要吃亏，但叶蓁蓁不想再多嘴。蔡坤吃亏也不是这一次了。

去医院的那一天叶蓁蓁也陪蔡坤去了。说是陪蔡坤，其实她自己心里也有点好奇。那是个上午，市妇产医院的人很多，大多是成双成对来的。蔡坤本不愿让汉森跟着，但他执意要来，想来他也是出于关心，也就由他了。汉森在医院门口一出现，就有不少人盯着他看，还有人在窃窃私语，直瞅着蔡坤和叶蓁蓁的肚子。叶蓁蓁很恼火，因为蔡坤的肚子看上去和她的并没有什么两样。汉森大概也感觉到了什么，不想再进去。三人说好，汉森在外面等着。

来这里做人流手术的大多是些二十岁上下的姑娘。走廊的长椅上坐了不少人，一个卫生员拖着个筐子走过去，里面装满了沾着黄药水和血污的卫生纸和棉球。蔡坤的脸开始发白。叶蓁蓁这时才知道,蔡坤早就预约过。叶蓁蓁拿着她的预约单到窗口去缴费,然后回来陪蔡坤坐在长椅上等着喊号。

手术室外面有一个弹簧门,一个慈眉善目的医生坐在门口,喊到一个,就把她领进去。有一个姑娘做好了手术出来,脸色蜡黄,好像步子都迈不稳了,被喊进去的姑娘脸都吓白了。叶蓁蓁去看了一下前面的病历,还有好一会儿才轮到蔡坤。叶蓁蓁就让蔡坤先等着,自己下去走走。蔡坤可怜巴巴地看着她,但叶蓁蓁心一硬,还是走了。她已经有点后悔陪蔡坤来了。

她下了二楼,出了医院,看见汉森正在医院前面的一个书摊那儿看书。叶蓁蓁走过去,拍拍他的肩。汉森一回头,见是她,就问:"多少钱?"叶蓁蓁把数目告诉他,汉森说:"太贵了,太贵了。"继而说:"我们上去看看吧。"叶蓁蓁不愿意跟他一起上去,故意落在他后面好远。

叶蓁蓁上了楼,看见汉森正在弹簧门那儿对那个医生说着什么,好多人围在旁边。叶蓁蓁没有看见蔡坤,想来她已经进去了。汉森说的汉语半生不熟,但大意大家都还能听懂。他说:"手术费太贵了。我以前就知道的,中国有个制度,第二次是可以打折的。"那女医生似懂非懂,好奇地问:"她是第二次来?"汉森说:"她不是第二次,我是第二次。"围观的人哄堂大笑。那女医生气愤地说:"什么打折,你以为是买处理品啊?"汉森解释说:"我以前带女朋友来过,我确实是第二次。"

女医生气得说不出话，想骂他，又不太敢。人群开始起哄，叶蓁蓁见势头不好，不敢再躲在外面作壁上观，忙挤进去一把把他拖出来。汉森不服气，嘴里还叽里咕噜不知在讲什么东西。叶蓁蓁拖着他走到医院外面，要他先走，也不由他分说，拦辆车就把他塞进去了。

叶蓁蓁后悔死了。汉森要来，她之所以没有反对，是因为她自觉事情与自己无关，他跟着来合情合理，不想倒大大地出了一次洋相。她本不想再上去，但一看楼上，还有不少人从窗户往外看，看他们。她想她还是应该回去，要不然人家还以为她就是这老外以前的女朋友哩！她急急地上了楼，对那个正在那儿大骂的女医生说："你别生气，这个老外神经有毛病，我们公司马上就要把他遣送回国了。"女医生说："他真有神经病？我看他就是个外国瘪三！"又问："你是他什么人？"叶蓁蓁说："我是公司的翻译。"女医生说："这些女孩真不得了，外国瘪三都要。"叶蓁蓁说："现在这种事儿呀，嗨！"她声音很小，生怕里面的蔡坤听见。她见周围的人看自己的眼神都正常了，才放了心。这件事本来就与她没关系，至于别人怎样去想蔡坤，叶蓁蓁顾不上了。她今天已经够朋友的了。

蔡坤在里面疼还疼不过来，只知道外面有事儿，却不知道与自己有关。她从里面出来后，脸色蜡黄，两腿打战。她一点也没注意到别人看她的眼神。她还想歇一歇，叶蓁蓁却把她一挽就往外走。她们一下楼梯，后面的人就笑了起来。蔡坤不知端底，有气无力地骂："少见多怪！"轻轻闭上了眼睛。

她们打车回去。叶蓁蓁在车上想，现在和外国人谈恋爱的人太多了，那些新潮作家还大加宣扬，推波助澜，真是害人不浅。蔡坤谈的这次恋爱肯定又是不得善终。那个女医生说得对，汉森是个外国瘪三！

蔡坤在叶蓁蓁那儿住了一星期。蔡坤不想再麻烦叶蓁蓁，也就没有多少事儿。汉森只在第二天来坐了一会儿，后来就不见踪影。星期六那天，蔡坤待不住了，要走。叶蓁蓁也不留她。她知道蔡坤肯定是要去找汉森。叶蓁蓁没有多说什么，由她去。蔡坤在这儿住的这几天，叶蓁蓁手上的事或多或少被耽误了一些。她一想起汉森跟人家谈打折的事就想笑；但一想起妇产医院的弹簧门里隐约传出的女人的嚎叫声，又惕惕自警。她可不想到那种地方去。她和白瑾相处了这么久，虽然不容易，但她仍然保持着清白之身。

蔡坤走后的第二天，叶蓁蓁就开始与那篇论文的作者联系。叶蓁蓁不是个爱读书的人，但她在和作者见面以前，把那本编辑必读的《著编译审校指南》中的有关章节又翻了一遍。这是工具书，读了有用。说到底，叶蓁蓁认为读书本身也是一种工具，或者说是手段。她心里有了底，就约好时间，同作者见面。

母校的余校长是图书情报专业出身，作为一所学校的校长，他的学问并不高。连叶蓁蓁都有点奇怪，他怎么会去写这样一篇严格说来只能算是科普文章的"论文"。后来叶蓁蓁知道了，余校长不会做学问，但是很会做领导。初次见面，叶蓁蓁相当紧张。已经临近他们约好的时间，叶蓁蓁踩着光可鉴人的紫红色楼梯，进了校长办公楼。她怯生生地敲开了门，余校长正在里面等她。

她在这所学校读了三年书，这个地方她还是第一次来。校长楼坐落在小山包上，据说是新中国成立前的司徒雷登公馆，她做梦都不会想到有朝一日能踏上这里的回廊。

余校长办公室的地板上铺着地毯。见她进来，余校长从办公桌前站起身，招呼她坐在沙发上，自己在另一张沙发上坐下。余校长说："为了一篇文章，你们还这样认真，值得我们的学报好好学习。"叶蓁蓁说："哪里，您能给我们赐稿，我们那儿上上下下都很重视的。"

这时候有人敲门，进来的是校办的秘书，他拿了一份文件请校长签字。余校长说："你先放在桌上吧，我下午再看。你先去给这位叶编辑泡杯茶。"他对叶蓁蓁说："我的杂事太多，文章还要多麻烦你。"叶蓁蓁说："您太客气了。"继而她带点顽皮地说："我正好可以借机向您请教，我还是个新手哩。"余校长说："好，好。"

叶蓁蓁拿出文章的校样和一个笔记本，他们开始具体地谈文章。到了下班的时间，他们已经把问题基本解决了。叶蓁蓁发现，余校长其实并没有她原先想象得那么威严那么高不可攀。事实上，大多数领导的严厉都是表现给他们的下属看的，这是一种需要。

校长可能会对他的副手发火,把他骂得狗血淋头,但他决不会向一个普通的职工发脾气。母校的校长现在面对面地坐在叶蓁蓁的面前,对叶蓁蓁来说简直像一个梦。她感觉到一种发自内心的兴奋和刺激。她觉得这对她来说有一种说不出的挑战性。

余校长下班了,叶蓁蓁也跟着出去。到了学校外面的十字路口,叶蓁蓁决定不回学校的宿舍了。她想和余校长同走一段路。余校长的家离学校不远,叶蓁蓁推着车陪着他走。他们边走边闲聊,原来余校长和叶蓁蓁单位的两个领导都是熟人。余校长很高兴,一路上脸上都带着笑容。平常走这段路他一般都是板着脸的,因为经常有人等在路上向他反映学校的情况,他很烦这个。他只有一个儿子,走在身边的叶蓁蓁此刻倒很像是他的女儿。余校长突然发现,能够心情轻松地走这段路,感觉是多么好。他是个校长,位高权重,但他其实也缺少人与人之间的亲近,那种看上去不带任何功利性目的的亲近。其实接近领导,有时并不像你想象的那么困难,细心的叶蓁蓁体会到了这一点。

走了大概一站路,余校长的家到了。这是位于宁夏路和青岛路交汇处的一座小楼,一道弧形的围墙把小楼和马路隔开。叶蓁蓁没想到余校长的家就在这儿,以前她到市中心去,常常要经过这里的。每每经过这儿,叶蓁蓁在自行车上瞥见围墙里的深宅大院,心里都会闪过一丝没来由的嫉妒和向往。她现在站在铁门外,离余校长的家只有几步路的距离。余校长问:"不进去坐一会儿吗?"叶蓁蓁迟疑了一下,忍住进去的欲望,说:"不进去了,今天已经耽误您不少时间了。"余校长说："那好吧，有事你可以再跟我联系。"

余校长摁摁门铃，开门的是一个小伙子。余校长说："这是我儿子，余志。对了，你们还是同行。"叶蓁蓁大方地伸出手说："你好。"两人握了握手。

余志是《科技信息报》的编辑兼记者。胖乎乎的，其貌不扬，看上去有点大大咧咧。叶蓁蓁和他的初识是不期而至的。后来余志对她说，第一次见面他就对她有了一个好印象，他说："我一见你就爱上你了！"

叶蓁蓁骑上自行车，离开了余校长家门口。她有点兴奋，骑得很快，红色的风衣被迎面的风鼓起来。她沿着弧形的围墙骑过去，像一道弧线从一个圆的外面划过去。她预感到，自己总有一天会进入围墙里面的那个世界。她说不出有什么理由，只是隐隐地感到她很想进去。她想着，盼望着，这就足够让她兴奋的了。

7

叶蓁蓁已经好久没有回父母家了。她内心一直不太愿意回去。她明白，自己总有一天会进入另外一个家庭，或者说会自己组建一个小家，不管怎样，总归会比现在她父母亲那县城小巷子里的家要美好、体面。星期六上午，她乘车到了县城，车站离家不算远，她从车站步行回到家时，看见父亲正在巷子口和几个老头老太打牌，她打了个招呼就绕过去进了巷子。母亲正在家里忙饭，见她回来，略略有些吃惊。她帮母亲把最后一点菜择好，就回了自己的房间。多日没回来，房间里很乱，桌上胡乱摊着一些书，灰也落了一层，只剩台灯下的那一块儿还干净着，在那层灰尘上妹妹用手指写了几个字："讨厌！讨厌！"也不知道她讨厌谁。妹妹现在是这房间的主人了，她有权不清洁。叶蓁蓁本不打算待多长时间，也就懒得去收拾，她拽张纸，随意把桌子擦一擦。母亲跟进来，唠叨着，数落着她爸爸的种种不是，说了几句又跑出去接着炒菜。油锅里发出"叭拉叭拉"的响声，也听不清她讲的是些什么。叶蓁蓁从小书架上找了几本要带到学校去的书，随意拿一本在手上翻着。她今天心情愉快，外面繁杂的声音作为一种背景，把她的心情衬托得格外轻松。母亲把饭弄好了，大声说："喂，你去把你爸爸喊回来吃饭！"叶蓁蓁说："喊他干吗，他肚子饿了还不知道回来呀？"母亲说："他没有数的，打起牌来就没命。"这么说着，父亲回来了，一进门就说："哈，又在讲我的坏话。"母亲说："我还以为有人会给你管饭哩——那两个小的呢？"

正说话间，弟弟妹妹一前一后回来了。见叶蓁蓁在家，两个都很高兴。弟弟抱着个足球，抬脚踢到墙角，到房间里翻叶蓁蓁的包，一翻翻到两包牛肉干，扔一包给姐姐，自己拆开一包吃起来。母亲跟进来，指着叶蓁蓁刚才擦过的桌子说："乱，就是乱，还等姐姐回家收拾！多大的姑娘了啊！"又对儿子说："吃，就知道吃零食，马上就吃饭了！"

一家人围着桌子吃饭。和以往叶蓁蓁每次回来一样，老两口又开始互相数落对方，希望大女儿来当裁判。叶蓁蓁笑眯眯地只顾吃饭，不搭理他们。两人觉得无趣，慢慢也就住了嘴。饭快吃完了，老太太冲老头连连使了几个眼色，老头先是假装看不见，赖不过，问叶蓁蓁说："你和那个姓白的老师，现在还来往不来往啊？"叶蓁蓁说："来往啊，怎么啦？""那怎么不见他到我们家来呀？"叶蓁蓁说："他来干什么，本来就是一般的朋友嘛。你这么惦记着他干吗？"父亲语塞。她母亲说："你们原来不是挺好的吗？你暑假不是还——"叶蓁蓁打断她的话说："好了，我知道你们的心思。你们放心好了，我的事自己会拿主张的。"随后她笑嘻嘻地说："到时候保证让你们高兴就是了。"

叶蓁蓁笑眯眯的，脸上似乎满载着喜讯，只是暂时还不愿意说出来。她弟弟道："我知道了，姐姐要找个大款。"妹妹说："才不是哩，她是要找个高干子弟，那姓白的是不行。"叶蓁蓁脸上略微一红，指着妹妹道："高干子弟留着你去嫁。"又拿筷子敲一下弟弟的手说："大款你去娶吧！你娶个女大款！"

"哦，我知道了，"她弟弟恍然大悟似的道，"姐姐肯定是要找个高干子弟兼大款——对不对？"

叶蓁蓁含笑不答。老两口对视一下，都觉得女儿是真的长大了，令他们有点琢磨不透了。但女儿很开心，似乎胸有成竹，这一点他们都能看出来。既然这样,他们也就不烦女儿了。叶蓁蓁的父亲吃完饭又拿出一个小酒杯,倒了点洋河咪一咪。他年轻时也曾是个聪明人,只不过他性格的刚度不够,庸常的生活过快地把他给磨圆了。退休后除了打打牌,他也莳弄莳弄花草,有时候还温习温习古诗词。"桃之夭夭,其叶蓁蓁。"他曾把女儿名字的出典讲给她听,女儿只是撇撇嘴。她对父亲的掉书袋没兴趣。倒是她弟弟兴致盎然,一迭声地追问自己的名字有什么意义,父亲做出高深莫测的样子,让他自己去体味。其实,做父亲的取完第一个名字就用完了才华,也不再有兴趣。一个叶点点,一个叶冈,已近于敷衍。叶点点听起来像是"一点点",常被人笑话。一想到这个,叶点点又撅起嘴,嚷着要去改名字。

叶蓁蓁吃完饭,听他们闹了一会儿,喝了杯水,就不愿再待了。她把几本书带上,说要走了。家里人都知道留不住她,也就随她去了。

她离开省城其实也才几个小时,但已像是久别。自己定定神,也觉得奇怪。她坐在车上,想起和白瑾并肩坐在车上的那些画面,她和他一起去他的家、他们为了工作在路上奔波……那时,他们的身体随着汽车的颠簸轻轻接触着。现在坐在她身边的是一个不相干的小姑娘,很土气,想来是去城里打工的。叶蓁蓁侧眼看看她,觉得心生一种俯视般的爱怜。仿佛是从梦中醒来,她突然明白自己已经在省城站住了脚,真正地站住了,所以她盼望着前方的城市。她也终于清醒,白瑾已经是一个过去的人了。

下了汽车,她上了公交车。她本可以直达学校的,经过青岛路时,她心念一动,提前下了车。不远处的围墙里,就是余校长的家。凤尾森森,龙吟细细,仿佛有很多鸟在里面鸣叫,只听见长长短短的鸟鸣,却一只鸟也看不见。那两扇大铁门关得死死的,她看了一下表,料想里面的人应该都在午睡。这个时间是不会有人从那里面走出来的。叶蓁蓁站在路边迟疑了一会儿,朝着学校的方向走了。

之后叶蓁蓁又找过余校长两次,第一次是把清样送给他过目,后来杂志印出来了,叶蓁蓁又给他把样刊送去。叶蓁蓁没有事先跟余校长打招呼,她提前半个小时下了班,带上样刊在余校长家门口等。不一会儿,余志先下班回来了。那天叶蓁蓁穿得很漂亮,一如她平时的恬静,但又多了一丝俏丽。余志见了她,眼睛一亮。叶蓁蓁说:"我回家路过这儿,正好把样刊给你爸爸带来。"余志说:"我爸爸今天中午在学校开会,不回来吃饭了,你把杂志给我吧。"叶蓁蓁把杂志递给他。余志说:"你们学校我有好几个朋友,下次去找你们玩。"叶蓁蓁:"你认识谁呀?"余志说了几个名字,叶蓁蓁"哦"了一声,点点头,其实这几个人她一个也不认识。叶蓁蓁说:"你要来先给我打个电话吧。"余志马上掏出自己的名片给叶蓁蓁。叶蓁蓁没有名片,余志又拿出一张自己的,在背面把她的电话号码记下了。

几天后,叶蓁蓁接到了余志打来的第一个电话。她心里对这个电话是有所准备的,但还是觉得有点意外。余志说:"我现在就在你们学校的南园门口,我本想找那几个朋友玩,可他们一个也不在。"叶蓁蓁说:"你没跟他们约好吗?"余志稍一愣,说:"我是到附近办事,顺便来找找他们的。你快下班了吧,我们一起走好吗?"叶蓁蓁在电话里沉吟了一下,其实她在心里早已答应了。

这算是他们的第一次约会。后来他们的见面就逐渐频繁了。他们互相都有主动约对方的时候,但一般都要先找一点借口,制造一点偶然。叶蓁蓁了解到,余志还没有女朋友,原先谈没谈过,她并不在乎。显然,余志喜欢叶蓁蓁,把她当女朋友来处,而叶蓁蓁也很中意余志,她觉得他合乎自己的理想类型——也许直到认识余志,她才清楚自己的理想类型是个什么样子。

他们经常在一起玩。他们的交往过程是一种典型的都市青年的恋爱程序,看电影、坐茶馆、逛公园等等。晚上,在无人处,他们拥抱、接吻,但还没有到发疯的地步。她想,发疯的这一天应该是难忘和无可反悔的,她决不能轻率。不知何故,叶蓁蓁悟出了一个结论,那就是,如果你希望和谁结婚,一直走到最后,你就决不能提前和他做爱;相反,如果你只是有些喜欢他,但你认为他并不适合结婚,你倒可以随便一点。但其实叶蓁蓁从来也没随便过的,和白瑾相处时她就没有深入到不能自拔的程度,原因是她惘然中就觉得不该和他结婚。这和她的观念有点矛盾,但这矛盾更坚定了她的意志。叶蓁蓁聪明地控制着她和余志恋爱程序的进度。她还意识到,虽然说余志有一个相当醒目的家庭背景,但实际上他并不像外人所惯常想象得那样老到或者纨绔。因为家里管得紧,他虽然看上去大大咧咧的,其实内心甚至还有一点腼腆。这很好。叶蓁蓁觉得自己运气不错,因为她明白,即使余志具有干部子弟常见的那些毛病,她也还是要和他恋爱的。

叶蓁蓁偶尔也跟余志到他家里去。第一次去的时候,余志掏出钥匙把锁打开,用力一推,宽大的铁门旁的那个小边门便"吱呀"一声打开了。余志进了门,看叶蓁蓁愣着不动,说:"进来呀。"叶蓁蓁好像突然醒过来似的,抬脚跨进了那道门槛。一时间,她心中感慨,但是难以言说。院子很大,小楼位于院子的北边。通往小楼的小路边长了几棵梧桐树,还有一棵雪松,竹林间有一些鸟儿在闹。路边的小苗圃里胡乱长了一些鸡冠花和菊花,花倒是开着,但显得脏兮兮的。叶蓁蓁想,这么好的一个院子,其实长一些月季花多好呢?如果怕麻烦,弄几棵黄杨或者铁树,一年四季都有了绿色,也很不错的。叶蓁蓁对花木所知有限,她所想到的几种花木都在她父亲的花盆里长着。

余校长和他夫人都看出儿子和叶蓁蓁正在谈恋爱。余校长对叶蓁蓁印象很好,他认为娇生惯养的儿子正需要这样一个文静而又懂事理的妻子。夫人则不同,她对一切来找她儿子的女孩都有一种本能的防范。对叶蓁蓁的家庭出身和学历她也不甚满意。这些她虽然不放在脸上,但叶蓁蓁打电话来,她接了,经常会说"他在睡觉"或者"他今天在家里有事"。每次叶蓁蓁在门口等余志,她会对儿子说:"早点回家,不要玩过头了!"叶蓁蓁当然能听出这些话的弦外之音,但她假装没听懂。她知道,最后的结果取决于余志,而余志依恋着她,基于这一点,她的命运就掌握在自己手里。

余志家有一个五十多岁的苏北保姆,她整天埋头做事,话很少。保姆第一次开口就吓了叶蓁蓁一跳:她的口音和白瑾的母亲实在是太像了。她的心头掠过了一丝愧疚,但这愧疚仿佛是一阵风,一拂而过。遥望在白瑾老家的那几天,一切都已经恍若隔世。余志的父母都不在家的时候,她有时会帮保姆择择菜,拉拉家常,从她这里可以了解到余志家很多不为外人所知的细节。保姆和叶蓁蓁很亲近,她心里知道,自己无论在这个家里做多久,干得多卖力,也永远只是一个保姆,而她预感到,眼前的这个姑娘终究将成为这个家庭的女主人。她本能地愿意帮助叶蓁蓁。叶蓁蓁打来的电话如果是她接的,她会避开余志的母亲悄悄地喊余志来接。叶蓁蓁择完了菜,兴致上来还要帮她洗,她总是急忙拦住:"别,别,怎么能要你洗呢!"她不光是怜惜叶蓁蓁,同时也带一点讨好的意思。

有一天晚上,叶蓁蓁和余志到天音广场去跳迪斯科。这是麦城最好的迪斯科舞厅,里面的重金属音乐震耳欲聋,声浪仿佛是无形的冲击波击穿了人们的心智,穿透了每个人的肉体,所有的人都好像黑色透明的影子在舞场中颠动。桌子、凳子、杯子在轻微地颤动,每个人都在大幅度地扭动,大厅在声浪的轰击中颤抖。叶蓁蓁和余志面对面地跳着,他们似乎在互相撩拨,又好像在进行一场较量。聚光灯下的领舞台上,一个长发披肩的男歌手声嘶力竭地喊:"朋友们,该说的我们说了没有?"底下答:"说了!"歌手喊:"那么该做的,我们做了没有?"底下更大声地答:"做了!"那场景,仿佛所有的人都疯了。

一曲跳完,接着的是一支"老萨",余志紧紧地搂着叶蓁蓁,随着音乐轻轻地晃动。余志对着叶蓁蓁的耳朵柔声问:"该做的我们做了吗?"叶蓁蓁含笑答道:"可该说的我们说了吗?"余志说:"说了,说了,我爱你。"然后他说:"我们回去吧。"

出了舞厅,叶蓁蓁问:"我们去哪儿?"

余志说:"当然是到我家。太热了,我们去我家里坐坐吧,时间还早。今天我爸妈到一个老朋友家了,肯定还没回去。"

他们打车到了余志家的门口。余志轻轻地开了门,他们蹑手蹑脚地上楼,楼下是保姆的卧室,他们生怕被她听见。楼梯是木头材质的,脚步再轻,保姆还是听到了。

一进余志的房间,叶蓁蓁就被紧紧地抱住了。余志发烫的面颊贴在叶蓁蓁温热的脸上。"我要你,我要你。"余志颤抖地说。他一只手紧紧地抱着叶蓁蓁的肩,另一只手按在她的臀部。他们深深地接吻,两人的舌头仿佛水桶里的两条鱼。叶蓁蓁晃晃头,偏开来,刚要说什么,余志便一把抱起了她。她很沉,看不出白净微胖的余志在这时候竟也有这么大的力量。他们一起倒在了床上。叶蓁蓁说:"不能,不能这样,我害怕。"余志说:"我要,我要!"他已经把叶蓁蓁上衣的扣子全部解开了。他开始摸索裙子的拉链。叶蓁蓁撑开他的身体,说:"这样不对,我们应该等到结婚。"余志说:"就是今天,今天就是我们的新婚之夜。"他的身体重重地压了下来……

叶蓁蓁的身体微微发抖,宛如微风拂动的树叶,但这树叶不是风中的落叶,它通过枝条和树干,与根连在一起。风在吹,但树的根没有动。叶蓁蓁也开始激动,但她的意识深处有一根神经还一直醒着。他们都没有经验,难免有点不得要领,不过本能是他们不请自来的老师。他们很快真正地融成了一体。叶蓁蓁轻声说:"你轻点儿,轻点儿,我有点疼。"余志稍稍轻柔了一些,但很快又疯狂起来。他大声地喘息着。叶蓁蓁突然想起了妇产医院的弹簧门里传出的绵绵不绝的痛苦呻吟,她的心"咯噔"一下,直往下沉,但她立即就勇敢起来,不再理睬这暗处的呻吟。房间里黑沉沉的,叶蓁蓁的大脑里出现了无数晦涩的幻觉,仿佛白昼和黑夜交界处的景色。

剧烈的奔跑终于到达了终点,余志像挨了一枪似的一震,身体仿佛绷成了一张弓,又慢慢地软了下来。叶蓁蓁的脑海在刹那间变得清澈而明亮。她从狂乱和慌张中醒来了,有点空虚,也有点遗憾。这是一个丰富而短暂的过程,叶蓁蓁还不知道是不是本该就如此短暂,但这过程终归是完成了。她的身体的某一处有一种细碎而又坚定的疼痛,余志翻下身,躺在她的旁边,轻轻地喘息着。他揽过叶蓁蓁,说:"叶子,我爱你。"

叶蓁蓁嘤嘤地啜泣起来。她说:"你把我弄疼了。我也爱你。"

这一夜叶蓁蓁睡得很香。窗帘透出晨光时,她醒了。她柔和的目光轻抚着轮廓朦胧的家具和电器,全身感觉到一种长途跋涉后的慵倦。这时候,她听见了走廊的对面——余志父母的房间里传出了一连串轻微的声音,她想,他们是要起床晨练了。她推推余志,说:"我要走了。"余志说:"现在吗?"叶蓁蓁说:"对,要不你爸妈就要起来了。我不想让他们看见。"

他们飞快地穿好了衣服,悄悄地下楼。快到楼下时,叶蓁蓁似乎脚一软,踩了一个空,她"啊呀"地叫了一声,声音很响。余志吓坏了,他抢到叶蓁蓁前面,三步并两步走向院门,轻声把门拉开了。叶蓁蓁出门时,余志问:"脚扭了吗?你怎么回学校呢?"叶蓁蓁苦着脸说:"有点疼,不过不碍事的。我走回去,正好算是早锻炼。"余志不敢多耽搁,说了声:"我爱你。"然后就把门关上回去了。

保姆早就醒了,即使叶蓁蓁不在楼梯上扭了一下脚,她也猜出了夜里发生的事情。叶蓁蓁扭脚的声音一响,她在楼梯间里为她干着急。她想,小姑娘家脸皮薄,她生怕叶蓁蓁被余志的父母看见。她当然不会想到,其实叶蓁蓁是不怕被余志父母看见的。她怕,而叶蓁蓁不怕,这一点注定了叶蓁蓁终将成为这个家庭的一员,而她只能做一个保姆。

余志上了楼后,吓了一跳。他母亲正穿着睡衣在他房间里等着哩。他后悔不迭:刚才怎么就忘了把门随手拉上呢!母亲铁青着脸瞪着他,又把视线射到床上。余志一看床单,仿佛被火烫了似的立即把目光跳开了——那儿有一块血迹。他也是才发现。他脸都吓白了。

"她走啦?"他母亲问。

"走了。"

"你这个浑小子,不知自重的东西!"

余志被母亲一骂,索性不怕了。他脖子一梗说:"妈,你不要骂我。我是要跟她结婚的。我肯定要跟叶子结婚的,你不要拦我。"

余志的母亲气得手直哆嗦。她知道自己拦不住儿子。在这个问题上,老头子肯定和儿子站在一边。自己是被孤立的。这时候,余校长过来了,他在门口探了一下头,说:"好了,换了衣服去跑步吧。再不出去路上的行人就多啦!"

这时候,叶蓁蓁正走在通往学校的路上。毕业后,她还从没有这么早起来过。马路两边杂树生花,鸟鸣清脆,晨雾和花香一起弥漫。叶蓁蓁没想到城市的清晨竟如此美丽。她走得不紧不慢。不少人身着鲜艳的运动衣从她身边跑过。

叶蓁蓁觉得空气清新极了。

一个女人的生活里可能会同时存在着许多男人,但其实她心里却只能容得下一个。白瑾渐渐从叶蓁蓁的生活里淡出了。

他们的分手没有丝毫的戏剧性。既没有像有的情侣那样,执手相看泪眼,悲叹造化弄人,也没有大吵一场反目成仇。叶蓁蓁是冷了,白瑾是淡了,绝望了。

他们的分手也有一个仪式。那是有一天在路上,叶蓁蓁要去见余志。她老远就看见了白瑾,正在公共汽车站等车。白瑾显然也看见了她。这时来了一辆出租车,叶蓁蓁本可以上车,但她没有理会,继续往前走,装作路过车站偶然遇到的样子,微笑着朝白瑾打招呼说:"你好。"

白瑾愣了一下,也说声:"你好。"

他也许是有很多话想说的,但这一句"你好",把什么都堵回去了。这是一种限制,也是一种模式,今后他们再遇上,就只能"你好"了。

叶蓁蓁朝他摆摆手,拦住了一辆车子,上了车,绝尘而去。尾灯在视野里闪烁,拐个弯,不见了。

不管他们分手的具体原因是什么,就结果来看,白瑾是被这个女孩利用了,但他没有办法。事实上,被别人利用过的人,是很少有机会叫屈的。

"这个女人哪,不寻常!"白瑾最后也只能叹口气而已。

其实平心而论,叶蓁蓁在这件事情上倒似乎并没有一个完整的计划,她只是权衡利害时比较精明,斩断羁绊时比较果断而已。或者说,她非常实际。

8

不久以后,叶蓁蓁和余志结婚了。新房就安排在那座小楼里,布置得相当漂亮。婚礼也很热闹。学报的两个领导,甚至连学校的校长都去了。

他们婚后的生活很平静。余志的母亲对叶蓁蓁客客气气,但并不亲密。余志的母亲很喜欢小孩子。每当家里有带孩子的客人来,她都要和人家的孩子逗上半天。叶蓁蓁还看出,虽然她在省计划生育委员会当处长,但重男轻女的思想大概比普通老百姓还要厉害。叶蓁蓁从余志那儿知道,他母亲经常暗地里问他,他们准备什么时候要孩子。叶蓁蓁意识到,生一个男孩对自己相当重要。她找来了几本生男生女的书和一些什么表格,放在枕边,没事就翻翻。她希望在生孩子这件事上,自己也是幸运的。不过这事还早,她还没有将此事列入计划。

细心的人会发现婚后的叶蓁蓁和以前相比有了很大的变化。她的文静和不多管闲事还一如既往,但她变得比以前爱热闹了。在工作的间隙,她经常和年轻的同事们聊聊天、开开玩笑。中午的时候,家住得远的几个人常常一起"抬石头"吃饭,她偶尔也会参加。她的心态似乎比以前松弛。以前她有点类似于一块略带混浊的冰,大家虽然都知道这块冰里裹了一点什么东西,但乍一看去有点难以琢磨;现在呢,这块冰化了,成了水,变得松弛而流动。已经成了少妇的叶蓁蓁比以前更漂亮了,高挑的身材,长长的头发，再加上得体熨帖的衣着。美丽的叶蓁蓁不但是单位的亮点，甚至也是偌大的学校内的一道风景。因为她，原本沉闷的学报出现了一点亮色，增添了很多活力。一贯平易近人的马副主编去了一趟日本，回来后除了在学校做了一场报告，大讲了一通日本的科技和出版，也在小范围里开着玩笑般感叹，说日本男人工作很辛苦，每天都主动加班，干得昏天黑地，但日本男人的生活其实也很没劲，"他们的女人太丑了，我在东京看到的都是染着五颜六色头发的丑女人，又矮又胖，难得看见一个像我们小叶这么漂亮的，一开口还是咱们中国人。"马远尘微笑着总结说，"其实漂亮的女性也是社会发展的动力。我们不一定要和她们结婚，占有她们，但她们的存在本身就是一种牵引力，所以说，漂亮的女人有资格自豪，甚至趾高气扬——"他身边的小李插话说："美丽的女性理应高傲——这就是一个好题目，马主编，你应该写。"马远尘说："这题目太直露，不好。要是谁以这个命题去写一篇心理学方面的论文，我们学报就给他发！"

他们这样一唱一和，弄得叶蓁蓁红了脸，但心下当然是得意的。年轻的男同事们在私下里还有很多暧昧的说法，说叶蓁蓁的丈夫余志肯定很补人，所以她才营养好又滋润。叶蓁蓁假装没听到，就像当年在大学里，那些男生刚称她为"叶子"时那样，她轻轻骂一声"狗嘴里吐不出象牙"，就走开忙自己的去了。

他们还没见到叶蓁蓁梳头的样子哩。他们如果看到，不知道要怎样怦然心动，甚至绮梦入怀哩。长满爬墙虎的小楼里，叶蓁蓁站在栗色的梳妆台前，轻舒玉臂，青丝如云。她搬到这个家里，只带来了她的书，还有那把牛角梳子。这倒也没有什么特别的原因，她只是用惯了这把牛角梳子，这梳子合她的手，也合她的头发。

她在家里表现得很勤快，不过她已经不再帮保姆择菜弄饭，只是得了空就在小楼前的院子里清理清理花木，拔拔杂草。这院子是个老院子，在这里已经有好几十年了，不知换过多少主人。在这些主人里，叶蓁蓁也许是最美丽的。她已经买来了几本庭院设计方面的书，计划着要把院子好好整治一下。那两棵雪松和一株梧桐虽然所处位置不太合宜，但也没法动——这就像这院子在她来之前已有了主人，他们已存在的位置你无法动摇一样。不过在东南角和西南角那些地方还可以做点文章，但怕婆婆多心，暂时她还不能动手，只是在心里先筹划着。

在新婚后的一段相当长的时间里，她是甜蜜的。公婆对她客客气气，公公有时还会关心她的工作和业务。余志很迷恋她，除了上班的八小时，他哪里也不去，几乎时刻都在她周围。叶蓁蓁隐约觉得他少了一股"气"，太黏乎了一点，但似乎还说不上厌烦。她想，也许，原本就该是这样的吧。

她和以前的生活几乎断绝了联系——那把牛角梳子还在，她用它梳头，但不去追忆它的故事。她现在和马远尘的妻子杜衡也很少联系了。叶蓁蓁结婚的时候杜衡也出席了婚礼，声势很热闹地为她祝福,但叶蓁蓁忘不了她眼睛里一掠而过的一种说不清的意味。叶蓁蓁想,现在的工作与她有点关系,只有一点点关系,但丈夫可是自己找的呀!她现在是单位领导的妻子,叶蓁蓁本能地不愿意与她过于亲密。只有一个蔡坤,因为是同学,也因为蔡坤跳脱的性格,她们还时有来往。蔡坤永远都有悲喜,但她来找叶蓁蓁绝大多数时候是伤心的。她的伤心是叶蓁蓁幸福生活的一种衬托,所以叶蓁蓁不讨厌她,几天不联系还要想到她。

那一天,蔡坤打来电话。她可怜巴巴地说:"叶子,你来看看我吧。我病了。"叶蓁蓁问她得了什么病,重不重,蔡坤说:"你来吧,来了就知道了。"

叶蓁蓁已经有好几天没见蔡坤。乍一见她,着实吓了一跳。蔡坤半躺在她宿舍的单人床上,面色死灰,脸整个小了一圈。现在的她,仿佛是一张黑白照片,和"彩色宽银幕"一点边也搭不上。蔡坤一见她,眼泪就流了下来。叶蓁蓁说:"你怎么啦?病得很重吗?"蔡坤一听哭得更厉害了,她说:"我不想活了!"叶蓁蓁坐在她床边,蔡坤一下子抓住了她的手。叶蓁蓁这时才看见,蔡坤的左手腕上缠着一圈纱布。她立即明白了。

蔡坤一直抽抽搭搭的,好不容易才把事情说清楚。原来,那个汉森几个月前回国了。临走前信誓旦旦,说回国后就要把蔡坤接出去。蔡坤买了很多东西送他,在机场上哭哭啼啼,依依惜别。却不想蔡坤再给他去信,汉森压根儿就不回了。蔡坤实在忍不住,就按他留的一个号码往美国打长途。她自己英语不行,找了个口语不错的小姐妹代打。不想电话打通了，那边说："No this person！"（没这个人！）当时蔡坤就呆了。更可恨的是，那个小姐妹不几天就把这件事当个笑话传遍了全单位。蔡坤又羞又恨，一气之下，用刀子在自己手腕上划了一刀。好在同室的女孩正好回来，立即喊人把她送到了医院。蔡坤说："我当时真的不想活了。"

那些多嘴的女孩，叶蓁蓁知道她们！她知道商场是个充斥着流言蜚语的地方，幸亏她及时逃离了她们。她忽然想起来，似乎以前听蔡坤说过，那个汉森在中国居留的期限是一年，说不定他和蔡坤刚一认识，就确定了自己和这个中国女孩的恋爱日程，准备好了到时就抬脚走人。叶蓁蓁劝了好半天，蔡坤才止住哭声。对这个又上了一当的女伴，她其实也只能劝劝，别的什么也做不了。蔡坤抽噎着说："我本来是想跟他出去的，我想去美国读书。你以为我就愿意一辈子待在商场啊——你都走了，我连个说话的人都没有。"

读书？她想去读书？叶蓁蓁几乎要笑出来。蔡坤在大学里就是个常常要抄作业的，怎么现在想到要去读书？叶蓁蓁觉得她言不由衷，也不去点破。就算是要去读书，这计划也太虚了呀。叶蓁蓁又劝了她一阵，让她有事随时来电话，就先走了。她看着蔡坤手腕上的纱布，想她也许等手上的伤口好了，这一切也就过去了。

婚后的叶蓁蓁当然不常回父母家。因为有了单位,有了自己的小家,她打电话比以前方便,想起来就给家里打个电话问个好。她打去的电话几乎成了父母那边的一件大事,常常是父亲接了,母亲又要过去讲,同时还能听到父亲或母亲在一边教育弟弟妹妹的声音:"你们要像你姐姐,不让我这么操心多好哦!"其实父母亲总还是要操心的,他们常常支支吾吾地问叶蓁蓁,过得习惯不习惯、余志待她好不好、婆婆好不好相处等等,叶蓁蓁对于这些问题表现得很不耐烦,他们含糊其辞地不断询问,其实就是要问她生活在一个高干家庭中能不能适应,好像他们就预料到叶蓁蓁会处不好关系一样。

父母对待她婚事的态度也让叶蓁蓁看不入眼。余志在婚前去过叶蓁蓁家一趟,叶蓁蓁的父母简直像迎来了皇亲国戚,欢喜得手脚都没处摆,连看女儿的眼神也变了。吃饭时却又不一样了,父亲端出岳父大人的架势,语重心长地嘱咐准女婿说:"我家叶蓁蓁虽说是长女,但家里很疼她,其实没怎么吃过苦——"母亲红着眼圈插话说:"她不会做家务,什么也不会的——"父亲神色沉着地对叶蓁蓁说:"你以后也可以学着做一点的,对吧?"然后他继续说:"所以你们要相亲相爱,我们是最疼她的,以后就是你们自己过日子了!"父亲显然认真打过腹稿,但因为紧张,那语气,那神态,就像个毫无经验的小国的外交部部长,叶蓁蓁如坐针毡,觉得自己寒碜。家里几乎没有给叶蓁蓁准备任何陪嫁,叶蓁蓁其实也不计较,但父亲如果不这么说话,她会觉得更合适一点。他们把如此出众的女儿培养出来，嫁出去，难道还不能坦然昂扬一点吗？幸亏余志是个见过世面的人，又有点大大咧咧的公子哥脾气，在叶蓁蓁家随和得很。小县城是混乱而寒酸的，家里条件也就那样，但余志倒是兴致盎然，在街上东游西看，简直像是流连忘返了。最后还是叶蓁蓁主动提出还要回省城。突然间，她不知怎地就想起了那时她到白瑾家去的情景，那时她觉得一切都不适应，闹着要走，这时心里顿时有一丝羞愧，也有一丝感动。余志毕竟也有余志的好。

但两家老人之间的关系终究是一个难题。两家人之间的距离比县城和省城之间的距离还要远上一万倍。她新家的院子几乎顶得上县城里小公园的一个景点。举行婚礼的那一天，叶蓁蓁的父母当然也去了。两对亲家热烈地握手，有白皙的手，有粗糙的手，这手不知有没有人注意到，但叶蓁蓁父母当时表现出的局促和尴尬那是人人都看到了。母亲木木的，总想找点事做，一副手足无措的样子；父亲也突然不会说话了，连致辞都结结巴巴的，只会憨憨地笑，酒也喝得很节制，仿佛生怕出丑。倒是她弟弟在桌上自顾自地吃喝，旁若无人，倒霉的是最后喝醉了，吐了一地。叶蓁蓁真怕想起这一幕。

幸亏余志一家也很少提到叶蓁蓁的父母，只是在过节时，公公会提醒小两口，不要忘记那边的老人。两边的老人都没有互相亲近的愿望，这确实让叶蓁蓁如释重负，她自然也不会去多事了。

复杂微妙的家庭关系是最能够锤炼人的，那是一个熔炉。公公是温文尔雅的，言语不多，自有一种威仪，对叶蓁蓁也很包容关心。婆婆呢，许是到了更年期，喜怒无常。高兴时会夸你的衣服，在你的衣服后面掸一掸，可不知为什么，突然又会板着个脸，好像你拿了她什么不允许别人动的东西。在叶蓁蓁看来，她的所谓身份体面是专门端着给外人看的，在家里比家庭妇女也差不了多少。倒是余志是最好伺候的，桌上摆什么他就吃什么，你买什么衣服他就穿什么，他对别人没什么要求，对自己似乎更没要求。他既不想进修去读个学位，也不急吼吼地要升官，下了班他就回家，从小摊子上租回几盘DVD，淡黄的、纯黄生猛的，只要叶蓁蓁能答应陪他一起看，似乎就心满意足了。他这种性格叶蓁蓁原本就知道的，但现在看来，他的这种秉性比她原先想象得要严重得多。这可能意味着，余志也许只在意他自己。他对自己的事业根本不关心，他理所当然地认为反正有父母关照。这种惰性平缓的生活是有麻醉力的，叶蓁蓁既觉得心里有点空，又觉得慵倦，浑身不得劲儿。那些五颜六色的DVD源源不断地进入他们卧室的影碟机，也源源不断地进入叶蓁蓁的大脑。开始是刺激得受不了，后来慢慢觉得恶心、羞耻，还有点晕眩，再后来渐渐就习惯了。这也是一种和平演变哩！天知道那些美国佬整天嚷着抗议中国的盗版影碟，但黄色影碟说不定倒是他们故意放出来影响中国人生活观念的哩。总而言之，叶蓁蓁夫妻俩学而习之，竟有些离不开了。殊不知电视里的影像是不能和实际生活互相比较的，可叶蓁蓁又忍不住地要比。这一比就比出了余志的平庸。他偏胖，年纪轻轻腰部那里就多肉，做那事时仿佛凉粉也在使劲。叶蓁蓁当然不会说出来，但她心里已有点遗憾了。

　　叶蓁蓁生活的范围是所谓的人文荟萃之区的鼓楼区，许多高校都集中在这里。她家离学校很近，步行十几分钟也就到了。她不喜欢骑车，上下班都走路。她走在校园的林荫大道上，有时心思会很落寞，仿佛是走在深秋里。深秋的原野充满了丰硕而充盈的喜悦，但地上的芳草日渐萎黄了。她心里有什么也枯萎了吗？连她自己也说不清的。有一天她在路上遇到了白瑾，她看见他身边围了几个学生，有男有女，其中一个女生还很漂亮。他们正说着话，见到叶蓁蓁，白瑾表现得很大方，主动和她打招呼，问她是不是下班了。叶蓁蓁倒忍不住有些慌张，好没有来由！她也只是问候一下，没有多说什么就走了。那女生明显是在发嗲，叶蓁蓁听见她一迭声地在追问白瑾，刚才看见的人那是谁。叶蓁蓁不由地看看自己身上的衣着，她今天打扮得既俏丽又得体，绝对不会输了那女孩——这么想着，又觉得自己好笑，吃什么隔江醋！

　　她听见那女生称呼白瑾"白书记"，叶蓁蓁满心奇怪：他是书记了吗？什么时候当上的？后来还是听蔡坤说的，白瑾已经被提拔成工商学院的团委书记了。叶蓁蓁淡淡地笑笑说："团委书记，我还以为是党委书记哩。"话虽这么说，叶蓁蓁心里还是有点奇怪。团委书记比起她公公的校长来，简直说不上是个职务，但人家是自己当上的呀。她心里还是泛上一丝说不清的滋味。

如果说家庭生活真是个熔炉的话，那炉火也是安静持久的，绝少烈焰暴长、火花飞溅的时刻。它慢慢地熔化你，慢慢改变你的形状。叶榛榛表面平静，内心透亮。丈夫，公婆，他们三个是血缘之亲，而自己和他们只是一种关系。她悄悄地试探着、触摸着，轻轻伸出手，又立即收回来。家里除了那个保姆——她本来也不算家庭成员，一共四个人，两男两女，两个男人是稳定的，他们构成了这个家庭的边界，两个女人呢，是不得不在一起过，却又互相戒备着。婆婆经常为了什么说不出口的鸡毛蒜皮的事向自己丈夫告媳妇的状，拿话刺儿子。公公大人大量，哈哈一笑就过去了，顶多当个玩笑在叶榛榛跟前提一提。只苦了个余志，他是风箱里的老鼠，两头受气。但因为叶榛榛的清醒和忍让，激烈冲突的场面绝少出现。只有一次，也是长期积累后的一朝爆发吧，婆婆因为叶榛榛不肯急着要孩子，早已心怀不满，受到一点触发，终于吵了起来。说来也好笑，那次吵架——这也是她们婆媳间第一次公开发生的争吵，竟是由家里买来了一只母鸡引起的。婆婆很注重养生，每隔十天半月就要喝一次老母鸡煨当归汤。那天保姆买来一只母鸡，拴着鸡的腿养在厨房外的草地上，留着第二天杀，不想那母鸡夜里竟下了一个蛋。那保姆的老家在农村，好不容易又见母鸡下了蛋，高兴得捏着蛋，给你看，给他看。婆婆见到那蛋时，先是喜得满脸欢喜，说是吉兆，突然又冷冰冰地说："母鸡都下蛋了哦，我家小叶怎的就不怀孩子！"保姆吓得脸色大变，她看见叶蓁蓁正好从大门里出来，猜想叶蓁蓁一定是听到了。婆婆看到叶蓁蓁后并不住口，接着说："你把这蛋炒了，中午就给小叶吃吧！"

叶蓁蓁脸唰地白了，她愣了一愣，仿佛旁若无人地经过她们两个身边，出了院门。这一上午，她心里气得不行，心想，还拿人当不当人啊，竟把媳妇和母鸡比，这算什么婆婆！她忍不住，给余志打了个电话。余志先是不承认他母亲会这样说话，一定是保姆多嘴，后来又说是该要个孩子了，他母亲虽措辞不当，但主题也没大错，还嬉皮笑脸地说叶蓁蓁不懂幽默，惹得叶蓁蓁火冒三丈，没等他把话讲完就挂了电话。中午下班后，叶蓁蓁故意加班，不回去吃饭。过了一点钟，余志电话打来了。叶蓁蓁气呼呼地说："我回去，我回去干吗？吃那个炒鸡蛋吗？！"话虽这么说，她还是回去了。

在饭桌上，大家都脸不是脸。终于还是吵起来了。叶蓁蓁几乎不说话，专事防御；婆婆因为已经被丈夫和儿子责怪了，再也压抑不住，拍桌摔筷地四面出击；公公是最先认识叶蓁蓁的，可算是媳妇的"入家介绍人"，一直对叶蓁蓁心存爱怜，难免有些偏袒，但老婆又是和自己过了几十年的老婆，也不好得罪过甚，况且在此事上，他和妻子观点也相近，身为老干部，岂能不想要个革命接班人？起先他还端个家长架子，满脸威严地扫射目光，后来见已不可收拾，便愤然推开椅子，拂袖而去。余志几乎要哭了，突然冲过去"当"地推开餐厅的窗户："你们再吵！真要吵到死了人啊？！"他继续指着外面喊叫道："再吵我就跳下去！"说着真要往上爬。他母亲又气又急，猛地站起："你，你……"忽然身体晃了两晃，"咚"地倒在地上了。

这下全乱了套。叶蓁蓁傻了眼，她原本以为婆婆是假装的，为的是把余志引回来，后来才发现是真的晕了。她和余志围上去又摇又晃，余志还用力按着母亲人中，让叶蓁蓁打电话叫救护车。公公始终保持着镇定，让他们不要慌，去倒杯红葡萄酒来。半杯酒灌下去，婆婆真的就醒了。

公公把她扶进房间，出来斥骂余志道："你妈有这个毛病你不知道吗？还要闹！"

这次风波过后，有半个月婆婆都不和叶蓁蓁说话。叶蓁蓁不主动去亲近，但暗地里赔着小心，那只老母鸡被煨成了鸡汤，她默默地主动端到婆婆面前。她知道了，婆婆是有个老毛病的，也许半真半假，但绝对是说倒就倒，不失时机，所以不能和婆婆发生冲突，她需要的一切都只能温和地去争取。她主动找公公谈了次心，说她不要孩子不是为了贪图享受，也不是就不想要了，而是暂时不能要，她说："我想读书，想去进修，我总不能一辈子就做个校对员吧？"

公公这次很容易就被说服了。以前叶蓁蓁也在他面前飘过类似的想法，但他没太认真听，也许还因为早已把儿子摆在秤上称过，不觉得儿子会有什么大长进，所以也不希望媳妇太有出息。现在他的想法改变了，媳妇不光说到了她自己的前途问题，也提到了儿子的前程，表达了要与儿子携手共进、比翼齐飞的愿望，他做长辈的岂能不支持呢？

其实只要在小事上顺着婆婆，不顶牛，说服了公公基本上也就等于说服了婆婆。老女人也还是女人嘛。婆婆虽然没有公开向媳妇低头，但实际上完全默认了她的设想。抱孙子的事暂时是不提了，她最用心的事就是催促丈夫："儿子的发展问题，你也得多考虑考虑了！"

首先发展起来的是媳妇。叶蓁蓁很快就开始复习，着手考试，准备"专升本"，也就是读本科。这件事得到了丈夫和婆婆的默许——其实要吵也没处下口的，总不能一个再晕倒，一个再去跳楼吧——关键是公公作为一所大学的校长，他是鼎力支持这件事的。叶蓁蓁复习时很用功，每天看书都看到很晚。余志躺在床上，翻来覆去，唉声叹气，叶蓁蓁在书房里听到了他的动静，故意不理他。公公有天披着睡衣敲开了门，对叶蓁蓁说："早点睡吧，复习适可而止就可以了。"他平时都是很讲原则的，这时他明确地说："你只做到不要考得太差，我就有办法——这次考试是你们学校自己命题，对不对？"叶蓁蓁说是，然后公公说："那你就早点睡吧。"

叶蓁蓁放心地去睡了。几个月后，她也放心地去考了。应该说对这次考试她还是有点把握的，但有时命运就是这么奇怪，譬如在考试这件事上，叶蓁蓁总是要差那么一点，以前经历过的高考就是一个先例。那时是因为谈恋爱分了心，这次是因为公公来松劲。分数还未公布，她就通过内线知道了，自己还是差了几分。她很生气，对余志叽叽咕咕，言下之意是抱怨公公影响了自己的充分发挥，晚上吃饭时她连饭量都小了，但其实她并不着急，因为心里有了底，她的气恼非常类似于小孩子在长辈面前的撒娇发作。果然，那内线真是很肝胆相照的，他第一天就通报了叶蓁蓁的分数，第二天就向他的老领导报告了叶蓁蓁被录取的消息。公公表面上做出小事一桩不值一提的样子，其实内心也是得意的。叶蓁蓁噘着嘴，拖公公上了街，给他买了一件羊绒上衣。

给公公买衣服前，叶蓁蓁先征询了婆婆对颜色方面的意见，公公只要去试试大小就可以了，叶蓁蓁想这样就不会有什么磕磕碰碰了。叶蓁蓁渐渐掌握了在这个家庭里处理关系的诀窍。她母亲虽说是普通的家庭妇女，但有些话却是至理名言，譬如她就说过"下人受上人的气是顺气，上人受下人的气是逆气"，这话有点绕口，其实意思就是晚辈最好要顺着长辈。完全顺着当然不可能，谁没有自己的想法呢？但肯定要讲究方式方法。生活小事上，叶蓁蓁尽量表现得随和，比如吃什么、添置什么小家电等等，基本上都由婆婆做主。小事上的随和会换来一种气氛，这种气氛很重要啊。对于有些事情叶蓁蓁觉得不得不说了，她会让余志去和他母亲说，就说是他自己的想法，他母亲见儿子娶了媳妇还照样要请示自己，心里就顺了，几乎没有不准的。叶蓁蓁早就想在家里的院子里大动手脚，怕婆婆多心，就让余志先去买来了几盆花，花在房内却又长不好，几天就蔫蔫的了，余志就对他母亲说,花最好要移到院子里才好。叶蓁蓁也在旁边说:"我们多弄一些花木来,建个小园林,爸爸妈妈有空就浇点水,那才是怡情养性哩!"婆婆听了怎能不开心?当然也就支持了。

还有一些事情却最好由叶蓁蓁直接开口。关于余志的发展和前程,叶蓁蓁不能不关心。以前她也提过的,但一直不见实在的动静,她有点急了。结婚以前她还不知道,公公其实已经快退休了,还有一年多就"到点"。她在心里埋怨自己不细心,这情况自己应该早点了解的——其实这又怎能怨得了她?谁会在一个即将退休的领导面前提退休的事儿呢?但不管怎么说,这事现在不努力今后肯定泡汤。叶蓁蓁决定这事还是由自己提,跟婆婆提。临近退休的人都有点敏感,若弄不好倒反而"马列"起来,事情就"拧"了。

在婆婆心里,余志是媳妇的丈夫,却是自己的儿子。婆婆见叶蓁蓁是打心眼里为儿子着想,内心着急,却又出语小心,生怕做公婆的不理解,立即就感动了。她站起身,马上就要去找丈夫,倒是叶蓁蓁拦住了她,说这事本身就有难度,我们要容公公筹划筹划,余志一时提不上去,换个单位也是个办法。婆婆认真地看看叶蓁蓁,心里不得不承认她的话有道理,但也不愿全听她的,气呼呼地说:"筹划,筹划!他也要动起来呀!我这就去找他!"

婆婆也是个明白人,话虽这么说,但并没有立即逼上去。她耐住性子,找个机会跟公公谈了一次。一次谈话不行她就开始整日唠叨。最后公公终于无可奈何地说:"你把他们小两口喊来吧,我们商量一下。"

只有像这样特别重大的事情，一家人才会坐到一起谈话。这类似于开会，公公是主席，婆婆当然是主讲，叶蓁蓁恰到好处地帮腔，余志则几乎不说话。商量很快就达成了共识，这个共识一个多月后也就实现了。结果是，余志被调到了发行量一百多万份的省晚报社，而且一去就有了职务，担任广告部副主任。

权力显而易见是极端重要的，可惜叶蓁蓁享受不了多久了。她很遗憾只赶上了个尾巴。公公很快就退休了。退了休的公公很是郁闷了一阵，慢慢地才调整过来，他深居简出，状态如赌气似的连电话也很少去接。叶蓁蓁已经开始动手整理的那个初具模样的院子这时倒成了他活动的好地方。他虽退休了，但现在在家里比以前更像个家长，他还是个"官"，只不过他的领地比以前小了，以前是个偌大的校园，现在只是这个院子。

院子虽小，公公却比从前更有"官"派，奇怪的是，余志做了领导却也做不出个官样子。也许他现在在搞广告，更应该像个商人，可实际上，他连商人也做得不像。在报社，他成天忙忙碌碌，却不见他具体做了什么事情。只见他总是手不停脚不停地在动，嘴里不住地与别人聊天，别人聊两句就走开了，忙自己的去了，另有人走过来接着和他闲扯——哪有这样的商人呢？幸亏晚报的广告是真正的商人们趋之若鹜想要谋求合作的香饽饽，他不愁广告部没业务，也幸亏广告部是人员流动最大的场所，他也不愁没人聊。

他怎么就成了这个样子呢？

叶蓁蓁只到他的报社去过两次，就完全知道了余志的工作状态。有些情景是她的想象引申出来的，但也八九不离十。他回到家话就少了，总是呆乎乎地看电视、翻报纸——报纸他家里是很多的，这是他父亲退下来后拥有的剩余待遇。只有看到什么有趣的消息，他才会突然神采飞扬，然后兴致勃勃地向大家宣报，而所谓"有趣"，基本上就是一些社会新闻，如什么"劫匪被追情急之下钻进派出所"啦、什么"人头上长角检查后发现原来是肿瘤"啊等等，他放下报纸坐到饭桌前，每次都先说一声"这家伙"或"这小子"，下面就开讲了。就这些东西，他父母还听得津津有味！

其实他脑子是很清楚的。另一些有趣的消息，他就只在卧室里讲给叶蓁蓁听。有一次，他说一个"鸟人"有毛病，病态，喜欢听人做爱，就让他妍头到外面勾引个男人来自己家"干事"，正听得"有趣"——你听听，又是"有趣"——警察突然跟踪了闯进来，床上的两个还没来得及跑，床下的这个倒先飞也似的窜出去！最后警察一下子抓住三个……

也许他认为这也是一种枕边密语吧，叶蓁蓁实在是厌烦了，甚至还觉得恶心。叶蓁蓁想，这就是她的男人吗？茫茫人海里她好不容易才得来的一个男人，就是这个样子？以后也就这样了吗？她并没有当面吵闹，只表现出厌倦，实在忍不住，也只悄悄向公婆说了说。公婆原先大概还觉得这是一种家庭气氛，经媳妇这一说，也觉着儿子的这种状态不是太好。婆婆嘴上为儿子辩解着，说他忙了一天，身心俱疲，所以回家才要轻松轻松，但见到儿子回家又捧张报纸在"钻研"，还是忍不住提醒他，要多看看实在的东西，注意注意业务信息。公公接过话，更是上升到理论高度，要他多关心关心国家的政策："广告可是一门专门的学问啊，与经济、政治、心理都有密切的关系。"做父亲的开始了长篇大论，脱离讲坛多年，今天又给自己儿子上了一课，总之是要求儿子多看看书，就是看报纸也应该注意汲取知识。

余志垂着头，懒洋洋地把报纸理理好，也不反驳。出了客厅，他气愤地瞪了瞪叶蓁蓁。他猜出是妻子告的状，但要为这事对她发火，他倒也觉得不值当。他在妻子面前一贯像个弟弟，依恋、顺从，有时还有点疲沓。报纸他还是要看的，不过不在客厅看了，拿到卧室里看，床上常常是摊了一大片。报上的消息也说得少了，偶尔谈一点，竟是关于时事政治方面的，提到那些国家和省里的领导，也不说他们的姓，只说名字，某某，某某，亲得像一家人，那口吻极像是在政治局开会！叶蓁蓁收拾着床上的报纸，轻轻地叹了口气。她知道余志不是故意在和她作对，他就是这个样子。他也不是现在才这样的，他从来就是这样，只不过她以前没有能真切地了解罢了。以前她是面对着一片水，水面上波光粼粼，令人神往，水下当然也一定有鱼在活泼地游动，所以她期盼着能下去，然而她哪里就能料到，美丽的水面下也有令人烦恼的水草、淤泥，甚至锐利的岩石呢？

叶蓁蓁有点无奈。

她自己很忙。除了上班，她还要读书。对于读书她说不上有多大兴趣，她其实只是希望能得到那一纸文凭，有时她也想，哪怕没有那张文凭她也是要读的，她需要那种读书的气氛。这种气氛是积极向上的，这种气氛让她觉得自己还有希望、自己还在努力。

读"专升本"需要三年，她还有一年才能毕业，但其实，叶蓁蓁在不知不觉间已经从家庭这所学校毕业了。只要稍稍动一点心思，略微使用一点她在家庭里历练出的手段，就足以应对单位的局面，哪怕再复杂一些她也都能够处理得游刃有余。

叶蓁蓁和两个主编的关系一如既往的友好。她能做到在两个领导间不偏不倚，两个当领导的却都在工作中表现出对她的偏爱。也许是因为顾及她的家庭背景，也许只是因为她本身就很讨人喜，两个主编对她都很关照。叶蓁蓁喜欢这样的局面，也不点破。她并不感到为难，只有傻瓜才会在来自两方的牵拉中无所适从。没有态度的态度是最好的态度，这种态度，再加上一些其他因素，甚至会令两个领导一起来讨好自己——叶蓁蓁很快就得到了益处。她从来也没有安于做一个校对，她时刻希望着能从这个位置上跳上去，但这需要机会，她急不得。果然，她刚开始读书不久，王主编就找她谈话，说他正在想办法，再进一个大学生接任校对一职，让叶蓁蓁去当编辑，但还不知道马副主编是个什么想法。叶蓁蓁大喜过望，她压抑着自己不要表现出轻佻，只真诚地表示感谢。她说她虽然才到学报不久，但也知道单位能发展到今天不容易，全靠王主编掌舵。她说的确实是实情，她心里也是真这么认为的，只不过这种话她从来不乱说，就像她在表示对马远尘能力的钦佩时一样，叶蓁蓁从来不会当着第三个人的面说这类话。

马远尘很快也来找她了。他说单位员工现在老化严重，急需年轻同志顶上来，他说他早就在运作了，他已经到北京印刷出版学院挑好了一个学生，暑假后就来接叶蓁蓁的工作。"我这次去出差主要就是去办这件事儿。"马远尘说道。

叶蓁蓁还真弄不清楚这事到底是谁先倡议的，当然这并不重要，她也不会花心思去打探，她感谢他们，感谢他们所组成的那个"组织"，也就是了。在单位星期一的例会上，由马远尘主持，王主编宣布，叶蓁蓁如愿以偿地成为了一个编辑，一个大学学报的编辑。这是一道好多人一辈子也没跨过去的门槛，叶蓁蓁没费多大力气就走过去了。同事们都不感到意外，叶蓁蓁突然来到学报工作的时候，他们是没有来得及感到意外，后来她嫁到了余校长家，再后来又读书了，再发生什么他们也都不意外了。

由公公出面，叶蓁蓁请两位领导吃了顿饭。公公在官场上浸润多年，虽然退下来了，但心底更亮。他在酒桌上和蔼风趣，但绝口不提自己的退休生活。叶蓁蓁猜出，他是明白王主编也已退休在即，这个预报犯不上由他来做。叶蓁蓁很佩服公公。在单位

牛角梳　上部

里也没人提这件事的,但在大家私下的议论里,王主编是不得不退的。他们的语气里都有态度,只叶蓁蓁没有语气,因为她从来不答话。她心里也奇怪,王主编目前格外的勤勉,格外的关心人,难道他还有什么扭转的余地吗?

其实这些年,余地已经是没有了,只是当事人还要犯糊涂。暑假过后不久,王主编退休的文件就下来了。文件上写得很清楚:"从九月二十九日开始,免去主编职务,担任学报正处级调研员。"九月二十九日正值王主编五十八岁的生日,到了日子就退,一天也不拖。叶蓁蓁算不上是王主编的亲密下属,如果不是这份文件,她也许永远也不会知道他的生日。其实公公的退休对她生活的影响更大,而说到底王主编是无所谓的,主编的椅子总归会有人来坐,但九月二十九日这个日期她还是一时忘不掉。她突然感到残酷,觉得有点胆寒。

叶蓁蓁是事后才知道那天是王主编生日的,但有个人一直记着这个日子,一直数着过,那个人就是马远尘。都说快退休的领导是"成事不足,败事有余",意思是他们要做什么事,要提拔什么人十有八九都做不成,但要想坏谁的事倒是效率很高。叶蓁蓁觉得这话太刻薄,也太绝对了,她自己能当上编辑不能说没有王主编的功劳。但王主编不愿让马远尘接任主编也是公开的秘密,天知道王主编在学校组织部说了些什么,反正马远尘没有能接任主编。学校委派校出版社的孔社长兼任学报主编,马远尘还是副主编。

给王主编开欢送会的那天,好几个人都讲了很动感情的话。叶蓁蓁一直吃着瓜子,不说话。她心里明白两个领导原来的过节。她可不想为了老主编去得罪马远尘。这种会弄不好就会开成个站队会,其实这时候,其中一个队已经溃不成军了。

然而一言不发也是说不过去的。最后轮到叶蓁蓁发言,叶蓁蓁说了几句感谢惜别之类的场面上的话。她料定如果她连这几句都不说,所有的人,说不定还包括马远尘,都会认为她势利薄情得太过分了。

事实上叶蓁蓁的判断很准确。王主编既已退休,马远尘也就不去斤斤计较。说两句好话没什么,但说得过于溢美,大动感情,他就会认为此人是公开对自己表示不满,甚至是一种示威了。叶蓁蓁将分寸把握得最为恰到好处。她在任何时候都是懂事的,这很可爱,但似乎有点太"温"了。实际上已经执掌大权的马远尘,希望他的下属们都能活跃起来,他更希望这个美丽的下属能够放射出她的活力。

她和马主编的关系难以避免地密切了。兼任的那个主编并不是每天都来,马远尘是实际上的一把手。编辑和主编的关系,加上以前的渊源,再加上一些说不清道不明的互相吸引,使他们互相间的关系很爽朗,也有点暧昧。年底时按惯例要庆祝新年,单位组织聚餐,同事们互相斗酒,席间难免拉拉扯扯。叶蓁蓁去敬马远尘,他东拉西扯耍滑不喝,叶蓁蓁就要去拉他,似乎是脚下一踉跄,她便一头栽到了马远尘的怀里。说时迟,那时快,当时也就是一眨眼的事儿，大家一阵哄笑，并未在意。但由此之后，他们俩的关系无形中又近了一层。

有一些不可知的情感已慢慢迫近了。叶蓁蓁脚步飘忽，她不主动靠近，也不走远。

她觉得自己几乎是一不留神就冲进了如今的生活，单位，还有她的家庭。她感到一丝惘然。她高考落过榜，她被背弃过，她还当过营业员卖过东西……这一切似乎都离她很远了，更远的时候是她还生活在乡下，在牛背上眺望过远方，那更像是一个梦了。

她眺望的，就是现在这个地方吗？就是现在这种生活吗？心绪如青丝，她常常轻柔地梳理着。一些皮屑无声地落在栗色的梳妆台上，仿佛雪花，仿佛往事。

下班后，她一般先看看功课，累了，就到家里的院子里，按她的构想去打理那些树木花草。余志早已没了兴趣，主要是她自己动手。她到城外的林业大学弄来了不少花木，甚至回县城把她父亲的一盆杜鹃和一盆鹊舌黄杨也讨来了。她把杂草野枝全部清除干净，挖坑、灌水、施复合肥，还垒了好几个花台，集中力量干了几个月，终于将整个院子整治得焕然一新了。

叶蓁蓁在院子里东走走，西看看，间或提着喷壶浇花。花枝间晃动着她的影子。花木绿了，又渐渐地飘零下落叶，托着雪花。季节转换，春天来了，新芽又绽放了，蓬勃怒放着……三年过去了，从花丛中走出的叶蓁蓁依然艳丽，更显成熟。她的心也长大了。

她打开院门去上班。身后的这个院子里,她的家,还住着三个人。公婆是老了,余志不老,却是个孩子。老的老,小的小,只有叶蓁蓁是青春有为、朝气蓬勃的。任谁看,都觉得只有她才能配得上那些葱郁的花木。按照习惯,她依然步行去上班,她的步态从容而优雅。你看见一个姑娘"咣"地关上铁门,款款而去,如果几年前你曾经在金鹰商场的化妆品柜台买过东西,你可能会有一点疑惑,但你一定认不出她来,因为,此时的叶蓁蓁已经变成了一个完全的新人。

任何时候你都不应该用固定的眼光看人。

9

有一些事情是注定要发生的。

就像人阻挡不了外界的变化一样,人其实也挡不住自己内心的变化。叶蓁蓁顺利地毕了业,按时拿到了本科文凭。三年的时间,她一次次从家里的庭院走到学校,走到工作岗位,然后再回到家。那一片葱茏的绿色是她亲手培育料理的。她还没有要孩子,她的生活中一直茁壮成长着的,也就是这些花木了。但有一天,她走出了庭院的大门,却再也不能回去了。

公公退休后的几年,他们一直住在这里。有一天省级机关事务管理局通知他们,房子要让出来了,一个刚上任的副省长要搬过来。经过几番激烈却也温文尔雅的谈判，他们得到了两套公寓房作为补偿。大的一套有一百一十平方米，老两口住；另外一个中套分给余志和叶蓁蓁。

这是没有办法的事情。什么都没有了。西班牙式的洋房没有了——叶蓁蓁也是后来才知道那原来是民国时的西班牙公使馆——花园也没有了，苔痕遍体的围墙也没有了，宽大的铁门也没有了，甚至，连那个在他们家做了许多年的保姆也没有了。说保姆没有了，不是说她被辞了，或是死了，她还在，但跟了公婆过去，对叶蓁蓁来说，也就是没有了。就像那洋房庭院还在，并没有倒塌，但对已经不能再进去的人而言，那也就是没有了。

叶蓁蓁无限伤痛。因为自尊，她表面上做出自立自强的无所谓模样，但心里在咒骂。在这一点上，婆婆倒成了她的代言人。她不介入搬迁前讨价还价的谈判，但婆婆骂出的每一句话都仿佛在代她出气。公公在管理局副局长面前表现出的大度和忍让也让她感到气愤，都什么时候了，差不多算是要抄家了还摆个什么谱？再怎么高风亮节还能让你再上岗吗？！能让你去当副省长吗？！他们谈判时当然没有叶蓁蓁讲话的余地，但她决定以后一定要单独过。原本是有两个方案让他们挑选的，可以是两套房，也可以是一个特大套房，叶蓁蓁这一次态度很坚决，她坚持让公公选择两套房的方案。既然连洋房都没有了，又何必裹到一起？她知道，只有分开，她才可以正式成为一个家庭的主妇。

她现在和那些普通的女人们没有什么两样了。新房和那洋房之间的距离其实也不算远的，走个十几分钟也就到了。有天傍晚，叶蓁蓁和余志出去散步，不知不觉就走到了那附近——谁知道是无意地还是下意识地想去凭吊一下呢？叶蓁蓁呆呆地站在远处，那前方的拐弯处、那花园洋房、那一株雪松、那一丛细竹，依然如旧。铁门上的锁显然是换了，赭色的铁门上，崭新的门锁亮得像个手电筒。叶蓁蓁眯上了眼睛。

"你怎么啦？"余志吃惊地看着她问道，见她在啜泣，便说"这房子也没什么好，老砖头老地板，其实住起来也不方便的。"

叶蓁蓁不理他，但心里认为他这样说是对的，现在你只能看轻这房子，看小它。但看得小了，那庭院却像个盆景了，围墙弯成个圆弧，仿佛花盆，红的绿的花木在里面摇曳。几年前，叶蓁蓁还在和余志恋爱时，曾在院子外面徘徊，但今天的心境与那时却大不相同了。那时她还想着自己终有一天能走进去，现在想也不用想了。

她突然不理余志，头也不回地走远了。

她确实和别的女人没有什么两样了。洋房里的生活仿佛一幅背景图，就像她小时候在县城照相馆拍照时的背景，美是美的，但走不进去。她必须实实在在地过自己的小日子了。

装修的时候忙得不行。因为是自己的家，她比较顶真，也为了省点钱，所有的材料叶蓁蓁都自己买，讨价还价是免不了的，每一种材料一用就是一批，也可以省下一笔钱。这类事情余志是能躲就躲，实在没办法躲就跟在叶蓁蓁后面，他宁可拿东西出力气也不愿意去谈价钱。叶蓁蓁讨价还价的水平很厉害，一刀下去就是一半，对方不愿就范她抬脚就走，等着店主再喊她。她会一角一分地谈，谈得余志在旁边直发愣。他还从来没看见过自己的妻子这个样子。他认为此时最悲惨的莫过于那个小老板，他好像是一分钱也赚不到了。其实老板是在装可怜，钱他总是能赚到的，可怜的倒是余志自己，他不但像个跟班的，回去还经常要被叶蓁蓁责怪。她怪他没用，是个甩手掌柜，她还怪他不尽心，对装修的工人太客气。余志自己不抽烟，到新房去时，常常买包烟去给那些民工抽，叶蓁蓁大为不满，严格限制香烟的价格。"你有没有搞错啊？谁是主人？他们是你的雇工你知不知道？你对他们越客气他们就越会耍滑你知不知道？！"有一次他们发现橱柜门开的方向有点问题，用起来不太方便，余志和工人商量，返个工，他们疲疲沓沓不愿意动手。叶蓁蓁知道了，赶过去，先在门口把余志说了一顿："他们不干你就算啦？我以后天天要用你不晓得啊？"她二话不说，踩着满地的杂物走到厨房，抓起一把锤子，三两下就把橱柜门敲下来了。她把门往工头脚边一扔，瞪了他一眼就走了。那工头目瞪口呆，乖乖地安排民工返工。

余志本还想再到厨房看看，转念一想没有进去，叶蓁蓁一走他也就走了。他怕工人们笑话他。他忘不掉妻子发怒的那张脸，那张脸和住在洋房里的叶蓁蓁的面容叠在一起，他简直被吓得不轻。他觉得自己娶的不是以前的那个姑娘，肯定有什么地方出了差错了。

叶蓁蓁早就听说搞装修的都是些蜡烛坯，你比他厉害他才会吃劲。她不得不拿出她厉害的一面来。房子当然如期装修好了。叶蓁蓁把以前栽在花园里的一些盆景挖了带过来了，现在只能养在阳台上；还有几盆比较漂亮的，本来摆在客厅里的，却被装修后的甲醛气熏得奄奄一息，叶蓁蓁只得把他们也放到阳台上拯救。这些花木都是当年从她父亲那里要来的，叶蓁蓁站在阳台上，梳着头，看着枝桠上零落的黄叶，突然觉得心里有点空荡荡的。

小日子过起来了。叶蓁蓁原本就是个能干的，像她母亲一样能干，有限的家务不成问题，也不难适应。叶蓁蓁很快也就变回了原先那个人，一个普通家庭出来的长女。只是余志还像以前一样，散散漫漫，无所事事，永远不会为什么而烦恼。其实他父亲位置发生变化，也许还得算上他自己的不思上进，这已经影响了他的声望，而且他这个广告部副主任前面又压了个人，虽说也是副主任，但人家能干，整天风风火火，业绩飙升。叶蓁蓁提醒他，跟他吵，但效果甚微。叶蓁蓁哭过几次，终于明白，改变一个人是不容易的，就像余志天生是个虚胖的男人一样，哪怕不让他吃饭他也只能去饿死，瘦不了——他已经一百六十斤了啊！他做这个工作唯一的好处就是总有酒席吃，吃下去的是动物脂肪，带回家的还是动物脂肪，是人肉，拿来压迫叶蓁蓁，这没办法——从现在开始，她只能靠自己，管好自己的事情了。

哪怕仅仅是从身体上看,叶蓁蓁也对余志不满意。她买了个体重计来,经常让余志称一称。她想让体重计来警告他。奇怪的是,余志的体重涨到了一百六十斤,也就不再涨了。他还是常常赴酒肉应酬,但体重倒是稳定了。叶蓁蓁谢天谢地,他不至于压得自己窒息。看来老天也是有自己的安排的,三十岁以前让他先涨到一百六十斤,四十岁以前再让他涨到一百七十斤。如果真是这样倒也罢了。

但生活有时会比你所有能预想到的更严重。如果不是亲手抓住证据,打死了叶蓁蓁她也不会相信,余志会有外遇!外遇总要有所图吧,图钱?图地位?他其实都没有,图快活?他那身白晃晃的肉,纵是能快活也有限了,谁还会觅宝觅到他身上?但他有外遇一事是确凿的,而且肯定不光是"精神恋爱",肉体也参与进去了。余志刚染上上网的习惯时叶蓁蓁并没有在意,那时候很多媒体都在号召上网,叶蓁蓁那时还觉得上网冲冲浪,也没有什么不好,总比上床冲浪要强一点。但后来她就发现事情不对了,以前他是催着她上床,现在他经常要在电脑前坐到深夜,有时还把书房门关起来,噼里啪啦地在里面打字。叶蓁蓁想,这就奇怪了,上网浏览还要打字?他以前是个那么懒的人,打字这种事竟悄悄学会了!叶蓁蓁从此留了心。聪明的人留了心就会有所发现。她有时悄悄走进书房,装着找东西,一来二去她就发现了余志的电子信箱。密码就不那么容易发现了。叶蓁蓁绞尽脑汁,试了不少她认为可能的数字,最后还真给她试出来了。叶蓁蓁看着闪烁的荧屏，还没有进入信箱就已经百感交集了，她简直不敢相信：他的邮箱地址竟然是"余大志"三个字的汉语拼音，看来他的网上形象倒是个胸有大志鹏程万里的男人；密码更是令人难以置信，竟然是他们的结婚纪念日！叶蓁蓁先是哭笑不得，继而怒火万丈。她看到了一个叫"电你"的女人的来信，内容极尽肉麻，那女人称余志为"我的痣"，一封一封的信简直不堪入目，既下流，又细腻。叶蓁蓁坐在电脑前大哭一场，等脸上的泪水干了，又冷笑起来。亏他还好意思用他们的结婚纪念日做密码，这说明他既无耻，又弱智。她真是小看他了，她原以为他只是贪吃，只是对酒肉感兴趣，交的也是酒肉朋友，原来不是这么回事啊，他喜欢的只是肉，是人肉，女人的肉！她冷静下来，模仿余志的口吻给那女人发了一封回信，约她第二天晚上在奥杰酒吧见面。她不动声色，但第二天她并没有见到那个淫妇，因为那"电你"出差在外，而余志是知道她正在出差的。她起了疑心，打了个电话跟余志一核实，余志便知道东窗事发了。

　　叶蓁蓁决定正面出击了。余志晚上回来，心中忐忑，电脑当然是不敢开了。叶蓁蓁先是提醒他："哎，怎么不上网啦？人家还在等你哩！"见余志装傻，她慢慢走过去，搂住了他的脖子："我的痣，你好啊！"

　　余志干笑着不敢接话。叶蓁蓁轻轻地触摸他，摸到了他左边脖子上的那颗痣，猛地一用力，余志"嗷"地叫了起来，像挨了一刀。他痣上的几根毛被叶蓁蓁攥在手上。

"你的'电你'呢?"叶蓁蓁冷笑着说,"你应该把这几根毛送给她的,比你下面的毛干净多了。"

接下来就是暴风骤雨了。两个人第一次动了手。花瓶砸了,连卧室的电视机也砸了。余志身大力不亏,但他心亏,他几乎是只挨打不还手,饶是皮厚肉粗,也还是疼得哼哼直叫。叶蓁蓁打累了,住了手,扑在床上号啕大哭。

他不还手,也不辩解,只是不断地发誓保证。叶蓁蓁鄙夷他。她瞧他不起。她的心也冷了,冷透了。

当然他们还不至于闹得怎么样。他们都是要面子的人。但是叶蓁蓁很长时间都不再理余志了。那个女人她也不想见了。她见到她说什么?把余志让给她,或者警告她走开,跟她抢男人?叶蓁蓁变得沉默寡言,她觉得自己把一切都看透了。

在单位,她也像是换了一个人——人变是慢慢变的,如果你不总是回头想她的从前,你不会吃惊。她和同事们比以前亲密了。原来几个男人聚在一起讲些"带色"的笑话,见她进来就会住嘴,现在他们见到她,原来没讲的那些笑话,也会再讲,这些家伙也是在试探她哩。叶蓁蓁开始还真不适应,她不制止,也不理会,突然有一天,她开口插话了。

"你们这些人,下流!"她含笑着说,"你们这是性骚扰!回去跟你们老婆讲去!"

她骂了他们"下流",但她是笑着骂的。几个男人简直受宠若惊。她虽然骂他们"下流",但只要她开了口,就说明她以后可以和他们一起"流"了。

他们开始前所未有地融洽共事。为什么不呢?这里是她自己的地方,她要工作,要进步,有时可能不得不踩着他们,但更多的时候还要倚靠他们。余志的报社中午管饭,保姆也没有了,叶蓁蓁中午经常和同事们一起吃饭,他们一起"抬石头"过河,其乐融融。

马远尘乐于看到这样的场面。因为身份,他不可能参与下属们的聚餐,但他喜欢他们欢聚一堂。有一次他被生拉硬扯地拽去了,他们喝了酒。看着面前的叶蓁蓁艳若桃李的面容,他突然想起了她因为喝了酒才被弄上妻子的电视节目的那一段往事,突然觉得酒真好,是个好东西。当领导的当然不能直抒胸臆,他端着杯子认真地说:"以后学报要是能在封三上做点广告,增加收入,就可以供给全体同志一顿中饭!工作效率也就提高了嘛!"

大家一起端起杯子和马远尘干杯,说等着吃主编赏的饭。叶蓁蓁看着他清癯有力的面庞,忽然脸红了红。酒色遮着,别人看不见。她又想起了那次元旦聚会,她向他敬酒,一不留神撞到他怀里的情景。

也许只有在不断的回忆中,才能辨出滋味,那滋味也才愈发浓郁。马远尘端着杯子的手臂伸过来,伸向众人,也伸向她。他的手臂是健壮有力的,竟可以看出肌肉的线条,竟然不逊于那些年轻人,和余志白胖的肌体完全不同。叶蓁蓁脸在发烧,身上竟也有些发麻。

马远尘刹那间也想到了那敬酒的一幕。一种难以言述的电流突然贯通了他们的意识。他的眼在她身上扫一扫，丝毫不敢停留。他费尽心力才坐稳如今这个位子，个中甘苦将与谁说？他长久以来就有着执掌主编大权的雄心，按常理，这位子也不该旁落他人，现在也差不多是坐上了。但是，回忆起来，似乎每次看到叶蓁蓁，哪怕只是想到她，脑子里都会浮现她美丽的容颜，他的斗志似乎都要更高涨一截——简直一扫颓唐之气！

真的是这样吗？这似乎有点可怕了。

马远尘的心怦怦地跳了起来。

有些事情终究会发生的，只是需要一个契机。

仿佛两个偶遇的舞者，他们心里流淌的是同一曲音乐，但是他们步伐生涩。他们悄悄地试探着，伸出手，又倏然缩回。待他们期待已久的音乐高潮突然来临，他们会在瞬间靠近彼此，合而为一。

一个眼神，一个细微的动作，都可以完成一次暗示。

平日里，他们点点滴滴的接触和交流，慢慢地聚集着，孕育着，汇成了暧昧的暗流，某一日，彩云飞散，大雨骤至，涓滴的细流就会变成洪水，将脆弱的堤坝彻底冲溃。

在无人察觉的平静中，他们在生长。

春天到了。天气预报说近期本市将以阴雨天气为主，而杭州则天气晴好。三天前马远尘接到了一个会议通知，邀请他去参加全国科技期刊协会的学术研讨会，会议的地点就在杭州。按说这样的会他可去可不去，他已经犹豫了好几天，但晚上看了天气预报后，他决定，还是去。他已经快五十岁了，虽然年轻时酷爱体育运动，又一直没有孩子的拖累，他没有发胖，看上去还是风度翩翩，但他自己心里清楚，他已经快老了。头发虽黑，但老要染；牙一颗没少，可牙龈已经有些松动；一到阴雨天，浑身酸痛，腿脚也不得劲儿。他想，杭州天气好，正好去休息几天。

马远尘做出了这个决定后马上心闲气定了。妻子杜衡晚上在电视台剪片子，他自己开始动手收拾要带的东西。刚忙了一会儿，他自己有点想笑：后天才走，现在就收拾行装，也太心急了一点。妻子要是看出来，说不定又要起疑。明天上班自己也要注意，不能给别人提供讲闲话的口实。本来嘛，单位里谁都知道他怕阴天，本市天气不好，去杭州休息几天，这个理由不光能说服自己，也能够说服别人。至于要带叶蓁蓁同行，那是因为会上交流的论文是他俩合作的，他当然不该一人掠美……他躺在床上，心里有一种温润的兴奋。叶蓁蓁是一个鹤立鸡群的姑娘，她的容貌、她的神态、她身上似有若无的香味，对男人都是一种致命的诱惑。马远尘本身就是个身材颀长的男人，当年，叶蓁蓁因为那个令人发噱的原因来到他们单位，当叶蓁蓁站在他面前时，他的眼睛就不由自主地亮了一下。至少从身材上，他们是匹配的——

这是一种合并同类项般的妄想，有多少男人进行过类似的妄想呢？真是无法统计，除非他们人人都说真话。但美丽的叶蓁蓁表现得很矜持，马远尘当然晓得她的矜持其实只是一套华丽严密的衣服，只是因为她的婚姻，那衣服里原本也就是个普通的姑娘，但是他不敢碰触她。他知道自己的想法只是在做梦，但却难以自抑地在日常工作中表达着他的友善和关爱。

应该说她的业务能力只能算是一般，但她并不常来请教自己。一些难以避免的业务上的指导基本上都是马远尘主动去找她……然而有一天，她却突然敲开了主编办公室的门。办公室很宽大，有三张桌子，只有他一个人。

"马主编，这个地方您帮我看一下好啵？"

她拿着一摞稿子。马远尘起来欠欠身，示意她在对面位子坐下来。

叶蓁蓁要问的是一些物理单位的英文缩写，她说有些单位是英文大写，有的却又是小写，她说她烦死了，她弄不清。

"这个问题看上去很复杂，但其实也并不繁难，一句话就可以说清楚。"马远尘告诉她，"你只要弄清这些英文单位的来源，其大小写其实就能知道了。比如说'牛顿'是'N'，要用大写，这是因为它表示的是人名；另外一些，比如'米'，原来的写法是英文'meter'，当然就用小写。"

这些东西其实在《编辑规范》上都有，他桌上就摆着一本。但马远尘很耐心，她说她是来请教的，而不是正常的上下级之间的请示，这简直让他受宠若惊。叶蓁蓁点点头，似乎是明白了，却又说："我还是觉得太烦了，你帮我在稿子上标一下好不好？以后我就知道了。"

这近乎是在撒娇了。马远尘一听脸先红了。他下意识地看看门，门虚掩着，仿佛欲语还休的嘴唇，是一种可进可退没有危险的状态。他突然涌上一股冲动，想趁拿稿子的机会抓住她的手——这是怎样的一只手啊，指若柔荑，拇指和食指轻轻按在稿件上，小指微微跷着，一个翘首等待着的姿态——但是他终究还是没敢。

不知道她有没有注意到，他拿着笔的手有些微微的颤抖。

从那时开始，叶蓁蓁就常常来请教马远尘了。有时也没有什么具体的事情，她只是来坐坐，闲扯几句。马远尘已经完全熟悉了她的脚步，像熟悉妻子的脚步一样熟悉她。因为身材高挑，她的脚步比杜衡的要重些，步幅也稍大些。他几乎能看到她修长的双腿在交叉迈动。裙裾飘飘。马远尘几乎难以自抑了。

他们的接触增多了。他开始是实实在在地帮助她。编辑们下午坐班并不严格，有时候办公室里就只有他们两个人。门依旧虚掩着，叶蓁蓁请教的问题，或者是他们讨论的工作以外的问题，常常简单得可笑。她靠他靠得很近，脖子里的香气弄得他心猿意马。这对年近五十岁的马远尘来说是一种难以抵抗的刺激和诱惑。这种诱惑强烈而残酷，毕竟他还是个领导，即使在目前的社会，他和叶蓁蓁若传出任何绯闻也肯定会弄得满城风雨。他提醒自己应该小心。

但他对自己的提醒在活色生香的叶蓁蓁面前显得那么虚弱，那么不堪一击。马远尘心里透亮，他几乎认定前面就是个陷阱，但他并不十分害怕掉下去，在他的潜意识里，大概还有点希望早点跳下去。

难道他就这么不堪一击吗？难道他真的就经不起诱惑吗？他倒有点不相信哩——不就是出一次差吗？一起出去了，又能怎么样？！

早晨刚上班时，编辑室里总是乱哄哄的，马远尘把叶蓁蓁喊过来，说："小叶，你把这篇论文拿去打印一下，出十份激光稿。"

"要那么多？"叶蓁蓁接过去翻了一下，脸上腾起一片红色。她看见论文上马远尘的署名前用铅笔加上了她的名字。论文所论及的精装书是学校的出版社请马远尘编辑的，她打过下手，但论文她没写一个字。她隐约触摸到了马远尘的用意。

"会上交流要用，十份还不一定够。打印好你就回去准备一下，上午不必再来了。下午我们一起来研究一下开会的事儿。"

其实这种短距离出差并没有多少准备工作要谈，无非是要不要提前买票、乘火车还是汽车、明早在哪里会面之类的事，几句话就能解决问题。马远尘约她下午来谈，无非是把两人独处的出差旅程在心理上提早了一天。他们把论文又放在桌上看了一遍，这时叶蓁蓁渐渐变得大胆起来。马远尘坐着，她把手搭在马远尘的椅背上，另一只手撑在桌上——马远尘的手旁边，长长的头发垂下来，在马远尘耳边晃悠。马远尘的心跳变得急促有力，他慌乱地推开叶蓁蓁的手，站起来，走到窗户那儿。他目光躲闪地看看叶蓁蓁，发现她眼中含着笑，脸上呈现出一种天真无邪的表情。他呻吟般的说了一声："回去吧，明天见。"

马远尘对这次出差产生了一丝胆怯。他有点怕。

翌日清早，马远尘准时来到市中心的旅游公司门口，他远远地看见叶蓁蓁站在那儿向他招手。叶蓁蓁穿了一件豆沙色澳毛的上衣，下面是一袭灰色长裙；马远尘在羊绒衫外又套了一件绿隐条的毛料西服，显得庄重而不失潇洒。他们的行装都很简单，叶蓁蓁只在后面背了个小背包，马远尘手上拎的包甚至就是他平时上班用的，这使他们的这次出差显得有些含义暧昧，感觉更接近于一次旅游。汽车在高速公路上奔驰，阴郁的天气在不知不觉中被抛在了身后。公路的两旁开满了绵延不绝的油菜花，汽车在花香中轻盈地滑行。马远尘和叶蓁蓁紧挨在一起，汽车的每一次轻微的颠动都给他们两人的肉体带来愉快的刺激。在平坦的路面上的这种颠动，其节奏和规律是有迹可循的，他们和着这种节奏，陶醉在这温和如华尔兹般的身体接触当中。车上其余的人都在昏昏欲睡，他们不知道还有人用心在跳舞。马远尘和叶蓁蓁在单位曾经一起跳过舞，但马远尘显然不习惯这样的场合，虽然他在叶蓁蓁的再三邀请下勉强上了舞场，但他的心还留在座位上注视自己，舞场上方的顶灯也仿佛是睽睽众目。他感到浑身都不自在。叶蓁蓁的腰肢很柔软，在他的手里又显得相当丰腴。他们都不是舞场上的行家，她看来要稍好一点。她带着他跳华尔兹，一步一步往前进，拐个弯，又一步一步往后退，华尔兹被她带成了近似于直线的运动。马远尘在尴尬中强烈地感到了年轻的欲望的力量。这是叶蓁蓁和他的第一次肌肤接触……车内的音乐打开了，舒缓的音乐立即弥漫在整个车厢内，叶蓁蓁冲他一笑，身体又挨紧了一些。马远尘随身带了一个大茶杯，里面泡好了花茶，他把杯子递给叶蓁蓁。她喝了两口，然后还给他，说她不敢多喝，喝多了没法上厕所。马远尘微微一愣，她在对男人说"上厕所"，但没有丝毫的羞涩。马远尘从骨子里还有点不习惯，但他此刻却感到了莫名的兴奋，甚至还闪过了一丝猥亵的念头。叶蓁蓁从她的小包里拿出了两个梨，削好一个，递给他，马远尘说太大了，要她分开来，叶蓁蓁嘴一撇，说："不作兴分梨的，分梨子不吉利。"这是一个众所周知的谐音。马远尘吃着梨，清晰地预见到他和她即将发生在杭州的故事。故事的框架也许落入俗套，但细节永远无法预知。事实上，自从他和叶蓁蓁登上这辆旅游车，他们的故事就已真正开始了。

　　华灯初放时，他们到达了杭州。会务人员已经把他们的住宿安排好。马远尘是正编审,和杭州大学期刊部的老陈同住一个两人间。老陈家就在本市,马远尘还没有看见他。与叶蓁蓁同房间住的两个人早来了,她们互相招呼着交换了名片,叶蓁蓁喊马远尘上街吃饭。他们在一个小饭馆里坐下来,要了几个菜和两瓶啤酒。叶蓁蓁问:"杜衡做菜的手艺比这饭馆怎么样?"马远尘说:"她从来不做饭,有时候我给她弄点带去。"叶蓁蓁略带夸张地说:"那怎么办?你出差她不是要饿饭了吗?"马远尘说:"她可以上街去吃,我总不能不出差吧。"他的语气里流露出恰如其分的怨气。杜衡比马远尘小五岁,这本来没什么,但马远尘本人特别喜欢小孩,而杜衡只会生气、生病,就是不会生孩子。这是他心里的隐痛。现在他乐意把这种隐痛说出来。马远尘说:"我哪里是跟妻子在过日子呢,我是既要当哥哥,又要当父亲。"叶蓁蓁扑哧地笑起来。马远尘问:"你跟小余什么时候要小孩?你书不是读完了吗?""书读完了就完了吗?人生很长的啊。"叶蓁蓁一本正经地说,"也许总是要生的吧,但我不敢。我总觉得生了孩子就成了三角支撑,就被固定住了。我现在还不想。"马远尘不再说话,他举举杯子,示意喝酒,两人碰了一下杯。声音很响,邻桌的人看他们一眼。这时店堂的电视里已经开始播晚间新闻,十点了,他们该回宾馆了。叶蓁蓁起身的时候,马远尘瞥见她裙子的阴影里那丰满肥白的双腿闪出一道银狐似的白光。

  回去的路上,他们遇到了相识的同行。马远尘和他们亲热地打着招呼,彼此开着无伤大雅的玩笑。他注意到叶蓁蓁静静地跟在他们身后，闲散地张望着两边的街景。他立即变得心不在焉，他想和她说点什么，但一直走到宾馆，他都没有机会分身。在宾馆灯火通明的大厅里，叶蓁蓁懒洋洋地朝他挥挥手，道了声"晚安"，眼带怨尤，径直到自己的房间去了。马远尘的心沉下去，兴味索然地上楼，进了自己的房间。同室的老陈还没有来，看来今天是不来住了。马远尘感到今天的叶蓁蓁仿佛是一块金属，热得快，冷得也快。她平日似乎不是这样的啊。

马远尘和衣躺到床上，把身体放松下来。他今天其实很累，但大脑里乱糟糟的。他眯了一会儿，突然他的床前好像有一个通体雪白的赤裸的身体站在那儿，他倏然一惊，醒了。抬腕看看表，已经十一点半了……这时候电话铃响了，他吓了一大跳，立即抢步上前抓起电话："喂，是哪位？"他问。没有人回答，听筒那边只传来清晰的呼吸声。"小叶，"他直呼其名了，"我知道是你，你还没睡吗？""我睡不着，在看书，"那边呼吸着的人说话了，"我有个问题要请教你一下，不打搅你同屋休息吧？"马远尘说："他今天不来住了，你上来吧。"叶蓁蓁应了一声，马远尘从听筒里听见她含糊其辞地请同屋留门，然后电话就被挂断了。

马远尘的心脏急促有力地跳动着，他感到微微有些晕眩。他平静了一下，关掉了顶灯，把台灯打开，稍一犹豫，又脱掉了西服。他听到门外有轻微的脚步声慢慢走近，然后门铃响了，叮咚叮咚的声音像敲在他的心上。他几乎迈不动脚步了。

马远尘打开了门，叶蓁蓁轻着身子闪身进来，反手把门关上了。

她静静地倚在门边,歪头看着他。她刚洗过澡,湿漉漉的头发披散在肩头,给她平添一股妖媚之气。他们谁都没有说话,空气仿佛凝固了。

来了,终于来了。一切真的就要开始了吗?

他们离得很近,又似乎很远,横亘在他们之间的无形障碍把他们冻结在那里,他们彼此对峙着。马远尘的心脏似乎已经无法承受这种冲击,他把逐渐软化的视线从叶蓁蓁的脸上游移开来,看着她手里的那本书,他几乎想挑起话头,又躲到书里去了。他嗫嚅着刚要开口,叶蓁蓁手一松,书掉在了地上。此刻仿佛是堤坝决了口,他们紧紧地拥抱在一起,狂潮立即把他们淹没了。

地上的那本《编辑学发凡》被他们——两个编辑,踩在地上。可怜的书!

他们是成熟的男女,他们熟悉接吻的每一个细节,但他们都没有直奔目标。他们的手暗示着,身体呼应着,互相沿着对方的脖子、耳垂、额头、脸颊吻过去。他们呼呼地喘着气,仿佛这不是做爱前的序曲,而是一场目标已定的迂回和袭击。马远尘的嘴唇有些干涩,他用力抱紧了她,叶蓁蓁顺从地把花一样的嘴唇凑了上来。他们长吸一口气,互相吮吸着彼此,他们的舌头好像钟乳岩洞里的两条追逐嬉戏的鱼。

叶蓁蓁的身体慢慢软了下来,好像弱不胜立,马远尘紧紧地搂着她,他们同时想到了那张席梦思床。床垫含混地"呻吟"了几声，把两具火热的躯体稳稳地托住了。长时间的接吻使马远尘感到呼吸有点困难，他偏了偏头，让开了她的嘴。他的手从毛衣里伸向了叶蓁蓁的胸罩。但他这时遇到了困难，他摸索了好一会儿也没在她背后找到胸罩的搭扣，他在妻子身上积累的经验在一个陌生的身体上失效了。他立即想到了消瘦的杜衡和她带了钢丝垫的昂贵胸罩，他一下子愣住了，不知道怎么办才好。叶蓁蓁轻轻地推开他，站起身，把凌乱的头发往后理了理，说："把灯关了。"马远尘吃了一惊似的关掉了灯，这时只有远处的街灯透过窗帘射来柔和的光。叶蓁蓁自己从腋下解开了胸罩，把它扔在床上。她又脱掉了毛衣，一对活力四射的坚挺乳房顿时开放在马远尘的面前……

然后是一阵无法遏止的手忙脚乱，平时装饰着他们肉体同时也隐藏着他们内心的衣服被一件件扔在沙发上、地上。床上的毛毯被蹬到一角，宽阔的场地被腾出来了。两个灰色的身影在床上扭成一团，晦暗的房间里充满了席梦思床发出的颤动声、两人粗重的呼吸声，以及两人含混的呻吟声。马远尘被自己参与制造的声音刺激得更加亢奋，他灵魂的一部分本来一直飘荡在天花板那儿注视着下方，这会儿也如饿鹰般凶猛地直扑下来，作为有生力量和他合而为一，投入了这场蓄谋已久的战斗。马远尘感到他浑身的细胞都在短时间里开放了，而某一部分的细胞则在刹那间放大了七八倍、十几倍乃至无数倍，最后他仿佛感觉自己通体都变成了一根坚韧而又得心应手的棍子，由本能指挥着像蛇一样昂着头在草丛中奔突、搜寻，然后它一头扎进了一处温润的沼泽。

马远尘变得年轻、壮健，但这种年轻和壮健是短暂的，你可以站在湍急的小溪中间把水撩泼到上游，但它立即又会流下来。马远尘深知这一点，他近乎疯狂地挥霍着自己短暂的活力。他粗野得连他自己都无法相认了。叶蓁蓁迎合着他，引导着他，同时也撩拨着他，她好像一个高明的驭手，在大汗淋漓的冲刺中，不让她的坐骑浪费一点点多余的精力。这真是一个好女人啊！在一股近乎感激的慨叹中，马远尘浑身已经膨胀至极的细胞恰到好处地爆炸了，四肢百骸精神意识全都分崩离析，向湛蓝的天幕飘散开去……

在昏睡中，马远尘的心脏恢复了平静，当他醒来的时候，房间里只剩下他一个人了。"你真行，你真行啊！"叶蓁蓁原本含混的话此刻在他的耳边清晰起来。他想，难道她的余志是不行的吗？还是至少没有自己行？看来年龄并不能说明一切啊。然而他知道自己其实原本也是很一般的，很显然是一具新鲜丰美的肉体激起了他的活力。他还是有活力的，还不算老，这多么好！要不，他自己不是还被自己蒙在鼓里吗？不知怎的，他想起他曾听人说过，美国人最常挂在嘴边的一句话是"Try, try again"，对的，有些事是应该去尝试一下，比如，堕落——这个词使他的心哆嗦了一下——可堕落又是多么的刺激和快乐啊！

他突然打了一激灵。他想起了余志，他的家庭，那是一个令人望而生畏的背景，仿佛一条小巷深不可测的暮色，有一种惘惘的威胁。似乎在他和叶蓁蓁肌肤相亲的那一刹那，他也曾想起过这个的，但并没有能阻止他的欲望。一个大大咧咧的胖子是不足畏惧的，除非弄得满城风雨、铁壁合围——如果能做到滴水不漏，有了不也就是有了吗？她又不是一个处女，况且，他们到底是谁诱惑了谁，还说不清哩。

马远尘放了水，躺到了浴缸里。他慵倦而又适意，好像要融化到那水里去。恍惚间，他眼前出现了杜衡紧咬的嘴角和锥子似的目光。他坐起了身，呆呆地盯着房间门口的地上那一片白光，他知道那是今夜故事的引子——那本《编辑学发凡》。他草草地擦干了身子，把它捡过来，捋平了。他想，不知叶蓁蓁睡着了吗？明天，就把书还给她。他们确实要注意不能流露出什么。会议往往是绯闻的策源地，但只要小心就什么事也不会有。堕落就和坠落一样，是源于一种难以挣脱的"万有引力"。堕落的过程是快活的，但它的结果则十有八九是头破血流。所以他要小心，要有节制，要把坠落的过程变为滑滑梯的过程，这样既愉快又没有风险。这就需要控制，对速度的控制。明天大会开幕，下午还要交流论文，他一定要坦然，一定要若无其事，他自信他能够做到这一点。他明天将会早点起来，在盥洗室梳理好头发，穿上他的西服，神情自若地走到人群里去，那样一切就会重新恢复正常了。

快乐的人在黑夜里快乐。而大多数人往往习惯于忽略黑夜。

10

　　太阳出来了，天空依然是晴朗的。

　　风和日丽的天气使叶蓁蓁感到非常愉快，昨夜的放纵并未使她感到丝毫疲劳，相反，她有一种身轻如燕的感觉。早晨在大厅里集体用餐，她主动走过去和马远尘同桌。他们两个眼神意味深长地对视了一下，叶蓁蓁甚至还调皮地朝他挤挤眼。马远尘低着头吃着稀饭，假装没看见，但他的脸上还是默契地漾出了一丝暧昧的笑容。昨天夜里的经历仿佛梦一般，早晨起来，他几乎无法相信那是真实发生过的事。他很早就对叶蓁蓁起了念头，甚至在第一次见到她时就有些动念，但念头不算什么，古人不是说了吗，"淫字论事不论心，论心自古无完人"。这几年来，宽容一点说，他们其实可以说得上是秋毫无犯的。然而，一次出差，一次别无他人的良辰美景，就使得某种遥遥无期的可能成为现实——这是真的吗？他不断地问自己，恨不得也去问问那个美梦的另一当事人。叶蓁蓁射过来的眼神，无声地证实了夜里发生的一切绝无可疑，确实是真的。但他暂时不敢再去撩拨她。大厅里人声喧哗，熟人们彼此打着招呼，谈着一些可有可无的话题。叶蓁蓁轻声地说："喂，我发现你身上挂了点东西，要不要我告诉你？"马远尘一愣："什么？"他的头甚至都没有转动一下，只是饶有兴致地看着她。叶蓁蓁不满马远尘过于平静的神态，她突然恶作剧般地提高了声音，扭头对同桌的另一个熟识的女孩说：

"你看,我们马主编的身上挂了幌子,瞧,这么多的羊毛须须,是夫人的羊毛衫蹭在上面的吧?"那女孩立即兴致勃勃地凑上来:"哪里?哪里?我看看。"她们两个笑成一团,引来了好些人的目光。马远尘感觉自己的头内发出"轰"的一声,他简直吓呆了,他不知道叶蓁蓁究竟想干什么!她难道不知道这是他们昨夜疯狂的印记吗?!她疯了吗?!马远尘的意识几欲崩塌,他铁青着脸阴沉地说:"别胡闹!"叶蓁蓁装着赌气般的撇着嘴,说:"好了好了,主编大人发火了,不讲了,不讲了。"马远尘这时才注意到,叶蓁蓁今天穿的是一件薄西服,昨夜的澳毛上衣被她换下来了。这换了的西服好比消防队员的石棉衣,怪不得她竟敢引火烧身。没有人会疑心到什么,马远尘放了心。

叶蓁蓁很扫兴,她没想到马远尘的胆子这么小,这么懦弱,竟然连个玩笑都经不起开。在众人的笑声中共享两人的秘密,本是一件多么有趣的事!她闷闷不乐地吃完了碗里的稀饭,径自出了宾馆。

宾馆就在西湖附近,叶蓁蓁独自沿着湖边走。她看见有几个孩子正在湖边的长椅上读书,他们读得很专注,琅琅的书声隐约传来。这是一种温柔和平甚至是感人的场面,但叶蓁蓁丝毫不以为意。读书其实是枯燥的,无聊的,她自己就刚刚从"专升本"的学校毕业,如果不是为了生活,为了体面,她八世也不会去读那些劳什子。无奈的是人人都生活在一个巨大的系统里,这系统自有一个评价标准,要看人读书多少,你不得不硬着头皮去读。

其实只会读书是不够的，社会这本书有趣也有用得多。读书是为了有所用的，千万不要犯傻，到书里再去找来捆人手脚的绳子。世间的束缚已经太多，再作茧自缚的是注定的失败者。叶蓁蓁的这些想法是自己从生活中悟出来的，其实也还有书里的教训——关键要看你读什么书，怎么读，凡事正着看和反着看永远是不一样的。她小时候和奶奶一起过，在乡下，她见过了太多的贫寒和卑微。奶奶很穷，但叶蓁蓁总要想办法打扮自己，还在小学时，她甚至搜集别人家不屑再用的毛线给自己拼成了一件入时的毛衣。女教师们不喜欢她，甚至说她是小妖精，但她却很得几个青年男教师的喜爱。不管怎么说，她实际上并不讨人厌。女教师们暗暗的排斥让叶蓁蓁从此懂得了坚持，我行我素，也知道了收敛行事。她一直收敛生活了许多年，收敛着完成发育、大学毕了业、结了婚，直到她从那洋房里搬出来住，直到她丈夫被那"电你"电了，她才真正成了自己的主人。

乍一成为主人的叶蓁蓁也还没有放肆行事。如果说从那洋房里出来她是扔掉了一件衣服，这次出差才是她真正轻装上阵的机缘。

叶蓁蓁在湖边找了张长椅坐下来，她在等马远尘，她知道他会来找她。上午的开幕式去应个景就可以，但下午的论文交流就不能掉以轻心了。她料到马远尘会把论文宣读的机会让给她，但不等到说定，总是放不下心。这对她而言是个机会，她决不能放过。马远尘是个什么样的人，叶蓁蓁并不完全了解，全面了解一个人太费事了,她只需要了解他的某一个或某几个方面。他喜欢自己,他能帮助自己,这就够了。交同性朋友要睁大眼睛,因为你不能指望和一个自私的女孩成为真正的朋友。她想起了蔡坤,她并不自私,甚至还有点憨,不知道她现在会不会想起自己?可是和男人交往是不一样的,他哪怕很坏,甚至卑鄙,但这都没关系,只要他是真正的喜欢你,你尽可以和他很投入地交往。当然男人跟男人不一样,那些瘦精精的、讲起话来眉飞色舞表情丰富的男人在叶蓁蓁眼里只是一枚枚青涩的果子,她认为他们酷爱表现自己正是因为他们的弱小和缺乏自信。正像没有多少人愿意当果农而个个都喜欢吃成熟的水果一样,叶蓁蓁喜欢那些成熟的男人。她把目光罩定在马远尘身上,并主动走近了他,是因为他的体态衣着、他的举止神态、他的学识经验,当然也包括他的身份地位,都让她动心。他是领导,但昨夜叶蓁蓁却"领导"了他。

她的手机突然响了。是余志打来的。叶蓁蓁听着他的声音,感到有点心虚,突然又涌上一丝烦恶。她简短地告诉他,自己在开会,就把电话挂了。她当然不会告诉他自己正在西湖边。他在这个时候来电话,不由令她想起他那虚胖的身体,简直像是故意来恶心人的!

宽阔的湖面烟波浩渺,水中的亭台楼阁美得仿佛海市蜃楼,湿润的春风一阵阵地扑面而来。叶蓁蓁用双手抖抖自己的头发,这时她透过垂柳的枝条看见了身后的大路上马远尘的身影。她坐着没动,马远尘显然没有看见她。待马远尘急匆匆地走过去,她才绕过长椅,轻轻追上他的背影,说:"哎,是找我吧?"

马远尘猛地回过头,满面惊喜。他立即又沉下脸说:"你出来也得跟我说一声,再找不到你,我就要去报失踪案了,那可就热闹了。"马远尘把他内心的焦急适度地夸大了。

"是吗,知道会有这么热闹的事我就在长椅上再坐一会儿了,让你再找找。"叶蓁蓁说。

"吃饭的时候你是生气了吧?可你也太大胆了,太冒失了。"马远尘说。

"你这么急着找到我就是要来责怪我的吗?"叶蓁蓁说,"我没见过像你这么胆小心虚的……人!"她的声音很激动,但她的话很节制,她差一点就滑出了"男人"这个词,但她没有。马远尘叹口气道:"好了,我们不说这个了好吧。我是从开幕式上溜出来的。下午是论文交流,我们被安排在第四个……"他顿了顿,他知道叶蓁蓁关心这事。

叶蓁蓁没有应声,她的视线似乎指向湖中的某个地方,马远尘循着看过去,他只看到满目的湖水。叶蓁蓁看起来还在生气,其实她在很专注地听着。"本来我们被安排在第六个,但我想那时都快结束了,每个人的肚子都咕咕叫,谁还坐得住?我找了管会务的老孔,商量了好一会儿他才答应。以我们学校的地位,这几乎是最好的安排了。"

"我知道你的能耐,我还以为你会甩手不管呢。你不是生气了吗?"

"生气归生气，工作归工作。"

叶蓁蓁忍不住扑哧笑了出来。她突然想起了马远尘昨天夜里那努力得近乎忘我的"工作"。

马远尘满面疑惑，不知道她究竟在笑什么，但他与她心有灵犀，脸立即红了。一个年近五十岁的男人为了性或爱而红脸，这是一种特别的风景。叶蓁蓁饶有兴味地看着他。两个人都不说话。有一种融融的春意弥漫在他们四周，鼓励着他们做出一些亲昵的举动。他们已经离会场很远，开幕式正在进行，他们不必担心被熟人碰见，叶蓁蓁十分自然地挎起了马远尘的胳膊。她察觉到马远尘下意识地躲闪了一下，她便更坚定地挎紧了他。马远尘的胳膊显得有些僵硬。

他们往前走了好一段路，但显得勉强，很别扭。叶蓁蓁感到她不像是和人在垂柳拂面的苏堤上散步，倒像是在送一个病人去医院。她心里掠过一丝失落。"我们到前面的那个亭子里坐坐吧。"她说。

亭子里只有一个银须髯髯的老人在闭目养神，像木雕一样，一动不动，可能在练气功。他们在远离老人的一角坐下来。马远尘冲她笑着甩甩有些发麻的膀子，说："下午的论文你来宣读吧。"

"不行，我要讲不好怎么办？我会紧张的。还是你来吧，何况这是你写的。"

"所以才叫你来读呀。我写，你读，这才是真正的合作。"马远尘眯眼微笑着说，"你不会紧张的。你不要讲解，只要读就可以了。读一下你总不会紧张吧？"

"可我想讲得好一点。"

"对啊，你下半年就要评职称了，中级职称虽说竞争不太激烈，但你要想破格被选上，就得出色才行。"叶蓁蓁怔了怔，她自从一毕业，什么时候也没忘掉过这件事，但她不喜欢他现在这么说。马远尘倒不觉得，继续道，"这次评委们几乎全到了。这是个给他们留下好印象的机会。你当然要讲好。"他掏出论文，"我在上面做了一些符号，你可以先熟悉一下。"

叶蓁蓁伸手接了过去。她眼睛的余光里那个一直纹丝未动的老人此刻忽然抬起了头，一瞥之下，感觉老人双眼有如电光石火。那是一双洞若观火的眼睛。叶蓁蓁的心被火烫了似的哆嗦了一下，她手里的论文掉在了地上。这时候有一阵轻微的旋风从湖面上吹过来，在亭子里打了几个旋儿，地上的论文飘到了老头脚边。叶蓁蓁想去捡过来，但她的腿软软的使不上劲。马远尘犹疑地看看她后，自己去把论文捡起来，递给她。叶蓁蓁没有接。她的脸色煞白。

马远尘怔怔的，他不明白叶蓁蓁怎么转眼间就心不在焉了。他狐疑地看着老头。

那老头无声地站起来，伸伸筋骨，旁若无人地在亭子中间走起了圈。老头的脚步不紧不慢，不疾不徐，双手还做着一些似有若无的动作，他白色的衣袂在风中飘动，带起了一阵微风，马远尘和叶蓁蓁都不由自主地往椅背上贴了贴。

马远尘因为年龄关系曾经学过一阵太极拳,他首先看出老头的脚步似乎走的是阴阳鱼的图形,以他的见识他还无法看出老头打的是什么拳,或者弄的是别的什么玄虚。他暂时把叶蓁蓁丢在了一边,饶有兴致地当一个旁观者。

叶蓁蓁的双眼随着老头的身影旋转,慢慢地,她的大脑、她的全部身心也随着旋转起来。她感到一阵晕眩。她把眼睛紧紧地闭上了。她隐约听见老头声音含混地说:"……天地阴阳,两仪四象……男女之事,全是孽障!……"此刻她感觉身下的长椅也似乎旋转起来,她紧闭着眼睛,无力地倚在柱子上。

良久良久后,她听见了马远尘关切的声音:"你怎么啦?不舒服吗?"

"那个老头走了吗?"叶蓁蓁睁开眼睛,迷茫地问。

"那不是,已经走了。"马远尘指指远去的老头的背影,"这是个怪老头,你看出他走的是阴阳鱼的图案吗?就是这样——"他做着手势。

"我不知道。你听到他说的话没有,什么'两仪四象、男人女人'的?"

"我没听清。他好像没说什么嘛。你今天怎么有点怪。是不是有点累了?"马远尘说。

"我不是累。我是被那老头作法了!"她开玩笑地说,"你要不要去举报他?你是党的干部哩!"

马远尘哈哈大笑起来,叶蓁蓁也笑了,突然又住了口。她看到远去的老头停住了脚步,扭头朝他们投来了尖锐的目光。叶蓁蓁从他的目光里读出了鄙视、不屑和怜悯。这真是个老怪物,西湖的妖怪!她晓得这老妖怪投来的目光里的鄙视和不屑是针对自己的,而怜悯则属于马远尘。叶蓁蓁在心里对老头说道:老头,你凭什么?!你误解了我,你没有权利谴责我。你不了解我们的感情!我,爱他。对,就是你怜悯的这个男人。

爱吗?

是的,爱。

这种爱也许有点复杂,但也是爱。老怪物,不要以为你饱经沧桑,世上的事你未必就全懂。叶蓁蓁轻轻挽上马远尘的胳膊,大声说:"我爱你,你听见了吗?!"

马远尘听见了,他呆在了那儿。

那老头也听见了。他歪歪头,嘿嘿一笑,走远了。

马远尘被叶蓁蓁这突如其来的爱的表白弄得手足无措。他方寸大乱,不知道该怎么办才好。他觉得这表白突兀得近乎滑稽,简直像儿戏一样。他几乎连脸上的肌肉都不知道该怎么摆了。叶蓁蓁将头倚在他的胸口,双手轻轻地抱着他,说:"我们走吧。"

马远尘觉得他无法理清叶蓁蓁的思路。她小小的脑瓜子里究竟装了些什么,大概就和这西湖一样,永不会有见底的一天。他狐疑地问:"你不会以前见过这个老头吧?"

"怎么会呢。"

"但我知道就是他引发你说出了刚才的话。一定是的。"

"是又怎么样？也许我早就想说了。"

马远尘的双手按在叶蓁蓁的肩上，他看见亭子边的路上行人慢慢多起来了，有一对年轻的恋人想进来，犹豫了一下，又走了。他有点心虚，脑子里如喝醉了酒似的晕乎乎的。这个亭子像个舞台，太显眼了，不能再待下去。他说："哎，你说那个老头说了句什么'两仪四象'，倒像是个对联，没准就是亭子上的，我们找找看。"

他挣开叶蓁蓁的手，绕着亭子找了一圈。他不光没找到对联之类的东西，连亭子上本该挂亭名匾的地方都是空的。他说，这是个无名的亭子。

"我们走吧。"叶蓁蓁说。

"你不在这儿把论文再准备一下吗？"

"还是走吧。这儿风太大了，我有点冷。"

他们并肩走上了杨柳夹拥的大路，朝宾馆走去。

事实上，叶蓁蓁在来杭州前的那个晚上开了个夜车，她已经把论文准备得相当熟了。破格提上中级职称，就意味着她跳了级，插了队，一辈子都可以提前得到她要的东西。她当然不会掉以轻心。她成竹在胸。

11

无论如何，密度太大的性生活对一个像马远尘这样年龄的人来说是不太相宜的。虽然他还保持着身体的精干，还可以狂欢，但他的心里已经难以承受这短短两天以来纷至沓来的身心冲击了。那个仿佛由西湖的千年精气幻化成的老人给他原本晴朗的心境蒙上了一层阴影。情由心生，心被情累，这道理他懂。但这样一个年轻的女人，她的躯体、她的主动和放纵、她有意无意表现出来的娇痴，都令他那么着迷。他不想失去她，虽然他心里很清楚，这是在玩火。这团火已经阴燃了很久，突然就烈焰喷发了，他有点害怕，怕这火会失去控制，会过于迅速地蔓延开来，但这团火使他周身温暖，满面红光，在火光的映照下，他的身影被无数倍地放大了，他迷恋这种带有自恋性质的幻觉。

叶蓁蓁说："我爱你，你知道吗？！"

可是——马远尘不断地在心里问——你真的爱我吗？

你为什么爱，你到底爱我什么？

他在心里不断地追问着叶蓁蓁。奇怪的是，他倒没有拷问他自己。拷问自己是痛苦的。马远尘只知道，他是在半梦半醒间走到这一步的，他好像是着了魔。当天叶蓁蓁的论文宣读是非常成功的，成功得让他觉得意外。他了解她的工作能力，可当时的叶蓁蓁简直像换了一个人。她沉着、自信、不慌张、不张狂，体态手势、起承转合都掌握得恰到好处。宣讲结束时，掌声骤起。好几个老熟人拍着他的肩膀半开玩笑地说："强将手下无弱兵，老马你行啊。"他心里暗暗吃惊，他自思即使是他本人上场也未必能达到这样的效果——不，不是未必，而是他根本就不可能达到！他至少没有叶蓁蓁的激情。他真是小看她了！

唯一可能的解释是，叶蓁蓁事先已经下了大力气。她背着自己做好了一切准备。

也就是说，当自己把论文宣读的机会让给她的时候，她的推辞是装出来的！她的无助和天真也是做给自己看的！

一切都在她的预料之中。连他自己也在她的掌握之中。

这似乎有点可怕了。

马远尘提醒自己要沉住气。他满面春风，似乎全身心都在为叶蓁蓁的成功而高兴。事实上，从某一方面讲，他的高兴也确实是由衷的。只要叶蓁蓁和他的感情掺杂了别的东西，他就有办法驾驭她。纯的酒精是不能喝的，对了水才能使人微醺。在这样一个物欲横流的社会里，过于纯净的感情往往反而令人生疑。这话也许有点苦涩，但是很实在。晚饭后，叶蓁蓁要马远尘一起出去散步。这次他们走了另外一条路。路灯昏黄，绵延着伸向远方。走到一杂树生花的阴暗处，走在前面的叶蓁蓁突然反身扑在马远尘的怀里，她的嘴唇随即送了上来。

马远尘无法躲避，事实上他立即也就不再躲避了。他迷恋这个肉体，以及那些充满情欲的器官。他脑子里不由地浮现出她在单位的情景，她也会娇嗔，也会撩拨，但更多的时候是坐在那里看稿子。那是一个固定的端庄的形象。一个端庄的人也是会放纵的，这种放纵是真正的刺激。他们紧紧地吻在一起。他们的手激动地抚摸着彼此，恨不得嵌进对方的身体里去。长吻过后，马远尘的嘴和脸颊有些发木，舌头也有些发酸。但他没有停下来，他只是下意识地悄悄地睁开了眼睛，他想看看她现在的样子，这时他惊异地发现叶蓁蓁竟同样睁着眼睛，而且在观察他。在黑暗中，他们的眼睛都如动物的眼睛般闪亮，他们的目光一碰，都反弹似的跳开了。

这个无意中的发现暂时败坏了他们的情绪。他们都心照不宣。

她一直都在观察你。她在最激动的时候也是睁着眼睛的，她时刻在观察着你的反应，你可千万不能忽视这一点。马远尘在心里默想着。

他们两人分开了身，一前一后走到一张长椅那儿，坐下来。

他们依偎在一起。马远尘的情欲再次升腾起来。此刻他的大脑异常清晰。他一面把手伸向叶蓁蓁的裙子里，一面坚决地说："我要你，现在就要！"

叶蓁蓁显然有些吃惊。她稍稍地推拒了几下，马上就顺从了。

马远尘的动作坚决、冷静而又有条不紊。他充满激情同时又心安理得地享用着这具肉体。昏黄的灯光把斑驳的树影投射在他们的身上。这是一次更为酣畅的做爱，是一场肉的盛宴，是一场荒郊野外的丰盛野餐。长椅太小了，限制了他们的动作，他们都怕弄疼了自己,他们的动作滞重起来。马远尘在喘息的当儿,听到不远处的湖水传来哗哗的拍击声,皎洁的月光透过浓密的树叶如银粉般迷漫在他们的四周,春天的虫子们身心舒畅地唱着歌,所有的一切都在怂恿他,鼓励他,将做爱进行到底。他稳稳神,要叶蓁蓁把上衣也脱掉,叶蓁蓁坚决地拒绝了。马远尘没有再坚持,他突然间生出一股蛮力,猛地把叶蓁蓁抱到了自己腿上。叶蓁蓁吃惊地扭头看看他,不知道他究竟要干什么。但她立即就懂了。她想起了余志,他带回家的那些影碟是她了解性爱的导师,但余志在她脑海里一出现,立即就被她推远了,他不可干扰她!她忍不住嗤嗤地笑了出来。马远尘不加理会,他的双腿有节律地稍一暗示,叶蓁蓁顿时止住了笑,她被这种节奏不可遏止地裹挟着,卷了进去……

"你真是一匹好马呀!"

马远尘听见了她含混的惊叹。心想:是啊,我是马呀!是一匹让你骑的好马呀!我不是姓马吗?我会载着你到达你的目的地;你这是报答,肯定也是进一步索取的开始,但这没什么,只要不过分,我会让你满足的;就像我们现在的姿势,看起来你在我上面,但主动权却由我来把握。

他们身后黑沉沉的路上有一对恋人走过去。这对恋人本想找个地方坐下来,那个男的探头往暗处一看,看到椅背的上方有一个女人的头在上下颠动,还听见了一阵压抑的呻吟。他慌忙拉着女朋友的手逃走了。

马远尘和叶蓁蓁浑然不觉，他们所有的心思都已经消散，只剩下一条神经还醒在那儿，驱动着他们的躯体。他们合力把共同乘坐的那条欲望之船推上了波涛汹涌的顶峰……终于，他们从顶峰上滑下来，顺流而下，漂到了一片微波不兴的湖面上。他们全部的身心都松弛了下来。

奔腾的马放缓了脚步，停住了。他们的心脏一时还无法平静，似乎都能听见自己心脏有力的跳动声，仿佛抵达了终点的马欢快清脆的击蹄声。他们深长地呼吸着，在春夜清新的空气里，彼此都嗅到了也感知到了对方和自己身上发出的汗酸味，这和凉爽的天气太不和谐，有一种很浓烈的动物气息。他们都感到有些不好意思，内心的深处甚至闪过了一丝羞愧。

他们简单地把自己整理了一下，走出了偏僻的树丛。他们都需要尽快洗个澡，宾馆的热水到十二点就停止供应了，他们要抓紧时间。在匆匆回去的路上，叶蓁蓁提出要马远尘明天给她引见一下那些与会的职称评委们，马远尘不假思索地答应了。他此刻只想尽快地把自己洗洗干净，让今天早点儿清清爽爽地结束。他心里对她可能提出的要求是有所准备的。他当然会答应她。

这是一夜无梦的睡眠。早晨起来，马远尘神清气爽，只是昨夜的剧烈运动造成的肌肉酸痛还在提醒他，使他的头脑里不断闪出他们纵情的情景。他的心情很愉快。上午，他利用会议的间隙给叶蓁蓁引见了两个与他素有交情的老朋友。下午分组活动，他又带着叶蓁蓁走了几个房间。叶蓁蓁着意打扮了一下,显现出一种年轻职业女性的风韵。马远尘很中意她的这一身打扮。叶蓁蓁跟着她,他的感觉很好。叶蓁蓁很会交际,她会找话题,会奉承人,会在恰当的时机装一装天真,甚至发一发嗲。她掌握了成熟男人的心理,几乎每一个评委都对她留下了一个好印象。

马远尘却渐渐感到了一丝不快。他察觉出有个别同行对他的态度有些古怪。原来十分熟识的人也和他们开一些暧昧的玩笑。他装着听不懂,同他们打着哈哈,但他的脸色泄露了他的内心,他的表情有些僵硬。叶蓁蓁满不在乎,她装出一副不谙世事、天真无邪的样子,游刃有余地和那些人谈笑着,彼此交换名片。她简直弄得有点像普天之下皆兄弟了。

出了房间,马远尘的脸色有些阴沉。他希望叶蓁蓁能发现这种阴沉,但她显然还沉浸在达到目的的兴奋里,她暂时疏忽了他。马远尘自顾自地走在前面,他突然间发现了自己心里竟有些酸溜溜的。我在吃醋吗?他不得不问自己。可这也太幼稚了,太可笑了!她和你做爱,但并不是因为爱,你可千万别把幻觉当成真相。你这又是何苦呢?他在心里劝慰自己。

他们一前一后走进了马远尘的房间。

同屋的老陈正在看电视。看见他们两个进来,热情地起身和他们打招呼。他看着叶蓁蓁说:"老马你不用介绍了,这是我们交流会上的明星,现在是天下无人不识君啊!"他紧紧地握着叶蓁蓁的手,请她在沙发上坐下来。他言过其实的话弄得马远尘和叶蓁蓁都感到有点不大自在。老陈昨天才到宾馆来住,马远尘夜里回来时他已经躺下了,当时马远尘急着洗澡,也没顾得上和他叙叙旧。老陈忙颠颠地洗杯子泡茶,他说宾馆的袋装茶叶是骗人的玩意儿,用自备的茶叶"正宗龙井"泡了两杯。马远尘喝着茶,觉得自己仿佛也成了这个房间的客人,他觉得有点好笑。关于老陈,同行里有不少传闻,其中最著名的一个就是他们单位的打字员找到他家里,和他老婆当面谈判的故事。说是老陈闻讯赶到时,两个女人已经打得不可开交。他一出现,两个女人一齐掉转枪口,合力把他打了一顿。这事马远尘本只是姑妄听之,现在他倒觉得可信的成分很不少。这是一个典型的所谓"瘾大水平低"的男人。他的作派确实让人有点恶心,马远尘心里甚至有点可怜他。

老陈自我感觉极佳,他说的话滔滔不绝而又不着边际。叶蓁蓁有一句没一句地搭着腔,明显是在敷衍他。平心而论,老陈的茶倒是真不错,马远尘品着茶,微笑着冷眼旁观。其实作为自己的一种陪衬,老陈的表现倒是可遇而不可求。他从精致的名片夹里取出他的香水名片给叶蓁蓁,马远尘也伸手要了一张。名片印得非常考究,上面还有他的彩色照片。马远尘指着他的一大串头衔说:"老陈啊,你这么赏识小叶,明年她的职称,可就包在你这个评委身上啦。"老陈说:"没问题,开会的时候有我们两个联手一呼吁,那就八九不离十了!"随后两人又闲扯了几句,叶蓁蓁就和老陈道了再见,马远尘想起了什么似的,也跟了出来。老陈也跟他挥挥手,还说"走好,走好"。马远尘忍俊不禁,到门外就笑了出来。他想今天他在自己的房间做了一回客,倒也是一件趣事。其实,老陈要真的为叶蓁蓁大声疾呼,反而可能会坏事。以老陈的名声,难保别的评委不去胡乱猜测。不过这是以后的事,马远尘犯不着提前担心。他现在终于明白,为什么有很多年轻人不喜欢自己这辈人,像老陈这样的人,确实令人讨厌和鄙视。这种人的名片考究而庄重,上面的头衔会令你肃然起敬,但你看着面前这个给你递名片的人,常常会误以为他只是一个冒名顶替的骗子。马远尘自思他跟老陈决不属于同一类人。要那样也太惨了,他想。

明天会议就要结束了,叶蓁蓁要上街买点东西。马远尘陪她逛街。他每次出差都要给杜衡带点礼物,这已经成了习惯,这一次更不能例外。叶蓁蓁买了不少女人的小玩意儿,她在那儿报尺码、挑颜色。马远尘就稍微站开一些,他微微有点发窘。虽然这些玩意儿将要贴紧的部位他已经不再陌生,但要他在众目睽睽之下和她一起挑选、付钱,他做不出来。他想老陈也许可以,但自己不行。他要给妻子带的礼物也正是叶蓁蓁买的这一类,可是他一直没有开口,和情人一起给妻子买礼物,他的道行还没这么高。叶蓁蓁付了账,他们又转到了时装柜那儿。她看上了一件价值不菲的米黄色外套。她穿在身上,站在试衣镜前上下左右打量着自己,有意把它买下来。她准备去开票付款时,马远尘已经为她付好账了。叶蓁蓁也没有推辞,索性把新衣服穿在了身上。"好看吗?"她问。马远尘说:"当然,就像为你定做的。"

他们走出了商场。

这时夜色已经降临,满街的霓虹灯如繁星般闪烁。叶蓁蓁在丝绸店门口停下来,歪头看着马远尘。马远尘说:"你怎么啦?"叶蓁蓁说:"你可能还有件事没办吧,你难道就不打算给你夫人买件礼物吗?"

马远尘语塞。他期期艾艾地说:"我不知道该给她买什么,她好像什么也不缺。"

"她可能是什么也不缺,"叶蓁蓁说,"可她就是缺你出差应该带给她的礼物。你真的这么不懂女人吗?"

"我真的不知道买什么好。倒不是别的。"

"你可不要做样子给我看。我不是那种小心眼的女人。"叶蓁蓁边往丝绸店里走,一边说,"她人不在,给她买块料子吧。"叶蓁蓁耐心地请营业员帮她参谋,最后,她挑中了一块绛黄色的重磅真丝料子。她把衣料在自己胸前比画着,说,"她比我白,做件外套她穿上肯定好看。"

马远尘的心情很古怪。他真不知道说什么才好。他机械地付了钱,把衣料收好。他觉得现在的情景既荒唐又滑稽,仿佛动画片或者木偶戏,很不真实。他不知道叶蓁蓁内心究竟是怎么想的,但不管怎么说,他总觉得自己买的不是衣料,而是一块遮挡视线的窗帘,或者干脆就是一块遮羞布。

在回宾馆的路上,叶蓁蓁说:"我说个故事给你听听。这事

牛角梳 上部 159

就发生在我们学校。"

马远尘饶有兴味地道："是吗？"

"我们学校外语系有个管电教的小伙子，姓王，三十多岁了，还没对象，他经常一个人躲在电教中心的值班室里看黄色影碟。有一天晚上他正看得起劲，突然有人敲门。他吓坏了。他本来想熄了灯假装这里没人，不开门，可已经来不及了。他听出来来者是外语系的书记，一个小老头。"

马远尘问："是不是老李呀？李于书？"

"我也不知道，他和你们是一拨的。"她继续道，"这书记成天板着张脸，不苟言笑，下属们都很怕他。这时书记敲门的声音听起来已经很生气了。小王手忙脚乱地把影碟机关掉，碟子塞在枕头底下。开门的时候他两腿发软，魂飞魄散。书记铁青着脸说：'怎么不开门，你干什么呢？！'小王脸色煞白，说：'我睡了，没干什么。'书记走过去摸摸发热的影碟机，说：'哼，把碟子拿出来，放。'又命令小王把门关好。那是个纯黄片，动物世界的那种。小王如坐针毡，浑身像有蚂蚁在爬。他不知道领导会怎么处置他。书记板着脸看了两个小时，最后严肃地对他说：'以后有这种碟子就喊我来，不要一个人看，一个人看不好。这次就不追究你了。'小王说他怎么也不敢相信，事后想起来简直像做了个荒诞的梦。"叶蓁蓁最后说，"这事有意思吧？"

马远尘说："我可没看过这种片子。"

"你出国的时候也没看过吗？算了，你——昨天晚上——"

马远尘心里闪过了昨晚西湖的那一幕,脸唰地红了。"看过怎么样?没看过又怎么样?你们总习惯于戴着假面具生活,"叶蓁蓁笑着说,"假面舞会总是要有很多人的,现在就只有我们两个人你还装假,真没劲!"

她径自加快步子走在前面。

马远尘讪讪地跟在她的身后。

这真是个令人琢磨不透的女人。亲密了,你反而弄不懂她。你了解了她的身体,但了解不了她的心。

现在再想来,叶蓁蓁和杜衡的关系也令他担心。杜衡是她单位领导的妻子,但平日里叶蓁蓁和杜衡处得不错,据说,她们有时还一起逛街购物。叶蓁蓁提起杜衡时的口吻也很正常,浑不像个吃醋的女人——这确实是正常的,也许就该是这样——但是以后呢?看来唯一的办法还是让她们少接触,少提及彼此。马远尘肯定自己没有叶蓁蓁沉着,最好她们两人在任何时候都不要同时出现。他给杜衡买的衣料放在他的包里实在是很沉。这次出差就像是一次奇遇,一个梦,只有这沉甸甸的衣料是个实在的物证。

马远尘觉得身心疲惫。他想明天还要乘车,应该提前清理身心。今晚确实应该好好休息一下了。

下部

12

　　汽车在到达目的地前的一个多小时的路程中，遇到了一场暮春罕见的豪雨。雨水把所有沾满尘土的车身都冲刷得明净鲜亮，老天洗了车，城郊接合部的那些洗车站没了生意，远远看上去有些死气沉沉。汽车进城后，又在被雨水冲刷得闪闪发光的路面上开了十几分钟，最后停在了城中心旅游公司门口的停车场上。两天前，他们从这儿出发，现在又回到了这里，但此一时彼一时，那时候他们之间还隔着一层玻璃，现在那玻璃已经被他们躁动的情欲冲破了，零零落落撒了一地。幸好，他们没有被划伤，至少在会议上，没有传出绯闻，只是碎玻璃撒在他们周围，放射着闪烁的光芒。但他们都不敢去拨弄。在车上的几个小时里，他们很少说话，大部分时间都在打盹儿。也许，只有暗地里的回味才是最安全的享受。

　　天已经黑了。雨还没有完全停止，雨声淅淅沥沥的。他们下了车,走到马路边等出租车。马远尘看看身边的叶蓁蓁,突然觉得有话要说。正迟疑着怎么开口,叶蓁蓁忽然如变戏法似的从包里抽出了两把雨伞,然后递给马远尘一把。这伞当然是在杭州买的,但他根本不知道她什么时候已经做好了这个准备。马远尘想,看来她终究是细心的,既然能考虑到防雨,肯定也能考虑到防止流言蜚语。如果是这样,再说什么也是多余的了。但是,叶蓁蓁对他说:"你是要说什么吧?还有什么临别赠言?"

"没有什么,"马远尘略显尴尬,"我是说,你真是个温柔体贴的女人。"

"那有什么,我看了天气预报嘛!"叶蓁蓁笑嘻嘻地说,"你别自作多情了,我本来是买一把的,后来看到买一把十块,买两把也才十八块,我就给你也买了一把——我会过日子才是真的哩。"

马远尘夸张地哈哈大笑起来。因为下雨,出租车都载着客,一辆一辆从他们身边疾速驶过,他们只得再等一会儿。马远尘突然问:"小余知道我们一起出差吗?"

"小余——"叶蓁蓁似乎一时反应不过来小余是谁,"啊,他知道我出差。我出差不关他的事,他又不是我们同事。我们各忙各的,不合作。"她的语气冷冰冰的。

"那明天上班,我们还要注意单位的人。"既然提到同事,马远尘觉得还有叮嘱的必要,"单位里有些碎嘴婆,很烦人的……"

"好啦好啦,我知道啦!"叶蓁蓁突然有点不耐烦,"余志不管,杜衡不管,他们瞎扯什么?"也许是觉着自己的语气生硬了,她又笑眯眯地说,"领导带下属出差,只要不把那下属带到深山里卖掉,还能带回来,就算完璧归赵了。"

说话间来了一辆车,慢慢在他们前面停下来。两人连忙跑过去,把手里的伞收小下来,上了车。两人并排坐在后面。马远尘倚在坐椅上,悄悄松了一口气。他承认他原先的担心都是多余的。叶蓁蓁刚才说的那句话,言下之意显然是让他不要乱操心。他不必负什么责任,本来也无责可负。也许,发生过的,也就是"过"了,是过去时——他突然又有点担心,她从此就不再和他亲密了。

他心怀鬼胎,又不能和她说。他只能走一步再看一步。一路无话。十几分钟后,出租车先到了叶蓁蓁家附近。她让马远尘在车里坐着不用下,自己下了车,撑开了伞。车在将开还未开的当儿,她又走了过来,马远尘以为她还有什么事。她透过车窗,悄悄对他说:"你还是操心操心你自己吧。你晚上还要交公粮哩——你逃不掉的!"

马远尘还没反应过来,她就已经笑着跑远了。

她头顶上的伞轻轻摇晃着,像一朵风中的花。

学校的四号居住区倚靠着翠屏山,位于学校的西边。因为连日阴雨,路面上积水涟涟。马远尘撑着伞拎着包,走得拖泥带水的。夜色早已降临了城市,路灯四周有无数的雨点飘落,仿佛飞舞的蠓虫。马远尘的家在居住区的尽头，他回到家时，天已经全黑了。家里的窗户也黑着，杜衡显然不在家。马远尘原本是想打个电话告诉她一下自己回家的时间的，但因为心里有鬼，他觉得还是不要多事为好，越轻描淡写越好。不就是出去开了个会吗？有什么可大张旗鼓大惊小怪的呢……但是，真的看到家里黑灯瞎火的，他倒又有点落寞了。叶蓁蓁被他装在脑子里带回了家，那些令人脸红心热的场景，那些忽冷忽热的话，在他心里七上八下——但她现在不在她身边，今后也还不知道将会怎么样哩——她也不能在他身边啊，这是他的家，他和杜衡的家。叶蓁蓁要是来了，那可就乱了套了。

　　他还没有掏出钥匙，就已经听到门里边刺刺拉拉在作响。那是他家的狗，听到有人来开门，高兴得用爪子在抓门。马远尘心里热了一下。门一开，那狗就扑了上来，"呜呜"地叫着，蹦跳着直往他身上窜。他放下手里的东西，蹲下身子，摸着小狗说："点点，点点，想我了吧？"那狗兴奋得不知怎么办才好，闪着身体在他腿间钻来钻去。马远尘差点被它绊个跟跄。他打开灯，走到厨房里的狗饭盆前看看，里面有火腿肠、有方便面，饭盆半满着，看来狗倒是没被饿着。这些东西想来也就是杜衡中午吃剩的饭菜了，他不在家，杜衡是不会自己正经做饭的，不用到碗柜里察看他就知道，家里今天没有他的饭。

　　小狗有饭吃，他却没有，但他并不生气。以前他出差回来也是这样的情况，他开玩笑地质问过杜衡，笑自己还不如狗。杜衡嘻嘻哈哈地大笑一阵，对他说："你会照顾自己呀，点点它不会，所以要优待。"他脸上的神情虽在生气，倒也觉得有点道理。想起这个，他也觉得好笑。他坐在沙发上，逗逗小狗，令小狗作揖、打滚、坐下，那点点忙得不亦乐乎，他心里却出奇地平静。他想起了刚刚与他分手的叶蓁蓁。听她的口吻，她和余志似乎并不琴瑟和谐，但在那种时候和自己讲的话，怎能当得了真？他们是一对小夫妻，十有八九会另有一番绮丽的景象，但他心底却没有波澜，平静得自己都觉得不正常。人家是夫妻，琴瑟和鸣，阴阳交泰，那是该当的，和你又有什么关系？然而，在这个时候想起他们的床笫景象，他也该当是有些醋意的，而他却没有。如此看来，自己还是有点老了。老陈米还真是做不得醋的。

他突然觉得饿了。站起身，到冰箱里找到一袋汤圆，下了一半自己吃了，另一半等着杜衡回家吃。他给杜衡打了个电话，她果然是在加班，又在炮制那些无聊的片子。她说她赶完了马上回来，不会超过十点。"我忙到现在都还没有吃饭哩！"杜衡带点撒娇地说，"你到杭州给我带回什么了？"马远尘嘿嘿笑着说："带是带了，不过不能吃。"

他很累，但不可能睡着。他边看电视，边等着杜衡。电视里既没有杜衡，也没有趣味。他忽然想起了什么似的，把家里朝着楼下马路那一边的灯全都打开了。一个人下了班，看到家里亮着灯和看到黑灯瞎火的窗户，心情是大不一样的。如果家里的饭桌上还摆着热气腾腾的饭菜，那就更有一种幸福温暖的感觉了。只可惜汤圆提前下锅就会一塌糊涂，否则他一定会提前做出一个完整温馨的场景。

任何时候稳定都是第一位的，对一个国家和对一个小家来说，这一点并无二致。

叶蓁蓁回到家，家里也是黑灯瞎火的。她觉得奇怪，她和余志已经冷战很久，余志巴不得她能回心转意。在他的催问下，她临走前曾爱理不理地告诉过他："也就出去两三天吧。"叶蓁蓁想，他怎么会不在家等她？这难道不是个拍马屁的机会吗？

她满腹狐疑地开了门，家里一片死寂，似乎她离开家已经很久了，这家也很久没有人气了。她放下包换鞋的时候，突然发现脚上泥乎乎的鞋子上粘了一张纸条，她奇怪地捏起来一看，上面脏兮兮的，是余志写的字："叶子，我父亲病了，我回去陪他。有些事我可能有错，我们应该好好谈一谈，你说呢？"

这纸条当然是从地上被粘起来的，不知原先在门里还是在门外。但在门外应该是不可能的，余志不可能把家庭的隐私公布在门上——那么，他是从门外塞进家的？他的钥匙呢？余志是个爱丢三落四的人，常常到了门口才发现钥匙找不到了，这是住洋房请保姆养出来的毛病。但现在已成了平民，住公寓楼还弄得像个贵族，就像一个吃不饱的乡下人还得了脂肪肝和糖尿病，只能让人心里发笑。

叶蓁蓁突然觉得自己也好笑，两人都已经这样了，还琢磨他干吗？那纸条脏得令人恶心，泥水糊在上面，像屎。叶蓁蓁看着上面的字迹——"我们应该好好谈一谈"，心想，谈，还谈什么？谈个鬼啊。她把那纸条拎着，像拎着一块抹布，扔到了厨房的垃圾桶里。

公公病了，不知是什么病。细想起来，公公倒是他们家里叶蓁蓁最先认识的人，在平时的相处中，他也比婆婆讲道理，对她不无庇护。感情，不能算没有，但是，她今天实在是累了，她决定明天再去看望他。反正他们也不知道她已经回来了。

她心里一直还惦记着马远尘。看着纸条时她想着他，坐在沙发上发呆时她也想着他，后来她把那纸条再从垃圾桶里拿出来时，她又想起了他——她把纸条重新拿出来收好，是因为余志在上面已亲笔认了错，也许以后这也是一个证据——她想着马远尘，却不是想念。他只是断断续续地，像一串碎片，掠过她的思绪。该发生的，或者不该发生的，都已经发生过了，以后，他们会怎么样呢？马远尘在分手时叮嘱过她，第二天上班要注意一点，其实叶蓁蓁又何尝知道以后他们将怎么面对对方？她只是嘴硬，故作大胆罢了。

外面的雨不知什么时候停了。叶蓁蓁出了门，到楼下的小吃店吃了点馄饨。她有些发木，馄饨一个个往嘴里塞，却辨不出滋味，只觉得辣。三天前，她刚到杭州时，她和马远尘一起吃的那顿晚饭现在还历历在目。那时候一切都还没有发生，她笑语如花，未来也像雾中的花。现在她一个人面对着一碗馄饨，头顶上是一盏昏黄的电灯，今后她将如何生活，她想出了好几种可能，但她对哪一种可能都没有把握。

回家后，她躺在床上，难以入睡。大概十一点的时候，电话突然像一串爆竹似的响了，吓了她一跳。她似乎突然明白，原来她是一直在等着这个电话的。只有等这个电话响过，她确认它不会再响，她才能够安心睡着。电话响了，安静了，后来又响过一次，她躺在床上，没有去接。电话响了两次，可能是同一个人打来的，也可能是余志和马远尘各打过一次。但她现在不想和任何人说话。

她睡不着。她的心似乎飘落在杭州了，招不回来，归不了位。所有的细节在她脑海里奔驰、飞舞。她的心甩不开马远尘，她的身体竟然也还想着他。她的身体竟然有些燥热湿润。也奇怪的，怀念一个业已分手的情人时，你可能会流泪，你的眼睛可能会湿润；而想念你现在的情人而又求之不得时，你可能还会湿润，只不过那是在隐秘处。看来爱情与体液总是联系在一起的……叶蓁蓁翻来覆去，很久很久以后，才蒙眬入睡。

与此同时，马远尘正在受罪哩。

杜衡一回到家，家里立即就热闹起来了。主要是那小狗，绝对是个好事之徒，活蹦乱跳地在两人间穿梭。它本来已经睡到它的小窝里去了，但显然一直在等着女主人归来。它竖着耳朵，门锁一响，它立即欢声一叫，扑到门边去了。马远尘看着灯光下的点点,想自己刚才回家时它肯定也是这个样子的,心里又好气又好笑。他本已经躺到床上,这时站了起来。

两个人和一只狗,他们家庭的全部成员,现在会合了。点点往地上一蹲,看看这个,看看那个,好像要看他们怎么说话。

杜衡把背着的小包放到门口的柜子里,说:"你回来啦。"

马远尘的神情刹那间有点不自然,于是说:"你也回来啦。"

杜衡扑哧笑了出来。"哈哈,我们都回来啦,"她看看干干净净的饭桌,问,"你还没吃过晚饭?"

"你也没吃过晚饭?"马远尘索性开始幽默起来,像对台词,"我回来了,你也回来了。我没吃过,你也没吃过。只有点点吃过了。我这就去下汤圆。"

他把床上的那块衣料递给杜衡,自己到厨房去了。等他把热气腾腾的汤圆端过来,却不见杜衡,原来她正把衣料披在身上,站在卧室的穿衣镜前来回比画。她笑眯眯的,看上去很是满意。马远尘过去招呼她吃饭,她突然在他脸颊上亲了一下。这一幕好像是被人看见了,好像就是叶蓁蓁在角落里看着,马远尘的脸腾地红了。那点点兴奋地叫了几声。杜衡蹲下身子抱起它说:"好,好,也亲亲你。"说完在狗脑袋上又亲了一下,然后坐下来吃饭。她拿起筷子,诧异地看看对面的马远尘。他笑嘻嘻地说:"我骗你的,我吃过了。"他把狗从杜衡那边接过来,"点点都吃过了,我坐了一下午的车,不吃还不饿扁了啊。"

马远尘就像个做了坏事的小孩子,他老拿自己和狗比,也算是作践自己一下，好像也有了个同盟。其实点点是只小公狗，因为管得紧，一直是守身如玉的……他呢？……马远尘坐着，看着杜衡吃着汤圆，想不出什么话说。那点点被他抱得不舒服，咚地跳下地，跑到自己的小窝去了。

杜衡说："你现在倒是比以前会买东西了啊。"

马远尘的眉头难以察觉地跳动了一下："我哪儿会买，成衣我就不敢买。一定要有个人在旁边当场试穿，那还差不多。"

"那你下次出差我也去，"杜衡说，"要不你带个女秘书去。"

马远尘夸张地哈哈大笑起来。杜衡正好吃完，把筷子往他面前一扔，说："看你高兴的哟！——真要买，找个身材相仿的营业员试一下不就行啦？——女秘书，你休想！"

马远尘愣了一下。真是见鬼了，叶蓁蓁还真是当过营业员的！可见随意说话有时也会歪打正着，只是杜衡不知道自己无意间已经一发命中。他脑子里立即闪现出他和叶蓁蓁在杭州时的旖旎风光，马上又把自己的心思收回来。杜衡把碗筷收拾了，问他洗过澡没有，随后自己进了浴室。点点突然从狗窝里奔出来，也要跟进去，杜衡拿脚推它一下说："去，美得你，你以为你是我儿子啊。"马远尘听着里面哗哗的水声，渐渐有点紧张起来。

他已经没有余勇可贾了。至少是和妻子，他今天完全没有兴致。

说起来谁都能理解他。他刚有了一个情人，刚偷过情，年岁也摆在这里，现在要"交公粮"实在是勉为其难了。但问题是，他还不能说。这真是，苦啊。他觉得自己好笑，心里竟像京戏里的角色那样，喊起来了。

事实上，他对夫妻间的性事早已没有了热情，有的时候是熬不过自己，也熬不过杜衡的要求，但每次几乎都是敷衍了事。他们一直没有孩子，按说应该加油的，但这事是加油能加出来的吗？杜衡第一次怀孕时就是因为不注意，才流了产，落下个习惯性流产的毛病。杜衡嘴里常说做个丁克一族也没什么不好，其实她心里比谁都急。她也许并不真喜欢孩子，但他们的家庭需要一个孩子。不知道从什么时候开始，杜衡开始讲究科学了。她当记者，认识的人多，她不知从哪里找来了什么生育资料，还有一些表格，又买来个体温计，天天要测什么"基础体温"。马远尘本不去管这些婆婆妈妈的事，但他很快从他们同枕共眠的床上感到了压力。她在夫妻生活的时间安排上变得极为苛刻。她经常用那张表格把满怀兴致的马远尘挡得远远的，有时却又赶鸭子上架。更可笑的是，她本不是个恣情纵性的人，却从一本书上学会了一些古怪的动作，说是容易怀孕，想用于实践，这使马远尘感到十分滑稽。他经常在她高潮将至的节骨眼上突然忍不住地笑出来，因为他突然觉得自己像是在出演黄片，只是不赚钱，紧接着，他就会变得沮丧、无奈和不振……心想：天啦，这，什么时候才是个头？

也许这一切只有等他们生出了孩子才会结束，今天，显然仍要继续。他看着杜衡裹着浴巾走进了卧室，索性一面装睡，一面偷眼看着她。杜衡虽比他小五岁，但也人到中年了，去了衣服的体态也就是那个体态。他看见她手里拿了一个小瓶子进来，摆在床头柜上。"哎，你看看，这是我给你的礼物。"她伸手在他身上推了一下。

马远尘竟然哆嗦了一下。他想完了，这肯定是一种新技术，不管是来自古代文化的偏方，还是最新的生物科技，也不管是要他喝，还是她自己喝，总之今天是逃不过一劫了。马远尘无可奈何地拿过瓶子，呆呆地看着。透明的瓶子里盛的是棕色的药水，打开来，有一股怪味道。完了，还真得喝吗？马远尘不禁皱眉。

"这有双重功效哩，既能增加怀孕可能，又能保胎，我们一起喝。"杜衡躺到他身边，说，"不过今天不巧，我不方便。"

谢天谢地，她今天不方便。马远尘长松了一口气，如蒙大赦。明天还要上班。他真是觉得累了。

天上依然淅淅沥沥地下着小雨。第二天上班，叶蓁蓁还是步行去单位。她步履轻快，脚步充满弹性。几年来她一直步行上班，这无疑保持了她的体形。她知道自己是风姿绰约的。手上撑着的那把小花伞，更增添了她的妩媚。

她心情愉快，竟充满了一种挑战者的激情。单位还是以前的单位，还是那些人，但她自己变了。她有了一个情人，完成了一次丰沛的历程，还得到了那些职称评委的肯定。她已经完全今非昔比了——更重要的是，这一切没人知道。无人知晓的快乐表现在她的姿态上。她步伐轻盈。很多事她不能说，也不必说。她的快乐只属于她自己，是她自己的消费品。她拥有完全的支配权。

一想到在她的同事们的周围发生了这么大的变化，而他们却被蒙在鼓里，她突然觉得他们有点可怜。

但是她突然警醒了。她的步伐也慢了下来，因为她看见马远尘正撑着伞，不紧不慢地走在她前面。上班时在路上看见他是不奇怪的，因为所有上班的人几乎都在同一时间出动，但他们此时却最好不要并到一起。他们已经一起出了差，再一起上班，那就是实实在在的同进同出了，这岂不是主动授人以柄？……叶蓁蓁没有招呼他，故意慢腾腾地延宕着，用伞斜挡着脸，站在路边的小服装店橱窗外看衣服，等看见他进了大楼，这才继续往前走。

学报虽说要坐班，但一般并不准时。叶蓁蓁上了学报所在的四楼，老远就听到了马远尘说话的声音。她没有进主编室，径自走到了编辑部。同室的小李已经来了，正在拖地。叶蓁蓁和他打了个招呼，也帮着他整理墙边的报架。小李说："别、别，我来。啊呀，你的脸色可不太好，是在杭州累坏了吧。"他嘿嘿笑着说，"你可要注意身体呀！"

叶蓁蓁想，自己脸色会不好吗？早晨出门前是擦了点粉的呀，这显然是话里有话，有意找话说。"谢谢你关心哦，"叶蓁蓁索性真像累了似的说，"我有点晕车，要是坐火车就好了。一夜都没缓过来。"小李嬉皮笑脸地说："夜里哪儿能缓过来呀，不更累就不错了！"这又是他们平日聊天的腔调了，许是觉得一大早就讲这种话不好,他又认真地说:"下次要买火车票找我,没问题!"

叶蓁蓁笑笑,一面含糊地答应着,一面整理自己的桌子。和所有的单位一样,学报从来都是复杂的,只不过叶蓁蓁以前尽量不介入。她是后来的,学历也低,想介入其实也没有下脚的地方。但她知道自从她专升本毕了业,小李就把自己当成了竞争对手。这不需要多少证据,许多难以察觉的细节都能说明问题。编辑部副主任被调走了,位置空着,小李非常想坐这把椅子。但叶蓁蓁其实知道,她暂时是当不了这个副主任的,如果要发展,她首先要尽快把中级职称这个问题解决。这才是更坚实的台阶。如果说小李认为自己是他的对手的话,那也只能算是他用望远镜望来的对手。他警惕地瞭望着她,叶蓁蓁本可以暂不理会,但是转念一想,如果他真的占了这位子,那机会也就没有了呀——最好他也当不上,再不济就找个快退休的老头来干,但是,哪儿有什么老头呢?最老的就是马远尘和不怎么来上班的主编了……想到马远尘,叶蓁蓁的心颤动了一下,脸上一红。她下意识地偷眼看看小李,生怕他注意到了自己,当场拿获了自己的心。事实上当然没有,一切正常。她镇定地在桌上摊开一篇稿子,却一个字也看不进去。

她正发着愣,身后的门轻轻响了一下,凭直觉她就知道,是马远尘进来了。她回头笑了笑。小李已回过身,站了起来:"马主编你好,回来啦?"马远尘手里拎着把伞,一面嘴里说着"回来了,回来了",一面轻轻晃着伞上的雨水。他和小李说着些淡话,随口问了问他手上那一份稿子的情况。小李恭恭敬敬地汇报着,汇报了一会儿后突然想起了什么似的说:"对了,校样应该出来了,我去拿来看。"说完就出了门。

办公室里只剩下他们两个。短暂的沉默。叶蓁蓁手上的双色圆珠笔轻轻地在桌上顿着,发出"嘟嘟嘟"的声音,仿佛钟表。

"我把伞还你。"马远尘说着,一面环顾四周,他看到了叶蓁蓁倚在墙边的那把伞,走过去,把手里的伞和它并排靠在一起。两把伞风格式样一样,一看就知是一起买的,并在一起就像一对亲姊妹,或者是一对从杭州回来的情人。虽然没有人看见这一幕,但叶蓁蓁还是心中惊悚。她吃惊地看着马远尘调笑的眼睛,立即把目光跳开了。那两把伞似乎也受了惊吓,突然靠不住墙,一并倒在地上,发出"砰"的一声,就像一对倒在床上的夫妻。叶蓁蓁赌气似的说:"谁要你还!我家里的伞还有好几把哩。"

"有借有还,再借不难。"马远尘微笑着说,"我家里伞也多。"

"那你就多打几把!"

这时叶蓁蓁包里的手机响了,是余志打来的电话。他说他早晨回家了,知道她已经回来了。叶蓁蓁皱着眉头,显得很不耐烦。余志问她什么时候去看他父亲,中午行不行,叶蓁蓁回答说不行,"我手上压了一大堆事情,怎么走得开?"她冷冰冰地说,"晚上去不行吗?你就假设我现在还在杭州,晚上才回来不就是啦！"

马远尘若无其事地坐在她对面，等她打完电话，问："怎么，你昨天没见到小余？"

"他老爸病了，他住在父母那边，"叶蓁蓁没好气地说，"我可不像你们，小别胜新婚嘛。累了啵？"

"你瞎说什么呀！"马远尘叹息一声道，"还是杭州好，真应该在那里再待几天。'江南好，风景旧曾谙。日出江花红胜火，春来江水绿如蓝，能不忆江南？'"

"这里也是江南啊。"

"是吗——但愿如此啊，"马远尘今天热情未熄，忍不住地要抒情，"可我的心是留在杭州了。"

"酸！"叶蓁蓁轻轻从牙缝里抽口气道，"我知道了，你那有感情的心是留在杭州了，回来的是你的身体，身体是物质，没有心。"她把圆珠笔在桌子上一顿说，"我记住你的话了。"

马远尘突然激动起来，他伸出手，想要拉她的手。这时外面的小李高声说着话，渐渐走近了。这时已不容他有多余的动作，他飞快地拉过叶蓁蓁前面的稿子，拿起笔在上面指点着。叶蓁蓁默契地把目光落在稿子上。

也亏了他真有急智。小李进来时，他平静地对叶蓁蓁说："好了，你先送去发排吧，发稿单我回头再签。"

他朝小李点点头，先出去了。临出门时又对叶蓁蓁说："你待会儿到我们那边去一下，孔主编也在，你汇报一下开会的情况。"

叶蓁蓁只在主编办公室待了不到二十分钟就出来了。孔主编和已经退居二线的王主编都在。王主编退下来后心态很好,话很少,有他也就等于没他。孔主编对杭州研讨会的情况很满意,一直轻轻地点着头。叶蓁蓁明白,对他们学报来说,这本来就是一个无足轻重的活动,如果说重要,只是对她而言有着特殊的意义——原先是为职称,现在还加上了一段不为人知的难忘经历。令叶蓁蓁感到吃惊的是,马远尘插话时刚谈到叶蓁蓁论文宣读很成功,孔主编就说:"听说了,听说了,这也是给我们单位争光啊!"这话几乎令她大惊失色。她奇怪的是,这消息怎么就比汽车跑得还要快呢?!这消息一定不是尾随而至,而是先期到达的。她担心的是,还不知道有些什么不堪入耳的闲言碎语已经传到了单位。从来没有人肯那么卖力地为别人传递荣誉的,一句好话的后面,往往跟着一大桶污水。她有点紧张了。她现在的着眼点在职称评选,这个时候传出的任何闲话都是颇具杀伤力的。

马远尘表现得很沉着,他附和着和孔主编一起夸奖叶蓁蓁,让她把论文尽快修改一下,寄给《编辑之友》。他顺理成章地把他内心极易泄露的吃惊和尴尬轻描淡写地抹掉了。这对叶蓁蓁而言是个相当轻松的铺垫。她不得不佩服他。她出了门,想起刚才在她办公室时他将要伸来的含情脉脉的手,再想起他在众人面前的坦然,竟又觉得有点气愤。

她回到自己的办公室，立即看到了那两把伞，依然并排躺在地上。小李在桌前看校样，不知注意到没有。她迟疑了一下，决定今天早点走。她把两把伞都拎了起来，轻轻嘟囔一句："伞忘在这儿啦。"不管小李有没有听到，又大声对小李说："我要到厂里对版式，先走啦！"说完就出了门。

路过主编办公室时，她正犹豫着要不要进去，恰好这时马远尘出来了。叶蓁蓁将一把伞往他手上一送说："给你，你落在我们那儿了。"

马远尘在她后面跟了两步，好像有话要说。叶蓁蓁不等他开口，轻声说："我们不能用一样的伞！"随后她斜看着他、飞了一个眼色说："你以后给杜衡用吧。"

马远尘立即明白过来。什么话也不必再说了。发生剧变后的第一天一般是很难度过的。上床在当今的生活里也许不算难，难的倒是下了床再衣冠楚楚若无其事地出门。他们举重若轻地完成了这个难题。就在这一刻，他们都已明白，他们已经掌握了对今后生活的控制力。他们既能够单独相处，又能够坦然大方地在众人面前活动。他们都对自己的未来有了把握。

13

公公的病情一波三折。毕竟上了年纪，差不多算是摔了一跤。在叶蓁蓁出差前，他就说自己手脚发麻，整天打瞌睡。有天中午吃饭，没吃几口就去午睡了，这一睡就睡了两个多小时，好不容易被喊醒了，却始终痴痴的，说话也不利索了。婆婆有点医学知识，马上就大呼小叫起来："不好了，老头子中风了！"

起先情况倒也不算严重。到了医院，公公的情况倒好多了，神志清醒，也开始吃东西了。他自己觉得问题不大。如果不是CT做出来，医生说他有一点脑栓塞，他还想回家去呢。栓塞的部位不算要命，离脑干还有老远，只算是个"小中风"，调养得好可以没有后遗症，但医院总得先住下来。叶蓁蓁出差回来的第二天就去了医院。公公住在高干病房，这名字听起来好听，其实终究还是病房，充斥着一股浓烈的药水味儿，让你觉得整个的人生都生了病。公公情绪、精神都还好，能说能动，见到叶蓁蓁很高兴，还让余志拿水果给她吃。婆婆和余志毕竟被吓得不轻，也忙得不轻，精神都显得委顿。叶蓁蓁拿出媳妇应该有的样子，麻利地整理公公床头的东西。公公倚在床上有一句没一句地和她说话，说杭州好，钟灵毓秀，人杰地灵，还问她以前去过没有。叶蓁蓁说她上学实习时去过，不过变化很大。天知道她其实是第一次去，她这么说只是不想让他们觉得她原先是个没见过世面的人。她撒了谎，就更加不愿意沿着杭州这个话题谈下去，毕竟她在杭州有了鬼。

余志很少说话，遇上事情他一贯也没什么主张。婆婆对叶蓁蓁明显很冷淡，显然她已经知道媳妇昨天就回来了。医生傍晚来巡视的时候，她终于找到机会表达自己的不满。这个医生才换班，需要了解病情,她唠唠叨叨地说:"昨天吓死我了!喊都喊不醒,身子重得要命!我们家原来住青岛路的时候,出了房子就是花园,院子门一开就能上车,现在住这么个特大套房,有四楼,我好不容易才把他弄下去呀——知道,知道,你躺着别动!"公公要阻止她说下去,被她制止了,"我一个人,真是难死了⋯⋯对了,你看他现在好多了,刚开始时左边腿是软的,嘴也歪了——哎,老余,你感觉现在还有什么症状?"公公不答话,因为拦不住她说话,只无奈地摇摇头。她话锋一转说:"我一个人,真是吓得不轻。我儿子正在上班,媳妇更忙哩,她在出差!去了杭州。她也才到这儿不久的!"

那医生好涵养,一直微笑着等她把话讲完,才又以征询的目光看看她,看她还能再说些什么,这才交代几句。婆婆显然觉着刺叶蓁蓁还不够痛,大声喊出正在上厕所的余志说:"余志,你出来,听人家医生嘱咐。你是儿子,你不负责哪个负责啊?!"

说着,怨恨地看了叶蓁蓁一眼。

余志出来,双手湿漉漉的,一脸尴尬。床上的公公哼了一声,翻过身把脸对着墙壁,表示他不愿意再看下去、听下去。叶蓁蓁没有接她的话,装作没听懂。等医生一走,她推说要去超市买点东西给公公炖汤,就先走了。

临走前她问公公想吃点什么,还走过去给他掖了掖被子。她做这些确实是出自真心的。她不光是觉得公公比较通情达理,更因为她自己心虚。婆婆刚才说话时射来的阴冷目光像刀子一样戳破了她的心。她突然想起自己在杭州的所作所为，她的恣意纵情和公公的发病，至少在时间上是吻合的。两种高潮重叠了。小时候在乡下她就听说过，男女间发生苟且之事是晦气的，弄不好要伤及亲人。她曾经迷惘地目睹过一对偷情的男女因为当场被人看到，被逼着拎着脆响的鞭炮为那个看客驱邪的场面。她不信这个，也早已忘记了，但在婆婆谴责的视线下，她还是有点自责了。

为什么不报应在余志身上，或者他妈妈身上？——虽然她也曾闪过这样的念头，但她对他们仍然保持着最起码的礼遇，也就是说客客气气，并不吵闹。她对公公应该说是很好的。她几乎每天都去看他，有时和余志一起去，更多的时候是单独去，带上一些滋补品，或者是一束花。那是叶蓁蓁很忙碌的一段日子，她要照顾病人，单位的事虽然不多，但也不能完全撒手不管。那段时间，她常常显得神色疲惫，人也有些憔悴了。

单位的同事都知道她家里多了个病人。为了解释自己的疲态，她有时也得说一说公公的病情。马远尘很关心她。他们的学报是月刊，几个编辑轮流担当一期的责任编辑，马远尘调整了一下顺序，把叶蓁蓁往后挪了挪。他做得自然而得体，一点也不招眼，单位的人都认为是领导关心下属，理所应当，只有叶蓁蓁心里明白，这其实是情人间的关切。但可能是因为她疲惫的心已经有点麻木了，或者是因为马远尘本身就是她的领导，做的是他应该做的事，被关爱的叶蓁蓁并不感到温暖——多年以前，那个高中男孩把一把梳子递到她手上时她那难以自抑的幸福感觉，还有几年以前,她站在窗前等待着白瑾来看她那满腔的期待,现在都找不到了。

她并不回避马远尘,但也不盼望着见到他。她已经察觉到了他的焦灼。

但如果不是去刻意安排,他们并没有多少隐秘而又可供挥洒的机会。这是他们的城市,然而这只意味着他们可以很方便地在这里生活和工作,反倒缺少偷情的空间。只有在这里以外的地方,他们才是自由的,身和心都可以放肆。但叶蓁蓁现在并不很想放肆。只是在偶尔得空的时候,她会把在杭州和他在一起的脉络和细节一点一点地回味着。突然间她就想起了那个在湖边的亭子里练功的长须老人,想起他怪异的目光天罗地网般的射过来的那一刻,她越想越是想不起他说的那一句难以捉摸的话。她的心哆嗦了一下。难道他说的就是要有人生病吗?他还暗示了别的什么呢?叶蓁蓁心想。

终于有一天,他们还是单独见面了。叶蓁蓁提前下了班,不知不觉间,马远尘悄悄地跟在后面。那是个骄阳似火的中午,叶蓁蓁打着一把小阳伞,走得很快。等她觉察到他就已在她身后,她把脚步放慢了下来。

"叶——叶子,"他似乎突然不知喊她什么好,稍一迟疑道,"你脸色很不好。"

叶蓁蓁没说话,扭头看看他。

"余校长怎么样?还好吧?"

"还好。"

"这病肯定是要拖的,所以你自己要保重。"

"嗯。"

"想不到你和你公公感情还这么好!"马远尘许是觉得这样的谈话难以为继,突然开起了玩笑,话锋一转又说,"你和余志现在还好吧?"

"好啊,你不是知道的吗?"叶蓁蓁正好看到远处的围墙上有一排标语——"我们好得'军民团结如一人,试看天下谁能敌'——你关心这个干吗?"

"我关心同事,关心下属,我关心应该关心的人。"

"你还是去关心你老婆吧!"

马远尘说:"她现在不要我关心。她中午在电视台食堂吃饭。"

两个人一路说着话,慢慢走出了学校大门,上了大马路。这是他们熟悉的道路,这条道路当然也熟悉他们,因此他们不得不一直说着话,好像是在商量工作,否则就成了默默无言甚至含情脉脉地轧马路了。马远尘说:"我们一起吃饭吧。这段时间你大概吃不好也睡不好。今天好好补一补。"

出了校门后,叶蓁蓁似乎轻松了些,她笑着说:"我吃得是不好,但我睡得好。"他们拦下了一辆出租车,上车时叶蓁蓁俏皮地笑着说:"是你自己睡得不好啵?"

"反正没有你睡得好。"

两人一路说着话。按照马远尘的指引，出租车开到了一家酒店的门前。他们下了车，在二楼餐厅临窗的位置找个地方坐了下来。在巨大的落地窗外面，阳光灿烂，明亮得像是另一个世界，餐厅里光线柔和。在杭州的那个傍晚的气氛又慢慢汇聚起来了，慢慢围绕在他们周围。

这里离学校很远，离杜衡的电视台和余志工作的报社也很远，是他们生活的边缘地带，他们不必担心会遇到不该遇到的人。但是他们竟都有些拘谨，似乎有什么危险会突然出现。叶蓁蓁点了两个素菜，马远尘一边笑着说她"还真不亏叫'叶子'"，一边自己点了几个荤菜，还要了红酒，倒不怕叶蓁蓁说他是酒肉之徒。一条糖醋桂鱼色彩艳丽地摆在桌子中间，仿佛是一个记忆中的岛屿。马远尘别有用心地说："吃吧，这是杭州特色菜哩，看看味道怎么样，是不是正宗。"

叶蓁蓁笑笑，但她并不去动那条鱼。她当然能听出他话里的弦外之音，知道他今天想要做什么，但她不理会他的欲念。大家都知道猫有时是要玩弄老鼠的，其实猫面对一条鱼有时也要狎弄的。她只吃自己点的素菜，仿佛不去触动那条鱼，也就等于拒绝了他的引诱。马远尘像个毛头小伙子，很有些猴急。他殷勤地给她夹一筷子鱼，急切地看着她，等她吃。叶蓁蓁心中暗笑——吃就吃，这鱼难不成竟是春药？！她细巧地吐着刺，淡淡地说："我不喜欢吃这种鱼，没有鱼的味儿，全是糖醋！"说着把剩下的那一点拨拉到一边去。

马远尘很尴尬,"诶呦,这是糖衣炮弹啊!"他故作幽默地说,"你不吃我吃——好,味道好极了,我仿佛是梦回杭州哩!"

叶蓁蓁嗤笑道:"我反正就是不喜欢。鱼就是鱼,糖醋就是糖醋。有话就说话,不要兜圈子。"

马远尘道:"你有什么话?"

"问你呀,你难道今天处心积虑地安排了这顿饭,就是要让我吃鱼?"

马远尘再一次尴尬了。"我就想让你好好吃顿饭,别亏了自己身体。"他期期艾艾地说。在这个人人都厚脸皮的时代,一个领导因为自己而尴尬得红了脸是难得一见的景色,很好看的。她知道他今天安排的远不止这顿饭。"食色,性也。""食"后面一般就是"色",现在这已成为通常的程序,她岂能不知?她和余志的性生活早就中断了,她又焉能不想?但她很想确认一下她自己的推测。最近她已隐约听说了关于职称的事情。现在吃饭显然是个前奏,或者说是那些黄色影碟上常见的所谓"前戏",这种过程如果不是发生在床上,那就需要酒菜,需要撩拨,但她此时如恶作剧般的希望他能说出职称的事,煞一煞风景。

马远尘知道她关心什么,但他偏不说。他只是让她吃菜,和她干杯。她倒也凑趣,几乎来者不拒,菜吃得差不多了,一瓶葡萄酒也喝光了。她面色酡红,端的是艳若桃花。马远尘把她带到这里,当然是有备而来,但他明白现在决不能谈及职称的事,那样就太俗了,跟付钱做爱也差不多了。两个心照不宣的男女吃也吃了，喝也喝了，叶蓁蓁昏沉沉地站起来，"你让我好好吃顿饭，我吃完了，"她确实是酒晕上了头，总也站不稳，"下面你还有什么安排？"

"下面？下面没有了。"

"你下面没有了啊？杜衡那么厉害，带牙齿？！"叶蓁蓁体态妖娆，面带荡意，眼略一带，在他两腿间扫了一扫。

马远尘突然也大了胆子，说："那你就检查一下。"

叶蓁蓁虽然已决定遂他的愿，但他这话声音很大，还是吓了她一跳。她终于也红了脸，比原先已喝了酒的肤色又红了一层。马远尘扶着她的胳膊，跳舞一样轻轻转了个圈，不出门，往上楼的电梯那里去了。

房间的钥匙早已放在马远尘的口袋里。一个常见的标准间。

因为喝了酒，他们都很动情；也因为喝了酒，马远尘有点力不从心。叶蓁蓁稍有些遗憾。但她得意地发现自己的猜想被确认了。两人坐在床上穿衣服时，马远尘也许是为了掩饰自己今天的虎头蛇尾，随意似的说："这房间倒不是我故意来开的，职称的评审会明天在这里开，下午就会有人来，我提前订了几个房间。"

"哦，说不定马上就会有人到了，怪不得你——"叶蓁蓁含羞地瞟瞟他，知情识趣地打住了，"你不叫宾馆工作人员在底下写上'欢迎'的牌子啊？不伺候好人家结果不投我们的票怎么办？"她穿好衣服，补了补妆，"不要我帮忙我就走了啊。"

马远尘说："你先走，我再躺一会儿。"

出门时叶蓁蓁看到房间的号码是"405"。记得在杭州的那次是"404",这里恍若只是那间的隔壁。所有的宾馆都差不多的。也许他们下一次将会在"406"。从性的角度讲,今天的约会并不成功酣畅,但这是一个开头,他们知道了就是在本市他们也可以到宾馆去做爱。场所问题就这样轻易解决了。"404""405""406"……他们将会这样一个个房间地做下去,即使不在这家宾馆,他们也有了一个明确的去向,就像飞舞的蜜蜂,在它们整齐排列的蜂窝里穿梭出入。

日子就这么慢慢地过去了。没有多大的变化。叶蓁蓁的职称评选很顺利地解决了,不但她自己认为理所应当,所有的同事也这么看。说起来,她是所谓的不到年限的"破格入选",但一个中级职称在大学里根本提不上筷子,没有谁会去过分留意。她那么乖巧、娴静,也很敬业,有同事据此已经推测,叶蓁蓁的副高职称几年后说不定也要"破格入选"哩。

她请同事们吃了一顿,又算是"好好补了一补"。她的生活依然不正常。公公的病时好时坏,好的时候他像个没事的人一样,能笑能说能吃,一旦感到不适,马上就彻头彻尾地蔫了,躺在床上昏睡,吓得人以为他将永远不再醒来了。叶蓁蓁几乎每天都去看他,帮着做点事,渐渐也就放松了警惕。她觉得公公的病就像是他新交的一个朋友,促狭、调皮,喜欢躲在他身体里搞恶作剧,但也没有多大危险——要是他不生病,一个退了休的老头，他干什么呢？谁会围着他转呢？就连叶蓁蓁也觉得他这病是少不了的，最好暂时不要好。她和余志早已是形同陌路，在家里话也很少讲的，如果不是公公躺在病床上需要小夫妻来照看，需要看到儿子和媳妇还在过日子，那她和余志很可能就会彻底地彼此视而不见了。叶蓁蓁没想到余志原来也是很倔的，那么胖乎乎的一个人，他竟然也硬！有时候当着他父亲的面他也会来讨好叶蓁蓁，表示和解之意，叶蓁蓁也就不为己甚，对他假以辞色，给他个笑脸——这倒也不光是为了公公，也是为她自己。她还不想离婚，至少她还没有做好离婚的思想准备。公公躺在那儿，倒把叶蓁蓁和余志暂时拢住了，看上去还像个完整家庭的模样。

没有外人知道她和余志其实关系不好，人家看不出来。实际上呢，他们也还在一套房子里生活，就连性生活也是有的。他们冷战了一天，夜深人静时，那余志挺个肚子，觍着脸来套近乎，三一来两一去，她也就半推半就了。她厌恶他，但她的理智常常拽不住她自己的身体，她自己也觉得沮丧，想想也就罢了，不再和自己过不去。她间或会和马远尘到宾馆幽会，这似乎已成了习惯。"404""405""406"，倒也不真是按着这个排的。他们不约而同地更中意楼层高一点的房间，感觉这样安全一点。宾馆的房间一般没有阳台，即使有，他们也不敢站在上面亮相。隔着玻璃窗看下去，汽车像甲壳虫，人仿佛蚂蚁，他们都有超尘出世的感觉。

叶蓁蓁活得很圆通、很健康。她几乎不再期待生活有什么变化。她可以就这样活到老，活到死。但是生活永远是要变化的。公公的病情渐渐地好了，天天还要吊一点水，手臂都发了紫。老头子直嚷着受不了，也许还是他已经腻味了在医院的日子，就像一个人在老地方待腻了要出去旅游，他坚决要求回家去。家里几个人都拗他不过，只能依他。他办出院手续时还真像旅游，学校来了车子，瓶瓶罐罐、杂七杂八竟装了满满一小车。老头子满面红光，将养了几个月，简直是鹤发童颜。到了家，一屁股坐在沙发上，突然又想起了什么，说家里色彩太暗，没人气，要叶蓁蓁回医院把他床头的那些花拿回来。公公的学生不少，下属也多，鲜花倒还真是没断过。叶蓁蓁也真舍不得那些花，就去了。

去高干病房要穿过门诊大楼。在大楼的一楼，儿科那里，叶蓁蓁看见了一群人围着在看什么，她没在意，她担心花会被那些护士拿掉。等她抱着一大捧鲜花再从那里经过时，她突然听到了一阵婴儿的哭声，她立即挤了过去——要知道叶蓁蓁还没有孩子，她虽然不想要，但是她其实是喜欢孩子的，很喜欢。围观的人们议论纷纷，她从人缝里看见，长椅上有一个小小的襁褓，一张小巧得让人心疼的小脸被肮脏的花布围裹着，大眼睛忽闪忽闪的，突然苦了脸，如猫一样哭了两声，然后又笑了，很甜。

"真作孽哟！这些乡下人真不像话！"

"这孩子肯定是有病，有残疾。"

"男孩女孩？"

有人在议论，更多的人不说话，只看。一个中年妇女挤过去，飞快地解开了襁褓，扒开小孩的裤裆看了看。"是个女孩。"

"废话，男孩谁扔？"

跟着那中年妇女的小男孩"阿哈阿哈"咳嗽了几声，吸溜着鼻子说："妈妈，我要个小妹妹！我们把她抱回家吧？"

"你养她呀？我养你就已经烦死啦，总生病！"

"舅舅养啊，舅舅不是没小孩吗？"

那妇女迟疑着。叶蓁蓁也迟疑着。这本来并不关她的事，但她迈不开步子。襁褓里一张纸条掉出来。叶蓁蓁连忙捡了起来。纸条脏兮兮的，上面用铅笔歪歪扭扭地写着孩子的出生日期，还有一句话，"求求你，行行好吧！"好些人挤上来看，叶蓁蓁被挤得站都站不稳了，她手上的花也不成个形状了。那妇女挨过来说："给我看看，给我看看。"叶蓁蓁手一攥，把纸条捏在掌心，就不给她看。这时门诊室里走出个护士，明眸皓齿，很高傲的样子，"别吵了，这是医院你们知不知道？"她声音很权威地说，"这孩子没大病，好好的，我们看过了。你们谁要就抱走，要不我们就要送福利院了！"

"真没病？"叶蓁蓁问。

"那当然。她父亲一大早抱她来看病，就是有点轻微的肺炎。他拿了交费单就再没回来。"她看出叶蓁蓁有点心动，又加了一句，"女儿像父亲，她父亲还长得很像样呢！"

叶蓁蓁没等她把话说完，就已经把孩子抱起来了。襁褓很脏，一股冲鼻子的臭气。叶蓁蓁厌恶地侧了侧脸。那小男孩突然嚷起来:"你别动她,我舅舅要来的!这是我表妹!"周围人轰地笑起来。叶蓁蓁朝那孩子笑笑,不理他。那妇女见叶蓁蓁手脚快,很是不忿,悻悻地说:"别闹别闹,就让给她。人家阿姨不会生嘛!"

叶蓁蓁慢慢往人群外走。那小孩子大概是饿了,被人一动,便"哇哇"哭起来。叶蓁蓁有点不知所措,手里的花散了掉在地上,她也顾不上了,索性全扔了。那妇女的话太刺激人,竟然说她不会生!她走到门口掏出手机拨通了马远尘的电话。她声音很大,故意让那女人听见。

"喂,马主编啊,我在省立医院。"她听出马远尘有点摸不着头,"我在儿科,一楼,这里有个孩子,很漂亮,你马上来一下。"

一句话就把她自己撇清了,不会有人再认为她是不会生,才给自己抱孩子。她这话是对马远尘说的,更是对周围的这些人说的。马远尘当然还在发懵,他说:"什么意思?"

"你不是想要个孩子吗?我抱在手上哩!"

说话间,她觉得手里的褯褓渐渐地潮湿了,手臂上温温的,像有虫子在爬,是孩子尿了。她无从着手,只能装作不知道。"你信不信?"她正色地问。

马远尘自然是信了,说一会儿就来了,又隔了十几分钟,杜衡也从电视台赶来了。

叶蓁蓁并不经常见到杜衡,自从找到现在的工作,她和杜衡见得并不多。但她的长相、神态,和想象中与马远尘生活在一起的画面,经常出现在叶蓁蓁的眼前。她在心里早已熟悉杜衡了。这是一种对情敌的熟悉吗?是用望远镜找来的敌人吗?——好像倒不见得的。在这个问题上,叶蓁蓁很少深想,她对他们夫妻的生活,既没有多少敌意,也谈不上好奇。她自己的家庭既然还没有散,还能继续下去,对别人的家庭她也就不去费那个心思——这关她什么事呢?只有和马远尘在一起时,他说起来,她才会问几句;只有和他做爱时,她才会突然想象起他们夫妻做爱的细节,他的那些习惯性的动作、他的喘息的节律。但她心里也没有嫉妒,没有厌恶,这是连她自己都感到奇怪的。她不光是不感到嫉妒厌恶,甚至还感觉有点刺激,这大概像一把尺子,也量出了她对马远尘的情感吧。

马远尘不太愿意说起杜衡,说起来时常常也像说起个小女孩。他肯定是很在意他们没有孩子这件事的,所以他好几次在和叶蓁蓁做爱时突然发疯了似的说:"嘿,嘿,你不要束缚我吧,给我生个孩子吧!"发疯归发疯,其实他们都不会真的就出了界。那一瞬间,马远尘仿佛一个想捣蛋又不敢当真去干的孩子,叶蓁蓁竟有些怜惜他。马远尘已经注定不能生一个自己的孩子了,真要生出来说不定还是个畸胎——这是马远尘自己说的。他曾经说过要抱养一个孩子的,抱养一个女儿,就是怕抱来的孩子有残疾,或者是个弱智。叶蓁蓁能看到这孩子,实在是巧了。这是她第一次看到被遗弃的孩子,第一次看到弃婴就给她找到一个好人家，这真是一桩善事。

她等着马远尘时有点忐忑。她似乎等的不是马远尘，好像等的是杜衡。男人总是好说话的，她早已知道杜衡是个粗心率性的人，据马远尘说，她粗心，对孩子的问题却又细心，她喜欢孩子，却又喜欢挑剔孩子。把人家孩子带回家玩，她玩得眉开眼笑，马远尘一夸，她却又说这孩子好是好，就是太脏了，不讲卫生，眼睛倒是挺大的，就是牙齿不好，是个"地包天"，总之没有她自己还未生出的那个好。马远尘讲到这些是又气又笑，他说他有次和杜衡吵起来，说人家这孩子还没换牙，凭什么说人家这孩子就是"地包天"啦？杜衡总是蛮不讲理地说："他就是'地包天'，从小一看，到老一半，牙齿是不会变的……"叶蓁蓁抱着孩子，盼望着马远尘尽快赶来，孩子小脸是嫩嫩的，就是脏。想到杜衡说的"地包天"，她忍不住盯了盯抱着的孩子，孩子还小，一颗牙也没有。

她突然怀疑起自己这样做的意义了——他们没有孩子，想抱养一个，这关自己什么事呢？如果杜衡看不上，那自己拿这孩子怎么办？总不成再送回去，放到长椅上？她有点慌了。

事实上她的担心真是多余了。马远尘看到孩子倒还没表态，只和她一起手忙脚乱地找一叠餐巾纸给孩子当尿布——看到那孩子的小屁股时，两人的脸都红了一下，恍惚间这孩子就像他们偷情生出的孩子，现在带她来看病了！——正慌张着，杜衡赶来了。她一看孩子就爱得不行，似乎立即就想把孩子抱走。突然又慎重起来，像摆弄个洋娃娃似的检查着孩子的关节，一点点地摸着，还把耳朵贴在孩子身上听，忽然又猛地在孩子耳边拍一下，吓人一跳，那孩子被惊得哇地大哭起来。杜衡咯咯地笑了，说这孩子不光长得好，还很健康哩！

当她在孩子身上摸来摸去时，叶蓁蓁很有些不屑，还有点局促，似乎那手正在她身上抚摸着。听杜衡说孩子好，她忍不住说："好是好，可医生说她有肺炎哩！"

"肺炎算什么？"杜衡说，"小事一桩！我们给她看。"

马远尘说："那还抱走做什么？就在这儿看嘛。"

"那不行，"杜衡坚决地说，"换个医院，我们到儿童医院去！"

叶蓁蓁不得不承认她很聪明。看来即使是粗心的人，只要真的爱上一个人，也会为这个人考虑周全。叶蓁蓁看她那副爱不释手的样子，突然觉得自己很没意思。她突然冲口而出道："交给你了，我没事喽。"这时一个挺着大肚子的孕妇走了过来，一副灾难深重不堪重负的样子，叶蓁蓁刻薄地说："你看人家那么费事，多辛苦！还是你们好，没费劲就得了个孩子！"叶蓁蓁也许是觉得自己的话重了，又自失地说："我以后说不定也要学你们呢，还是抱养个孩子省事。"

马远尘神情尴尬。杜衡倒似乎浑然不觉。她抱着孩子抢到前面等出租车。孩子这时突然在她手中蹬起了小腿，原来是要大便了。杜衡无师自通地蹲到地上，嘴里"嗯嗯"着给孩子把大便，还招呼马远尘过去帮忙。她大概已高兴得忘了情，脱口道："小叶，我们谢谢你呀，就算是你代我们生的吧。"

这话击中了马远尘心里的鬼。他慌张地仓皇四顾，找话来掩饰："我们是不是还要了解一下，需要办什么手续？"

"那再说了，"叶蓁蓁说，"只愁不养，不愁不长，有了人还急什么啊？"

说这话时，叶蓁蓁心里对杜衡没有一点计较。按说杜衡的话是有些非礼了，但一闪念间，叶蓁蓁突然觉得自己跟她计较十分无趣，跟一个不会生孩子的人你计较个什么？自己是没生孩子，但那是不想生，要想生自己随时可以生出来。她刹那间明白了自己为什么如此多事，要给自己情人的妻子抱孩子。她挑起了一场对峙，而且无可争辩地把杜衡打败了——哪怕是被打败的一方暂时还没有觉察到。

马远尘夫妇急着去儿童医院给孩子看病。叶蓁蓁没上他们的车子。她自己打了辆出租车回家。他们背道而驰，分道扬镳。马远尘和杜衡上车的时候，叶蓁蓁突然想起那张皱巴巴、脏兮兮、写着孩子生日的纸条，她还没有给他们。她迟疑了一下，终于还是没有拿出来。

他们有了孩子，或许马远尘的日子要好过一点了吧？叶蓁蓁想起他说过，杜衡曾拿回家许多"催子"或者说"催情"的药水和各种秘方，她想也许他从此就不会再在床上被勒索了……想到这儿叶蓁蓁扑哧笑了。

牛角梳·白驹

14

马远尘家多了个孩子,叶蓁蓁的公公却突然去世了。

公公的死是突如其来的。他回到家,先是高兴得像个孩子,继而终日唠唠叨叨,不满意家里的一切变化。灰尘落了一层,那自然不应该;他生病前看的一本书,原来夹了张书签的,现在不见了,害得他弄不清看到哪里,这当然更是令他讨厌。讨厌归讨厌,其实也是快活的。他说他再也不到医院去了,"那里不是治病的地方,那是专门致病的地方!"说这话时的神情仿佛是他死也不会再去了!

他像个到了儿童乐园的孩子,在家里东搬搬、西摸摸,没人想到他竟会一语成谶。他在家里住了半个多月,一天早上起来上厕所,突然说了声:"我头疼!"便一头栽倒在地上。当时余志和他母亲都在,等他们把他扶起来,公公已经没了知觉。叶蓁蓁闻讯赶到时,公公的心跳和呼吸已经全没了。

就像他这个级别的干部去世了一定要有个告别仪式一样,抢救也是必须要有的程序,但其实也就是应个景,只是一道程序而已。

叶蓁蓁在整理公公书房的遗物时,意外地发现了他写的一个小条幅——"亲戚或余悲,他人亦已歌。死去何所道,托体同山阿。"叶蓁蓁的古文底子有限,但她也能看出老人的通达。也许他知道了死亡的不可避免,无可逃避,所以他才那么坚决地要回家来。公公安静地躺在那里,躺在花丛中,生命已经远去,每一个细胞都死了。谁人能想到,他也曾年轻过,也曾神采飞扬,也曾爱过恨过?

公公的学生、下属、同僚很多,遗体告别仪式极尽哀荣,但其实这与死了的人都没有什么关系了。他不会再睁眼看上一眼了。

但是她自己还活着,那些与自己关系密切的人一样也还活着。门外阳光灿烂,时间并没有因为一个人的离去而终止不前……叶蓁蓁第一次强烈地感觉到生之欢,死之哀。

不经历亲人的死,人其实还是没长大的。

她的泪水是真诚的,是从心里流出来的。几乎从进入这个家庭开始,她和婆婆就彼此戒备,现在婆婆哭得呼天抢地,悲痛欲绝,在那刹那间,叶蓁蓁突然原谅了她——但这种原谅其实也就仅仅在这一刹那,或者比一刹那再稍长一点。她们还是要彼此戒备、争斗的。这就是日子。

"没有用了,没有用了。"在叶蓁蓁老家的那个县城里,说一个人已经无可救治,总是这么说的。"没有用了"意思就是救不活了。从目睹公公被很多人围着抢救,直到他死,叶蓁蓁脑子里就一直闪现着这句话。没有用了,死了就是没有用了。

也许只有失去一个人时你才会想到他的好。无论如何公公是友善和慈爱的。她是先认识了公公,才进入了这个家。即使余志令人厌恶,但毕竟她从这个家里得到了很多。可是现在都没有用了。她泪流满面,木然地站在那里和前来吊唁的人一一握手。他们大多是有身份有地位的人,叶蓁蓁明白,这一次握手过后,他们就将从她的生活里离开了。公公这一去,从此以后,他们这个家庭也就再也没有什么特殊之处,她再也不是什么高干的儿媳。一切只能靠自己了。

马远尘也来了。他也许是一个唯一例外的人。他紧握她的手,似有无数的话要说。"节哀顺变吧。"他只说了这么一句,和别人的话没有什么两样,叶蓁蓁却听得格外真切。她现在除了"顺变",又还能怎么样呢?

公公一去,家里陷入沉寂。公公哪怕是躺在病床上,即使是躺在殡仪馆里,他也还是一个岛屿,把他们三个人拢在一起,这个家还像个家的样子。现在不一样了。也许从公公退休那天起,一个家就已经变成了两个家,就开始散了。他这一去,怕是还要继续散下去,连人心都要继续散,各有各的想头。婆婆自公公一去就生了怪病,白天躺在床上呼呼大睡,晚上却精神抖擞,在家里东翻西找,一夜不睡,简直像是吃错了药。叶蓁蓁礼节性地陪了她几天,实在受不了了,就回到了自己的小家。

余志也像是病了,丧魂落魄,又胖又傻。没有谁去想象他所受到的冲击,叶蓁蓁也不去深想。夫妻两人待在家里时,冷冷的,不说话,像是两个影子,连目光都不再接触。叶蓁蓁预感到,这样的局面长不了。饭他们还在一起吃的,也还睡在一张床上,但饭桌和床已不是他们相聚的场所,倒像是摆在那里,让他们表现出彼此之间存在距离的地方。他们各睡各的被子，吃饭时不但没话，连筷子都不碰的。这就是要散伙了么？叶蓁蓁冷冷地想着，也感到奇怪，余志难道也等着散伙吗？

有时夜里余志也会"越界"的。叶蓁蓁能挡则挡，挡不住也就罢了，随他去。事毕后她觉得她的身体和心都松弛下来，收拾都懒得收拾的。只有一个想法，那就是希望他立即离开，不要再睡在自己身边。可惜他们家只有一张床，睡沙发似乎又有点作秀。

有多少个家庭和他们的情况类似呢？叶蓁蓁不去想这个问题，她从来都不是一个爱多管闲事的人。她有好久不和马远尘幽会了，不是她不敢，也不是不想，只是似乎没有兴致了。上班的时候，她常常能接到马远尘射来的殷切甚至是恳求的目光，但她不理会。看起来她倒是因为公公的死而停止娱乐活动了，只可惜没有人会因此说她孝顺。她自己明白，不和马远尘约会与公公的死没有直接关系。也许她只是忙过了头，需要安静一阵子；也许是她已隐约觉得自己脚下的岩石快要崩塌散落，下意识地不愿首先移动脚步。

家里的电脑叶蓁蓁很少用的。因为两人没有话说，她有时也上网解解闷。有一天她上了网，见跳出了小窗口，随意间点了一下，突然屏幕闪了一下，现出一排大字："你需要隐秘刺激的情感吗？"她还没有反应过来，满眼所见全变成了稀奇古怪的乱码。她惊得头脑发木，然后电脑屏幕就黑了。她知道电脑坏了，是病毒入侵了。人有时脑子会进水，电脑也会的。现在这房子里所有的脑子都染了病毒了。

叶蓁蓁也没将此事和余志说。随它去。电脑上落了厚厚的尘埃。余志大概也发现电脑坏了，早已不上网了，至少不在家里上——也许，他只是不在家里上呢？即使他真的不再上网，他还可以和他的女人通电话；即使电话也不通了，他还可以和人家目光交流——不是有句话叫"目光如电"吗？他在家里才有多少时间呢？丈夫，丈夫，也就是一丈之内的夫，她其实是管不了他的。

她就这样猜测着他背面的生活，把他往坏处想：他决不是个出色男人，不是个宝，自己懒得管他，谁爱要谁要。有时候因为一直没有任何证据，突然她又觉得余志也许就真的变好了，不光和那女人断了，也不再沾染其他女人，这也不是因为他没有色心了，而是因为没有魅力也没有多少能力了，哪怕是性能力也所剩尽微了，所以惹人家不起——总而言之是余志自己不怎么样！这一想又觉得沮丧泄气，一个没有魅力的男人偏偏做了自己丈夫，要离婚都打不起兴头。

生活里往往会有意外的发现，而意外的发现基本上都不是什么好事，好事它会主动亮出来表演的。之后叶蓁蓁才总结出，大部分男人，你怎么去看他都不会错的。正所谓"淫字论事不论心，论心自古无完人"嘛，有的是有心无胆；有的是有心也有胆，就是条件不到；还有的是什么都有了，你只不过没发现。叶蓁蓁曾以为余志是条件不到，胆子也小，但事实证明她错了。

那几天叶蓁蓁感冒，请了假，不正常上班，在家里编稿子。

她一感冒，典型的症状就是眼睛发红，流眼泪，这个时候看稿子是一桩苦差事。她看一会儿，就到阳台上站站。阳台上的花草早已枯了，没了一丝生气，却烂不掉，如干尸一样竖在那里，看着扎眼。边上的浇花壶里还有半壶水，大概还是去年留下的。叶蓁蓁听到屋里电话响了，回去接了，是马远尘打来的。他当然是来关心她的身体，问她吃药了没有，要不要再去医院看看，还说要来看她。叶蓁蓁心里透亮，知道他要来的真正目的是什么。她咳嗽了几声说："你别来，感冒会传染的，我不上班就是怕传染给别人。"马远尘柔声说："我不怕传染。传染上了我们才算是同甘共苦啊。""不行，你不能来，"叶蓁蓁坚决地说，"你要是被传上了，我们没事也变成了有事！上次小李感冒，他不是说他要禁止口对口人工呼吸一周吗？"

拒绝马远尘是容易的。他是个要体面的人，要体面的人永远不会纠缠。说是要拒绝他，其实仅仅是要拒绝自己罢了。叶蓁蓁放下电话，心里却有些乱了。稿子她是看不下去了，反正也不算急。她在家里东转转，西翻翻，看上去倒有点像她婆婆夜里做出的动静——想到这个，她暗自失笑，突然觉得有了事情做。她把衣橱里挂着的衣服一件件拿出来，挂在阳台上晒。那是个好天气，阳光灿烂，似乎一些隐秘的事物注定要暴露在光天化日之下。

余志还是很有些像样的衣服的。西服就有好几套。叶蓁蓁忙出一身微汗才把衣橱理清爽。客厅的衣架上还有一件西服，配套的领带搭在衣领上，像个男人站在那儿，衣服很挺括，不被余志穿，只挂在这里倒更显派头。叶蓁蓁想起余志似乎前几天穿过这件衣服的。叶蓁蓁拿这件衣服时，突然心中如有电光石火般的一闪，下意识地把手伸到衣袋里。西服的口袋总共有五六个，第一个口袋里就有她意想不到的东西：一支皱巴巴的香烟，但她知道他从来是不抽烟的；还有几个硬币，除了人民币，还有两个竟是日币。余志怎么会有这种东西？日币在中国不流通啊！叶蓁蓁不去猜测，她的呼吸急促起来，神色也慌张，像一个初出道的间谍。但她其实不是的，她是妻子，至少现在还是，她有这个权利搜寻！她稳了稳神，继续在一个个口袋里依次找下去。

　　没有什么特别的物件了。另外还有几个硬币、一个小纸团，纸团是软纸的，不像是记录什么地址、号码的纸，突然她明白过来：这是去年包卫生球的纸，还是她亲手放在口袋里的，卫生球挥发完了，纸还在，怪不得有一股浓烈的气味。衣袋一个个地掏下去，她又看到一叠餐巾纸、一支笔。一张餐巾纸上还有几个数字，仿佛是电话号码，但看不清楚。叶蓁蓁警惕起来，越发觉得这种背地里的检查是必需的。日币、电话号码，如此联系起来，余志竟是和日本女人有了什么干系吗？

　　叶蓁蓁怎么也不会相信这个的。她知道要揭开谜底一定要把衣袋全部翻一遍，甚至连那些已经挂出去的也不能漏掉。这就叫一不做二不休！但事实上叶蓁蓁没有多费事。当她掏到衣服最里面，掏到最小的那个不起眼的口袋时，突然定住了。她的手停在那儿，然后，慢慢抽出来。一个白乎乎的东西被拽长了，最后从口袋里滑出来。

那是一个避孕套!

叶蓁蓁的表情难以形容。避孕套原本在里面待得很安稳,被手一拎,一个黏兮兮的东西挂了下来。叶蓁蓁像不小心抓住了蛇尾巴,"哇"地叫一声,手一摔,避孕套便飞到了冰箱上。

她无声地痛哭起来。泪水汹涌。她坐在地上,想起很久以前,他们刚新婚后的时候,余志不肯用这东西,还说讨厌,"忙了半天就跟个橡皮过不去,这算什么啊?!"那时候她还觉得丈夫憨态可掬,傻得可爱。为了迎合他,也为自己的感觉,她偷偷去放了节育环。这真是个久违的东西了。

叶蓁蓁咬咬牙,到阳台上找了把钳子拿过来,将避孕套从冰箱顶上夹下来。那东西很时新,开了叶蓁蓁的眼界:不但是淡红色的,还带了隐隐的毛刺,像一根苦瓜。那是个什么女人啊,比橡皮人还要皮厚!

叶蓁蓁忍住泪,找了根细铁丝来,借助着钳子,把那东西钩起来,拎在手上。她环顾四周,不知道该怎么处置它,突然间她有了办法。她踩上凳子,把铁丝挂在吊灯上。然后她打开客厅所有的灯,又拿来挂衣服用的杆子,把那些射灯一盏盏拨好角度,全都照射在那上面。

一幅奇异的景象出现了。避孕套仿佛一个演员,被晾在了舞台上。那演员通体透明,大汗淋漓。现在只有一个观众,一个被伤害了的叶蓁蓁。她嫌那东西脏,怕有东西滴下来,便拿来一大沓儿报纸，仔细地接在地板上。

那是一个什么女人？她不光那里皮长得厚，全身皮也厚，无耻！一定是她把这东西悄悄塞进余志口袋里的。叶蓁蓁想象不出她的样子，总之肯定是个荡妇，存心要让余志出丑。叶蓁蓁几乎肯定她不是余志原来的那个女人。那女人不这么恶。

她坐在地板上，觉得浑身发冷。她拖张椅子过来，远远地坐着，斜睨着那个被吊在半空的东西。她现在就像个导演，等着其他的演员出场。突然她想和人说话。她把电话打到了单位的主编办公室，是马远尘接的，但还没说话她就把电话挂了。她想抽余志耳光，想要骂他，但她立即就打消了喊他回来的念头。她拿着电话，不知怎的就拨了婆婆那边的号码。

"喂，哪个啊？"婆婆的声音病怏怏的，有气无力。叶蓁蓁不知道说什么好。就在婆婆要挂机的那一刹那，叶蓁蓁突然说："是我。你儿子好本事啊！"随后不由分说，把电话重重地摔在话机上。

然后她坐着，找本书来看着。电话响过几次，她都没有理会。她在等，等那个被避孕套包过的男人回来。

避孕套依然被挂着，在灯光的照射下，仿佛一个淡红色的异型灯泡，光芒四射。

叶蓁蓁眯着眼，看着那个奇异的避孕套，不由自主地嘿嘿冷笑着。她想她不必再说话了，那东西已代她说完了所有的话。突然她闻到一股怪异的气味,似乎是那东西在灯光底下被烘烤了,竟有一种鸡蛋烧煳了的气息。她发出"喔"的一声,像是反了胃,急忙捂住嘴,冲到了浴室。

门响了一下,随后开了。余志走了进来。他真是个粗心的家伙,竟然没有发现家里的变化。听到叶蓁蓁在浴室里发出的声音,他连忙走了过去。

"你怎么啦?"他似乎觉察到什么,轻轻嗅着鼻子。"你——"他迟疑着想问些什么。

叶蓁蓁本以为他一进门就会看到自己的罪证,他会面无人色,会张口结舌,会像挨了一枪似的轰然倒下他那庞大的身躯,但事实竟然没有。她本以为铁证如山,她什么也不必说了,但余志没看见,他躲过了她精心设置的利箭。叶蓁蓁用手臂狠狠擦了擦嘴,使劲呕了一声,目光在余志脸上如刀子似的划过,然后撩起来,射向客厅的吊顶上。她目光如炬。余志疑惑地躲开她的目光,忍不住又跟上去。在那一刹那,他们的视线交汇了。那可怜兮兮被重力拉长了的避孕套在微风里轻轻摇晃着。

余志呆在了那里。

叶蓁蓁曾经看见过公公做的 CT 片,她看见过人的大脑,她现在似乎清晰地看到了自己的大脑里,无数的血管像硕大的树根,炽热的血液在里面奔突,随着一阵晕眩,她看见自己的血管出现了无数的迸裂,鲜红的颜色直泼过来,她的眼帘里渐渐洇红了……她稳稳神,站稳了。她想,自己千万不能倒下,该倒下的是他。她扶了张椅子，慢慢坐下来，那些迸裂的血管飞快地愈合了，疾速生长，热血归经了，她殷红的脸平静了下来。

她坐着，余志站着，他想做出什么表情，但没有成功，太多的沮丧、无奈和后悔呈现在他脸上，就像太多的颜色混在一起，也就没有颜色了。他面色如死灰，人立在那里，像一棵被伐断的树。"我……"他嗫嚅着说了一句什么，连他自己都不知道是什么意思。叶蓁蓁已经完全复归平静，最初的冲击早已过去，她稳住了心神。她没有心脑血管的家族史病，余志才有。她经历过这次锤炼，也许再大的冲击也不在乎了。叶蓁蓁冷笑着，随手抓起刚才用过的晒衣杆子，拨弄着那悬梁示众的东西，说："嘿，你不知道这是什么吧？这是行为艺术哩！——'艺术'是我的，'行为'是你的——你们的。"避孕套如钟摆一样晃荡起来，一来一往，一来一往。叶蓁蓁轻轻摆动着杆子，每一次都配合着绕过它，在灯光的照耀下，仿佛两个配合默契的舞伴各自轻盈的腿……她看也不看余志，突然，那套子"啪"的一声掉到了地上的报纸上，摔得一塌糊涂，像摔破了一个鸡蛋。

余志手里的公文包应声落地，他的身体晃动了一下，重重地跌坐了下去。叶蓁蓁终于目睹了他被击倒的样子。

"我……你原谅我。肯定是那些家伙坑害我！"从地上传来的声音似乎是扁平的，只能贴着地面走，抬不起头来。

"是谁坑害你的，你说说好吗？"叶蓁蓁用杆子拨着套子，拨到余志身边，温言道，"拿去洗洗吧，她看来也是个穷人，说不定是个下岗女工，舍不得丢东西，你洗好了下次再用吧。"

余志捂住脸"呜呜"地哭起来："叶子，你原谅我！"

"不要喊我叶子！我已经吐过一次了，你还要让我再吐吗？！"

"那你要听听我的解释，我是喝醉了酒……"

"你不要再说了，"叶蓁蓁冷静地说，"你还不把这东西拿走？要让我拿给你母亲看吗？！"

余志猛地坐起了身，哆哆嗦嗦地用报纸包起那套子，又不知道往哪里丢去。他可怜巴巴地看着她。叶蓁蓁正色说："你应该珍藏它，这里边是你的液体，外面是她的液体，很难得哩。"

余志脸上终于闪出一丝怒火，但立即就消散了。他把那团纸拿到厕所，扔进马桶里。正要放水冲掉，叶蓁蓁的声音传了过来："你不要堵我的马桶，马桶比你干净。你把它带走。"

"带走？我到哪儿去？"

"那我不管，"叶蓁蓁坚决地说，"难道你认为我们还能住在一个房子里吗？"

"你要离婚？"余志知道一切已无可挽回，索性强硬起来，"要走你走，这房子是我家的！"

叶蓁蓁迷人地微笑着说："这不由你说，也不由我说。我们会有地方说的——你要我大声说吗？要我大声说给邻居听吗？让他们看看你的战利品？！"她的声音真的大了起来，对面那一家的门轻轻响了一下，大概是开了门在听了。余志顿时委顿了："你厉害，好，你厉害！你这个毒辣的泼妇！"

"你这个奸夫！"叶蓁蓁突然暴躁起来，随手把手上的杆子扔了过去。余志大概早已料到有这一下，闪了过去，不想不知从哪里又飞来个东西，重重打在他脸上，脸上立即就出了血。落在地上的是一把梳子，牛角梳，油光锃亮，质地坚韧，竟然没有摔坏。余志退到门边，贴着门站着。突然他拉开门，夺门而出。

过了一会儿，余志又悄悄回来了。他轻轻打开门，穿过客厅，走到厕所。马桶里那团报纸已经不在了。他听到卧室里传来轻微的哭声，迟疑着想去问她，但还是没有去。他脸上被梳子打得伤口整齐排列，现在还在渗血，仿佛蟒蛇的牙印子。他摸摸脸颊，恨恨地跺了一下脚，一甩门走了。

叶蓁蓁趴在卧室的床上，嘤嘤地哭着。她听到他走进来，又走了出去。那个肮脏的东西此刻正躺在床底的最里面。叶蓁蓁已经用钳子把它夹出来，套了一层透明的塑料袋，又套了一层黑色的塑料袋。叶蓁蓁这时竟笑了出来：真不愧是个套子啊，套子外面再包上套子！——只有在需要的时候，那东西才会再次亮出来。

她躺在床上，头发散乱，衣衫不整，眼泪早已干了，脸部紧绷绷的，像贴了面膜。墙上挂着她和余志的结婚照片，两人笑得很规范，也显得很滑稽。叶蓁蓁的嘴角牵动了一下，陡然间哈哈大笑起来。她笑着笑着竟笑出了眼泪。她突然起身，扑过去把那张结婚照拽了下来，迟疑了一下，扔进了床底。

结婚照片是他们婚姻生活的开始，那团报纸却是终结。现在，开始和终结被扔到了一起。

叶蓁蓁恨不得立即起草离婚协议书,但她发现她现在根本做不了任何事情。家里弥漫着恶浊滑稽的气息,她一分钟也不愿意再待下去。她想和人说话,她需要倾诉,需要发泄,但她却连一个电话号码都想不起来。她只知道有那些人,父亲、母亲、婆婆、白瑾、蔡坤,还有马远尘,但这些人现在都在她的生活外面——她突然想起去世的公公来了,也许只有在他面前才可以说说她的痛苦,可他听不见了。

阳台上飞来了几只小鸟,叽叽喳喳地叫着。它们在寻觅吃食,但只看到一片枯萎,似乎有谁发了一声口令,它们扑啦啦地突然全飞走了。

她发现她现在连一个朋友都没有,此时此刻她竟然也没有任何地方可以去——除了去上班。她洗了脸,淡淡地施了脂粉,便出了门。

学报永远是那个样子。看稿子、聊天、打打电话。叶蓁蓁进了门,跟大家简单地打了一声招呼,就坐到了自己的桌子前。她已经有两天没来了,同事们难免要问问她的身体状况,说她精神不够好,眼睛里也有红血丝。叶蓁蓁吸溜了一下鼻子,拿块餐巾纸揩着说:"我感冒就是这样,眼泪鼻涕全来的。"她继而娇嗔地道:"谁让你们不把工作全帮我解决掉,我只好来传染你们!"那个一贯阴阳怪气的小李嘻嘻哈哈地说:"能被你传染上是荣幸啊，我还求之不得哩！"他嬉皮涎脸地挨近上来，"传就传，传上你的病还要够得上级别哩。"他一脸坏笑道。

叶蓁蓁心里咯噔一下。他的话藏头露尾的，好像是知道了一点什么。她一时间无法做出适当的表情，只板着脸，狠狠地瞪了他一下，便不再搭理他。看着校样的时候，她又感到自己刚才的表情是不妥当的，有点像被人说中心思的样子，但已无法挽回。但愿自己是多心，况且，她现在心绪纷乱，也顾不上那许多了。这种事，只要不被人当场在床上拿获，说两句怪话，就权当是屁过鼻、风过耳！

校样看完了，她要拿到主编办公室请主编签字。马远尘正和很少来这里的孔主编说话，见她进来，马上站了起来。也许是觉得应该对孔主编解释一下，他笑吟吟地说："小叶感冒，请了两天病假——"转而对叶蓁蓁道："你怎么今天就来啦？"叶蓁蓁说："我怕耽误开印，请您看一下吧。"

和所有处于这个年龄的男子一样，孔主编对美丽娴静的叶蓁蓁有天然的好感。他随口夸奖她说："我和马主编正在谈单位改革的事儿，每个员工要都有你这种工作精神，我们的工作就好做了。"

叶蓁蓁抿嘴一笑。她今天是因为在家里待不下去才来上班的，没想到倒成了带病工作的劳动模范。孔主编不常来学报，所有人一个学期的勤勤恳恳他可能都不会亲眼看见，叶蓁蓁今天倒是无心插柳了。他对叶蓁蓁的评价和马远尘也是分量不同的，马远尘毕竟是她的情人,而情人的夸奖你全都可以理解成别有用心。

孔主编的夸奖固然重要,但就像感冒的人到桑拿浴室里蒸一下,其实解决不了内在的问题,至少对现在的叶蓁蓁来说是这样。她的家庭即将解体了,她的心痛得厉害。即使是盲肠,也早已发炎了,但割了也是会痛的。她原本很理性地打算着,如果两人出现了问题,她发现过不下去了,一定先抬脚踢开他,主动权一定要掌握在自己这一边,现在主动权是在自己手里,是自己叫他滚,但其实,自己才是一个弃物。一个实实在在的被狗男女用过的弃物。她自身的经历证明了她的失败。

一走出主编办公室,她的泪水又流了出来,不可遏止。感冒已经不能成为她流泪的借口了。叶蓁蓁走到编辑部,打算再坐一会儿就走。她平时喝的都是袋装的茶叶,今天她也泡了一杯。她往杯子里对水时,看着那在水里翻腾的袋子,突然想起那个她亲手挂在灯光下的套子,心内顿时翻起一阵恶心……这茶是不能再喝了,永远不能再喝了。

大概没有人会注意到叶蓁蓁不喝袋装的茶叶了,即使有人注意到,也永远不会知道这里面还别有原因。

叶蓁蓁没等到下班就提前离开了单位。她说她要去取点药,其实她是上了街。她当然明白,街上什么都有,但对她来说却也是什么都与她不搭界的。大街上永远熙熙攘攘,永远有那么多的人,似乎是十室九空,但你一想到无数的家里还有无数的人,在上演一幕幕令人啼笑皆非的故事，你就会觉得人实在是太多了，即便死去一半都还是太多了，譬如她和余志，死掉一个，让那余志死掉，也许这世界就太平了！

叶蓁蓁想，这个恶心的人，谋杀了她的青春。

前一阵，她几乎每天都要在街上走的，但没想到城市的地铁通路已经开挖了。以后将有无数的故事在地下上演，或者在地下终结，连地底下都不得安宁，这真是令人绝望。隐秘的事情已经太多了啊，谁能知道那一对对迎面走来的男女，衣冠楚楚，神态安详，可他们究竟是不是合法的夫妇？即使是夫妇，他们又各有多少见不得人的隐私？——叶蓁蓁料定，所有的人心里都有不能对人说的话的。

一对对，又一对对，从她身边走过了。下一对男女注定要在今天和叶蓁蓁相遇。叶蓁蓁其实并没有确切看见他们中的任何一个，但她立即心里哆嗦了一下：那是白瑾，她熟悉的男人！看见白瑾倒也罢了，在他身边依偎着的，竟然是蔡坤！

15

叶蓁蓁怔怔地看着他们的背影。他们站在一个新疆人摆的烤羊肉摊子前。蔡坤手里拿了好几串羊肉串，正吃得津津有味，白瑾帮她拿着钢签，等着结账。叶蓁蓁不由自主地停住脚，远远地看得痴了。

这是她今天第二次被震惊了。这是一个震惊的日子，发现的日子。一些久已发生的事情注定要在她面前被撕破。叶蓁蓁的心像被针扎了，她哆嗦了一下，疼到心里，止不住咧嘴苦笑一下，慢慢地，竟有些陶醉的表情。她原本不会和他们打招呼的，正要悄悄走掉，不想那摊主见她朝这边看，以为来了生意，老远地招呼道："烤羊肉串！烤羊肉串！一块钱一串！——小姐，你也来几串？"

叶蓁蓁躲不掉了。白瑾首先看见了她，他张了一下嘴，却没有发出声音，算是做了个打招呼的表示。蔡坤扭过头，撕咬着羊肉的嘴顿时停住了，仿佛是偷嘴被人当场逮住。叶蓁蓁见状豪气顿生，挺直了她颀长的身子，款款走了过去。

"小两口好亲热啊，"叶蓁蓁接着转脸对蔡坤说，"你下午不上班啊？"

蔡坤慌乱地说："你瞎说什么呀！我刚下班，我们是刚巧碰上的。"她讨好般的给叶蓁蓁递了一串羊肉串过来，说："你也吃。白瑾请客。"

"我不吃这些东西的，"叶蓁蓁抬抬下巴皱着眉头说，"太不卫生了，谁知道是什么肉，再说我也怕发胖。"说着看了看蔡坤丰硕的身体。她的相貌身材原本不和蔡坤在一个档次上，这一看，直看得蔡坤局促得几乎不能在她身边站。叶蓁蓁光看还不够，接着说："我整天就怕胖，真羡慕你，就算胖点也还那么好看。"

她原本还担心自己的眼睛红肿着，有损形象，看到蔡坤，她陡然底气十足。白瑾的眼睛就是镜子，她肯定自己的眼睛红肿已经消下去了，现在略带红润，没准还像个杏仁眼哩。白瑾悻悻的，看都不敢看她，表情尴尬而复杂。他们分手时是叶蓁蓁先不理他的，现在呢，她倒觉得应该和他多说几句话。"白老师，"叶蓁蓁笑盈盈地说，"你现在是还在学校，当辅导员吗？"

"嗯。"白瑾含混地应了一声。

叶蓁蓁说："当辅导员其实很清闲，只要学生不出问题就一点事都没有，就是大学时学的东西丢了有点可惜。"她扬手理了理长长的头发，那姿态立即让白瑾想起了他们在一起的日子，他曾多少次在远处的窗前凝视过她的剪影。如果她手上有那只记忆中的梳子，她将格外风情万种。蔡坤斜睨着她，有点看不下去，插嘴道："他现在工作有变动了。白瑾当系里的总支部书记了。"

"哦，副的吧？"叶蓁蓁道，"那要恭喜啊！现在的女生们很漂亮开放的呀，白书记可别再搞师生恋哟。"

"你胡说八道！"白瑾终于红着脸骂了她一句。蔡坤实在难以忍受，在她看来，白瑾和叶蓁蓁简直是视她为无物，公然在她面前打情骂俏。但她终究是个不善言辞的人，一时间竟说不出话来，只用目光示意白瑾快走。其实她岂止是不善言辞，她更是没有决断。她如果拂袖而去，也就没有人能轻侮她，但可怜的蔡坤她做不出。正冷场间，白瑾的手机响了，他如梦方醒，一接电话，却乍然变色："什么？人现在在哪里？哪家医院？"他收起电话，急匆匆地说："我要走了，学生出了点事。"

叶蓁蓁说："这些学生真不像话，都把老师当保姆了。当辅导员就是烦!"

"快走吧,"蔡坤不搭理她,对白瑾说道,"我也走。"

叶蓁蓁看着她,像看着一只肥硕的粘皮虫,突然气恼起来:"你们到医院去呀?"她猛然想起了那年她陪蔡坤去医院做流产手术的事。"出事的是个女生吧?现在的女生真开放,"她咯咯地笑起来,"白老师你还没结婚,倒先要实习一下哩!"

白瑾不知就里,只尴尬地笑笑。蔡坤再也无法忍受,二话不说一甩手就走了。白瑾说了声"再见",刚一抬脚,那卖羊肉串的小贩突然喊道:"你还没结账哩!"叶蓁蓁心下暗笑,掏出十块钱往小贩前一扔说:"白老师,今天我请客。什么时候你请我吃喜糖吧。"白瑾也不和她争,只道了声谢,扭头喊了一声站在地道口的蔡坤就要走。叶蓁蓁当时有点控制不住自己,她跟了几步说:"蔡坤现在蛮漂亮的,而且身上穿的都是名牌,我记得那时候在宿舍里她不是很清爽的。你倒是很会改造人。"

白瑾今天一直云里雾里,只觉得叶蓁蓁的表现很怪,但他不敢相信她是因为自己才怪的。白瑾想,她似乎没任何理由吃醋,分手时是她蹬自己的,但叶蓁蓁最后这句话他一听陡然心里透亮,他相信叶蓁蓁现在肯定不幸福,因为幸福的女人是不会在意以前的恋人的,但她东捅一句,西撩一句,显然是在使劲……难不成她对我旧情难舍?白瑾有点心烦意乱了。他匆匆朝她摆了摆手,随即追着蔡坤跑走了。

那小贩本以为没人会等他找零钱的,美滋滋的又有点慌,不想叶蓁蓁回过神竟又过来了。小贩随手递去一块钱算是了结,滋啦啦翻着一排羊肉串说:"小姐,你不来几串?"叶蓁蓁不理他,若有所思地走开了。那小贩仿佛是世事洞明,早瞧出端底,嬉皮笑脸地说:"小姐,你吃不到他们的喜糖的。"

"为什么?"

"他们不般配,不会结婚的,你哪儿吃去?——所以你还是吃我的羊肉串吧!"他讨好般的看着叶蓁蓁。叶蓁蓁本也觉得自己今天懵里懵懂,有点前言不搭后语,被他这一说,立即觉得今天自己是失了态了。白瑾本是自己的一个弃物,丢弃的东西别人当然可以捡,不必征求谁的同意——岂止是白瑾,蔡坤又在什么时候自己看得上呢?

所谓看不上,就是不必在意在他们面前失了态。这么一想,叶蓁蓁又觉得无所谓了。

那个恶心的余志啊!叶蓁蓁仿佛被电击了似的,突然又伤心起来。

叶蓁蓁神思恍惚地在街上闲逛。到处都是房子,但她无处可去。她漫无目的地走过大街小巷,经过了一个个大大小小的商店。一个挂着"性保健品"牌匾的小店铺火星似的烫了她的眼。不需要走进去,她老远就看见了那些假性器官和避孕用具,那些怂恿人们纵欲的东西。记得有一次,余志和她看着影碟做爱,正在情浓的时候余志对她说,他曾经好奇,假装要买,去摸过那假的女性器官,"嘿嘿,像果冻一样的耶!"余志笑着说。叶蓁蓁耻笑他,他却不以为耻,还一本正经地说,他们广告部有个浙江客户,就是做那东西的,说他厂里做出的每个器官都不一样,千姿百态,秘诀就在于成型时不另用模子,就用女工的身体,"把塑胶往她们下面一按就行了,一按一个,一按一个。"说时还在叶蓁蓁身上比画着。叶蓁蓁想到这儿,竟忍不住笑起来。突然又觉得自己很可耻,回头看看,也没人注意到她。她突然怒火中烧,要喊,要骂,要杀人,要放火!她怔怔地站着,慢慢掏出了手机。

这一次的约会是叶蓁蓁主动提出的。这不是第一次,也不会是最后一次。马远尘还没下班,接到电话时他大喜过望,很快就赶到了。叶蓁蓁并没有停在原地等他,他们不断用手机联络着彼此,两人见面时,已经离叶蓁蓁家不远了。

这是一次疯狂的放纵。叶蓁蓁简直是疯了,仿佛一只疯狂的母兽,她不是在享受,不是在偷情,简直是在抢夺。马远尘本来是犹疑的,在她家里他总有些放不开,但他很快就被她激发起来了。如果有谁能从窗户里看进去,这实实在在就是一幕立体的色情电影。当然,事实上无人目睹,因为窗帘是紧拉着的,唯一的目击者就是叶蓁蓁自己。很久以后她都会想起那一天,每念至此,她的思绪都会飞快地闪过去,不敢停留。是的,她无所不至,无所不为,她像个野兽。

事毕,两人大汗淋漓。叶蓁蓁趴在床上,大脑中空空如也,渐渐地,一盏暧昧的灯在脑海里亮了起来,轻轻地晃悠着。是那个避孕套!她的视线透射进床底,看到了那个肮脏的东西!她一阵恶心,难以遏止。她捂着嘴,踉踉跄跄冲进了厕所。

她不断干呕着。马远尘慢慢过来了。他其实很紧张,毕竟这是在她家里。他用玩笑掩饰自己内心的虚弱:"你不会是怀孕了吧?"

叶蓁蓁怔住了,随即喊道:"你胡说什么啊?!"当她联想起自己生理上的某种规律,还真的有点担心了。

"你为什么不问余志怎么不回来?"

马远尘很豪气地说:"我来了他还会回来吗?他知道我不喜欢观众的。"马远尘心里其实"咯噔"跳动了一下,继续道:"好,我问,他为什么不回来?是出差了吗?"

叶蓁蓁没有回答他的话。她坐在沙发上,半晌后才说:"如果我离婚了,你怎么办?"

马远尘吓了一跳,仿佛身下沙发的所有弹簧在瞬间断裂。他掩饰着自己的慌张道:"你离婚,我求之不得。"

"这是你说的呀!我可没逼你。"叶蓁蓁幽幽地说。

马远尘觉得问题严重了。他原本料定余志确实是出差了,这是个偷情的好机会,既安全,还省钱,现在意识到不对,怕是他们的婚姻真的出了问题。他的口气立即软和了,温柔了。"你不会是真的要离婚吧?何必要离呢?多少家庭都是这么过的,"他嗫嚅着说,"况且余志也不差,各方面都不差,至少比我强多了啊。"

叶蓁蓁注视着他。她觉得累，累到了极点。她暂时无力就这个问题继续谈下去了，而且，她相信自己的魅力和能力，一切也还要走着看。倒是那个关于怀孕的话题让她一时难以释怀——如果自己真的怀孕了，在这个时候，那情况就复杂了。她感到一阵无名的烦躁，突然干涩地说："我会怀孕吗？会吗？杜衡都未能怀孕，我放了环倒还会怀孕？"随后她斜睨了马远尘一眼，恨他引得自己烦心，讥诮地说："想不到你一个老婆都快绝经的人，还知道怀孕这事！"

马远尘瞪了她一眼，没有说话。叶蓁蓁尖刻地道："怎么？杜衡还没绝经吗？我说错了吗？！"

马远尘哆嗦了一下。她的话锋利得像刀片。他抬眼看看叶蓁蓁，恨不得立刻就走，离开这地方。他不是怕余志，他是怕她。这是他第一次感受到叶蓁蓁的刻毒。

他虽说急于离开她的家，但还是仔细检查了自己的衣着，因为他不想留下什么把柄。他略显慌张，仿佛一个得了手的小偷。可笑的是，出门前他整理自己的皮包，皮包里面竟然掉出一袋尿不湿，他飞快地收好，没有让叶蓁蓁看见。叶蓁蓁没有送他出门，今天这一天对她来说，实在是太丰富了，丰富得把她自己都挤得没了位置，她只是依顺着自己的本能在活动。她疲倦而无助地看着马远尘离去，看着他像一条漏网的鱼，在窗户的边缘消失了。

马远尘已不是从前的马远尘了。他的生活发生了巨大的变化，说起来，这还是源自叶蓁蓁的手笔。那个孩子，那个叶蓁蓁从医院抱回来的女孩，现在已经有一个名字了，叫"马衡芳"，这个女孩的到来革命性地改变了他的生活。

这孩子简直像是从天上掉下来的一样。他梦想过能有一个孩子，但这个孩子一直在虚空中，也许还就在杜衡的身体里，但是他没办法把他引出来。很久以来，他一直在努力，甚至还被杜衡勒逼，但他们始终以失望告终——小孩子在杜衡身体里一事也许是个笑谈，但马远尘宁愿相信这一点，要不，杜衡怎么一直就脱不了孩子气呢？——那时候他们的家实在是没个样子的，看上去像个哥哥在带着妹妹生活，至少下了床差不多是这样，只有当马衡芳从天而降后，他们才真正算是"成家"了。

他也设想过抱养一个孩子的，甚至设想过所有可能的细节，但设想毕竟是设想，孩子突然出现了，只增加了一个人，家里的空间却像减少了一半，事情也多了无数倍。因为杜衡没有奶，他们试用了无数种奶嘴；尿不湿也是经反复试验后才定下来用一种日本进口的。孩子还要生病，肺炎倒是不难治，不想后来又生了红屁股，发了一点低烧，吓得他们整天往医院跑，夜里也不能睡，抱着她对着一盏大灯泡烘屁股，以保持干燥。

他们就像一对真正的父母亲。一个月下来，两人都瘦了一圈。杜衡还真奇怪，她抱着孩子，竟能熟练地给她喂奶，还无师自通地哼起了一些可笑的催眠歌，层出不穷，花样翻新，把马远尘都听得呆了。因为累,夜里睡不好,杜衡很快也生了点小病,她照顾孩子,马远尘就照顾她,心甘情愿地家务全包,竟真像照顾妻子坐月子了。

家里乱了。马衡芳会笑,会哭,很快还会撒娇耍赖了。自从有了目光,她就喜欢翻过来覆过去滴溜溜四下乱看。马远尘想,她能发现这是一个新家吗?她长大后会是个什么模样呢?马远尘亲眼看见过别的小夫妻生了小孩后,兴奋地找出自己小时候的照片拿出来比,都说像,简直一模一样!但他们是没这个乐趣了。杜衡请了假在家带孩子,带孩子的时光简直通体放射着母性的光辉。她不谈孩子的长相,只说漂亮,不嫌她脏,不嫌她吵,稍一闲下来,就痴痴地扒在摇篮前,注视着孩子。

也许更高兴的还是点点——他们家的那只哈巴狗。原先它是寂寞的,人都上了班,它就得独自待在家,现在家里永远有人了。以前它无聊时就玩那只木球,叼来抛去,但是无人喝彩,现在呢,它可以玩奶瓶,玩尿布,只要不去嗅那孩子的脸,就不会被斥责。孩子一哭,它就"汪汪"地叫,她一笑,它就高兴得在地板上活蹦乱跳。也许,它觉得是自己把她逗笑了?马远尘看着点点,又好气又好笑地想:没准儿,它还觉得自己是个哥哥哩。

这是一种忙乱却也温暖的气氛,仿佛春节时大家庭的厨房。事实上马远尘还保持着起码的冷静,有一句话他是知道的——"别人的肉贴不到自己身上。"但他不忍说出这样的话,虽然这句话击中了他心中的隐忧,但他不能说。酒已经喝了,醺醺的,何必再用冷水醒酒呢？

就算是老夫聊发少年狂吧，他也忙得像个真正的父亲了。只有一件事他不太习惯去做，那就是给孩子换尿布。面对孩子的屁股，还有别的身体部位，他觉得尴尬。每一次他都会红脸。第一次换尿布时他完全没有预料到，赫然出现在眼前的小屁股竟像横空出现的鬼脸，让他顿时呆在那里。他满面通红，像要流血。杜衡看到这情景，也愣了一下，抢过来孩子把他推开了。"你下流！"她还笑着骂了一句。这件事以后就一直由她做。很久以后马远尘还经常能想起杜衡骂他时的表情，他回味着当时的情景，觉得硌生，因为这句话是他们那段做父母亲的日子里最不像父母亲说的话。

杜衡给孩子换下湿尿布，随手扔在地上。马远尘过去捡起来，放到垃圾桶里。"嗳，叶蓁蓁怎么不来看看孩子啊？"杜衡问道。

马远尘心里轰了一下。他嬉笑着说："人家来看过一次就够了啊，这是你的女儿。你以为别人也像你，心里只有一个人吗？"

"这倒也是。"杜衡自失而又满足地笑了。

马远尘突然发现了自己心理的猥亵。他看到孩子的屁股，其实脑海中顿时就闪过了叶蓁蓁的身影，不禁心想：这孩子是她带来的，叶蓁蓁小时候，也是这样被人换尿布的吗？

他的脸更红了。

她是他的情人，但由于她带来的这个孩子，他的家更稳定了。三点支撑，再加一只可爱的小狗，为他们逗乐，为他们喝彩，也许一切就该是这样的，也只能这样。马远尘不由地想起了他认识叶蓁蓁的整个经过。她还在商场做营业员时，杜衡曾经给她当过导演，现在，因为一个新成员的加入，事实上是叶蓁蓁改变了他们的生活，也可以说是她导演了他们——不知道杜衡想到过这个没有？不管怎么说，目前的生活是马远尘曾经期盼过的，现在实现了，他希望就这样长久地生活下去——然而不知道为什么，马远尘突然觉得心里发虚，有一点说不清的隐忧。他似乎觉察到了一丝朦胧的危险。

他的眼前闪现出叶蓁蓁尖刻嘲笑的表情。"怎么？杜衡还没绝经吗？我说错了吗？！"她的话像阴冷的旋风，从地面盘旋着升起。马远尘不由打了个寒战。杜衡有没有绝经，他做丈夫的当然知道，叶蓁蓁无疑是言过其实了，但却也接近于事实。自从有了孩子，她就基本失去了对夫妻生活的兴趣，这一点马远尘并不在乎，也许还觉得如释重负，但他却据此提前领略了杜衡更年期的状态，她的情绪变化无常，常常疲倦、烦躁，处于更年期的女性难道不就是这样的吗？虽然他自己的双鬓早几年就已出现了一点白星，但当他有一天偶然在杜衡的发丛中发现了一根白发时，他还是顿时感到心灰意冷，就像一盆冷水当头浇下来。他在情人讥诮的预报后，提前看到了处于更年期的妻子。他怎么能不灰心？

叶蓁蓁的刻薄击中了他家庭的要害部位。

他明白叶蓁蓁对他而言是重要的。从叶蓁蓁家里出来，被冷风一吹，他越发感觉到她说的关于要离婚的话是不能被忽视的——其实他时刻也没有忘记这句话,他只是拿不准在做爱后说这句话,有多少是戏谑的成分。他希望她是在开玩笑——但如果是真的呢?

他清楚地认识到自己决不是一个决绝果敢的男人,他缺乏杀伐决断的性情,至少在婚姻上是这样。万一是真的,他肯定会退缩的——事情还没有临头,他就已经对叶蓁蓁心怀内疚了……他昏头昏脑地走进了家属大院。路灯已经全亮了。还离家老远,就传来了一阵孩子的哭声。那是马衡芳,他的女儿!他已经熟悉了这个声音。这女儿是他的情人送给他的。他原本没有这个女儿,他原本没有孩子,没有孩子的他也许还是能够冲出婚姻的藩篱,重组家庭,可现在他做不到了。他有了责任,有了负担。这负担是叶蓁蓁给他压过来的,所以,他退缩了,却不能怪他。

说到底,叶蓁蓁是导演,而他只是一个水平有限的本色演员。谁导演谁负责,他并没有演砸什么,他会做一个好父亲,但也只能做一个正常的情人,而不能超越另一条界限——他觉得自己的理由是充足有力的。

按理说,叶蓁蓁与他在一起时是放了环的,但对叶蓁蓁来说,最大的恐惧却是怀孕。哪怕仅仅是一点点可能,也已经让她方寸大乱。

她决意不再和余志过下去了。他知趣地住在他母亲那里,事实上他们已经分居了。离婚只是一个时间问题,一个手续问题,她已经打算着手准备。也奇怪哩,在没有决意离婚前,哪怕她已经和余志的关系很不好了,但只要她在报纸上看到什么关于家具的广告,或是在街上在别人家里,得到关于家具的一点信息,她都会情不自禁地想到,这东西他们家里差一个,或者是原来的已经过时了,要换一下。现在呢,她的眼睛冷漠而随意地在家里的所有家具上掠过,看到什么都激不起她的热情,仿佛这一切都与她无关,突然间又醒过来,她脑海中第一个念头就是:这东西是我的,那一件也是我买回来的,不能给他!

她的目光如刀子一样在家里掠过,一件件,一样样,都被她分成了"他"和"我"。叶蓁蓁自己也意识到自己心思的琐碎,骂自己没出息,但她无法抑制这提前而至的分割想法。也许,这不光是一个回避不了的心理历程,也是一个酝酿决心的历程。一个家里的所有东西,大大小小,零零碎碎,成百上千,每一件都是有来历的,每一件都有一段故事,你不去回忆,它也在那里。叶蓁蓁咒骂着余志,在心里已经一样一样地几乎把他剥夺干净了。

她万一现在怀了孕,那就简直像是被暗算了,被冷枪击中了。

叶蓁蓁恨得牙痒痒的。他是一个活鬼,但现在自己却很可能身怀鬼胎了!人应该是最了解自己的,但人对自己身体的怀疑事实上从来无法避免,所以常有人会怀疑自己生病,要去请教医生;所以叶蓁蓁哪怕已很少和丈夫做爱,哪怕是她已放了节育环,也要疑心自己怀了孩子。这真是疑心生暗鬼了。

叶蓁蓁不能去请教别人，连她自己的母亲也不能去咨询，否则日后一旦提出离婚，又会多了一股阻拦的力量。她只能去查书，调动她所有的知识来分析自己的身体。疑惧比她身体里可能有的胚胎生长得更快，她觉得所有的迹象都和书上说的相符，她躺在床上时，坐在椅子上时，仿佛真能感觉到自己身体的暗处有一个暧昧的东西，正飞快地分蘖、生长……

可她不能退缩，不能就此缴械投降，此时表现出的任何软弱都是一种被勒索的结果——但是，如果身体里的那东西不是余志的呢？——叶蓁蓁猛然惊醒，被自己的念头吓住了！假若她真的怀了孕，怀的又竟然是马远尘的孩子，那么事情岂不更是一团糟吗？

这可能吗？然而，为什么就不可能？！叶蓁蓁心慌意乱。

叶蓁蓁突然感到一阵晕眩。她被这局面弄昏了头，第一次感到脑子不够用了。那些摊在她面前的书，顶多能帮她猜测自己有没有怀孕，却无法为她确定这孩子的归属。她恶狠狠地一扬手，把那些书扔到了远处。

她是很少钻牛角尖的，但这一次她出不来了。那牛角恶狠狠地往暗处推进，在她的记忆里搅动，她努力甄别着究竟是哪一次做的性爱让她现在如此被动，但结果是一片茫然。

也许人天生就是被动的，被动地生，被动地死，但叶蓁蓁一贯不愿意在已存在的两个被动之间的生活中再一次次地被动下去。她脑中突然灵光一闪，决定迎着那牛角尖冲过去！——她决定到医院去，检查一下究竟怀了还是没怀，如果真怀了，那她还要继续检查，为了弄清那孩子的归属，她甚至可以去做亲子鉴定，据说即使孩子还没出生，抽羊水也是能做的。

叶蓁蓁飞快地起身，踢开地上凌乱的书，走到书桌前，去找她的病历。她再一次感到主动权抓在了自己手里，她觉得有了力量。这时候她就没想到，她提出离婚的决定实际上就是被动的，假若没有那个盈满的避孕套，她还可能就那么过下去的。

事实证明这是一场虚惊。医院的检查结果还没出来，她的"老朋友"就先来了，宣告了她的安全。她啼笑皆非。

这似乎是一个理应与人分享的喜讯，但她却不能对任何一个男人说。她在家里愣了半天神后，拨通了余志的手机，要求他立即回来一趟。余志似乎早料到会有这个电话，或许他以为叶蓁蓁是回心转意了，他很爽快地答应了，说手上的事一结束，马上就回来。

叶蓁蓁对他们即将进行的交锋没有任何计划，她觉得犯不着去多费心思。她在床上斜倚了一会儿，突然想起床下的那个"东西"，霍地坐起了身。她趴下身子，朝床下张望。床下黑洞洞的，她什么也看不见。一只老鼠"吱溜溜"叫成一串，像一个省略号似的消失了。叶蓁蓁陡然紧张起来，她找来手电筒，朝床下射出萤火虫般的光线，使劲地找，找那个恶心的东西。只见床下有两只发卡、一张报纸、一本书、一张结婚证，一切都落着柳絮般的灰尘,她懒得理那些……那个避孕套,却无影无踪!

她但愿它早点从自己的记忆里消失,却不得不把它留在自己的生活里,她还要用它,除了扔在床下,确实也没有更合适的去处,然而,它却失踪了。

她顺手把床下那本书勾了出来。那是一本《居室装修》,是她搬新家时用来参考的,光滑的铜版纸上落满了灰尘,仿佛尘封已久的窗户。有句话叫"书到用时方恨少",她感觉这话现在却在嘲笑她,她不要书,书出来了,她马上就要用的"东西"却找不到——那可恨的老鼠!但愿它吃了那东西生出一群怪物来,冲余志叫爹!她恨恨地想。

她不死心,顾不得脏,俯卧下她顾长的身体,钻进床下,努力钻到了床的最里面。有几丝蜘蛛网挂在她脸上,她不理会。灰尘被扰动了,钻进她鼻子里,有类似于"甜"的味道。她打了个喷嚏。手电筒照出的光圈仔细地移动着,她眼睛突然亮了一下:谢天谢地,她终于看到了那东西的一点残迹!

那东西基本没有了,只剩下一点点橡皮,显然是老鼠吃剩下的。叶蓁蓁顺手撕一点报纸,把它捏了出来。

真是老天有眼啊。

现在,事实迫使她不得不斟酌一下自己的计划了。她把自己的思绪清理了一下,坐到书桌前,简单起草了几条关键性的条款。

不一会儿,先是一串沉重的脚步声渐渐迫近,接着门锁一响,余志开门进来了。

他夹着个皮包，一如以前，但他的神态是怪异的。一进门，他立即下意识地停住脚，慌张地瞟了瞟客厅的房顶，像是疑心自己的魂还被吊在上面示众。天还没黑，房顶上的射灯就被打开了，他确认并没有什么吊在上面。但这一瞟，他自己的心先怯了。他故作自如地笑了一下，几乎已经猜到：今天她是来者不善，决不会是什么回心转意。

"我有件事要告诉你，"叶蓁蓁等他坐下，镇定地说，"我怀孕了。"

余志像被电击了一下，霍地站起，脸上的表情难以名状。他嗫嚅着说："那我们就不应该离婚了，对不对？"

叶蓁蓁不理他，眼睛看着他的后方，看着虚空："我本来以为是你的孩子，所以我去做了流产手术。"

"你……"

"你说，我还可能和你过下去吗？——婚是肯定要离的，"叶蓁蓁平静地说，"所以流产手术也必须去做——我昨天已经做过了。可是做过以后我才明白，那不是你的孩子。他属于另外一个男人。你知道，女人的直觉往往是很准的。"

"你、你什么意思？！"

叶蓁蓁还是不接他的话，继续道："那个男人是我的真爱。他比你优秀，比你体面，比你干净！"说到这里她略有些激动起来，今天她第一次正眼看了一下余志，目光像刀子般锋利，"他唯一不如你的，大概就是不如你重。"叶蓁蓁恨恨地道。

余志急了。他这时倒不在意她的挖苦:"你过分了,你自私,下贱!"他如狗熊一样在客厅里走来走去,突然间他停住了脚,脸上现出了奇怪的笑容:"也许你是对的,你流掉的本来就不是我的孩子,是那个鸟男人的!让他去哭吧,这关我鸟事!……"

"是的,"叶蓁蓁干脆地打断他说,"当然不是你的。"

"为什么?"余志停住急促的脚步,有些好奇地问,"你怎么就能肯定不是我的?"他竟像商讨问题似的侧过头,探询地道,"你难道做过亲子鉴定?孩子还没成形,好像不能做的呀?"

叶蓁蓁皱起眉头,目光聚得如激光似的指向余志,仿佛要把他洞穿:"我不需要做亲子鉴定,但我能肯定。"忽然间她的目光又软了,似乎料到他经不起她目光的这一射。她怜悯他,所以她又要用目光安抚他:"因为我自己知道我另外有个男人,我当然也和他做爱。但受孕是一场精子们争先追逐的过程,只有健康优秀的才能得胜。精子比赛,你输了!你套子里的那些东西跑不过别人。"

说这些话时,叶蓁蓁似乎不胜娇羞似的,牙缝里丝丝抽着凉气。那阴风回旋着,呼啸着,余志肥硕的身体眼见着小了一圈。他一屁股跌坐在沙发上,呻吟似的道:"离就离,谁离开谁不能活啊。"

叶蓁蓁把茶几上的那张纸翻过来,往他面前一推道:"那你就签字。"

余志眼一扫,冷笑道:"你想得美,这不可能!"

"是吗？"叶蓁蓁道，"你不签，可能连这些都没有。"

余志如困兽一样挺起身体，他大声喊叫着说："你自己承认的，你有情人，他是谁？是谁？你告诉我！"

叶蓁蓁目光冰冷地看着他。余志道："你有第三者，你有错，所以你不要打如意算盘。我也是懂法的！"

叶蓁蓁微笑。两人僵持着。屋子里一片寂静。一只老鼠，或许还是刚才的那只，"吱吱"地叫着，沿着房子的墙角跑了一圈，像是在给他们的角斗划出范围。"谁能证明我有情人？"叶蓁蓁厉声问道。

"是你自己坦白的！"

"可谁能证明？也许我是随口乱说的呢？"叶蓁蓁的手指追踪着已经消失的老鼠的叫声道，"你难道是让老鼠为你作证吗？"她这时想起了老鼠在床下的所作所为，脱口而出道："老鼠还在喊你哩！"下面的话已经到了嘴边，但她忍住了：它不会作证，它只会吃你这个窝囊废的精子，生出一堆杂种，叫你爸爸！

她忍住了这句话，转过身，把那张叠着的报纸摆在了余志面前。报纸有弹性，自动张开了，上面是避孕套的残骸。余志眼略一看，稍显疑惑。叶蓁蓁解释道："你不是懂法吗？这是你的罪证。"余志惊呆了。他的脸上神情风云变幻，浑身颤抖，几乎立即就要抓起来，把它毁掉。叶蓁蓁安详地说："你消灭不了这个证据，因为这只是一部分。"她打量着余志壮硕的身躯，自嘲地说："女人是体力上的弱者，我抢不过你的。所以我只把它剪了一点下来,其余的,连我都不知道在哪里。我要用到它的时候,它自会出现。"她停顿良久,叹了一口气道:"就像我自己都不知道,我究竟有没有情人,他现在在哪里。"

余志的脖子像突然折断了一样,他猛地垂下头,捂住脸,"呜呜"地哭了起来。他慢慢地站起身,目光怨毒而又无奈地盯住叶蓁蓁,虚弱地说:"我不会签字的。我不会让你那么顺心!"说完他拉开门,"咣"地甩出一声巨响,走了。

房子里空了。叶蓁蓁的心也空洞洞的。她不知身在何处。冰箱这时颤抖起来,像突然抽了风,不可遏止,不知道是老鼠,还是冰箱自己在响。叶蓁蓁抓起一本书,扔了过去。

16

余志在叶蓁蓁的生活里消失了。此前他还给她打过电话,但叶蓁蓁知道是他,便立即挂断了。他也给叶蓁蓁发来过求和的短信,叶蓁蓁往往一打开手机就会看见好几条,她懒得去浏览,随手就删掉。现在,他是真的消失了。

清净是清净了,但也寂寞,是一种找不到对手的寂寞。她很窝火,她明白他们至少还要见一次面,那就是在法庭上。既然他不怕出丑,那她也无所畏惧。她去找了律师,起草了正式的离婚诉状书,递到了区法院。

她和马远尘保持着一种很微妙的处于临界状态的关系。那次在她家幽会时,她曾提到过离婚的事,他虽说没有顾左右而言他,但他的畏闪,她洞若观火。为了避免和他提到关于婚姻的任何话题,她很少和他再单独接触。何必让他为难呢?其实她自己也说不清,她是不是想和马远尘结婚。婚姻就像配零件,是需要配套的,如果不是面临离婚,叶蓁蓁从来也没有想过要嫁给一个比自己大近二十岁的男人。虽然有人说鞋子合不合适只有脚知道,但二十多岁的差距,如果换算成尺码,那种不合适却像卓别林脚上的大皮鞋,谁看了都会觉得刺眼的。丈夫也不是一般的商品,要退,要换,都不是那么容易。这一点,即使她以前没有感性认识,现在也懂了。她还没有接到法院那边的消息,居委会的说客就先找上了门。把她们打发走倒不算困难,但一接到婆婆喊她回去的电话,她还是感到事情变得棘手了。

虽说已经许久不见,但她了解婆婆的个性。她料定这将是一场唇枪舌剑的短兵相接。她做好了火并的准备。虽然因为她掌握着余志的"罪证",最终获胜的肯定是她,但她应该承认,她自己曾经从这个家庭得到过实实在在的利益——事实上叶蓁蓁最惧怕的正是这个。她怕婆婆向她痛陈历史,指责她忘恩负义。她怕谴责。"饮水不忘挖井人。"这话是不错啊,但是,事情弄到这地步,能怪她吗?这井现在臭了啊!——她觉得自己又理直气壮了。

她准备了无数的说辞,也准备好一言不发,听婆婆说完了就走人。但其实事情并没有她想象得那么麻烦。婆婆才只有个把月没见，却看起来全然老了，已经完全是个老妪了。在电话里婆婆的语气其实就已经带了恳求，但叶蓁蓁当时哪敢确认？她本以为婆婆是为了诱敌深入，然后再来收拾她，但一见面她就明白了：婆婆是真的老了，精神也垮了，也许仅仅是离婚的消息就已经摧垮了她。

余志当然也在，他坐在沙发上，像个呆子。婆婆佝偻着腰，巴结般的跟在叶蓁蓁后面。她提早准备了满满一桌饭菜，还摆了一瓶酒。三个人吃着饭，气氛很沉闷。婆婆不断地给叶蓁蓁夹菜，余志也不时偷眼看一看她，竟然也涎着脸给叶蓁蓁夹了块鱼过来，叶蓁蓁冷着脸把它拨到了一边。在饭桌上，婆婆一直都没有提起她和余志的事情，只是吃完了饭，叶蓁蓁帮着收拾碗筷，她才随口似的问了一句："听说你流产啦？你怎么不回来住呢？你妈妈又不在。"她让叶蓁蓁不要动手，"小月子也要注意的，老年人总是有经验一点。"她温言道。

叶蓁蓁双手湿淋淋地站在那里。她一时无言以对。她一进这屋子就觉得这里似乎不止他们三个人，有一个什么人像是还没有出现。这时她眼一瞥，突然看到了在窗口的写字台上放着的公公的照片。她心里轰了一下，然后是一阵心酸。她知道她不会再到这里来了，这是最后的一次了。她的眼里蒙上了眼泪。

房子里很乱，到处都是灰尘。叶蓁蓁找块抹布，一个地方一个地方地擦干净。余志手足无措，不知道做什么才好，婆婆很不满地责骂他，让他去给叶蓁蓁帮忙。叶蓁蓁立即用厌恶的目光把他逼开了。她在水池里冲洗着肮脏的抹布，用肥皂洗手，看着黑色的脏水从手上流下去，流下去，盘旋着淌走。在冰凉的流水里，她的手干净了，她的心也坚硬了。

有些话婆婆不说，叶蓁蓁却是一定要说的，否则永远没个了结。"妈，"她喊了一声，"以后我不会再来了。"见婆婆似乎没听见，她迟疑了一下说："你自己多保重吧。"

"为什么？"婆婆转过了脸。

"因为我们要离婚了。"

"为什么？！"婆婆聚起昏花的老眼，走近了叶蓁蓁一步。

这两个"为什么"表明她完全是有所准备的。她眼里精光一闪，房间里简直像又开了几盏灯。她直定定地看着叶蓁蓁，目光里有疑问，更深处是敌意。她原来没有老，她还是以前的那个人！叶蓁蓁用强硬的目光迎上去，"为什么？"她鼻子哼了一声说，"至于为什么你应该问他，问你儿子！"

"我就问你。"

叶蓁蓁"喊"了一声道："你问他。"

余志喊道："你不要太过分！"他口气是凶狠的，但身体却已颓然跌坐在沙发上。

"叶子，你说说不行吗？"婆婆又慈祥了，"他如果做错了我会批评他。"她示意叶蓁蓁坐下。叶蓁蓁却畏惧她这种忽软忽硬的节奏，她此刻真后悔今天到这里来。她不愿意再纠缠了，"你们母子慢慢谈吧。"话音落地，就开门走了。

236　　　　　　　　　　　　　　　　　　　　　牛角梳·白驹

她回到自己家后，第一件事就是找来一个锁匠，把门锁换掉了。

离婚不是台风，而只是家里电风扇吹出的风，波及不到别人。叶蓁蓁在闹离婚，没有什么人知道，连对马远尘她也还没有正式说起。

马远尘其实很敏感，他几乎已经猜出了叶蓁蓁此时的状态，但他故作迟钝。马远尘想，她不明说，又何必要引火烧身呢？他不希望她离婚，更不希望她为了自己而离婚。那她离婚究竟是不是因为难以抗拒自己强大的吸引力呢？马远尘很想知道，却也不敢试探。

他的言行相当谨慎。他在单位里尽可能回避和叶蓁蓁单独在一起的机会。当然，他的表现并不过分，不显出一丝欲盖弥彰的样子。在大庭广众下的正常接触他表现得十分坦然，该表扬的表扬，该说两句的也并不护短。他批评的都是一些细枝末节，并不损害叶蓁蓁的实际形象，马远尘也担心她会因此怨恨他。叶蓁蓁心中暗笑，也很默契地配合他。私情使他们变成了技艺高超的演员。闲暇时，马远尘经常为自己的表现感到得意。他承认，叶蓁蓁是一个称职聪明的搭档——他只是有些担心，她会不会因为他们已经许久没有约会而心怀不满，突然向他发难？——事实上，这也不全是因为他的谨慎和胆怯，现在他们约会的机会好像也难得了。

牛角梳 下部 237

他当然也是想她的。她的年轻和妖娆是无与伦比的诱惑力，但他不能造次。离婚的女人仿佛身上粘了胶水，你时刻都得警惕。他想她，目前却不能去和她幽会，无论如何，这是生活里一个巨大的缺憾。杜衡自然察觉不到这些，她以前还喜欢跳舞，跟她的搭档关系也颇为密切，马远尘也曾吃醋，有过矛盾，现在呢，她有了孩子，立即主动放弃了她从前的生活。对这一点，马远尘是彻底省心了。令马远尘不满的是，杜衡真像是一个小妈妈似的，完全丧失了对夫妻生活的兴致。然而马远尘虽已不年轻，身体却是健康的，这样的状态又岂能一直持续下去？再这么下去，也许他真的要失去能力了啊！当哪一天他面对杜衡那远逊于叶蓁蓁的躯体时，他是不是还能调动起来激情，挤出一点雄风？——他自己对此已经开始怀疑了。

他历来认为所有的问题都是能够解决的，这个问题解决得却有点惊心动魄。那一天，小孩特别的乖，竟早早地就睡着了。电视里的某部外国电影很意外地激起了杜衡的性趣。马远尘游移地进入了角色。他们之间似乎已经生疏了。就在马远尘预备草草了事的时候，他的脑子里灵光一闪，突然闪出了叶蓁蓁那丰满鲜活的躯体。他在刹那间又亢奋起来，变得疯狂有力，激情难抑。杜衡喜出望外，惊喜地迎合着他。马远尘在不易察觉的瞬间停顿了一下，他警告自己，千万不能失口喊出叶蓁蓁的名字。他成熟的神经帮他做到了这一点。他游刃有余地携着杜衡冲到了风光久违的峰顶……

马远尘斜倚在床头,他心里泛起一片潮水似的罪恶感。他把身体留给了妻子,心却溜走了,又去偷了一次欢,这是怎样的一次身心分裂呀!他被自己震惊了。杜衡起床去看了一下摇篮里的女儿,然后满足地沉沉睡去。他想叶蓁蓁无论如何也不会料到,她今天还给别人当了一回道具,性的道具。想到这里,马远尘感到了一丝难言的快意。即使乐观地预测,他今后也只能是谨慎地和叶蓁蓁幽会,但道具的使用却是无限制的,一个永不会磨损的道具!叶蓁蓁不知道,当然也不会来索取使用费。拥有了这个道具,他的生活差不多就十全十美了。

现在他们一家三口,再加上那只狗,常常到学校电影院前的广场上散步。那一般都是在黄昏的时候,他推着摇篮车,杜衡走在他旁边,手里拎一个小包,里面装的是孩子最喜欢的玩具,还有装奶、装水的奶瓶,准备着在女儿闹起来时用来应急。那只小狗,原先兴高采烈地在他们前后奔走着,忽然看不见了。杜衡大声喊:"点点!点点!"原来它正在路边,抬着后腿,在树下撒尿。

这是一幅动人的景象,学校里的人已经看惯了。星期三的下午,马远尘下班比较早,他们的散步也会比往常提前一些。

叶蓁蓁满腹心事地从学校出来了。老远,她就听到了杜衡唤狗的声音。

她对杜衡感觉很平淡,因为在她丈夫手下工作,叶蓁蓁也陪她逛过两次街,但远说不上喜欢,和马远尘有了那层关系后,她更是本能地回避见到杜衡。她看见他们一家在广场上玩,原本想装作没看见直接走开的,但杜衡已经看见她了。那个摇篮里的孩子毕竟是她抱来的,她不能不去看看。她摆出惊喜的表情,走了过去。

杜衡问:"下班啦?""是啊,马主编都提前走了,我还不能下班啊?"叶蓁蓁开玩笑地说,"呀!孩子都这么大啦?"她蹲下身子,神色惊喜地拨弄着孩子的脸蛋。她的惊喜是由衷的,许久没见,她没想到孩子已经如被吹了气似的大了一大圈,乱摇乱摆的手臂像藕节一样。她下意识地扫了扫杜衡的胸部,那里当然还像以前一样扁平,叶蓁蓁放了心似的松了口气。"马衡芳!芳芳!笑一个!"那个胖乎乎的马衡芳没有笑,不知怎的,还皱皱眉头,竟像是要哭了。杜衡说:"怎么啦?不认识啊,这是你干妈哩!"说着从小包里拿出奶瓶,凑到孩子嘴上。那孩子一口就叼住了奶嘴。杜衡说:"叫干妈啊,你叫啊!"

马远尘略带尴尬地说:"你也真是的,孩子在喝奶,怎么叫啊?"

叶蓁蓁微笑道:"我是干妈吗?什么时候任命的啊?"

杜衡回头说:"你不是谁是啊?"周围不远处还有别人,所以她不往下说了。马远尘大概有点慌张,竟不合时宜地接着道:"是啊,只有你才有资格做她干妈。"

这句话让两个女人都感到不舒服。杜衡是不愿意就这个话题再多话,叶蓁蓁是觉得马远尘话里有话,不知是在调情还是想干什么。场面顿时有点冷。孩子喝了几口奶就不肯再喝了,杜衡又手忙脚乱地取出另一个装水的奶瓶,嘴里"哦哦"地哄着孩子,引她喝水。叶蓁蓁看得目瞪口呆,她万万没想到杜衡已经这么会带孩子。她心里忍不住一阵冷笑,几乎要表现在脸上了。"让我来喂她好不好?"她蹲下身,从杜衡手里接过了奶瓶。

马衡芳还真是要喝水。她显然是个乡下人的孩子,但现在却很娇气金贵。她的亲生父母是个什么样子,现在在哪里呢?叶蓁蓁喂着孩子,心里很奇怪地想起了这个问题。孩子身上有一股浓烈的奶香,叶蓁蓁没想到喝牛奶的孩子竟然也有这种味道。她喜欢这味道,但是又有点排斥,似乎那就是杜衡的味道,他们家庭的味道。

点点一直在远处和另一只狐狸犬玩,回头朝这里一看,立即"汪汪"地叫着飞奔过来了。它肯定是不喜欢叶蓁蓁那么近地靠着小孩,恶狠狠地冲过来,神情警告般地龇着牙齿。叶蓁蓁吓了一跳,奶瓶差点掉下来砸到马衡芳的脸。她尴尬地把奶瓶递给杜衡,随后站到了一边。

"没你的事!"马远尘一抬脚作势虚踢了它一下说,"你狗眼不识人!"

点点不情愿地退后几步,蹲在地上,神情却仍虎视眈眈。它其实体形很小,构不成任何威胁,那凶巴巴的样子简直滑稽可笑,但它刺痛了叶蓁蓁的心。这是他们家的狗,这孩子是他们的孩子!她被剥夺了,被抢劫了!

叶蓁蓁几乎要涌出泪水,她掩饰着搭讪了几句,说她小时候就怕狗,随后道了别,就走了。

她听见马远尘在后面说:"你不好,得罪客人了!"杜衡为狗辩解道:"它还不熟悉小叶,熟悉了它比谁都客气哩。点点,对不对啊?"

从理论上来讲,叶蓁蓁明白,所有的家庭都是经不起逼视的,也许这世界上压根儿就不存在没有问题的家庭。但眼前的这个家庭却让她不得不羡慕,她简直是又妒又恨。可笑的是,因为那个"礼物"——那孩子,是她自己送给他们的,那幅让她耿耿难眠的幸福画景差不多就是她一手缔造的,此刻她真后悔当时多管闲事!

在这种掺杂着沮丧、后悔和激愤的心情中,日子一天天过去了。她虽然并不畏惧现实,但在现实面前她也只能等待。离婚的事情显然需要一个程序,但中国的世态人情会把这个程序拉得很长,拉得你不耐烦,拉得你觉得最好自己收回诉讼。叶蓁蓁只能等着。她正常上班,正常工作,在那些辗转反侧的夜里,她也会想到性,回味起她和两个男人的性经历。她竟然还会想到余志,这连她自己都觉得不可思议。马远尘有一次趁编辑部没有别人的时候来看她,他闪烁其词,说着一些暧昧的话,渐渐地,把手搭到了她肩膀上。叶蓁蓁立即气不打一处来,冷冷地瞪了他一眼,用力晃了晃膀子,把他的手像一片落叶似的抖掉了。

马远尘悻悻地陪着干笑两声。那一刹那，叶蓁蓁感觉他像一棵树，满树的绿叶立即枯萎飘零了。叶蓁蓁注意到了他两鬓初生的白发，她再一次意识到了他的年龄。做情人，他似乎是老了一点，那么做丈夫呢，这好像倒不违背现在的潮流。但她恨他。她觉得愤怒。他是有欲望、有色心的，否则又为什么要伸手？但他却藏头藏尾，言辞飘忽，难道，还要她主动去约他？！如果她主动顺从了他们的欲望，是不是就意味着他完成了一种征服？情人间的另一种征服？这简直可笑啊！

他们已经很久不幽会了，连情人都可以不算了，但他们还是同事，还是心有默契的合作者。平常的时候这也许看不出来，但一旦有事，那就不一样了。

按说叶蓁蓁即将离婚，这才是爆炸性的话题，但因为消息还没有扩散，并没有人公开谈论。倒是另一些名利之争，如石击水般的在单位掀起了波浪。叶蓁蓁敏锐地嗅出了编辑部里的空气有些不太正常。

她的面前出现了一个对立面。在短短的几天里，小李就和马远尘发生了好几次摩擦。在单位的例会上，他对编辑部选题计划的执行情况提出了质疑。他明确地表示，对本校本学科的一些重要学术进展，编辑部的追踪不到位。他口气强硬，显然是有所准备。学报曾考虑在编辑部提一个副主任，后来也就不再提起。小李现在站出来掀起风浪，明显是与此有关。没有人会仅仅为了工作而如此顶真的。

马远尘显得很沉着。他一连几天阴沉着脸，保持冷静。他和别人大声谈笑，故意冷落小李，他想以此造成一种威压。小李不为所动，他频繁地出入主编室，满面春风地在编辑部走来走去。孔主编仿佛毫无察觉，也许是还没到他出面的时机。他们就这样僵持着，别的人都在袖手旁观，背地里传递着谣言。已经有风言风语说马远尘有私心，他想推荐和他私交更深的人。

这种空穴来风的话是十分阴狠的。叶蓁蓁还没有想到要当副主任，但她也决不愿意小李当上。马远尘已经五十多岁，小李跟自己年纪差不多，这种梯队一旦形成，以后就再也没有自己插脚的地方了。叶蓁蓁坐不住了，她想要采取行动，况且，她也不能再任流言蜚语在她面前飘来飞去了。自从那天她和马远尘发生不快后，他们就再也没有单独接触过。叶蓁蓁找到一个机会，对马远尘说："我想要一本《企业管理备要》，就是小李编的那本。"马远尘说："你要这个干吗？"叶蓁蓁含笑狡黠地说："我们学报的人难得有机会帮出版社编一本书，我也想好好学学。我记得你好像有一本的，我用完了再还你。"马远尘打开书橱，把书找出来给她，说："这书编得不好。"叶蓁蓁说："我知道。"马远尘的眼睛似乎亮了一下。

几天后，孔主编和马远尘分别收到了一封措辞痛切的读者来信，信中说他作为一个经济很不宽裕的大学生，买到这样一本差错极多的书，感到非常气愤。"二十块钱，相当于我五天的伙食费了。"信中还附了一份详尽的差错表。写信人要求责任编辑提高编校责任感，对读者负责。

马远尘看完信会心地笑了。下面的文章该由他来做了。

他果然做得很漂亮。对在出版社兼任社长的孔主编而言，对于小李编出这样的书是不能容忍的。小李吃了个哑巴亏，立即偃旗息鼓了。

如此默契的配合，只有有过最深层交流的两个人才能做到。这种默契一旦形成，将是外力永难打破的。副主任的职位在将来很长的一段时间里肯定要继续空着，而空着就意味着希望。

叶蓁蓁是个心思缜密的人。险恶的生活逼得她心思缜密。为了那封"读者来信"，她不得不去找了她的老朋友白瑾，因为他的手下有学生。这个时候还真的只有老朋友才能帮助她，况且，她了解他，她有把握白瑾是永远不会伤害她的。她和白瑾又开始接触了，在她看来，这不能叫"吃回头草"，因为他们不谈爱情，不谈婚姻——当然也不涉及蔡坤，他们只谈工作，只谈彼此的烦恼。白瑾从来就不是一个强者，哪怕他当了总支副书记也还是那样，他也是个需要帮助的人。叶蓁蓁鼓励他把以前学的业务捡起来，学会业务永远是真本领，她让他写论文，写好后交给她，她找机会帮他发表。

现在一般已经很少有人写信了，当然也很少能收到来信。那段时间，叶蓁蓁倒似乎与信结下了不解之缘。她策动的那封信给了小李一记闷棍，让他闭了嘴，自己也相继收到了两封信。一封是父母寄来的,当然由父亲执笔。喜欢掉书袋的父亲其实也早没了卖弄他那笔好字的兴趣了,但这封信他却不得不写。女儿要离婚了,这件事不啻于山崩地裂。信拉拉杂杂写了好几张,绝口不问女儿离婚的原因,总而言之,整封信只是劝女儿决不能离婚。在他们看来,离婚不是新生活的开始,而是体面生活的结束。在高校工作的女儿是他们的骄傲,虽然小时候他们并不太拿她当回事。信上说:"你可不能让我们丢脸啊。"

叶蓁蓁冷笑着把信扔在桌子上。她当然不会理睬他们。她早已独立,也明白父母还是要孝顺的,但孝顺并不意味着她就必须对父母百依百顺。做父母的总认为孝就是顺,希望儿女顺着他们,否则就伤心不已,骂儿女忤逆,但他们年轻时也并不听祖父母的话,只不过他们现在做了父母,早已将从前忘记了罢了——叶蓁蓁却忘不掉她被父母从县城送到奶奶那里,在乡下度过的那漫长贫寒的日子——她忘不掉!叶蓁蓁在心里恨恨地说:他们凭什么要求自己顺从他们的意愿?!

父亲的来信是用毛笔写的,语气口吻却主要是仿照母亲的,也许喜欢耍小聪明的父亲认为这样更具感染力。毛笔字有几处洇开了,散了笔画,仿佛是母亲洒落的泪水——叶蓁蓁相信父亲是故意保留洇迹的,她认为这甚至像她以前看过的什么书上写过的句子——"他用手沾了水故意洒在上面……"想到父亲的小心机,她竟微微地笑了。

第二封信在她的等待中到来了。这是一个实质性的进程。信封上"区人民法院"的字样太扎眼了,办公室的老太太趁没人的时候进来送信又兼了刺探情报的目的。叶蓁蓁料想她肯定早已风闻自己要离婚,见老太太讨好地说:"我昨天就拿到信了,看他们不在我才送来。"叶蓁蓁感谢着把她打发走,刚坐下来看信,马远尘就装作偶然过来的样子悄悄进来了。近来他不敢提出约会,却总是找机会过来坐坐,似乎身上哪里痒,要来蹭蹭。桌上的信封上"人民法院"那几个字如火星似的触目惊心,他本能地觉察到自己来得不是时候,但已无法逃避。他不得不问道:"哪儿来的?"

"看不见吗?法院。下周一开庭。"

"离婚?你真的要离?"

"我从不虚伪的,我说到做到。"叶蓁蓁说,"你来得正好,这上面说要单位派一个领导旁听,我只能请你去。"

马远尘吓了一跳,说:"这……不合适吧,我……"

"你怎么啦?别人去听了,不知道会传出什么新闻来。况且……反正你不能推的!"

"好了,我去。不过,得你自己去跟孔主编说。我总不能自己主动请缨吧?"

"当然。这我想过了。一会儿我们一起去,我来提。"

"老孔要是另有安排呢?"

"那就是你的事儿了。"叶蓁蓁坚决地道,"会有人抢着去旁听吗?会吗?他们顶多只敢背后议论议论罢了。"说着她站起了身。

马远尘站着不动，他真希望这时候能有谁闯进来，他可以乘隙避开，但是没有人，人全死光了。叶蓁蓁目光冰冷地盯着他。他们僵持着。叶蓁蓁突然涨红了脸，尖锐地道："如果你不是领导，我不会找你！"她的声音大得几乎令马远尘要虚脱，她逼近马远尘说："如果有和你长得一模一样的机器人，无论花多少钱我也去租一个。你不去就拉倒！"

马远尘人走不掉，只能把目光闪开。叶蓁蓁拉开办公室的门，径自走向主编办公室。马远尘无奈地跟在后面。"你真是一匹好马啊！"在杭州的那个疯狂的夜晚，她是这么夸过自己的，他现在突然觉得自己真是一匹马，正在被女主人牵着走，甚至连马都不如，是一头驴子！——可那前面的胡萝卜，他已好久未吃了啊！

此前的几分钟，办公室的张老太就已经向孔主编汇报了叶蓁蓁想要离婚的事情。所以叶蓁蓁一提要带去个人旁听，孔主编就推荐张老太去出席。但叶蓁蓁很会办事，只一句话就说服了孔主编："我想请马主席去。"

"马主席？什么马主席？"她的话一出，不但孔主编听了皱眉，连马远尘一时都犯了迷糊。叶蓁蓁说："马主编不但是领导，他还是我们学报的工会主席哩！他去最合适。"孔主编恍然大悟，他原本就不想费神，只要不让他自己去就成，自然顺水推舟地同意了。

马远尘当然答应了，但他觉得自己太被动了，简直不像个男人！叶蓁蓁作为当事人，她处在旋涡的中心，反而有一种泰然和平静,至少事情是她自己要说的,她无可逃避。但他不一样,他犯不着在这个时候跟她靠得太近,靠近旋涡中心的地带是最危险的。他极不愿意陷到这种是非里。马远尘坐在自己的位子上,叶蓁蓁和孔主编说话时他一言不发,坐在那儿看稿。他什么也没看进去,他只是做出一种姿态,以此来表现他的恼火和不满。他一直沉着脸,下班时叶蓁蓁追上他,柔声说:"我知道你不愿意去,但你得帮帮我。难道你就不能在这个时候帮我一下吗?"这时叶蓁蓁身上平时固有的镇定和坚强荡然无存,完全是一个娇柔无助的弱女子。马远尘"嗯"了一声。

"谢谢你。"叶蓁蓁开玩笑似的用她那不熟练的杭州话回了一句。

马远尘像挨了一枪,惊诧地看看她,无奈地说:"不客气。"说完自己先笑了。

叶蓁蓁开始准备法庭上的发言了。她奇怪的是,余志有那么可耻的大把柄在自己手上,怎么还会弄到上法庭的地步?难道他要公开示众吗?他发昏了吗?以她对他的了解,他活脱脱是个"甩子",既然事已至此,他肯定是索性随她去折腾。他这是破罐子破摔,所以他是虚弱的,是不堪一击的。余志的虚弱是一贯的,而马远尘的虚弱则体现在事到临头的逃避。但这只是五十步和一百步的区别。叶蓁蓁鄙视着马远尘,鄙视着这些男人们,她的心情很快轻松起来。她甚至有点得意,她觉得自己终究是强大的。

17

　　叶蓁蓁的预料是准确的。余志也许还天真地认为叶蓁蓁会给他留情面吧，竟然还真的到了庭。但是他一触即溃。他的虚弱避免了法庭上经常出现的双方激烈对抗的场面。马远尘原本很紧张，他生怕自己会被置于一个难堪的境地。他坐在旁听席上，如坐针毡。他非常担心双方辩论时的唇枪舌剑会像流弹一样伤到自己，甚至会把他给拎出来，所有的目光像聚光灯一样地笼罩他。事实证明他的担心完全多余。叶蓁蓁的姿态强硬而得体，看得出她进行了充分的准备。这是一次比起杭州的论文宣讲毫不逊色的表现。虽然语气平和，也没有掌声，但效果更为直接和显著。刚一交锋余志就气馁了，他偶尔要求插话，反击一下，可显然缺乏底气，他的斗志已经涣散了。

　　马远尘的心理松弛了下来。他拉拉衣服的下摆，动动身体，使自己坐得更舒服一些。法庭的审理还在按程序进行，马远尘逐渐成了一个闲适的观众。他仿佛正坐在云端上，远眺着一场古装戏的上演。他想，这才是我真正的位置，叶蓁蓁离婚，与我有什么关系呢？事实上，她既不是为我而离婚，也不会嫁给我。我原本就是一个观众，看完戏就回家过自己的日子。这种心理上的距离感使马远尘觉到了一丝惬意。

　　离婚案子难免会涉及隐私，能被允许旁听的人很少。其实观众也是剧场里的角色。马远尘此刻倒好奇起来，他真想知道叶蓁蓁离婚的原因究竟是什么。平时流露的未必是事实，真相只有在法庭上才会亮出来。叶蓁蓁陈述的离婚理由有两条：第一条是夫妻志趣不投，感情不和；第二条就是余志有外遇，自身男女关系混乱。第一条是软的，公说公有理，第二条却需要事实证明。在审判员要求叶蓁蓁拿出证据时，她却迟疑了。马远尘早已注意到她随身带了一个小包，在指责余志有外遇时，她的眼睛尖锐地盯了他一下，随后又沉着地低头看看自己面前的小包，连马远尘都已感觉到那里面一定有什么撒手锏，马上就能亮出来，但叶蓁蓁此刻却没有打开那个小包——其实打开又有什么用呢？那个肮脏的避孕套早已被老鼠撕碎了拖走了，只剩一块小小的碎片，而碎片又能说明什么问题？叶蓁蓁本以为那是一种不需要亮出来的威慑力量，这时倒反让自己尴尬了——可恶的老鼠啊！连一直萎靡的余志这时也瞧出便宜来了，他嗫嚅着说："你别诬赖我啊，你拿出证据啊！"他的声音竟渐渐强硬起来了。

叶蓁蓁显然被激怒了。她认为余志已是一个彻底的无赖。她激愤地瞪着余志，那个曾和她同床共枕的男人，眼里像是要射出火焰。她的脑子时而清醒，时而迷惑。刚结婚的那段日子，她常常温情地凝视着面前那个憨憨的男人，觉得自己天生就是该跟他过的，这就是她的男人，如果是另外一个陌生的男人，那简直无法想象，不堪想象，偶尔设想一下，她自己都觉得自己下作。而现在，她觉得自己可笑，那时候，怎么就跟他过过来了？！这样的一个男人啊！叶蓁蓁抬起头，理了理额前的长发，"他——

他,"她略带迟疑地说,"他不算个男人!他没用!"

马远尘吃了一惊,他简直不相信自己的耳朵。叶蓁蓁这时表现出了恰当的略带扭捏的表情。周围的人开始窃窃私语。她低下头,揉搓着自己的发梢。当她再一次抬起头时,她的语调更加明确了。她说:"余志有毛病。他不行!"怕大家不明白,她接着说:"他性无能!"

听众一片哗然,立即又沉默了,一片叽叽喳喳的声音。渐渐地完全安静了,所有人似乎在等待着什么。

马远尘差一点笑出来。他急忙低下头,下巴紧紧地抵在衣领上,把笑声勒在胸腔里。幸亏没有人注意到他。

叶蓁蓁说:"你真行,你真行啊!"

叶蓁蓁在杭州那个狂乱的夜里发出的惊叹,曾经使他迷惑过,也陶醉过。现在才算揭开了谜底。她丈夫不行,所以她跟你睡觉。一个阳痿的丈夫,当然需要一个"真行"的情夫来代替。他只是一个代用品,跟性保健商店里出售的东西没有什么两样。原来就是这么简单啊!

马远尘感到了羞辱、滑稽,最后,他竟产生了一种如释重负的轻松感。

他并不是完全没有预料到这一点,但这仿佛是看书或者看电影,你心里有了一个猜测,可一旦你的猜测在结尾被完全证实,你反而会产生一丝失落,甚至会感到无聊。马远尘现在清楚地知道了自己所担任的角色——工具。是的,工具。而且是双重的工具,不但为了她的"进步",还为了性。

马远尘彻底地轻松了。工具什么时候负过责任呢?杀了人凶器都不用负责的,何况是他们小小的偷情?她偷了他,因此他是工具,而且这工具在被运用时自己也是有快感的——他不能不承认叶蓁蓁在床上的万般风情——所以,马远尘决定把这个角色继续担任下去。是她自己点破了真相,他完全释然了。

马远尘浑身竟有点燥热,身体的某个部分竟有些不安分起来。他面带微笑地看完了后面的审理过程。叶蓁蓁如果不是气急了,她不会说余志性无能。她要让他彻底丢脸,让天下女人从此对他失去兴趣。她知道会有人传出去的。但战斗中的叶蓁蓁没有料到,她的话不但杀伤了余志,也同时杀死了她和马远尘之间的情意。至少从此以后,马远尘是决不会再考虑与她的婚姻可能了。她亲手葬送了这种可能性。

她对余志的打击是摧毁性的。但他为了自己那可怜的尊严,还得进行最后一搏。"她胡说!她不是说我有外遇吗?我性无能还怎么有外遇?!"余志尖声说道,"可笑的矛盾!她说了谎!为了离婚不择手段!"

所有的目光都聚集到叶蓁蓁身上。"我说的是事实。他在外面也许不无能,还能得很哩!但他回了家就无能了,一点不假。"她无辜地说,"我只能说是因为我们早已没有了情感,所以他就无能了。男人的事情,我不太懂。"

这是一篇关于婚姻的文章,但这文章现在已经"做死"了,再也无话可说。要证明自己并非"无能",那将陷入旷日持久的程序,或许还是莫衷一是的医疗程序之中。这样一个阴毒绝情的女人,他惹不起了。余志彻底委顿了,无心恋战了。他可怜巴巴一副任人宰割的样子,令人同情。最后,在财产问题上叶蓁蓁适可而止,一切也就了结了。房子归女方,他们签字离婚。叶蓁蓁终于达到了自己的目的。

走出灯火明亮的法庭,马远尘这才发现,天已经快黑了。马远尘去推自行车的时候,看见余志垂头丧气地走下了高高的台阶。余志的自行车正巧和他的摆在一起,马远尘看见他走过来,突然心里闪过一丝慌乱。他好像偷了别人贴身口袋里的什么东西,虽然对方暂时还没有发现,但他仍然感到理亏和心虚。他没等余志走近,只远远地冲他点了点头,就匆匆地骑上了车。

叶蓁蓁在后面喊了一声,追了过来。马远尘不得不下车等她。"谢谢你。"叶蓁蓁微笑着说,"我们一起吃饭吧。我请你。"

"我的任务已经完成了。祝贺你。"马远尘四下看看说,"我有饭吃了,她们怎么办?"

"谁?"

"还能有谁?我老婆,还有你干女儿呀!"马远尘看看表说,"我若不回去,他们要饿饭的。"

"嘿!你是个好男人。"叶蓁蓁大事了结,心情愉快,开玩笑地说,"这样的好男人怎么我就轮不上?"

马远尘不敢接话，尴尬地笑了两声，还是道别走了。

他蹬着自行车，头脑里残留着余志迎面走来时脸上那尴尬的苦笑。这男人实在是既可怜又可笑。叶蓁蓁的刀子嘴真是太阴太亮了。今天的话要是传出去，他还怎么过？叶蓁蓁实在是狠心。她已经伤害了"道德"二字。她也许是一道美味的菜，但是这菜里面确实是有刺的。

他贪恋她的肉体、她的风致，恨不得立即就能拥抱她，但今天他不能和她一起吃饭。这肯定是一个明智的决定。吃了，也许就有了特殊的意义。对叶蓁蓁而言，这一天是新生活的开始，是一个新段落的开头，无论如何，他都不应该在这一天留下过于深刻的印记。

马远尘回家比平时迟了些。家属大院里满是下班后回家的熟人，他不时向他们点头招呼。他回味着法庭上的一幕幕场景，他似乎一会儿是叶蓁蓁的情夫，一会儿又成了个完全的旁观者，甚或又变成了被叶蓁蓁谴责挖苦的余志。但是他现在身心坦然，他这个观众全身而退了，没有捡到什么，也没有丢失任何一样属于他自己的东西。他从剧场里出来，家在前面等着他。远远望见窗户的灯光时，他真心地感动了。

女儿马衡芳自从会说话就被他们托到一个老太太家，下班后他们再把她接回来。还没进门他就听到了家里的点点冲过来抓门的声音，然后又是一阵奇怪的"刷啦啦"的响声，他知道，那是女儿,她站在学步车里,听到他回家的脚步声,来迎他了。

门开了。他知道是杜衡开的门,因为点点不会开门,女儿至少现在也还不会开。马远尘笑吟吟地逗着女儿,也还得分心去敷衍一下点点。桌上的饭菜已经摆好了,冒着热气。马远尘的心头再一次涌上一丝感动。女儿的到来不但使杜衡成了一个好母亲,也让她变成了一个好妻子。马远尘真的是幸福了。有家如此,夫复何求呢?

他和杜衡一起吃饭。马衡芳已经吃饱了,和那狗在客厅里兜圈子。那点点虽然看起来身量小,年龄却比马衡芳还要大一点,它一会儿在她前面引她去追,一会儿又绕到她后面,汪汪叫两声,吓唬她,十足是个狗哥哥。马衡芳的玩具丢了一地,好些玩具她早已不愿意玩了,正好给点点玩。一个小皮球,点点从马衡芳学说话一直玩到她学走路,几个月了还没有玩腻。皮球滚到沙发底下,点点趴下身子,钻到下面不见踪影了。马衡芳着急地娇声喊:"弟弟,弟弟!"她喊的其实是点点,听起来就像是"弟弟"。杜衡对女儿是有求必应,她走过去猛地一拉沙发,把那点点突然暴露于灯光之下,吓得它委屈地回头看着杜衡。

马衡芳"咯咯"地笑起来。杜衡回头看了看马远尘,奇怪地道:"你怎么啦?若有所思的,像个哲学家。"

"什么哲学家?"马远尘笑眯眯地说,"我今天是去看人离婚了。"

"离婚还要人看?我只听说结婚要人看的——谁离婚?"

"叶蓁蓁，小叶。"

"什么？她离婚了？"杜衡惊叫一声道，"没听你说过嘛！"

"我也是才听说。"马远尘知道这事终究是要让杜衡知道的，索性把他能说的前前后后都说了一遍。杜衡听呆了。连那小小的马衡芳也在听，她好像能听懂。马远尘把她抱过来，亲着她的腮帮子说："这是人家的事，你操什么心啊，宝宝？"

马衡芳双手拍打着他的脸颊，嘴里说着："爸爸，爸爸。"

杜衡叹了口气，酸溜溜地笑道："她这是心疼她爸爸，因为她爸爸在操心哩。"

"笑话！这关我什么事？"

杜衡笑马远尘操心，其实倒是她自己在操心了。她问："小叶她是彻底离了吗？"

"什么意思？他们没有孩子，当然是彻底了结了。对了，房子归叶蓁蓁。"

"那好，你给她介绍。"杜衡兴致勃勃地道，"我们单位的那个小伙子，就是我的那个搭档，现在还是单身，挺合适的。他是外地人，正好没房子。"

"什么呀，你是给你的搭档找房子吧？"

"是合适嘛，"杜衡争辩道，"年龄、职业、相貌，当然了，也还有房子。"她自己笑了，"正好人在我身边嘛，顺水推舟的好事。"

"你倒好心，不光给她介绍了工作，还要给她介绍丈夫，"马远尘有点不耐烦了，"你身边的男人不少啊。"

牛角梳　下部

"什么我身边的男人，你瞎说什么！"杜衡转眼又笑了，"对了，我倒忘了你。你也是我身边的男人啊——你是不是想把小叶留给自己？"

马远尘仿佛被一枪打中道："你今天发疯啦！"天知道他决无这样的心思，此刻却像被人揭开鬼胎，涨红了脸，显然真生气了。杜衡见他真恼了，心知说的话过了火，却按照他们多年的习惯，继续用玩笑把气氛转过去："小叶是我们马衡芳的干妈呢，马衡芳喜欢干妈找她爸爸，对不对，芳芳？"

那马衡芳小手把马远尘的头发揪得一团糟，嘴里还在说："爸爸，爸爸！"她会的话已经不少，今天却只说这一个词了。马远尘轻轻拍一下她的手，笑道："你也是个捣蛋鬼！"说完忍不住笑了。

叶蓁蓁离婚，这终究是别人的一件事。家里灯开着，一家人嬉戏玩笑；灯熄了，一切就都安静下来，窗外的月色掺杂着家庭的气氛，盈满房间。全都睡了，连狗都睡了，只有马远尘还悄悄地虚合着眼睛，遥想着远处的另一个房间。这月光，也正洒在叶蓁蓁峰峦起伏的身体上吧。

老天可以作证，马远尘到单位只和孔主编交流了一下叶蓁蓁离婚的情况，再没有向任何其他人说起过。但事实上，学报的同事们第二天就开始窃窃私语，不几天就已经无人不晓了。

这是同事们枯燥生活里最大的调味剂，况且，叶蓁蓁又那么漂亮，平日里又那么稳重，有太多的背景可供他们推测、揣摩。即使叶蓁蓁不是他们低头不见抬头见的同事，而只是一个与他们不太相干的女人，她离了婚，而他们还没有离，他们也有权利议论。他们先是试探，看叶蓁蓁的脸色，慢慢地就不再闪烁其词，索性真切地关心起来。仿佛是一夜之间他们私下里约好了，上班后不久，好几个人都来给叶蓁蓁介绍对象。有两个连照片都有了，一个是随身带来的，另一个从网上发过来，打开了，等叶蓁蓁鉴定。叶蓁蓁随他们热心，随他们议论，把一切都当成玩笑，自己一直很平静，连脸上的表情都是平静的。办公室的老太自认为连法院的来信都是自己亲手交给叶蓁蓁的，她最先知道情况，自然责无旁贷。她忙叨叨地把叶蓁蓁拖到办公室的电脑前，热切地说："你看看，你看小伙子不错的，一表人才！"说完眼巴巴地看着她。叶蓁蓁弯腰看着，一个遥远的人，不知是从哪根电线爬过来的，没感觉。她回过头，眼睁睁看着老太，好像她要认识的是眼前这个老太婆。老太被她看得讪讪的，尴尬得手足无措。"谢谢你，不过我现在还不想结婚。"叶蓁蓁说。

这时马远尘正好进来了。他忍不住凑过来看了一眼，大度地道："不错嘛，仪表堂堂。"

叶蓁蓁斜睨了他一眼，"马主编喜欢啊，你喜欢给你好了，留给你当女婿，照片不会长大的！"这话实在太冲，呛得她自己都一愣，又微笑着说，"我不会再结婚的，要嫁呀，就嫁马主编这样的。可这样的男人还有么？"

老太太知道这是玩笑话,但叶蓁蓁最后这句话却是冲着她发问的,她没有见过这个阵势,答也不是,走也不是。叶蓁蓁羞答答地红了脸,看上去风情万种。马远尘心醉神迷,却立即觉察到一种危险的邪恶。"拿我们老头子开玩笑啊!"他搭讪一句,悻悻地走了。

马远尘是做惯了领导的人,他知道当领导就是要做到不该关心的就不关心,对叶蓁蓁尤其要谨慎。没想到他随口多了一句嘴,还是招来了险恶的调戏。单位的人际关系永远都是微妙的,他不能坐视这种状态了。当天下午,他找到个叶蓁蓁一个人在编辑部的机会,走了进去。

"就你一个人在呀,天这么冷,门没关嘛。"

叶蓁蓁从桌上抬起头,疑惑地看看他。

"你现在是门没关,上午,嘴上也没个把门的呀!"

叶蓁蓁无辜不解地看着他,似乎他说的是外国话。马远尘气恼地说:"就是什么嫁你嫁他的话,你不知道老太太是我们这里的新闻中心吗?"

"什么嫁你嫁他,是嫁你的那句话吧?"叶蓁蓁乍然收了天真的脸色,冷笑道,"你怕啦?我说的是实话嘛!我说过我爱你的,到现在并没有变!你变了吗?"她说着,脸上神色渐渐温柔了,光风霁月,宛若西湖的月色。

夕阳射进窗户,周围一片寂静。马远尘的心刹那间柔和了。他闪开目光,怕自己忍不住冲动,嘟哝道:"你不该瞎开玩笑,即使我们真要怎么了,也不要先弄得满城风雨啊。"

"你还是怕呀。"叶蓁蓁嗤地笑道,"我们怎么啦?我们'怎么'过了吗?我倒感谢你的好记性。"她站在办公桌前,一只手斜撑桌面,身体蜿蜒起伏地绷着,像一张蓄势待发的弓,"我听见你说的话了,我倒要看看你会怎么样?我看着,睁大眼睛看着。"她俏皮夸张地睁大眼睛,闪耀的目光像是利箭,马远尘被连续射中,几乎要崩溃了。他发现话讲了一圈,他竟然又被绕进去了。

幸亏这时外面的电话响了。老太在走廊上喊:"马主编,电话!"马远尘如蒙大赦,赤红着脸自己也不知道说了句什么,慌张地走了。

叶蓁蓁目送着他的背影远去,喃喃地说:"我不会嫁给你的——我怎么会嫁给这个人?"随后她悲愤地说:"你就是求着娶我,哪怕你现在跪在这儿,我也不会同意的!你休想!"

她怎么会不明白呢?自从马远尘旁听过她离婚的过程,他们之间最后的一点婚姻可能也就彻底消失了。那不是一个轻解罗裳把自己脱光的过程,而是脱裤子上厕所,一个本不该被他看到的过程。静下来回忆,她不记得自己曾产生过要嫁给他的想法,哪怕他们悄悄好的时候也没有过——顶多片刻间闪过飘忽的念头罢了。余志是个可耻的男人,而马远尘是个可怜可恨的人。她一个也不要!但她是个丈夫有了外遇后离了婚的女人,她的情人却不敢要她,不由得她不恨!叶蓁蓁再坚强,再无畏,她也是个女人啊。哪怕就是拒绝，她也需要在坚硬的内核上再包上一层玫瑰色的奶油巧克力，假的也比没有要好。马远尘的犹疑、逃避和猥琐深深地伤了她的心。她想，拒绝，也应该是自己拥有的权利。她又羞又气又恨。

她不由得竟又想起余志来了。也许，她马虎一点，她也可以不离婚的，就这么稀里糊涂地过下去，过到老。那个胖猪男人，怎就那么笨呢？偷情了就一定会被发现吗？多少人都不曾露馅儿啊？多少人，这天下多少男女，都做得天衣无缝？——譬如她叶蓁蓁自己。

但是她终究是离婚了。她仿佛被家庭生活闪在一边，仿佛一脚踏了空，落在水里，她忍着不扑腾，最终也还是个落水狗，送给众人观赏，她的情人却连根稻草都算不上！——不用再等待了，她知道马远尘永远都在逃之夭夭。她恨。她恨那些不管幸福还是不幸福都还没有离婚的人。她恨马远尘，恨杜衡，恨那个自己亲手送过去的女孩。她心中充满怨毒。所有人都幸福着，茫茫夜色下的楼群里，一对对男女正在床上捉对厮杀，黑暗中的喘息盈满耳鼓，惊天动地。满世界只有她一个人，躯体依然年轻着，却像个孤寡老人——纵使叶蓁蓁有一颗高尚的心，她的身体也并不高级。然而很多时候，人的高尚的心说服不了低级的身体。

对马远尘来说，他留恋叶蓁蓁的肉体和情致，却不敢造次。再一次的偷欢却是不期而至的。快下班时，马远尘接到了一个电话，是杜衡打来的。杜衡说她今天在准备一个专题片，要到常州去一趟，她现在已经在车上，今晚肯定不能回家了。她叫他下班后就把女儿接回家，哄她早点睡。因为他的主编办公室的电话孔主编正用着，手机又恰巧没电，杜衡的电话是打到学报办公室的。他接电话时叶蓁蓁正在看报架上的报纸。这是一个意外的空隙，他的心仿佛一团火焰，腾腾地跳动起来了。他实在是难以割舍她。他对着话筒问："你推不掉是吗？哦，你明天下午才回来？你放心，我会把你女儿伺候得好好的。"他让杜衡注意安全，到了常州住下来后给家里打个电话，就把电话挂了。

他冲办公室的老太无奈地笑笑，叹了口气。他的目光飞快地掠过叶蓁蓁的侧影，他发现她的脸上绝无他所希望的那种表情，她好像什么也没听到。他很失望。他耐着性子等到下班，同事们陆续走了，她也回编辑部收拾东西准备下班，这时候他跟上去，似乎是随口说道："杜衡出差了。我今天要一个人带小孩了。"

"怎么啦？要我帮忙啊？"叶蓁蓁嬉笑着，简直像缺肝少肺。

"你帮什么忙，你是干妈，又不是她真妈，"见周围没人，马远尘胆大起来，"我想今晚去看看你。"

"今天晚上？"叶蓁蓁诧异地道，"你的马衡芳怎么办？你可别虐待我干女儿。你可真是色胆包天啊！"

马远尘语塞。他期期艾艾地说："我有办法。可以让老太帮我再带一阵，就说我开会。她现在跟老太比跟我还亲哩。"

"不行，"叶蓁蓁冷冷地说，"我今晚有事，我要去看电影。"

牛角梳　下部

"和谁?"

"这需要向你交代吗?你一个拖家带口的男人,管好自己就行了。"叶蓁蓁微笑道,"我天天晚上都有空的,不巧今天正好有人约我。遗憾了,再见!"她摆摆手,轻轻款款,风摆杨柳般地走了。

马远尘怔怔地停在路上。欲火刚一升腾就被浇灭,现在欲火变成了怒火,他感到窝火。他早就发现叶蓁蓁正在悄然变化,今天她以一张完全陌生的面孔出现在他面前了。她有男朋友了吗?那是谁?他想着,可以肯定的是,有一些什么在不经意中被他忽略了,或者说他自己早已被她忽略了。但是,这又能怪谁?

整个晚上,马远尘都陷落在一种极为沮丧和烦躁的情绪之中。他觉得自己太唐突了,他轻率地把自己的尊严送给别人戏弄了一回。他很无奈地把女儿接回家,喂她,还有那只狗,再把自己塞饱。女儿和狗吃饱了又有好长一段闹腾的时间,家庭的气氛暂时遏制了他的绮念。他也懒得搭理女儿和狗。

电话突然响了起来,声音显得特别大,马远尘吓了一大跳。他拿起电话,原来是杜衡打来的,她说她到了,是在宾馆打的电话。马远尘和她说了几句,她说想和女儿说话。马衡芳其实还只会说一些简单的单词,她大概还不明白妈妈为什么会在爸爸手上说话,她说不出什么,妈妈、点点、爸爸,她把家里在场的人还有狗都点了一下名,最后好不容易憋出一句"妈妈抱抱",杜衡就感到心满意足了。

马衡芳自己说的一句"妈妈抱抱"竟让她自己显得迷惑。她开始找妈妈了。找不到，只好由马远尘这个当爸的来抱抱她。他抱着她和狗玩，抱她去窗户前看灯火，引她按着遥控器乱调电视频道，他使尽浑身解数，终于看见她打了个哈欠，嘴张得比脸大。他长叹了一口气。他生怕抖落掉她的睡意，轻轻抱着她摇晃着，继续巩固自己劳累的成果。灯光下，他巨大的影子映在墙上，像个在墙上寻找缝隙的不安分的魔鬼。

马衡芳睡着了，马远尘轻手轻脚地把她放在她的小床上。小床原本是放在他们夫妇的卧室里的，他轻轻地把床推到小房间里。点点奇怪地看着主人，呆呆的，突然一激灵，抖一下头，两只耳朵像在拍打自己的嘴巴。它跟到小房间，蜷缩到小床下了。

马远尘坐在沙发上一动不动，把自己沉浸在落地灯的阴影里，只有电视机发出的冰冷的光线在他脸上跳动。他看上去像一个蜡人。电视里正在演一部都市爱情片，马远尘把电视的声音关掉了，这样看去，所有人物的喜怒哀乐和他们的动作，都显得夸张和可笑。那仿佛是发生在另一个世界的故事，马远尘看不懂。马远尘想，叶蓁蓁是去看电影了吗？没准儿，是去演出她自己的爱情片了吧？

电话突然又响了，房间里仿佛扔进一个炸弹。马远尘惊慌失措，他飞快地拿起电话，里面一片寂静。"喂，你哪一位？"许久后，传来了叶蓁蓁的声音。"是我，你那儿没有别人吗？我马上就到。"

电话断了。马远尘拿着话筒站在那儿发愣,他心里平静如水,没有一丝的激动。叶蓁蓁的声音无疑是真实的,真实得好像伸手可及,但他觉得这声音好像是从电视机里发出来的,和自己搭不上什么联系。他坐到沙发上,头脑里空空如也,没有欲望,没有等待,十几分钟的时间以秒为单位,像来自上游的水一样,流畅平滑地从他身边滑过了。

他听见有人上楼,然后有人敲门。

他打开门,只见叶蓁蓁站在门口。这时候马远尘才发现了自己内心的紧张和不安。他暗暗责骂自己,刚才接电话时,为什么不拒绝她,这个胆大包天的女人!

昏暗的灯光下,马远尘的脸色铁青。他一言不发地把叶蓁蓁让进了门。

他把厅里的吊灯打开了,这样,令人紧张的暧昧气氛减轻了不少,马远尘感到稍稍安全一些。晚上十点,正是一个敏感的时间。这个时候如果有人来访,看到叶蓁蓁在这儿,虽然还可以找到理由自圆其说,但已经有点不明不白的味道了。

已经确认杜衡是在常州,绝不可能回来。但是,女儿如果醒来呢?

马远尘的心慌张得乱跳起来。他感到他的心脏有点不够用了。

这是他们的情史中相当糟糕的一夜。妻子没有回来,也没有不速之客,甚至连一个打搅他们的电话都没有,但马远尘的心仍然紧张得乱哆嗦。叶蓁蓁显然精心打扮过,她身着的黑衣服消融在黑夜里,有一种难以言说的诱惑力。马远尘全身肌肉僵硬,仿佛有密密麻麻的绳子把他捆住了,他的欲望很大,但是很软弱,他无法凝聚它们,无法把它们挺拔地展示出来。他知道他今天肯定不行。为了掩饰他的虚弱,他问:"你不是今天有安排了吗?"随后他加重了语气说:"你不该到我家里来。"

"为什么?"叶蓁蓁直视着他说,"我为什么不能来?我早就该来了。"

"你不要不顾后果,万一有人撞见怎么办?"

"你又害怕了?"叶蓁蓁讥诮地说,"我反正不怕。大不了嫁给你就是了。"

四目对视。这时从小房间的门里传来一阵轻微的声音,是点点。它大概以为这个夜里来访的人是来看望它的,喜出望外,用爪子扒开门,嗖地窜了出来,小尾巴甩得像钟摆。叶蓁蓁吓得惊呼一声。马远尘恶狠狠地瞪它一眼,说道:"去!"那点点很是能识眉眼高低的,见主人发火,就知道自己自作多情了,它悻悻地打两个喷嚏,跑回了房间,但又心有不甘,从门缝里钻出头来偷看。马远尘走过去,看看熟睡的女儿,随手给点点扔了根火腿肠,然后坚决地把门关上了。

就剩他们两个人了。马远尘盯着叶蓁蓁那张秀丽却又泛着邪恶的脸,心里充满了恐惧和仇恨。马远尘想:嫁给我,那还得看我要不要哩,只听说有强奸的,还没听说有强嫁的哩!不过,今天可是你自己来找我的，是你自己送上门的，是你请客！他的脸上浮出了笑容，慢慢向沙发另一头的叶蓁蓁靠了过去。还没有接触，叶蓁蓁就已经倒了过来。

他们在沙发上抱在一起，两人各自的手、嘴唇、舌头……这些富于表达同时也善于感受的触角忙碌起来。突然间马远尘的腰部被什么东西扎了一下，很疼，他猛一哆嗦。叶蓁蓁问："怎么啦？"马远尘说："没什么。"他腾出手，从背后把像一个大鱼骨架的毛衣扔到沙发背上。这是杜衡一时心血来潮给他打的一件毛衣，打打拆拆已经三个多月，平常就被扔在沙发上，今天终于趁机戳了他一下。

这一戳后他好像泄了气，果然不行了。他的意识集中不起来。他抚摸在叶蓁蓁身上的手还在动，但已经变成下意识的惯性。他的手和他的心之间的联系被阻断了。他深吸一口气，抬起头，墙上的一幅油画向他的视野飞扑过来。那是杜衡一个做美工的朋友给她画的一幅肖像。那个家伙手艺很不错，把人的眼睛画得幽远而迷离，马远尘曾打趣说这人是个画近视眼的高手。现在画上妻子的眼睛变得犀利而冷峻起来，似乎有一种无形的光罩在他们身上。光是冷的，马远尘的心也迅速冷了下去。

叶蓁蓁也看到了这幅画。她扭过头，用目光对马远尘暗示了一下。马远尘懂了，他逃难似的首先往卧室走去。

他们扑倒在宽大的床上，一股熟悉的气息立即占领了马远尘的嗅觉，那是杜衡的体味。他感到透不过气来，仿佛要窒息。叶蓁蓁那黑压压的长发铺在雪白的枕头上，那黑色头发簇拥下的脸在马远尘的视野中渐渐幻化成妻子的脸庞，马远尘感觉眼睛有点模糊了。他的脑海里出现了不久前也在这个房间里，他和妻子做爱时出现在他眼前的叶蓁蓁的幻影。这种不尽相同的重复使马远尘感到了混乱和迷惑。家里的卧室是夫妻做爱的场所，但绝不是偷情的好地方。不光是床，就连梳妆台、穿衣镜，乃至房间里的一切，到处都留下了妻子无形的印记。这些印记对马远尘的情欲有着致命的杀伤力。奇怪的是，他并不害怕，只是提不起精神，有点犯困。他好不容易才制止了一个冲到嘴边的哈欠。

叶蓁蓁却异乎寻常的兴奋。这个卧室特殊的氛围显然强烈地刺激了她的某根神经。还没有真正开始，她就已经大声地呻吟起来。马远尘使劲张开耳朵，女儿似乎没醒，点点却不太安分，似乎在抓门。马远尘不得不用嘴去堵住她。叶蓁蓁误会了他的意思，她攫住了他的舌头，主动担任了这场戏的导演。马远尘被动地应付着她，他无法进入角色。他的意识一直游离于这场戏之外，他只不过是一个观众，一个缺乏领悟力的观众。这时候，他突然想起了他们的那个西湖之夜，想起了那个神神怪怪的长须老人。他感到有一股凉风从遥远的西湖刮过来，刮进这个房间，刮进他的心里。他总觉得有一些眼睛正在黑暗中偷窥他，但这些眼睛的主人就是不走出来。

很快，叶蓁蓁就感到了疲乏和沮丧。她竭力用她的身体鼓励、激发着马远尘，但这没有效果。到后来，她从马远尘身上强烈地觉察到了他的敷衍了事,她顿时感到了无趣和无聊。但她仍然没有停止,只不过此刻是要把一件事情或者说一项仪式完成罢了。

终于,马远尘的身体抽动了一下,长叹了一声。叶蓁蓁随之也不易觉察地松了一口气。

一切都静了下来。

这是一次拖泥带水、疲疲沓沓的过程。他们两人躺在床上,谁也没有看对方一眼。

午夜时分,叶蓁蓁走了。马远尘送她出门,她回过头轻声说:"我就是要到你家里来。我早就想来了。我要在你家里留下我的记号。"

马远尘愣了一下。待他反应过来,叶蓁蓁已经下楼了。他不敢在深夜寂静的楼道里大声说话。

他把狗放出来。点点见没了客人,也就没有了兴趣,蹲在房间门口发了一阵呆,就又主动钻到小床下了。马远尘给女儿把了个尿,又坐到沙发上。他想,什么叫"留下记号"?难道她像狗,走到哪里都要撒一泡尿吗?!

突然间一下子,他整个人都清醒起来。叶蓁蓁也许在这儿留下了什么痕迹,而且很可能是故意的。马远尘有些害怕,他曾听说过一个故事,有个女人在和她的情夫做爱后,悄悄地把自己的头发绕在他的扣子上,每个扣子上都绕了几道。然后她打电话给他,说要和他的妻子面谈。她用纤细的头发做成了最坚固的圈套。

马远尘在家里仔细地搜寻。他搜寻的重点是床，这是妻子最为重视的领地。叶蓁蓁如果要做什么手脚，床肯定是她首选的目标。战争是要把自己的国旗插到别国的象征性建筑上，对一个家庭的渗透和颠覆，也是同样的道理。

枕头、被子、床单，马远尘一个个看过去，他在枕头上发现了一些长发，他一时无法断定是谁的，索性把它们全部扔掉。他又到处检视了一遍，确信再没有什么遗漏，又去把窗户打开通通气，这才坐下来。

他相信叶蓁蓁没有能力破坏自己的家庭，她也未必就想这么做。她说要在这里留下她的记号，无非是出于女人的一种奇怪的心理。这个女人，现在不弄点事儿可能就不舒服，应该安抚她，尽早打消她的幻想。这应该是一个坚定的策略。马远尘想。

马远尘想起了她说她看电影的事。他后悔没有问她，是不是看过电影才过来的。她要有个男朋友，那是再好不过。如果说婚姻是个围城，叶蓁蓁现在正需要有城墙把她圈禁起来。当然，马远尘并不反对以后她再偷偷地从城门里溜出来和自己偷欢，但他首先希望她尽快结婚。

马远尘躺到床上。这时候，他的身体仿佛故意要捉弄他似的，竟有些亢奋起来。他简直又好气又好笑。晨曦初现的时候，他终于迷迷糊糊地睡着了。

再仔细的检查也会有遗漏。第二天傍晚，杜衡回来了。马衡芳已经被接回了家,她一见妈妈就说:"妈妈抱抱!"即使她不是只会说这一句完整的话,她也不可能泄露马远尘的秘密。马远尘很放心。杜衡也很满意丈夫第一次独立地带了女儿,她亲着马衡芳的脸颊开玩笑地说:"才一天哩,我们芳芳就长胖了啊,爸爸真厉害!"

但是她的脸上立即就起了疑惑的神色。她看见点点又找到个新玩具,正在地板上玩得不亦乐乎。它把那东西摆在面前,突然用爪子一打,打保龄球似的把它打出老远。那是一把梳子,牛角梳。马远尘大惊失色。他几乎要瘫软下去。

杜衡把马衡芳抱到沙发上,弯腰把梳子捡了起来。女儿不说话,点点也不会说话,马远尘觉得那梳子自己就要开口说话了。

杜衡拿着那梳子,举到马远尘面前,问:"哪儿来的脏东西?还有长头发,分明是女人的嘛!"马远尘脸色煞白,他突然回头眼神凶恶地瞪着点点,猛冲过去,恶狠狠地抬脚踢去,似乎要立取它的狗命!他发狂喊道:"叫你捡!叫你捡!什么乱七八糟的东西都往家里捡!"他还要踢,点点躲闪着,"呜呜"哀叫,可是它不会说话。

马衡芳突然"哇哇"地大哭起来。点点夹着尾巴,钻到床下不见了。

他立马哄道:"乖乖不哭。点点不讲卫生,爸爸教育它哩。"他厌恶地看看那梳子,对杜衡说:"快把它扔到垃圾袋里,脏死了,上面全是点点的口水。"

杜衡走进厨房，回头一笑说："不是你的口水就好哦。"

马远尘哈哈大笑起来。他坐到沙发上，手脚都麻了。

第二天，他在路上捡到一只小绒球，悄悄带回家，递给小狗。点点疑惑地看看主人，不敢要。马远尘往它面前一丢，不再理它。杜衡回来后，果然发现了那个绒球，气愤地骂道："你又在外面捡脏东西啦？！"然后"啪"地打了点点一个嘴巴。马远尘无可奈何地道："看来真是江山易改，狗性难移！我们还要加强教育啊——你别打它，我们慢慢来。"他揪着点点的耳朵，把它拖到小绒球旁边，耐心地说："以后不要叼外面的东西回来啊，这些东西多脏，感冒、肝炎、艾滋病，什么没有啊……"他突然觉得耳朵疼，回头一看，原来，那小小的马衡芳正笑嘻嘻地在后面揪他耳朵哩。

虽然马远尘不知道叶蓁蓁的生活里发生过的"避孕套事件"，但他认定那把牛角梳是叶蓁蓁的刻意安排，但稍一转念他又猜测，那或许只是一个偶然的遗漏。她那天夜里用过梳子吗？他想来想去，不能肯定。他可以肯定的是，他决不能再去质问她，他不能让她享受阴谋得逞的快活。有些事情，你不去揭破，也就等于没有了。

马远尘本能地避免叶蓁蓁和杜衡见面，但她们终究还是要碰上，躲都躲不掉。他不主动去揭破那事情，那事情竟也会自己泄漏。和以前的邂逅类似，那天向晚时分，他率领他们全家，老婆、孩子还有那狗，一起去广场散步，只见叶蓁蓁远远地过来了。那是个冬日融融的下午，难得的好夕阳，叶蓁蓁身着一件米色的薄大衣，风姿绰约地远远走近。马远尘立即想躲开，飞快地弹开了目光，不想杜衡老远就招呼过去了："喂，小叶你好。才下班啊。"

叶蓁蓁也不是个省油的灯，"是啊。"她略一错愕，勇敢地迎过来了。马远尘这时还不知道将要发生什么，本能地心中叫苦。

"你们领导在表扬你，说你按时下班哩！"

马远尘尴尬地笑笑说："她才是领导，是她在表扬你。"

叶蓁蓁苦笑道："我一个人，下班回去也没事。"随后她又略带怨尤地道："你不知道，我现在一个人了吗？"

杜衡说："一个人好！我现在是老的小的全要伺候，整天累死了！"她的脸上洋溢出特别的幸福。

当着叶蓁蓁，杜衡竟说自己是"老的"，马远尘心中十分不快。他这个"老的"决意不再掺和女人间的闲话，自顾自地走开去，去逗他的狗玩。不想那点点见他过来，却一扭身，跑开去了。那边叶蓁蓁羡慕地说："你要是嫌弃这个小的，我还是抱走好了。"她弯下身，把马衡芳从学步车里抱了出来。"哎，哎，"杜衡笑道，"小的可是我的心肝宝贝，你要那个老的还差不多。"她怕马远尘听不见，哈哈大笑起来。

这时那点点飞快地跑过来了。它"汪汪"叫着，像是在百米冲刺。杜衡怕它凶恶，提醒叶蓁蓁道："快把芳芳给我，连我们的点点都不愿意你抱她哩！"不想那点点一见叶蓁蓁却分外亲热，仿佛久别重逢的亲人，它摇着尾巴，拼命往她身上爬。叶蓁蓁连连躲闪，但躲不开，它用鼻子亲昵地在她脚边嗅着、舔着，好像她脚上带着人所不知的什么美味的东西。叶蓁蓁愣了，僵住不动。"它以为我有火腿肠哩。"话一出口，她就想起了那天夜里马远尘为了安抚它扔去一根火腿肠的那一幕，目光飞快地在马远尘脸上一扫。

杜衡也愣了。她疑惑地道："这狗东西怎么突然反性啦？以前它见你是认生的呀！"

叶蓁蓁冷冷地抬脚把点点拨开去，说道："我也不知道。"

马衡芳摇摇晃晃地站在地上，拍着小手喊："爸爸！爸爸！"

杜衡拽住她，皱着眉头说："你最近不会是到我们家去过的吧？"不等叶蓁蓁回答，她自失地一笑道："它是公狗，肯定是发情了——不过，还不到春天啊！——滚开！你这下流东西！"她抬脚把点点踢走。

点点委屈地咳嗽两声似的走开去。马远尘过来了。他必须要为狗说一句公道话了。"你别冤枉它。我知道它为什么对小叶亲热。"

叶蓁蓁睁大眼睛，不知道他会说出什么来。索性不管，随他说。"小叶不是我们芳芳的干妈吗？"马远尘有理有据地说，"点点和芳芳亲热，自然也和小叶亲热了。"这话本可以敷衍一阵，但下面的一句话却让他吃不了兜着走了，"狗鼻子是最灵的，它熟悉小叶的味道啊。"

话一出口他头皮一麻知道糟了，但泼水难收。幸亏杜衡暂时被绕糊涂了，没能回过神来。她嘟哝道："这倒也是。"叶蓁蓁乘机朝马衡芳摆摆手道："再见！"又朝远处的点点招手道："再见！"款款而去了。

事情终于还是穿帮了。别忘了，杜衡是做电视行业的，他们的行话里，就有一句叫"穿帮"。她虽说粗疏一点，但并不缺乏起码的洞察力，她稍一凝视，她面前的生活也就穿帮了。

家里乱了。乱了套。孩子哭，大人吵，狗也凑热闹地成天乱叫。马远尘当然矢口否认，大喊冤枉，说杜衡自己变态。他老于世故，早就明白一点，"坦白从宽，牢底坐穿"，对他目下的状态而言，那是"坦白交代，吹灯拔蜡"。杜衡晓得他不会承认，却逼他承认，他不承认那更是表明心里有鬼。她回顾从前，料定他们早就开始苟且，就连那个小小的马衡芳，说不定也是他们偷偷在外面生的孩子，做个圈套让自己来顶缸。她叶蓁蓁哪里是什么"干妈"呀，她是干了坏事的亲妈！那马衡芳眉眼间难道不有点像她吗？越看越像，不像也像！——这下，杜衡连孩子也爱理不理了。

但完整的生活来之不易，事情远不至于不可收拾。他们冷战热战交替，但并不越界，就像激烈的拳击比赛，双方都被绳圈围着，虽然大打出手却也不至于把一方打出拳坛。他们谁都不和叶蓁蓁正面交锋，"三国演义"还没有上映。其实，暂处局外的叶蓁蓁，也从未巴望过他们闹破了墙，否则，那天在广场上，她只要简单的三言两语,所有人的脸皮,当场就全都撕破了。

所以,叶蓁蓁最乐见的,就是他们夫妻间现在这种恰当的有限战争状态。她虽然没有亲见,但她早已看破,马远尘现在处境难堪。她决定置身事外,就当一个用望远镜瞭望的观众,这比什么都好。事态正在继续发展,如果不是单位出现了新的变数,战火也许就会逐步蔓延了,最终波及叶蓁蓁也未可知。

学报的孔主编原本就觉得这个主编如同鸡肋,食之无味,弃之可惜,现在,出版界逐步放开招聘了,在高校出版社正可以大展宏图,他们出版社的效益也正节节攀升。学校原本有规定,他的奖金在出版社和学报各拿一半,现在显然划不来,还让人家觉得自己一屁股坐两个位子。他向学校提出,不再在学报兼职。这下,马远尘的机会又来了。另一方面,按年限,叶蓁蓁也有望参加副高职称的评定了。

杜衡早就对叶蓁蓁的事情闭目塞听,她所知道的,是马远尘正面临一个机遇。和绝大多数尚未被置于死地的妻子一样,她立即偃旗息鼓了。

捣毁一个家是容易的,建立一个可就不那么简单了。叶蓁蓁这个敌人此时倒成了杜衡稳定心态的一个工具,一个殷鉴。

马远尘长松一口气。他收心敛神,重整旗鼓,开始扩张领地了。他经营多年,原本就有党羽,叶蓁蓁更应该是天然的同盟军——他有这个把握。至于一直不甚安分的小李,给个编辑部副主任,毛也就顺了。

一切不需细表。几个月后，尘埃落定。马远尘当上了一把手，不过不是主编，是"常务副主编"。虽说基本如愿，但他细细想来，却特别窝火。把单位里所有的人一个个过了一遍筛子，心想究竟是谁，在考察小组那里说过那些他已经有所耳闻的坏话呢？——曾经最亲密的人首先被怀疑，他几乎可以认定，那个人就是曾经与他肌肤相亲的叶蓁蓁！

他现在绝对能确定，那把牛角梳是叶蓁蓁的一个蓄意图谋。她使了个坏。他也绝对相信，她对他家里曾经发生的对抗一直是洞若观火。难道，她就不能理解他一再忍让，决不让战火殃及她的一片苦心，一点痴心吗？

叶蓁蓁是个心灵剔透的女人，她岂能不知马远尘的心思？但每个人都有她自己看问题的立场和角度。在她看来，和她所有的思谋、行为都是为她自己考虑的一样，马远尘一切的所思所想所作所为也都是为了他自己。她原本以为，在单位动荡之前，马远尘会和她有一次佳期密约，会和她说一些体己话，哪怕是一点温柔的谎言也好。但是她失望了。他无视她心里一直等待着的约会。他只是行为上主动地关心她，似乎一个副高职称就是她人生的全部目的。叶蓁蓁冷笑着看穿了，他那么卖力地帮她，无非是向她请求回报。一切琐碎的细节渐渐凝聚了，成了个铁砣，一个砝码，冷冰冰的。

她一个人过，过得孤苦，却也逍遥。她现在已是一个拥有高级职称的知识分子了，清丽骄人，不可轻慢。她愿意理谁就理谁，不爱搭理了也自能得体地拒人于千里之外。她是她自己的主人。回想这许多年来的漫漫辛苦路，她既有如愿，也多失落，既有欢乐，也有悲伤，真个是几许怅惘，一片迷茫。她和老家的父母弟妹的联系历来很少，当年的闺中密友蔡坤，曾经对自己假以援手后来又几乎反目的杜衡，她现在已不再提起——不但嘴上不提，连心里也很少想到她们。她的世界广阔无边，除她之外，没有别的女人，唯独她一个。她独立占据着世界的一极。她就是阴，外面是阳；她是地，头顶上是明媚灿烂的天空，如果她愿意，她随时可以展翅翱翔的——只不过，她目下还不盼望婚姻。

她和白瑾还保持着联系。那是一个安全的男人，永远不会伤害她。她仿佛是漂流在海上，白瑾现时成了她的依托，她的一叶扁舟。她常常和他一起谈天，一起上街。别人怎么议论她管不了，白瑾怎么想她也顾不得，他究竟要在什么时候甚至还打不打算和蔡坤结婚，叶蓁蓁也不过问。她现在需要一个人暂时陪自己一起再漂一段时间。

叶蓁蓁神态安然，表情清幽，别人捉摸不透。其实她心里有个结，她始终解不开——谁叫马远尘总要在她眼前晃悠呢？抬头不见低头见，人家是举头望明月，低头思故乡，叶蓁蓁是抬头看见他，低头就只剩下怨毒。她的世界里此刻只剩下两极，一极是她自己，一个孤女子，对立的那一极明确就是马远尘，还有他的家庭。在那一刹那，她竟也觉得那马衡芳真的是她亲生的女儿了，她竟亲手把女儿送给了别人！

那时她手上正好有白瑾送来的论文稿，是她鼓励他写的。她借机最后再试探马远尘一下。稿子是关于大学生心理教育的，无可无不可，谈不上质量，一般而言，既够不上学报的档次，也基本不在他们传统的范围之内。她把稿子拿给马远尘，见他果然为难，于是说道："作者是我的朋友……"马远尘目光一闪，沉吟道："是男的吗？看上去倒像个女人的名字啊。"叶蓁蓁目光在他脸上一扫，肯定地说："是男人，一个十足的男人。"最后她不无暗示地说："他是我以前的老师。"

马远尘显然高兴："好，好，老师才好啊！"他哈哈开怀大笑道，"好，没问题。我马上看一下，大差不差我就安排编发。"他那模样，完全是一个大权在握的领导，宽以待下，接下一篇稿子的同时也卸去了一个包袱。他虽不敢深谈，叶蓁蓁却完全明白他的心思。她恨恨地瞪了他一眼，他假装看不见。叶蓁蓁板下面孔木然而去。

马远尘言而有信，决不耽搁，当期就刊发了文章，还一反常规，亲自担任了责任编辑。叶蓁蓁拿到崭新的刊物，看着文章前后那两个男人的名字——"白瑾""马远尘"，觉得那中间空洞可笑的文章一片虚无，写的就是她自己。恍惚中，她不但觉得那个娇嫩的女儿是她亲生的，就连那马远尘，也是自己拱手让给别人的！

她压抑着满腔怒火回了家，那个空洞的家。除了老鼠，只有她一个活物。她痛哭一场，然后洗了个澡，把自己清理得干干净净。身上很脏，她很难相信那流入下水道的脏水真是从自己身上洗下来的。她清爽了，脑子也渐渐澄明了。她用手理着头发，略一愣，想起自己新买来的梳子，还放在包里没有用过。因为用惯了牛角梳，她这次买的自然也还是牛角的，不过比以前的那把精致贵重多了。她站到阳台上，轻轻梳理着自己的长发，稍一留意，发现那梳子上的落发里竟然出现了一根白发！她呆住了。发梢的水悄悄滴落在她脖颈上，凉凉的，不是泪滴，胜似泪滴。

　　她在阳台上站了很久。头发渐渐干了，午后的劲风在阳台上打旋，播弄着长发，仿佛一团凌乱的黑旗。玉腕皓臂，轻梳垂顺湿发的时刻似乎已经很遥远，只在她的少女时代出现过，此时的叶蓁蓁早已是一个头发躁乱的少妇。她像个阳台上的疯子。朝远处看去，前方是小区的绿化带，一片稀疏的小树林。一个小女孩，在林间的鹅卵石路上踽踽独行。叶蓁蓁心里一咯噔：那个背影似曾相识，似乎就是童年时贫寒孤独的自己。

　　她下了楼，慢慢走了过去。她轻手轻脚，仿佛是怕惊醒一个梦。走进树林，离那个孩子已没有几步远，她慢慢停住了。梦已破，童年已消失，她竟发现那女孩的侧影很像是马衡芳！她定定神，在石凳上坐了下来。

　　那女孩看起来有五六岁的样子，正在落叶里找什么东西。叶蓁蓁看清了她的面貌，眉眼间确有几分像马衡芳，只是多了一分成熟，少了一点稚气。

叶蓁蓁知道她是在找红叶。她蹲下身子,不声不响地找到几张,递给女孩。女孩冲她笑笑,不说话,像是个哑巴。孩子的头发乱着,落着草屑和碎叶。叶蓁蓁掏出梳子,举一举,那孩子乖乖靠了过来。

叶蓁蓁轻柔地给她梳着头发,问道:"你叫什么?"

小女孩不说话。叶蓁蓁问:"你爸爸妈妈呢?"

小女孩摇摇头,不知道是听懂了,还是在表达她听不见。叶蓁蓁说:"你知道吗,你爸爸妈妈不在你身边。"她柔声说,"你不是你爸妈亲生的,你是他们抱来的——就是我抱来的。我是第一个在医院的长椅上发现了你。"

那小孩由着她梳头,似乎感到舒服,也由着她说。叶蓁蓁继续说:"你要去找他们的。隔层肚皮隔层山,你应该去找他们啊!"她的泪水慢慢流了下来。她想起小时候和奶奶在一起时,乡下人经常说她:"你不是你爹妈生的你知道吗?你是渔船上抱来的。是你奶奶抱来的。要不他们怎么不把你带到县城呢……"许多年来,她看见渔船就怕就躲,可又忍不住想去看。多年以后她早已知道那是乡下人对小孩子的一种逗乐,但一看见鱼,哪怕是饭桌上的鱼,她还是要发一阵木。她怕看见渔船,她觉得自己就是那水里漂泊的船……叶蓁蓁觉得那孩子活脱脱就是马衡芳,不禁想,几年后的马衡芳,也许就是这个样子吧。"只有亲爸妈才会对你好。真的,真的……"

她喃喃说着,突然间暴躁起来,她霍地立起身,尖锐地道:

"你信不信？我这里还有你亲爸妈写的字条，上面是你的生日！"她一摸口袋，这才想起那条子确实是有一张的，但收藏在自己家里。那孩子吓呆了。叶蓁蓁突然的动作拉扯了她的头发，她捂住头皮，咧咧嘴，像是要哭了。梳子被抓在叶蓁蓁手上，上面勾了孩子的一撮头发。这孩子怕是真有点痴傻，她怔怔地盯着叶蓁蓁，倒是没哭，把手里的红叶朝叶蓁蓁一摔，飞快地跑远了。她脚下的落叶沙沙作响，在她身后飞舞起来。

这女孩不只是头皮被扯痛，如果她不幸能听懂叶蓁蓁今天的话，疑虑和猜忌就将被种下了，她的生活就受了暗伤。暗伤在心里，比被牛角伤到还要严重百倍。

叶蓁蓁捏着梳子，站在小树林的边缘。林外的天空是明朗的。几个孤零零的行人各自走着自己的路，点缀成实在的生活图景。刚才的情景，梦耶？非耶？抑或是今后注定要出现的一幕？叶蓁蓁自己都无法确定。她缓缓朝林外移动脚步，脚下松软的树叶给她微微发麻的双腿带来了一种虚幻的感觉。她仿佛看见无数往事的碎片鱼贯着扑面而来。她稳稳神，试图把这些碎片连成一串，画出轨迹，借以预见自己今后的生活。但它们恍若疾速飞过的子弹，穿透她的大脑，呼啸着远去了。

2003 年

（完）

白　驹

　　这一夜炳龙喝得大醉。乱世里无好酒，除了兵和匪，有胆子放开喝酒的人不多。但那天的酒是敬师酒，他不得不喝。两年前他孤身一人来到白驹镇，到烧饼店当学徒，每天主要做的事情就是给师傅倒夜壶、挑水、揉面。倒夜壶是该当的，挑水他很轻巧，揉面就是个手艺活儿了。师傅老了，身子骨也不好，常常喘得像个风箱，一团面几十斤重，他有些弄不动。揉面没有要师傅教，炳龙看着看着也就会了。面粉在大盆里和好了，和成了团，就要拿到案板上，用拳头捣，五个指头虎爪一样地狠抓着去揉。案板上的面团白白嫩嫩，像女人的身子，炳龙双拳一捅就陷到底。他双拳交替，面团捣得活泛了，手一扬掀起来，咣地扔到案板上，接着捣。渐渐地，炳龙的眉毛头发就落了白白的面粉，看上去也像个做烧饼的了。炳龙揉着捣着常常就要分神，拿眼睛去找兰英。兰英是师傅的独养女儿，生得标致。她是个丹凤眼，长眉入鬓，走起路来两条大辫子如风摆杨柳，看得炳龙心乱。炳龙暗地里想她的心思，做她的梦。兰英不在眼前，炳龙只好再盯着那团白面，狠命地揉。幸亏师傅不晓得他的心思，否则肯定会在后面给他一耳刮子，连面也不给他揉。兰英对炳龙也有情意，这不需要明说，一个眼神，一个动作，炳龙再呆也能感觉到。他在师傅家过了一年，面揉得比师傅还要筋道。但师傅却不再往下教了，别的事也不让他沾手，他心里急，但也不敢说。

师傅倒不急，他有自己的谱。当天卖的烧饼做好，他闲下来有时就拉拉二胡。那二胡是乌木身子，已磨得黑亮，也不晓得有了多少日月。师傅边拉边哼，二胡声和他的嗓子一样苍凉，像唱像哭又像叹息。

春天到了走四方，夏天来了热难当，秋天带来秋风凉，冬天一到雪茫茫。

听多了炳龙也晓得这叫《四季调》。接下来师傅还要把那四季挨排排叹上一回。炳龙也急不得。

做烧饼也急不得。烧饼吃起来香，做起来却是个细活儿。揉、发、擀、贴、铲，道道工序都有窍门。都说教会了徒弟饿死师傅，师傅肯定存的也是这个心。到了第二年，除了揉面还是炳龙独立做，其他的活计他还是只能打打下手。其实面团光揉得筋道还不成，前一天还要发，发过了第二天再对碱。这如同酿酒，分寸火候都有讲究。师傅不让炳龙上手，他偷偷地看得熟了，只是没有机会试，终究不晓得有没有得到真经。到了冬天师傅就喘得凶，每天要去澡堂泡一泡、闷一闷。有天师傅去澡堂，兰英督着炳龙怂恿他自己去发面。炳龙心里发慌，手脚麻利得像个大师傅，快得又像个贼。他在兰英的注视下,把案板上的面团压平、展开,左手捏着头一天留下的老酵,右手掐着,点梅花桩似的往面团上点。等他把面团重新揉匀,摆到大盆里,兰英已经拿来笼布,用力地压在上面,焐好。师傅泡好澡回来,一眼就盯着那盆,老脸立时就阴沉了。兰英笑嘻嘻地端上生姜红糖茶说:"爹,面是我发的,我也会发面呢。"她见爹盯着炳龙,又说:"炳龙给我打的下手。我们是想让你歇歇。"

那个大盆里,面团里的酵母在"醒"着,微微地发胀,但是它很安静,就像老母鸡孵鸡蛋。想来兰英夜里也惦记着那盆里的面。第二天,炳龙倒了夜壶,捅开炉子,却不敢去看那个盆。兰英揭开笼布,大呼小叫起来:"爹,爹,面发得好哩!你来看看!"她爹拖着鞋走过来,伸手把那面如扯牛皮筋似的一扯老长,嗯了一声。兰英道:"爹,告诉你,面是炳龙发的哩,是我让他发的,我打的下手。"她见爹板着脸,又道:"你别看他今天这面发得好,说不定是瞎猫碰了个死老鼠。"

但从那时开始,发面的事师傅就让炳龙做了。发好的面早晨起来还要对碱。碱对多了饼就发黄,还苦,对少了饼又不起酥。师傅不愧是大师傅,他用烧红的火剪在面上一烫,看看火剪上的焦面,就知道碱对得准不准。既然炳龙已经会发面了,师傅索性连对碱也由炳龙对了。

做烧饼馅要包得正,饼要擀得圆,芝麻要撒得匀。这里面都有个手法。炳龙人憨,手却巧,做起来都不难。渐渐地,他上了案板，师傅成了他的下手。师傅端个茶壶，喝一阵，喘一阵，不时站起来点拨几句，这时候他看起来才真像个大师傅了。炳龙做好饼，一排排摊在案板上，贴饼还得由师傅亲自来——那是要真功夫的！师傅是个病歪歪的小老头，一到贴饼就来了精神。他先拎起墩布，砰砰地敲一阵炉口，醒一醒炉膛里的火，然后三下五除二扒掉身上的上衣。贴饼的个个是光头，膀子上一根寒毛也没有，那是火烤的。师傅赤着上身，胸前抹了水，膀子上也沾了水，两手各托一个烧饼。他弯腰对着炉膛，火头映得他像个铜罗汉。他右边身子钻进炉膛，左边身子再钻进炉膛，左右开弓，两块烧饼就已经贴进去。如此再三，一圈烧饼贴好，师傅的头上冒起了热气。那筒炉烧的是炭火，炉膛里红通通的，热浪逼人，夏天里一丈开外就逼汗了。他退下来，对身后的炳龙道："你来。"

前一天下午，师傅叫炳龙去剃头，他还有些发蒙。他的头发还不长。兰英在旁边抿嘴笑道："呆子，我爹是叫你去剃个光头。"炳龙晓得，师傅要教他贴饼了。他两手拿了饼，刚往炉膛前一靠，身子就一紧，感觉就像来到了火焰山。他手往炉膛里一伸，手臂上一辣，汗毛就全掉光了。他贴好一个饼，怕贴不紧，还用手在上面按按。他到底年轻，身法倒也不慢。但一圈饼贴好，还是热得满头大汗，眉毛也焦了，最苦的是喉咙，就像是吃了火。他一鼓作气还要再贴，师傅叫他坐了下来。贴饼苦，苦就苦在个火，你细皮嫩肉的，要练得皮厚。师傅说，还要会屏气，你不屏气，火就往你喉咙里钻。炳龙嘿嘿笑着点头。说话间，只听得炉里一声巨响,炳龙一震,紧接着又是一阵响,黑烟蹿出了炉膛。兰英喊道:"不好,饼掉了!"师傅坐着不动,炳龙奔过去一看,自己贴的那一圈饼全掉了,一个不剩,全在炉膛底冒黑烟。他傻了眼。他拎起火剪正要去夹,师傅道:"没用了,就当炭火烧吧。武大郎做炊饼也有窍门呢!"师傅喝口茶,又道:"你贴得太稀!我贴的饼一个靠一个,一个挤一个,就掉不了。"师傅最后又说:"贴得太紧也不成,火烤了饼一胀,挤得离了位终究还是个掉!"

炳龙恍然大悟。这个分寸要是师傅不教他,他自己还不晓得什么时候才能摸索出来。他正发着愣,师傅叫他:"去起饼,我贴的饼好了。"

炉里的饼果然火候正好,黄澄澄,热腾腾,起酥喷香,不愧是白驹镇第一家烧饼店。师傅端起水烟袋"咕噜咕噜"吸了几口道:"做烧饼也是做人哩,分寸火候一样得讲究。"他板着脸看看兰英和炳龙又道:"松了不行,紧了也不成,烤过了头更要出纰漏。"一句话说得两个人满脸通红,低了头不敢看他。一句话撂下,师傅端上水烟袋出门去了。

他前脚刚出去,黑补丁跟脚就来了。黑补丁就住在他家对门,她家是个弹棉花的,丈夫早死,人其实也不黑,生得波俏风骚,大概三十来岁,因为爱打扮,是出了名的"老新娘子"。她每天都要来买饼。她人还没到,声音先从对面传过来:"来两个,来两个!——哎,大老板呢?"她左手夹着根烟,右手跷起兰花指从匾里面捏起一个饼,张嘴就是一口——"嗯,好,又酥又脆!哎,怪了怪了,今天这饼比平日还好,是你师傅做的还是出自你的手艺?"炳龙还没说话,那边兰英就道:"是炳龙做的饼。"兰英一贯不待见她,话直带毛刺:"炳龙是我爹的徒弟,做的饼一模一样,是你自己嘴怪吧。"黑补丁也不生气,往匾子里丢下钱道:"你爹还说他的手艺传子不传女呢,炳龙不就是个'子'吗?这下好了,他做饼,你收钱,他是摇钱树,你就是聚宝盆,你爹就坐在边上吃吃水烟,享福了!"说着已经走过街进了她自家店面里去了。她店里的伙计正在弹棉花,绷擦擦,绷擦擦,她回过头又朝这边咯咯笑道:"女婿赛半子呢!"

店里的两个人一下子都难为情了。炳龙接着再去贴饼。他不时偷眼看看兰英,兰英也在看他。两人眼睛里全是话,但彼此也不全懂得。

烧饼店的二胡被咿咿呀呀地拉着,师傅沙哑的嗓音在小街上飘荡:

春二三月草发芽,风吹杨柳柳条斜。良辰美景无心赏,归心似箭想回家。
夏季炎热似火烧,虫鸣犬吠难睡觉。蚊子咬我千口血,无人与我把扇摇。
秋季里来秋风凉,中秋月饼一人尝。柿红蟹肥菊花

白 驹　　　　　　　　　　　　　　　　　　　　289

黄，重阳登高望家乡。

寒冬腊月雪花飘，冰河冻水行人少。天上乌鸦肯领路，地上无情路难行。

转眼间炳龙当学徒就满两年了。他顶门立户地上案板上炉，也做得熟了。炳龙顶了用，师傅就过得适意。他闲下来就拉拉二胡唱唱小调，炳龙听得滚瓜烂熟。因为日本人驻在镇上，兵荒马乱的，生意不算好，但店里的烧饼远近闻名，日子倒也过得去。到了腊月里，炳龙应该满师了，但师傅不提，他也不敢提。出师就是出门，出了门他的脚往哪里踩、他的路又在哪里，他还没有谱。和兰英的事呢，他更是想也不敢想。

师傅精明，更是个讲究规矩的人。当学徒的就像面，要能被揉，要能被烤，这是老规矩，手艺学好了还要满师，那也是老规矩。女儿大了不中留，留来留去留成仇，徒弟也是不能留的。有天早上起来，炳龙捅开炉子，师傅突然对他说："今天你做，我就坐坐，看你做。"这话怪，已经大半年了，本来一直就是炳龙做的。他这么说，就是要让炳龙满师了。

满师要考，这炳龙知道。少林寺的和尚下山还要打十八关哩。炳龙不怕考，怕的是考过了出门后，他往哪里走。兰英也懂了他爹的意思，在店堂里找东找西，心里也没着落。她是个姑娘家，总不能对她爹说，"爹，就别让炳龙满师了吧，就让他留在家里。"——她不能说，炳龙就敢说吗？有赖在师傅家当一辈子学徒的吗？你不想走，就是想当老板，想当女婿，怎么说也是这么个意思。

不知怎么的，晓得炳龙要满师的人还真不少，男男女女的都在街上围了看。炳龙开始手脚还慢，心里也乱，活计真上了手他也就麻利起来。醒开炉子贴饼的时候，他双手左右开弓，身法轻灵，仿佛在他面前的不是火，而是花，他如飞蝶扑花，身子在炉子前一进一出，俯仰进退间又有如飞蝶穿花，师傅吃一袋烟的工夫一炉烧饼就已贴好。虽说手艺到底如何还要看出饼之时，但炳龙那手法架势就比大师傅还要大师傅。自从日本人来了，镇上就绝了戏班子，今朝也算是上演了一场戏。大冬天里人人都裹得紧，就一个炳龙是个精光葫芦头，肉袒上半身，那身架体魄，实在是崭！揉面、包馅、擀饼、撒芝麻、贴饼，他都做得漂漂亮亮。师傅坐在桌子前，面前摆着一壶茶，端个水烟袋，像是在打盹儿。兰英在小间里做针线活儿，不时出来找线找布，眼里不看炳龙做饼，心里在看。黑补丁坐在她家门里的条凳上道："炳龙，快点扇火，我们等着吃你的饼哩。"

炳龙歇了手笑笑，朝门外的人打了个招呼。万万想不到这一炉饼还是丢了丑。他拎着墩布刚想去给炉子醒醒火，那炉子里突然发出一声巨响！然后就是噼里啪啦一阵乱响。一团黑烟从炉膛里冒出来，好像是炼丹炉里走出了妖怪。一愣神间，炉膛里嘭地腾起一团黑烟，火苗也蹿出来了！

人群吓得后退几步。有细伢子叫："放炮仗了，放炮仗了！"

有细伢子吓跑了，远处的孩子却被引了过来。兰英从小间里出来，呆了。只有师傅手拿茶壶，端坐不动。是掉炉了！怎么会呢？怎么会这样？他贴了半年多烧饼了啊。第一次贴饼只掉了一圈，这一回是整整一炉。炳龙手足无措，半晌后才想起拿墩布去把炉口闷死。他朝炉膛口往下一看，一炉烧饼都被烧成了炭。

师傅一言不发，二话不说，端起茶壶出门去了。

炳龙的丑这回丢得大了。烧饼他是做溜了的，迟不掉早不掉，就在要出炉时掉；早不掉晚不掉，就在他要满师的这一天掉。他想不明白这究竟是见了什么鬼。兰英早已奔到里房去，抽抽搭搭地哭起来。这哭声算是泄了底，门外的黑补丁叽叽喳喳地向旁人介绍着什么，想来说的是炳龙和兰英的事。这下子全镇人心里算是亮堂了，烧饼店的炳龙考女婿，烧饼烤煳了，他也煳了。烤焦的烧饼气味很怪，先是面香芝麻香，香满一条街，后来就全是焦臭。香的是男女私情，臭的是炳龙的脸面。全镇的人都知道烧饼店的学徒出了丑，却和师傅的女儿好了。那一整天兰英都没有出门，躲在小间里不出来。她爹到中午才回家，拿两件衣服又走了，说是去洗澡。自那天后烧饼店就没有再开张。炳龙在家劈柴挑水。他担着水回来，兰英幽幽地对他说："你是成心的，是不是？"炳龙吃惊地看着她，说不出话。兰英气呼呼地说："你为什么不敢跟我爹明说？"

抬头嫁女儿，低头娶媳妇，这道理炳龙怎会不懂？兰英是姑娘家，脸皮薄，她没有明说让炳龙家里来提亲，但她不说也就等于说了。但师傅那个样子，炳龙哪里敢啊？

他仔细看过那烧饼的残局，那饼显然掉得蹊跷。整炉烧饼哗啦一声全部塌下来，如同炉膛蜕下个壳子。他猜测是有人动了手脚，但到底是谁，他不敢瞎说。这个使绊子的人，一是要有这个心，二要能找到空当，最要紧的，是他还要懂行，要晓得这里面的关目。他到河边挑水的时候，遇到了隔壁的红枣儿。红枣儿是个寡妇，一个人撑着个青货摊，长得很周正。她在水跳上汰衣裳，见炳龙担着水桶过来，忙给他让位。待炳龙挑着水经过她身边时，她轻声说："炳龙，你要懂你师傅的心呢。"她的脸红彤彤的，越来越红，怪不得都叫她红枣儿，红是红白是白，果然好水色。她继续说："你要让你师傅放心。"炳龙不敢看她的脸，盯着自己脚上的草鞋。炳龙应了一声，见她没话了，就低着头上坡。红枣儿在他身后说："你晚上买点熏烧，打点酒，孝敬孝敬你师傅。"

炳龙依了红枣儿的话，回去和兰英招呼一声，就出门去了熏烧摊。他要了口条、酱耳朵，还要了花生米。回家路上走到一半才想起，酒还没有打。他走到买烧酒的酱园店时，远远看见兰英已经站在柜台前，就悄悄先回了家。他把熏烧在桌上摆好，放三双筷子，这时兰英正好也回来了。炳龙老远就闻到了她瓶子里散发的酒香。他不会喝酒，但也知道那是高粱酒，不是地瓜干。高粱酒像烧饼出炉时的香气，地瓜干就像烧饼烤焦后那种呛鼻子的气味。他心里微微一沉。没有兰英帮衬，酒席也不成席哩。他想起黑补丁说过的话——"你是摇钱树，她就是聚宝盆。"心里又甜丝丝的。他们两个坐在桌子前等师傅，不敢正视彼此，但眼里手上全是话。兰英说："待会儿你不要光喝酒，你要和我爹说话。"炳龙说："我不会喝酒。"兰英道："不会喝也要喝，你叫我爹一个人喝闷酒啊。"随后她笑着说："我不是要你喝酒，我是要你多和我爹拉呱拉呱。"

正说着话，外面传来脚步声。他们都知道不是师傅，师傅身量小，脚步轻，这是个肉身子。"嘿，好香的酒哦！"黑补丁说着，推开虚掩的店门进来了。她吸溜一下鼻子，望一眼桌子道，"有酒有肉，好一桌酒饭。等师傅呢？"炳龙嗯了一声。黑补丁退后一步，斜倚在门板上说："今天不过节啊，是满师酒吧？不过炳龙你没有满师哎，这是敬师酒，我们白驹镇讲究这个的。"兰英呛她一句道："不管敬师酒满师酒，反正等的是我爹，不等旁人。"黑补丁道："来得早不如来得巧，我桌上还有两个菜，我去端过来？"兰英道："我厨房里有，等我爹一到就下锅炒。"黑补丁道："我们门对门的，用不着客气的。款待上人吃饭，菜越多越好哎。"

炳龙倒有点过意不去。他站起身，支吾着像是要招呼黑补丁落座，又像是要送她出门。兰英去了厨房，把砧板弄得乒乓响，真是要炒菜了。黑补丁凑过来，悄声道："炳龙啊，我是看不得你受憋屈，来告诉你一句话。"这一句话她却又不说，猫一样蹅到做烧饼的案板那儿，手指沾一沾铜盆里的水，跷着她的兰花指过来，两指捻着道："你摸摸。"

炳龙吓得魂不附体。他飞快地瞄一眼厨房那边，问："怎么了？"黑补丁道："这水，滑哩。"炳龙问："滑又怎么了？水怎么会不滑？"黑补丁压低声音道："滑就不是河里的水，是别的水，嘿嘿，你个青皮小伙，你不懂，告诉你吧。"她神秘地说："这是洋碱水，洗衣裳的洋碱你晓得啵？"她无声地捻着她的指头，继续道："你早晨就用的这水贴饼，怎能不掉？你呆哎。"

炳龙脑子里轰了一声，恍然大悟。他不用去试那盆水，就知道她说的不是假话。不必再问了，他知道一定是师傅设的局。他想，看来师傅是真的不想让自己出门，不出门也好，就是今天这脸丢得有点狠。好在丢脸不是丢给别人，丢给的是师傅，是兰英的爹，师傅这才算是把自己当自家人了。黑补丁道："你师傅是个促狭人哩，徒弟进门，就像小媳妇上门，先是一个当头棒，杀你的威；慢慢再是夹枪棒，天天让你揉面，你揉面，师傅揉你，揉你的性子；最后了，你要出门了，总要再赏一顿回马枪的。"黑补丁眉一挑道："你师傅戳的不是回马枪，是缠丝枪呢，他要缠住你！"这时候兰英端着盘子过来了，黑补丁立即放大声音道："你师傅对你真的好哩。"临出门，她又回头说："下次摆酒不能再摆在小桌子上了，大八仙桌要抬出来，我来喝喜酒！"

兰英冲着她的背影道："她就晓得贴、贴，难怪人家叫她'黑补丁'！有洞她要贴，没洞她也要贴。我看你心里就有个洞！"炳龙嘿嘿地笑着，摸着自己胸口道："我这里是有个洞，不晓得师傅能不能给个实心汤团。"兰英道："一会儿他就来，你自己没长嘴啊？"

说话间师傅回来了。他板着个脸，似乎也料到有酒在等他。他自顾自坐下，炳龙忙把他面前的酒盅斟满。师傅指一指炳龙面前的酒盅，炳龙顺从地也给自己斟满了。

自从来到白驹镇，炳龙就没有沾过酒，更谈不上和师傅面对面地喝了。虽说他坐了下来，但各人面前都有一盅酒，也算是平起平坐了。他坐得很不自在。他一动，小凳子的榫头夹了屁股，疼得他一皱眉，却也不敢声张。师傅拿酒盅朝炳龙一让，一仰脖子就干了。炳龙虚端一下，没有动酒。师傅叹口气道："今天，是我让你塌台的，你晓得不？"炳龙没敢答腔。他看看兰英，兰英看来也有所预料。师傅继续道："你晓得我为什么要让你塌台？"炳龙道："我晓得。"师傅道："你晓得什么？你晓得是我做了手脚？"炳龙连忙道："不、不，我不晓得。是我手艺没学到家。"兰英抿嘴笑了起来。

"老话说，荒年饿不死手艺人，现下还比不上荒年，是乱世哦。"师傅端起斟满酒的酒盅道，"乱世里，是个人，他就难。比狗都难！"他夹一块酱耳朵，在嘴里嘎崩崩咬着，端起酒盅道："你也喝。有酒你就喝，明天说不准就要挨枪子儿！"一盅酒下去，他猛烈地咳嗽起来。炳龙硬起头皮用舌头舔舔那酒："还好，凉，还有点麻。"他猛地一仰脖子喝下去。这酒如一条火蛇钻下了喉，他张大嘴喘着气，那"火蛇"返过身子又上来燎他鼻子。炳龙也咳嗽起来。兰英站在她爹身后给她爹捶背，说："你们都多吃点菜,压压就好了。"师傅定了喘息,筷子指着桌上的碗碟道:"鸡往后刨,猪往前拱,狗遍地找食,人看上去是通吃,其实,还不是在地面上找食?"师傅拿眼在地上四处找着问:"狗呢?花喜呢?"花喜是隔壁红枣儿家的狗,天天要来转转的,今天却没见影子。兰英道:"爹,你管狗干什么,该来时它就来了。"炳龙道:"我打它了。"他嘴里像破了皮,舌头也开始大了,"前天下午我踢了它一脚,它赌气不来了。"师傅道:"那是你!你才会赌气,人才会赌气!"师傅气哼哼地站起来,开了门朝外张望,没看见狗的影子。他回过身来说:"人就是会赌气,因此人就苦。树要一层皮,人要一口气,树皮长在外面,人赌气要赌在心里才对!我今日下你绊子,是让你走得稳,我刮你的脸,就是要磨你的脸皮。"炳龙道:"师傅是为我好。"师傅嗯了一声,道:"我们做的是小买卖,在地皮上面舔食吃。这镇上的人,差不多全是。可生意人也会害人哩。"

兰英看出他爹酒喝多了,话也多了,但炳龙喝了酒却成了闷葫芦,她有点发急,却不好插话。"爹,你别喝了,你是个老风箱呢。一会儿喘得更厉害了。"兰英道。她爹不理她,对炳龙道:"我今天就是要害你一下,害你,是要你学会防人害。人心隔肚皮,谁知道里头是什么货?解人,难哩!"他看着兰英叹了口气:"炳龙啊,你的心思我也晓得,你人敦实,就是还不够硬铮啊。"

炳龙见爹说到自己心里的事,脑子里顿时"嗡"了一声。他飞快地瞥一眼兰英,兰英也僵在那里。一时间屋子里谁都没有

白 驹　　297

开口。

天已经晚了。街上摆夜市的人家也在关门打烊了。远处传来了打更的声音。那更夫名叫达广,一路敲着梆子和锣,笃笃笃……咣咣!这是二更天了。"炳龙啊,"师傅望望酒瓶里的酒说,"酒也下去不少了,你明早就回乡下去。跟家里商量商量,看看接下来怎么弄。"

炳龙道:"明天就回去?"其实他心里还有话:什么怎么弄?是和兰英的事吗?叫自己回去和父母商量过,再来下定求亲?自己这算是满师了还是没满师。可是他开不了口。也许酒醒了他自己也就懂了。他问:"明早就走吗?"

师傅道:"是的。明早粮行有船,你搭便船,省得走路。"

兰英冲炳龙使着眼色,不知是叫他再追问,还是叫他不要多嘴了。

这时候,打更的声音响到门口了。达广在门外朗声叫道:"年残月尽,小心火烛!水缸要满,灶前扫尽啊……"接着他呵呵笑着道:"闻到酒香,我不请自来哎!"说着话,他推门进来了。

这是个身高马大的壮汉,站在门口,足足比常人高出一头。他是个北方侉子,早年就在白驹落了脚,因为是个光棍,又有些功夫,就在镇上打更。他随手把梆子铜锣往地上一扔,冲里面拱拱手道:"大师傅,恭喜恭喜!"

师傅站起身道:"炳龙陪我喝两盅,都是自家人,何喜之有啊。"

"好小伙，好小伙！"达广拍拍炳龙肩膀道，"徒弟孝顺，就是大喜。大老板你有福气啊。一家人闷声发财可不行，带我一个！今天西风，我在东头就闻到酒香了，要不是手里家伙缠着，我早就奔过来了。"说着从口袋里摸出一瓶酒，往桌子上一蹾。

兰英笑道："你不光是个夜猫子，还是个酒猫子哩。"

达广道："对啊，我是天天有酒。白天睡觉，夜里喝酒。"

炳龙道："你喝了酒还怎么打更啊？"

"这你就不懂了。"达广道，"酒蒙你的眼，却亮我的眼哩。我是一分酒一分亮，十分酒就亮堂堂。"他拖条长凳坐下，摇着头道："屋上瓦响，莫当猫狗，水缸要满，门前酒要清哦！"他改了打更的词，端起师傅面前的酒，一口就干了。"大老板你吃菜，我和炳龙多喝点。炳龙一看就能喝！"他兴致盎然说道。

师傅又让兰英再去炒了个菜。这酒是一直喝到三更天。炳龙喝得口滑，喝到后来嘴里像是长了茧，不觉得辣，倒觉得甜。三个男人都喝多了，师傅和达广还算清醒，炳龙是完全迷糊了。达广帮兰英把炳龙弄到床上，自己拎着梆子铜锣出了门。他肚里也有三分酒了，嘴里胡乱唱着小调："三更鼓儿忙哎，亮月子照海棠，爬灰的公公进了媳妇房……"唱着哼着往西去了。

屋子里静下来了。白驹镇也静下来了。兰英觉得有点怕。外面风很大，呼呼地响彻天地，那是远处河里干枯的芦苇在迎风飘荡。待听到西头"笃笃笃……咣咣咣"的打更声，她才觉得一丝安心,渐渐睡着了。

这是白驹镇这一夜最后的打更声。全镇的人,睡着的、睡醒了的,没有一个能听到四更五更的声音。他们被一阵枪炮声惊醒了。

月黑放火夜,风高杀人天。这一夜月亮并不算黑。一轮满月高挂在天上。风很大,泼墨似的黑云如奔马般在天空疾走。天地间一阵亮一阵黑。月光下的白驹镇黑沉沉的,连绵的房屋高低参差,夹拥着青石小街。小街的青石板年深日久,闪着月光,仿佛是鱼的脊梁。那些从小街上依次伸出的小巷就像是齐整的鱼刺。一条河和小街平行,穿镇而过,小河不宽,但水流湍急。天实在是冷得扎实,但小河和往年一样,并不上冻。河水在夜风中波浪涌涌,几条粮行街带岸边的小船碰撞着河岸,发出急促不安的声响。

穿镇而过的小河西头接着芦苇荡,东边连着垛田。芦苇荡浩浩荡荡,只有站在炮楼上的人才能望得到边。东边原本是平地,长年累月地挖土烧砖挖出了一片湖,湖里有很多小岛,星罗棋布地墩在湖水里。岛上的地被镇上人弄熟了,很肥,春天开满了油菜花,如浮琼飘玉一般。但是腊月里,岛上光秃秃的光长野草,所有的岛都只是一些大同小异的黑影。

从二更天开始,镇东头鬼子的炮楼就亮起了探照灯,刀光一样的光柱在空中劈来划去。镇上人早已习以为常了。白天他们在日光下过活，夜里，他们偶尔瞄瞄探照灯光，照常摆夜市，然后关门打烊，上床睡觉。鬼子们大概是安逸久了，摇那探照灯也摇得乏了，就用探照灯找点乐子。有时镇上人家夫妻打架，或是有店家和顾客争吵，鬼子往往会把探照灯摇过来，看戏一样照着看，在炮楼上哈哈大笑。镇上人就像是戏台上的老角儿，照打照吵，理也不理。

鬼子实在是疲沓了。刚来时他们把威风全亮在外面。两年前他们乘着汽艇，从芦苇荡里钻出来，上了岸。领头的是一条拴着皮绳的大狼狗，后面的鬼子枪刺上挑着膏药旗，二十几个鬼子排得笔直组成列队进镇，队伍后面还牵着一匹白马。他们雄赳赳气昂昂，皮靴、马蹄落地的声音震天，把镇上人都震得呆了，所有人都原地站起，吓得像庙里的泥胎。个把月前赵镇长督人出工砌了个炮楼，大家就晓得鬼子要来，但真见了鬼子还是吓得没魂。白驹镇三县交界，地势冲要，镇上人见多识广，过兵他们是经得多了。国军、新四军、和平军、盐侉子，你来我往，镇上人早就惯了。当兵的手里的刀枪当然不吃素，但就像遇到拦在路当中的蛇，你不动它就不会来咬你。夜里过兵十有八九要放枪的，白天过兵一般枪就不响，鬼子就是在白天来，手里的枪果然也哑着。这个发现印合了镇上人摸出的规律，他们略微放了点心。鬼子倒长得不像鬼哩，两个眼睛一个鼻子，和中国人长得一样，镇上人据此又松了一口气。倒是那狼狗吓人，支棱着两只耳朵，目露凶光，舌头拖得老长。那匹洋马也从来没见过。白驹镇地处水乡，进镇出镇一把橹,除了水牛,没有什么大牲畜,鬼子的马就是乘船来的。那马又高又大,全身雪白,没有一根杂毛。它鞍辔齐整,顾盼悠然,碗口大的铁蹄在白驹镇的青石板上击打出清脆的鼓点。

那一天炳龙正好来到白驹镇。他肩上背着布褡子,里面包着几件换洗衣裳。他是从镇北过河进的镇。那是个野渡,无人看守。一条缆绳横挂在河面上,渡船上有根细绳子,用滑扣连着缆绳。炳龙站在船上,双手交替着拽那缆绳,船慢慢地就过了河。他上了岸,穿过贤人巷,一出巷子口,正好看见日本人。那队伍已经齐刷刷地过去了,炳龙第一眼看见的倒是那匹马。那马头昂着,大尾巴在屁股后扫来扫去。从后面看去,不像是人牵马,倒像是那匹马在赶着一队兵。

突然间街上就乱了。镇上有无数大大小小的狗,整日里在街上转悠,陡然来了生人,叫了两声又不敢再叫。不知道是哪一条狗胆大带了头,一群五花八门的狗全起了劲,冲那狼狗打起了冲锋。鬼子的队伍站住,那狼狗也站定,低沉地吼着,颈项上的皮绳绷得直抖。镇上的狗浪潮般往前涌,一触即退,返身再上。狼狗颈上的皮绳一松,它呜地扑出,只一下,就按住了一只花狗。只听得一声惨叫,那狼狗脖子一拧,再抬头时,那花狗已经躺在地上抽起了腿。血流了一地。

镇上不出半点人声。那些狗嗷嗷叫着四散逃开,躲在各个巷子口,有一声没一声地叫。狼狗撩起舌头在嘴边刮刮血,跑回了鬼子队伍。等鬼子再牵上皮绳，队伍又齐整前进了。

炳龙吓得大气也不敢出。一条狗跑过来，躲在他身后，朝巷口哀叫一声，立即又跑向巷子深处，不见了踪影。炳龙望着街上的马和狗，望着齐刷刷的鬼子队伍，直发呆。那马可不是《西游记》里的小白龙，是军马，鬼子也不是来取经的。鬼子的狗打了胜仗，尾巴直摇，鬼子却个个面无表情。他们走得十分齐整，枪扛在右肩上，戴在左手的白手套也甩得刷刮，个个都铁着脸，眼睛眨都不眨。街上做生意的人，手里的扁担、秤杆、擀面杖之类的东西全都横七竖八地拿在手上，动也不敢动。只那个开肉案的，手里拿的是刀，明晃晃的怕惹眼，悄悄地摆在案子上。

那是个阴天，乌云遮天，雨一直还没落下来。鬼子队伍走到小街中间，天上开始飘雨点了。鬼子不理那雨，气焰不止三丈高，继续迈他们的正步。街上人不敢动，却觉得身上的衣裳渐渐潮了，发了软。这时不知是谁带的头，大家呼啦啦开始往家里收摊子，有店面的人家也开始关铺门。往常遇到这天气，一定有人要喊"落雨啰，快收摊哦"，今天却没有一个人说话，没有一丝人声，只听得满街都是乱七八糟的家什声。这乱糟糟的街景倒显得街上的鬼子有点滑稽了。雨丝密得像垂挂的细刀面，鬼子继续板着脸正步行进，还没走到东头，街上的人眨眼就全溜光了，光溜溜的小街，发着水光，就一队鬼子走得一本正经。炳龙想笑，却也没敢。

鬼子原本带来一船的杀气，不想在街上遇了雨，计划泡了汤了。第二天早市，鬼子又从街上正步走过去了。这一回和昨日不同，昨日是从汽艇里上来，今日是从炮楼里出来。昨日是从西往东，今日是由东向西。鬼子还没有从炮楼出来，镇上的赵镇长就拿个洋铁皮喇叭，在街上喊起话来："各家各户注意啦，一个烟囱出一个人，站在街上欢迎皇军喽！"他喊了几声，就跑到各户人家悄悄地说："鬼子凶得很哩，你们别惹。各家出一个男的，往门口一戳就完事。"

那匹大洋马走在队伍的最前面，上面骑着个鬼子。那马本来就高大，再骑着个人，那人马比店家的屋檐还要高一头。那马上的鬼子前后看看，见各家店铺前都站好了人，他扬眼望望屋脊，刷地拔出腰间手枪，一挥手，发出"啪"的一声，只听得屋脊上"哇"的一声怪叫，一只猫滚落在街心，哗啦啦又落下几片瓦来。那猫蹬了蹬腿，就一动不动了。鬼子冷笑着，吹吹枪口的烟，发一声喊，鬼子队伍又继续往西去了。

炳龙吓得傻了，只觉得头皮发紧。那边赵镇长又在喇叭里喊了："大家快去看皇军操练，皇军请我们看上操喽！"

炳龙跟着众人去了镇西。那里是个牛市场。说是牛市场，其实不光做牛的买卖，猪啊羊啊也都在这里交易。他以前在乡下就赶着家里的猪来过。他昨天才到镇上，周围的人他一个也不认得，鬼子他更是从来没见过。他感觉鬼子和他见过的兵不一样，以前他们的庄子也过兵，那些兵从村南的田埂上经过，一个跟着一个，田埂怎么弯，他们也怎么弯，远远看去像是一条长蛇。鬼子的队伍却走得真是方正,二十几个人在土场上摆队,长的,方的,都像是快刀切成的豆腐。骑在马上的那个鬼子是个领头的,他喊了一声怪话:"——开我吃开!"鬼子们刷地立正,个个站得和枪一样笔直,他又发一声喊:"——牙死卖!"鬼子们一条腿就往前一跐,整齐划一。打更的达广也在看热闹,他告诉炳龙,说这叫"稍息",就是站累了歇口气。炳龙晓得了,中国人站累了就要蹲下来,鬼子站累了就"稍息"。最奇的还是那匹马,鬼子立正它也立正,鬼子稍息它也稍息,唯一不同的是它有四条腿,它稍息只跐左边那只前腿。炳龙看出它很聪明,它要是两条腿全跐出去,哪儿还能背得动那个胖鬼子呢?那马不光聪明,还漂亮,它像个大姑娘,还是个双箍子眼哩。

鬼子们一字排站好,突然,刷地端起了枪!人群轰一声炸开了,连赵镇长也跑得像个兔子。马上的鬼子哈哈大笑。那胖鬼子喊了一声,鬼子们刷地把枪放下,拄在地上。然后一个转身,面朝芦苇荡,立成一线。那胖鬼子左手上的白手套一举,队伍里出来三个鬼子,端起枪,枪口冲着芦苇荡。胖鬼子右手拔出手枪,"嘣!"朝天上放了一枪。刚刚定了心的人又被吓了一大跳,芦苇荡里的野鸭也惊飞起来了。只听得"嘣,嘣,嘣"三声枪响,几只野鸭斜冲着掉到水里。胖鬼子招手叫镇长过去,叽里咕噜比画着。镇长跑到人群里来,目光找到达广,道:"你下去一下吧,鬼子要我们出个人捞鸭子。"

达广水性好,不一会儿就把野鸭子捞上来了。三只鸭子,两公一母,他把鸭子扔在地上,抖呼呼地穿衣裳。镇长道:"鬼子说了,野鸭子就归你了。你今晚喝酒有下酒菜了。"

三只野鸭就是一盆肉,鬼子倒是大方。炳龙心里奇怪,既然他们不要,又何必叫人捞上来?正想着,胖鬼子又朝赵镇长比画了一阵。这一次连炳龙也看懂了,他竖起三根手指,指指枪,又指指地上的鸭子,说的肯定是三枪打下了三只鸭子,是一枪也不放空的意思。回镇的路上,赵镇长对大家说:"鬼子是怕我们和他闹,吓我们哩!"

镇上人全知道了鬼子的厉害。那枪法,准得凶哩。好在鬼子整天蹲在镇东的炮楼里,很少出来排队吓人。三两个鬼子也偶尔出来买菜买东西,来买烧饼时还冲炳龙的师傅竖大拇指,一买就是一篮子。有一次炳龙到镇上澡堂去洗澡,出来时收筹子的李瘸子悄悄告诉炳龙,有两个鬼子现在还在里面泡着哩。李瘸子说:"他们先进去的,我怕你不敢去洗,刚才没告诉你。"随后李瘸子挤着眼睛道:"其实怕个甚哩,还不就是两条大腿夹个毬,也没见他们多出一个嘛!"

李瘸子话说得俏皮,但鬼子毕竟是鬼子,其实是惹不得的。下午澡堂开了汤后他在门口卖筹子,早上就在家里给人剃头。鬼子也没有带剃头的用具来,头发长了也要到他那边弄。有一天两个鬼子找到店里,坐下来就要剃头。李瘸子其实也慌张,拎着刀不敢下手。鬼子不会说人话,嘴里叫着手上比画,弄了半天李瘸子才懂了意思。第一个鬼子头剃得还顺当,反正是剃光头,李瘸子三光两刮也就完了事。那站着的鬼子见他拽着刮布来回刮刀，倒来了兴趣，抓过他的刀来和自己的腰刀比，还捡起一把头发，杨志卖刀似的试刀。那几根头发从刀口落下，虽没有全断，鬼子也大拇指一竖道："死高依！"李瘸子听不懂，但也晓得那是在赞他的刀快。李瘸子晓得这是个当官的，他一坐下来，李瘸子就有点慌。鬼子指指那小鬼子剃好的"秃瓢"，李瘸子明白了他也是要个光头的。他小心翼翼地提腕运刀，一袋烟的工夫就剃好了。那鬼子摸摸自己的"光葫芦"，对着镜子嘿嘿笑了起来。李瘸子等着他们走人，那鬼子却不动身，右手在自己脸上比画着，叽里咕噜地说着话。李瘸子一开始摸不着头脑，听了半晌，突然就明白了：那鬼子的眉毛像戏台上演员的胡须，又浓又长，看起来确实是不雅相。他抚着鬼子脸，运着剃刀，只两刀，鬼子左边的眉毛就落了下来。那鬼子感觉不对，睁眼一看，勃然大怒。抬腿一脚，李瘸子就蹲到了地上。鬼子在店里骂得震山响，李瘸子这才晓得自己闯了祸。千不该万不该，他不该只注意到眉毛，却不见那鬼子长的络腮胡子，其实胡子比眉毛还密。那鬼子对着镜子挤眉弄眼，怎么看着也别扭，手一挥，一声断呵后，一群小鬼子上来，拖了李瘸子就走。那少了一道眉毛的鬼子拿了剃刀，把另一边的眉毛一刀刮了，然后上了街。

李瘸子倒了大霉。他被关在炮楼里三天三夜，鬼子点了蜡烛烧他胳肢窝，放狼狗吓他，一条命已是去了半条。李瘸子半死不活地回了家，一个多月没敢出门。他不光是要养伤，那鬼子在放他前用军刀把他一边的眉毛也剃掉了,还恶狠狠地打手势告诉他,另一边不许剃,他实在是难见人。从此他不再给鬼子剃头,遇到鬼子来洗澡,他就低了眼,装作看不见。

除了这件事,镇上倒也没出什么大事。镇上人都服帖了。他们不去惹鬼子,鬼子也不来多事。倒是镇上的细伢子不晓得怕,还常常嘴里喊着鬼话,学着鬼子立正稍息。李瘌子的眉毛也长得长了,他自己修修,倒比从前还乌亮齐整。鬼子慢慢也疲沓了,原先他们每天还要从炮楼出来,正步穿过小街,到西头的牛市场操练,后来操练场地也改在炮楼的院子里了。连镇上的狗看到他们也不叫了。那狼狗被拴在炮楼里并不出来,镇上的狗也不去惹它。

但炮火其实是有先兆的。镇上有无数的狗,大部分说不清是哪家养的。白天它们在街上乱跑乱窜,常为一块骨头打成一团,到了夜里,全都齐了心,躲在全镇的各个暗处,见了生人就吠成一片。打更的达广经常有酒有肉,狗和他就格外的亲。夜里他在街上走,没有一只狗冲他吼。几只狗在他脚前身后钻来窜去,朝他摇尾巴,就像是他的喽啰。炳龙喝酒的那天,其实下午就有人发现狗都不见了,但谁也没有往心里去。炳龙的师傅问过那条花喜,按说镇上也不常有酒肉气,狗没有不来的理,但花喜连影子都没见。他们是喝多了,疏忽了这个异常的情况。事后炳龙才想起,喝酒的前一天镇上逢集,来过很多乡下人,第二天狗就全不见了。

这其实是动手的前兆。鬼子毫无察觉。那是个大风天，风前放火，风后杀人，要打鬼子。那是个大好天气，全镇人都睡沉了，没有狗叫，腊月天里，连猫也不来闹春。鬼子的探照灯也半睡不醒，半晌才慢悠悠地晃一下。

突然间枪声就响了。小镇被惊得打了个哆嗦。开始时还能辨得那枪声分明，后来就爆豆子一般响成了一片。间或还有轰轰的爆炸声，震得窗户纸发颤。辽远处，村庄里的狗全叫起来了，嗥得惊恐慌张，似乎是那白驹镇的狗早知道要有这一仗，早早地躲到了乡下。炳龙酒后睡得沉，却也惊得醒了。他霍地坐起，枪声震得他心惊肉跳。他喊着："师傅，师傅！"那边小间里兰英已端着灯过来了。师傅起身，披上衣裳，低声道："快，快熄灯！"兰英一低头，扑地把灯吹灭了。

屋里的三个人都在喘气。枪声里，窗户纸一红一白地闪着。只有那窗纸闪亮时，炳龙才能看见他身边的两个人。街上有大队的兵经过，齐刷刷的步子到了东边就散了，乱哄哄的还夹杂着喊杀声。攻镇的队伍是从西边过来的，转眼间就全冲到了东头，枪炮声也全集中到了那边。又有几个人从小街上跑过。门前暂时安静下来。

门缝里闪烁着枪火。炳龙壮起胆子，扒开门缝一看，东边亮了半个天。炮楼上的探照灯慌乱地扫着，忽然就灭了。鬼子的机关枪啪啪啪地往下打，下面的人喊杀着还击。鬼子肯定是吃亏了，镇东边四处都在朝上打枪，他们撑不住了。轰！轰！炮楼底下响起了爆炸声，火光冲上天去了。

炳龙的心口怦怦直跳。一个接一个的爆炸震得地皮都在颤。兰英快哭出来了："爹，我们要躲啊！"话音刚落，屋顶上啪啪啪一串响，碎瓦落到了小街上，响成了一片。炳龙道："师傅，我们跑吧！鬼子凶得很，这仗一时半会儿打不完的。"师傅迟疑了一下，终下了决断。他飞快地进房，摸着黑，收拾了个包裹出来。炳龙和兰英也拿了几件换洗衣服。师傅推开门，探出头朝小街上张望，回头道："往西跑，出了镇再向北！"

街上乱糟糟的，好多人在逃跑。手里提着，肩上扛着，都舍不下东西。孩子在哭，女人们也嚎叫起来。有男人骂道："你就知道号丧，我还没死哩！你等着挨枪啊……"乱哄哄的全是人声脚步声。炳龙跟着师傅，兰英跟着炳龙，跑不多远兰英的鞋子就被人踩掉了，她蹲下找鞋，立即就被人挤倒了。炳龙见势不好，反身拉了她就走。这是他们平生第一次拉手，闪耀的炮火映得他们满脸惨白。师傅呼噜呼噜地喘气，眼见着是跑不动了。炳龙抢了他的包裹挎在肩上，另一只手又拉上了师傅。他在这里住了两年，现在，他全部的牵挂都在他的身上了。

跑到镇西头，前面闪出一个兵，枪声一响，喝道："别跑！我们是国军，躲在家里最安全，不要跑！"人流一下子更乱了，有人返了身又往回跑。师傅喘着大气道："进巷子，这边能走！"

终于出了镇了。枪炮声渐渐远了。回头望去，白驹镇东头有一片火光。仗还在打，子弹像带光的蝗虫一样在镇子上空飞舞。

四野的狗叫声中，炮楼那边的一只狗叫得格外凶。炳龙知道那是鬼子的狼狗。它现在再叫再咬也帮不上日本人什么忙了。

师傅跑不动了，一屁股坐在地上，声音喘得像谁家匆忙间搬来的风箱。兰英也坐在田埂上，揉着脚叫疼。隔壁的红枣儿拎了只马灯，炳龙借来一看，兰英脚上起了个大水泡。要是有根猪鬃就好了，一戳就破，可哪一个身上还长着猪鬃？红枣儿从脑后的髻上拔出根针，轻轻在水泡上一点水泡就破了。兰英咬牙站起身道："我们还得跑啊！他们有的打哩。"

这里确实还是不安全。东边不远的田埂上还在过兵，黑色的队伍沿着田埂如长蛇一样往镇子里钻。鬼子的小钢炮照应到这边，轰一声，麦田里腾起一团火光。红枣儿立时吹熄了马灯，带着哭腔道："我们跑啊，往韩家窑去吧。"

人群早就动了。他们几个已经落到了后面。炳龙跑了几步，忽然听到谁在喊："着火啦！镇上烧起来啦！"回头看去，镇东头不知谁家的房子起了火，熊熊的火光把东边半个镇子的屋顶都照亮了。另一条田埂上有人嚎了起来，那男人想拉住女人，没拉住，也跟着往镇上跑了。

看方位，那着火的地方是药店。炳龙突然想起了烧饼炉里的火。那火是封着的，常年不熄，每天都要捅开。师傅怕封不好炭气跑出来，每天炳龙封好后他还要去看看的。这一天实在太忙乱，他和师傅都醉了，他现在实在想不起那炉子是怎么弄的。弄不好他们的店也要失火的！他急了，朝前面的师傅和兰英道："我要

白驹　　311

回去,看看炉子!"他把包裹往兰英怀里一塞,回身就往镇上跑。师傅骂他:"你个憨种!别跑!"兰英和红枣儿也喊他。他回头对红枣儿道:"嫂子,你帮着照看我师傅。"他接着喊道:"师傅,你们先走,我到韩家窑找你们!"田埂上还有不少人挡着路,他窜到麦田里,眨眼间就奔远了。师傅还在骂他:"你这犟种,要去也是我去啊!"

这是师傅最后一次骂他。他还没进镇,那边师傅就中了枪。他们刚上进韩家窑的木桥,一颗流弹飞过来,正巧打中了师傅。他哼了一声,弯腰咳嗽着,掉到了河里。

镇上的仗打得更凶了。河南边的窑顶上也架了炮,朝炮楼打。炮楼上的枪眼里如蛇信子似的朝外面吐光。炳龙沿着他两年前进镇的那条小巷上了小街,探头一看,见街上一个人也没有,东边的火光照过来,闪得石板路上一亮一暗的。他身后钻出一只猫,嗖地窜到对面去了。

炳龙闪身上了小街,贴着墙脚往前走。走到镇中心烧饼店那里时,他看见他家的八仙桌被抬到了街当中,两个兵正往上绑棉被。那是兰英的被子哩,炳龙最熟悉那小碎花被子,被子边上还绣有一圈丹凤朝阳。他无数次看见兰英拆洗这被子,在阳光里晒,在两张拼好的八仙桌上修补。他差点喊出来,终究还是不敢声张。被子和桌子绑好了,那兵拎了一桶水来往上一泼,随后两个人抬着,往东冲过去了。

店里的那一排门板早被拆了。炳龙如贼一样钻进店里。他先看看炉子，炉子好好的，浑不管外面的枪炮，自顾自阴燃着。炳龙松了一口气。他想，只要不烧光，什么都还能弄齐全；只要枪炮一歇，总还要有人吃烧饼的。他突然觉得饿了，想起匾子里还有早晨烤焦的烧饼，便拿了两个过来，吃了起来。匾子里还有好几个饼，倒一个没少。炳龙想，要不是走得急迫，带上这些饼，师傅和兰英也有的吃了。兰英，师傅，他们怎么样了？炳龙心中牵挂。

鬼子的炮楼是就着窑顶砌上去的，结实得很，这仗一时半会儿不得了局。炮楼那边喊杀声枪炮声响彻了天。炳龙越发牵挂兰英和师傅。炳龙想总在店里躲着也不是个事，他把门口三屉桌里的一点零碎钱抓起，又跑出了门。

天已经蒙蒙亮了。外面冻得厉害。炳龙这时才觉得身上出了一身汗，他紧了紧棉袄，刚要往西走，突然从前面来了几个兵，抬着个长梯子喊住了他。炳龙认出那是镇上水龙队的梯子，但炳龙晓得他们不是去救火。他们是要往炮楼上攻。炳龙拖着脚不肯走，突然一个兵拿枪戳住了他的后心："快！"炳龙赖不过，抬着梯子跟着往东去了。

炳龙心想，完了，完了，这下子要死了。炳龙学着他们，弓着身子贴着墙角往东跑。没跑多远，炳龙看见失了火的通济药店。药店的房顶已经塌了，巨大的火头呼呼地冲出，几个人都被逼得不敢向前。炳龙是和火打惯了交道的，却从来没见过这样的火。那火五颜六色，妖光四射，在半空翻来卷去，一种难言的焦煳药味憋得人透不过气来。炳龙感觉像是掉到了一个烧焦的药罐子里。药店的赵先生蹲在街上抱着头哭，他婆娘桂香坐在巷子口干号着。昨天炳龙还经过这里，房子一烧也就成了一堆灰！

东边的枪声更猛了，不时有枪弹打到街上。搭梯子的兵猛地一拉道："快走！别卖呆！"炳龙搭着梯子跟着跑到了街对面。突然一串子弹啪啪啪打过来，炳龙心里一动，他顺势一倒，立即软到了地上。那几个兵喊他，拖他，他就抱着腿直哼哼。几个兵没奈何，踢了他一脚，自己拖着梯子继续冲向前去了。

炳龙算是逃过了一条命。他还要继续逃命。他看看对面的桂香，桂香也望望他。他喊了一声："你快走啊！"说完嗖地钻到巷子里去了。

这是朝南的巷子，一条条都朝着河，通到河边。炳龙死命地跑，左绕右拐，喘着大气跑到了河边。这仗已打得遍地开花了，河水映着火光都发了红。炳龙见河边带着一条船，一猫腰躲到了船上。

船不大，炳龙一上去就开始晃荡。他蹲下身子，用了好长时间，气才渐渐出得匀了。东面的天渐渐发亮，晨光把战火对得淡了。月亮在天上走了半夜，高挂西天，再狠的枪炮也打不到它，地界的战火离它很远。炳龙慢慢定了心。这时候他听到炮楼那里一阵鼓噪："鬼子跑了！鬼子跑了！"他刚把头伸出船舱，更紧密的枪声吓得他又缩了回去。河口那里响起了马达声。汽艇上的探照灯在河面上掠过，又照在岸上，鬼子边逃边往岸上射击。狼狗在吼，鬼子在骂，河岸上下的战火又把天光照得淡了。

炳龙生怕那些兵追鬼子要用船，慌慌张张跳到岸上。船舱里大概有水，不知什么时候他的衣裳已经湿透。他顾不上湿透的衣裳，深一脚浅一脚地沿着河岸往西走。这时候，他看见了一个灰色的影子，那影子踩着河边的浅水，纵跃着过来了。

是马！是那匹马！是鬼子的大洋马！

那马贴着河岸一路跑着，四蹄溅起大片的水花。炳龙赶紧仰了身子，紧靠在河岸上，让那马过去。马跑近了，也看到炳龙，它没有停，步子却慢了下来。

汽艇已经驶远，开进了垛田，眼见着是打不到了，但两面还在对射。汽艇上的探照灯在水面上四处乱扫。炳龙和那马恰巧都在河岸的拐弯处，灯光照不见。

枪声渐渐稀疏了。岸上的兵在集合报数。半晌后，炮楼上传来了欢呼声。晨光中的白驹镇现出了灰色的影子。炳龙跟着那马，马浑身精湿，不紧不慢地往西走。它回头看着炳龙，炳龙也看着它。粗硕的马尾浸了水，贴在后腿上。兰英她会喜欢这匹马吗？炳龙不知道。但他想要这马。他被自己的念头吓了一跳。他朝四面看看，河面已经安静，有几条刀鱼逆水跳出来，齐刷刷地钻进水里。岸上的镇子也安静了，如果不是炮楼里还有人大声说话，这完全就是一个寻常的早晨。周围没有人，一个人也没有。没人注意到河边的这一个人、这一匹马。

白　驹

炳龙试探着伸出手去,他摸了摸马皮。马皮是温暖的,比水牛皮要光滑一点。马鞍子也漂亮。马走走停停,炳龙也走走停停。马打了几个响鼻,甩甩头,炳龙的目光落在了它的辔头上,那上面有根皮绳。"别怕,你别怕啊。"炳龙对马说着,也晓得它并不懂,他突然想起了鬼子说的"稍息",叫什么"牙死卖"的,就是叫它松口气,他嘴里说着:"牙死卖,你牙死卖啊,我带你上岸好不好?"他瞅了个空子,一把拽住了皮绳。

那马突然暴烈起来。它"咴"地嘶叫一声,腾起了前蹄,猛然窜向前去。炳龙被它拽了个趔趄,扑通跌到水里,手被缰绳拉得火辣辣的,像是刚拿过一块炭。那马蹦纵着往前跑,跑不多远,却一脚踩到深水里,顿时前蹄踩了个空,猛地跪在河里。它挣扎着起身,扬起脖子咴咴嘶鸣。

炳龙就怕它叫,引来了人就不得了了。他深一脚浅一脚地奔过去,又一把抓住了皮绳。他这次学乖了,他绕到它前头,牵着它走。"你不认得路,我带你走啊,你要上哪儿,我带你去,"他念叨着,回手摸着那马的颈项,挠它的鬃毛。狗啊猫的都喜欢人挠它的毛,连猪都喜欢,原来这马也喜欢的。它渐渐安静下来。炳龙说:"外面太冷了啊,你看我身上都挂冻啦,你也冷吧,我带你回家去。家里暖和。"

那马肯定不懂炳龙的话,但这声音让它安顺了。炳龙手里的缰绳渐渐松了,马也不再犟了,就跟着他走。前面到了水码头,上去就是巷子。炳龙拽拽缰绳,那马却四蹄如木桩一样站住,不肯再走。炳龙突然想起身上还带着烧饼，忙摸出一个来，只见烧饼已经软塌塌地成了烂面饼。炳龙把烧饼托到它嘴边，它嗅了嗅，虽不吃，腿却动了，四个蹄子"嗒嗒嗒"地在水码头边踩了一阵，像是在试探那地牢不牢。炳龙再拽拽缰绳，它终于颠着身子相跟着上岸了。

没走多远，炳龙却发了慌。他没有想到，那马的铁掌子打在石板上，竟有那么响。巷子很窄、很高，声音被包在里面，炳龙心里直打鼓。他先站定了，听了听，又探出头去，四下望望，还好，街上没有一个人。他使劲一拽缰绳，往右一拐，那马身子一拐一伸，跟着他进了家。

幸亏门板被拆了，八仙桌也被抬走了，不然那马肯定进不来，也没有站的地方。它实在是太高大，脖子一伸，几乎可以碰到房顶。它站在店中央，那房子简陋得也只像个马厩。这店现在没门没户的，马当然不能拴在店堂里。幸亏还有兰英的房间，那是后砌的，是宽宽敞敞的一间房，他曾经做梦，自己有一天也能住进去，现在只能先用来藏这马了。

马冻得直发抖。它眨着眼睛，伸缩着脖子，四下打量着周围。炳龙拿块揾布，擦着它身上的水。这时天已经亮了，街道上散落着昨夜逃难的人落下的东西。炳龙顾不上那些，他听到东边炮楼那里已经有人往这边走，声音像是一列队伍。炳龙急了。他用力拍了一下马的屁股，拎起缰绳就把马往兰英房里牵。那马似乎也怕了人，头一低，如游龙一样进去了。

白　驹

炳龙这时才觉得冷，浑身抖得厉害。朝南的窗户已经透亮了，窗棂上蒙着旧报纸。马"嗒嗒嗒"地踱过去，伸长了脖子看，好像它倒是个能识文断字的。炳龙心里发慌，大气也不敢出，生怕有兵跑进来。幸亏那马一声不吭，连响鼻都没有打一个。马站着，炳龙蹲着，就一直这样，过了一天，那些兵终于走尽了。

炳龙踅到对面房间，换下了身上的湿衣。他原本担心马藏在兰英房里她会不高兴，现在他却没来由地肯定，兰英她一定会喜欢这匹马的。这是多俊的一匹马啊，师傅也一定会喜欢。他们肯定会夸他有本事、能干，别人逃难都丢东西，只有他炳龙还能捡到个大家伙！他轻轻地把房门关好，跑到小街上，果然在西边找到了兰英昨夜被踩掉的鞋子。他把鞋子捡了起来。街上很安静，也许白驹镇从来就没有这么安静过。他听到东边有人在哭，那是药店的桂香，她在哭她的房子，已经哭了一夜。

韩家窑那边，兰英也哭了一夜。她爹说没就没了，连一句话也没有留下来。镇上一起逃难的人帮着把她爹捞上来，放在村子南面的打谷场上。爹心口一会儿就冷了，身上都结了冰。那冰含着血，冰冷冷地扎人，兰英抓挠着她爹，手被戳破了也不晓得疼。女人们都跟着哭，拉她，劝她。因为死了人，大家反倒全都不跑了，就蹲在打谷场上陪她。他们看了一夜的战火。东边着火的房子眼看着熄火了，天也亮了，枪炮声也停了。早晨的阳光照在兰英爹的身上，兰英爹胸口的冰亮晶晶的，像是冰里含了花。

清晨的田野上笼着些薄雾。炳龙安顿好那马，就出镇去寻人。他远远地刚望见田野上的人，就先听到了兰英的哭声。

他万万没想到，是师傅死了。镇上人脚快，一场仗打下来整个镇上就只死了他师傅一个。房子烧了东西少了都还能再补，人没了却再也回不来了。

炳龙一想起师傅就哭，他一哭兰英就更是哭得伤心。就像这白驹镇上绝大多数人最后的去路一样，一口薄皮棺材就发送了师傅。"头七"的七天，店里没有开张。七七四十九天过去，店里才渐渐断了兰英嘤嘤的哭声。

炳龙不得不顶门立户了。师傅没有留下任何话，但其实是把兰英托给了他。日子还得熬，饼还得做，还有那匹马，他也不得不养下去。马的事情是瞒不住人的。店就那么大，任谁来都能看见那马。回镇的当天，镇上人就晓得了。师傅还停在家里，镇上所有人都来把马看了个遍。此事其实都轰动了全镇。那马见过世面，见人来围观，它也不慌，仿佛目中无人，它抬着脑袋，你不知道它是在看谁。见人来得多了，它摇摇长尾，竟自顾自地钻到兰英房里去了。它把那地方当成它的马厩了哩。镇上人个个都要问马是从哪里来的，炳龙实话实说，就说是捡的。渐渐地，炳龙心里还是发了虚。马虽说是捡的，但它原本是有主的，就算鬼子跑了，国军晓得了也决计放它不过。兰英要他把马放掉，炳龙舍不得。隔壁的红枣儿也来看马，她不敢像别人那样去摸，只远远地看，看得出她也喜欢。她是个心软的，看着看着就流了泪。"兰英,你别不要这马,"她说,"你爹走了,家里总还算添了丁哩。"对门的黑补丁也插话道:"这马多俊!你信不信,牵到牛市场,顶得三头牛!"炳龙望着红枣儿,想起打仗的那天,师傅死的时候他正在和那匹马周旋,师傅在逃命,最终还是没有逃得过子弹,他倒把这马牵回了家。这一进一出,难不成也是命中注定?师傅走了,他怎么也要把马留下来。

炳龙现在当家作主了,大事小事兰英都听他的。除了炳龙,打更的达广是第一个见到那匹马的。那天别人都逃了,只他一个不逃,蹲在河南边他的窑洞里,喝酒看景听枪炮。好比看戏哩!他得意地对炳龙道:"你以为没人看见你啊,我就看见了!我看你弄不动它,还想去帮你哩。你脚头再慢些马就是我的了!"鬼子一走,达广还是打更喝酒,自在得很。他说:"要是我,我就自己养着。不卖,也不丢!它拉磨拖纤,什么不能做?你不要你就送我,杀肉还能腌一年哩!"兰英问他:"那人家若来要怎么办?它惹祸啊。"达广哈哈笑道:"要?谁来要?他来要你再给他就是了。他还没来哩!"

这是个鬼精人,说得也在理。炳龙和兰英商量,准备把房子朝南接一间,当个马厩。炳龙还有个小算盘,万一马被要走了,他和兰英成亲总还要一间新房的。房子总不会白砌。

店里就剩下他们两个人,不是一家,也是一家了。没有人撮合,也不需要人撮合,家里刚处理完丧事,也不该大办,乡下的爹娘和兄弟来了镇上,一家人吃顿饭,炳龙和兰英就算圆了房了。

那一天兰英又哭,炳龙不晓得该怎么劝她。"断七"已过,兰英只是脱了孝服,身上穿了件素花衣裳,没有多少喜气。师傅的神主牌还立在家神柜上,黑暗中仿佛师傅在看他。他心中亦喜亦悲。他摸摸兰英的头发,兰英推开他的手。他摸摸兰英的肩膀,兰英哭了一声,也把他抱住了。马在厩里突然"咴咴"地叫起来,两个人都吓了一跳。

镇上人回来后家家都很忙。不少人家房顶被打通了,见了天光,都要重修,家什丢了破了的也都要再置。炳龙也寻人来重做了一排门板,师傅的丧事过了"断七"后又请来几个瓦匠木匠,搭了个宽敞的马厩。这都还算是小事情,赵先生家的药店那手脚就动得大了,完全要托地重砌。上梁的那天去看的人很多,那大木匠轻易是不动手的,上梁他却是又抬又唱,他涨红了脸,直着嗓子吼:"一抬梁来,子孙兴旺!二抬梁来,财源茂盛!三抬梁来,百灾齐光!……"一直要唱到七抬梁,那大梁才被慢慢抬到位。那大木匠嘴里叼根烟,扶着大梁,手还不闲着,他喊了一声:"糕来了,步步高登噢!"然后从梁上面把馒头和发糕往下扔。底下的大人小孩等的就是这个,一起围上去抢,细伢子简直抢得屁滚尿流。桂香两口子看着人家抢他家的东西,脸上笑着,也不知道心疼不心疼。炳龙也抢到两个馒头,心里倒代她舍不得。他自己店里搭马厩,反正不是砌正屋,就没有做这个景。家家日子

白 驹

都不好过,能闷声发财又何必大张旗鼓呢。但乍一看,镇上虽遭了兵火,倒亮堂堂地发旺起来了。各家生意刚归位开张,成群的叫花子也就来了。

说是叫花子,其实他们也有本事。大家都叫他们"钢头花子"。一个打头的,穿一条看不出颜色的灯笼裤,领着几个半大不小的小子,小子们也穿得花花绿绿。他们在镇中央的中正桥下画了个圈子,吆喝着开始卖弄手段。舞一阵刀剑,翻几个跟头,再耍一通拳脚,就开始端盘子要钱。其实要钱是要不到几个的,有店面的人家躲还躲不及哩。你不来,他们也自有办法。做生意的人远远地见了他们心里就开始慌了。他们一溜队到店前,并不多话,只一味在门口耍把式。那几个小的把长剑拎起,张开大嘴,呼一声就捅到自己喉咙里,还上上下下地拉,吃食店的客人早就跑光了。开肉铺的手里抓把刀,平日里也算个有胆气的,那小叫花子二话不说,抓起案上的肉钩,往自己手腕上只一弯,那钩子就挂在他腕子上,直滴血,饶是那开肉案的做惯了白刀进红刀出的勾当,那拿刀的手也开始发软。炳龙见势头不好,就想关门,但那大叫花子来得更快,他满脸堆笑着撞开炳龙,直奔大炉。他眉不皱手不软,伸手到炉膛里只一捞,就抓起一块炭火。他扎开马步,两只手轮流颠着那团炭火。"一里个当,二里个当……"他嘴里念着,一阵焦臭顿时逼近,兰英早吓得哭了。

那戳着喉咙的、勾着肉钩的、颠着炭火的,在一家家门面前摆弄。炳龙以前见过这阵势,早乖乖地把早市挣的钱贡上去了。

他们拿了钱就走，不耽误去下家的工夫。炳龙才暗暗松口气，那群花子又到了对面。黑补丁是个泼辣的，她闷在家里弹棉花，不需主顾，棉花今天不卖明天也不会烂。她端个青花海碗，正坐在门口的条凳上看得恣情哩，那几个花子围过去了，"一里个当，二里个当……"那花子念念有词，棉花店里"绷擦擦，绷擦擦"，伙计和她各忙各的。那黑补丁什么都听不见，也看不见，仰着脸鼻孔朝天。那花子数到"十里个当"，又从头开始数，店里的"绷擦擦"声却慢了下来，"绷"一声长音，停了。黑补丁也不动，突然回过头去骂伙计懒，她刚开口，那挂肉钩的小子呼的一声扑去，朝她碗里扑扑就是几口吐沫，黑补丁傻了眼。她要骂，却也没敢开口，气哼哼地把那碗往地上一蹾，扭头就进门了。那小子腕上的肉钩也不摘，端起碗就吃了起来。

　　黑补丁事后嘴还凶哩。她拍着大腿说："我怎么就没朝那碗里也吐几口吐沫？！这是我的碗，我想吐就吐！"随后她又说："我还是心善啊，想得出，做不出。"她砰地把那碗往地上一掼道："下次见了他们，我先朝我碗里吐！"达广哈哈笑她道："你不要在这里发野狠！天下有三狠，皇帝第一狠，当兵的第二狠，叫花子排第三，你算老几？朱洪武就是叫花子哩。"黑补丁撇撇嘴，一扭身进屋了。这镇上真能对付这些叫花子的也就是达广了，叫花子钱也得了，饭也吃了，闹得差不多，他就会出来，赶他们走。叫花子也知趣，叫走就走，下回再来。所以达广有资格说嘴。达广嘿嘿笑着对黑补丁道："你也就是个嘴狠。"这边的红枣儿悄悄对兰英道："她不光嘴狠，当兵的也服她哩——她会拢他们。"兰英道："那前阵子她怎么也跑？她不是会拢吗？"红枣儿笑道："那是成队的，她哪儿能拢得过来？"达广凑过来说："对的，她又不是铁做的。"兰英骂了一声，红着脸跑掉了。晚上兰英将此事说给炳龙听，两人嬉笑一阵，炳龙道："她是有本事，能拢带枪的。我听你爹说过，她以前就拢过几个当兵的。"两人说了一阵话，炳龙去喂了马，就熄灯睡了。

叫花子不吃饱不得钱是不走的，但没好处他们更不来。白驹镇确实是复了元气了。鬼子被打跑后国军也留了人驻过个把月，有天夜里却也被人抄了窝。这下白驹倒成了谁也站不住脚的地方。鬼子、国军再加上新四军，你来我往地在东台一带打了几个月，到底还是鬼子暂时占了上风，到了开春，二鬼子就进了白驹镇。

二鬼子又叫"和平军"，全是中国人。说是二鬼子，其实比真鬼子要散得多了。见不到他们上操，只听到他们吹号，吹号吹得也不成调调，有时候竟吹出个小曲儿，最后还噗一声像放了个屁，完全没有个狠劲。他们的口音也是南腔北调，绝不像真鬼子那样个个全操一样的鬼话，那领头的郭连长竟也是一口苏北话。但他们终究是拿枪的，镇上人也不敢去惹他们。他们从炮楼里出来，有时带着枪，但还是不带枪的时候多。镇上的生气逐渐旺了，人来人往什么身份的都有，有穿着百姓衣裳的新四军，也有大丰那边来的贩私盐的盐侉子，没人告发，二鬼子也不出头多事。白驹镇原是三县交界，一时间倒成了个"三不管"了。

烧饼店的马还真是养住了。四乡八舍都晓得炳龙得了匹洋马,有来看的,却没人来要。想来一是水网地区,谁要了也不好用,还要用船去装它,二来也是没人想惹事。按理说二鬼子应该向鬼子报告的,但鬼子那时在东台也老挨打,势头也大不如前了。那郭连长也是个精明的,他曾派两个人来把马牵走,在炮楼里养了两天,第三天一大早却喊炳龙去把马牵回来。炳龙在家六神无主,现在马失而复得,简直要念佛。炳龙好酒好肉招待了郭连长一顿,郭连长脸色喝得像猪肝,倒也道出了实情,原来是那马在炮楼里光吃草料,却不让人骑,被惹火了还尥蹶子踢人,那郭连长是个会过日子的,既然养了不划算,还不如还给炳龙。几个当兵的原本嚷嚷着要杀了吃肉,被郭连长拦住了,这马终究是日本人的马,吃了可能就要出大事。郭连长平时还打打官腔,翘着舌头说话,几杯酒下肚后舌头也就卷了,完全是一口苏北话,他自己就说了:"嗨,都是家乡人,何必呢?"他拍着炳龙的肩膀说:"好铁不打钉,好男不当兵,你以为我想拿这三斤半重的枪啊?"他从腰间拔出手枪,往桌上"砰"一撂道:"谁要我现在就送给他!你要不要?"炳龙吓得脸都白了,支吾着直给他倒酒。郭连长喝得肚大,连腰间皮带都解下来了。他临走时东倒西歪地要炳龙别送,出了门又回头道:"这马就是你的了。哪个要找你麻烦你就找我!"他走了老远后兰英才看见他把皮带忘在桌子上了。炳龙巴结地跑过去给他系上,郭连长打着酒嗝迷糊道:"你就找我。"

郭连长第二天就叫个小兵来拿了一篮子烧饼，炳龙没敢收钱。以后就有了个惯例，那小兵每天都来拿饼，炳龙每次都少收他几个饼的钱。炳龙也是个懂理的，他晓得这也就等于多交了一个税。白驹镇要交的税多了，不管穿什么衣裳的兵，其实都要吃要喝。赵镇长同时为好几方收税，他说得对，千里当兵只为钱，当兵其实和做生意也差不多。镇上人也早已习惯了。养猪还要交猪头税哩，你养马吃你两个饼，这没有什么说不过去的。

　　难倒还难在炳龙不会养马。他只喂过猪，养过牛，还在牛市场见过人家喂驴子。驴子和马有亲，炳龙只会用喂驴子的方法去伺候马。可马实际上比驴子要刁哩，那马也不是一般的马，是大洋马，炳龙刚开始还真摸不准它的脾性。它不吃光草，掺了糠它也才吃几口，吃了糠它还咳嗽，要掺小麦它才正经去吃。幸亏师傅在时店里就做一点小麦的生意，师傅把农民的小麦收过来，再拿去换面粉。店里还存了些小麦，炳龙这才摸索出了用小麦喂马的法子。马也爱干净，身上沾了泥土它就浑身不自在，它会尥蹶子，扬着长脖子乱喊，见炳龙不懂，它急了，就拿头去顶炳龙的屁股。最后还是兰英心细，她牵了马到南边的小河边，那马一见水就撒了欢，扬起蹄子直奔河里去了。它"唊唊"叫几声，在水里泡着，不一会儿又自己上了岸。上了岸它还不走，拿眼看着兰英。红枣儿正在水边洗衣裳，她把手里的板刷递给兰英道："你给它刷刷，它怕是身上痒。"果然用刷子一刷，那马就安稳了。它一动不动，像戏里的小姐等人给她梳头。它是匹母马，因为它下面没那个不安分的东西。刷到它下面,兰英不由地有些脸红。红枣儿在旁边叹道:"它倒是会享福哩,你天天要给它刷一遍。"兰英道:"它是个大姑娘家,爱干净哩。"兰英唤它:"大姑娘,大姑娘,我们家去吧。"那马像是听懂了,弯了脖子在兰英手臂上舔舔,走在前面,自己回去了。

从此那马就有了个名字——"大姑娘"。兰英和炳龙渐渐地把那"大姑娘"也养得熟了。早晨炳龙捅开炉子就腾出手去清理马厩,这是个脏活儿,也不轻,只能由他来做。兰英自己洗漱后,就去给马梳一梳鬃毛。到了下午,店里烧饼也卖完了,兰英就把它牵到河边,给它洗刷鬃毛。那"大姑娘"皮毛好,洗刷过后通身洁白,毛尖都发亮。它就这一身衣裳,没个换身,所以它自己格外爱惜,却也累了兰英。

不过兰英自己倒喜欢做这些事情。她自己长得俊俏,她的男人也周正,她家的马不但是白驹镇独一份的良驹,还特别漂亮威武,她心里欢喜。

白驹镇祖祖辈辈传下一句话:"吃不穷穿不穷,不会过日子一世穷。"所谓"会过日子",除了省,还要会打算。兰英就是个会过日子的,马刚来了不久她就想到让它帮着做事,只不过还没摸着脾性,也不知它能做些什么。后来还是达广出了个主意,他说他老家只有大户人家才养马,那马顶得上两个长工,马可以耕地、拉磨,还可以骑着走街过镇。他拍着"大姑娘"的屁股道:"马是发家的畜生哩!"炳龙被他提了醒,他和兰英商议了,置了一套大石磨和箩柜，让马试着磨面。那马倒也真勤快，卸了鞍子松了肚带，它就欢喜，再把辕头一套，眼罩一戴，不要你打鞭，它自己就往前走了，没几天就拉得像模像样的了。兰英和炳龙都看着笑了。这是他们家多少年来第一次传出了生气勃勃的拉磨声。粗面粉从磨子里流出来，再用箩柜一筛，就是雪白的面粉，其实就是钱啊。这镇上的面食店、挂面店、馒头烧饼店，哪一家不要用面粉？洋面太贵，也不好买，炳龙的面粉根本就不愁销路。他们这算是走上阳关道了。

炳龙还做烧饼生意，"大姑娘"成了他家的大劳力。那马鞍早就收起来了，再也没给马戴。炳龙看着它安安稳稳地拉磨，粉尘轻轻地扬在从天窗透来的阳光里，不由地就会在那里瞎琢磨。他相信这马早先在日本也是个拉磨的，要不它怎么就拉得这么顺？炳龙不种田，要不他还想把这马牵出去，试试它会不会耕田哩。那郭连长说得对啊，好男不当兵，好铁不打钉，好马也不驮兵哩。这"大姑娘"拉磨，还真的拉得有章法，它拉了两个时辰，磨好两斗麦，就停下来，再不肯做。炳龙后来晓得了，它要吃一点草料才肯继续做。再磨多少它也有数，不多不少正好两斗。如此再三，它就一拉一整天。它还是个有灵性的，虽然蒙着眼睛，却似乎目能见物，它正在拉着磨，一个箩筐掉在磨道上，它立即虚悬一蹄，等人把那箩筐拿走，它才继续拉磨。

它真是个有灵性的畜生哩，它会高兴，会赌气，也会发火，有的时候还会撒娇讲价钱。它高兴了就会把它那长长的头往你怀里钻,亲你的脖子,好像要咬你,你越躲它越起劲。它赌气发火了,这时候你不要去惹它,它会长久地站着,对着墙,不吃也不喝,更不用说做事了。这时候你要是去碰它,碰它前面它就踢前蹄,碰它后面它就尥蹶子,地上的土泼风似的飞起,那架势像是一下子能把人的肚肠蹬出来。它和兰英好像要更亲些。兰英有办法让它高兴。每天店里都会剩几个烧饼,一般他们煮了当饭吃,兰英她会省一个烧饼,蘸了麻油托在手上喂那马。那马安静地吃完,伸出舌头舔她手心,一下、一下。那马的舌头毛刺刺的,像一把刷子。兰英咯咯笑着道:"你以为我也像你,要刷子刷啊!"那马伸着脖子亲她,就差开口说话了。它除了不会说话,还真像个人哩。

  烧饼店的生意眼见着发旺了。做烧饼的手艺是师傅留下来的,炳龙不能丢,但其实赚头也有限,倒是卖面粉这活计,原先还真没想到这么能赚钱。炳龙每天能卖出两百多斤面粉,哪家需要面粉了,来说一声,炳龙马上就给人家扛去。兰英是个把家的,每天晚上店里打了烊后,炳龙坐着吃饭,她就端出那个钱盒子,认真地点,脸上笑开了花。师傅留下的一点家底,砌房子修店门都用光了,还有点亏空,现在早就补上了。黑补丁人虽破,话却说得在理:"炳龙是摇钱树,兰英就是聚宝盆。"其实她还有所不知,炳龙是摇钱树,那"大姑娘"才更是摇钱树哩。没有它,炳龙怎么会想到去磨面,就是想到了他也拉不动磨啊。

那一阵不知怎的，夜里镇外又开始过兵了，零零碎碎地打枪，好在两边都没有泼命地干。镇上依旧还是老样子，各做各的生意，各过各的日子，各家之间也不多谈。只有那赵镇长来收税时，大家才会叹一声世道不好，生意难做。其实各人都是哑巴吃馄饨心里有数，各家其实都还过得去，哭穷是为了还价，不会还价就是不会过日子，税费还不降下来也就如数交了。

炳龙累了一天，常常和兰英抢着伺候那"大姑娘"。兰英嘴上说吃醋，却也由着他去。炳龙洗马，不在小河里，他把马牵着上街，一直走到镇西边的芦苇荡边。牛市场很开阔，马一见了平地就要撒欢，甩开四蹄跑上一阵。炳龙就坐在地上，一边看着西边的落日一边等它。它跑累了，自己就"嗒嗒嗒"地跑回来，侧着身子过来，好像是怕迎面撞了主人。他让它在芦苇荡边的泥水里打滚，再把它的一身白毛刷洗得干干净净。有一天他不知怎的脑子闪了筋，忽地就想起日本人刚来的时候，这马也在这里操练过，他也想试试。那一天也是合当有事，达广恰巧从东边过来。他手里拎着梆子和锣，已经准备打一更。炳龙问他日本话"立正"怎么讲、"稍息"又怎么说。捡到马的那天，他记得自己对马说过鬼子话的，好像是说得不对。达广走南闯北，晓得多处乡言，还真连日本话也会，顺嘴就告诉他了。炳龙瞬时一个立正，对那马喊："——开我吃开！"那马愣了一下，还真刷的一声站得四腿笔直。炳龙笑得咧了嘴，随即又板着脸喊："——牙死卖！"那马打了个哆嗦，也"稍息"了。炳龙得意地朝达广直笑。达广那天喝了酒，嘴一张酒气冲天，他站在远处喊道："——马哎一开！"那马突然发了性，腾起前蹄一声长嘶，泼风也似的跑了。

炳龙慌了神，达广酒也醒了。两个人跟在马屁股后面追。马辔头上的缰绳在地上跳跃，就像叼了条蛇，不知道要跑到哪里去。那马越跑越快，简直就像一道白光。炳龙几乎要哭出来。他们一路追到镇上，跑到烧饼店那儿时，兰英已经出门来寻他。他上气不接下气地一看，马已经站在店堂里了，屁股对着门不理他。

从此炳龙再也不敢乱逗它。达广告诉他，"马哎一开"就是冲锋之意，炳龙却觉得奇怪，这怎么竟像是一句中国话？虽然好奇，他却也不敢再对马乱喊乱叫了，这马撩起性子可不得了，要是撞了人那祸就闯得大了。他原先还想着要骑它，马鞍也是现成的，但他再也不敢去试了——它就是一匹拉磨的马，难道还不知足？它是打过仗，但或许在早先，人家也就是个拉磨的。炳龙再带它到芦苇荡时，吓得连中国话都不敢再瞎说一句，怕惹翻了它。浩大的芦苇荡静谧安详，水鸟在叫，马在泼水，炳龙也安心。他觉得这马在被他牵回家的那一夜，就像是投胎转世了。它前世就在拉磨，就像在他店堂里那样安静地拉磨，它的主人正往麦斗里送着麦子，一圈，又一圈……炳龙从没见过不当兵的日本人，在他心里那原先的马主人也还穿着日本军服，只是不带枪。

这"大姑娘"确实算是养家了。按达广的说法，是你的，打也打不走，它就算跑了也还是跑到你家里去。这是你的命，也是它的命。话虽这么说，但它还是不让人骑。炳龙试着骑过，达广也骑过，据说在郭连长的炮楼里当兵的人也骑过，全被它头一掀股一颠，颠得七荤八素的。那达广是个有功夫的，虽没像别人那样被颠得栽下来，但一圈骑过，下了马却也骂骂咧咧地走路分叉。第二天他自己说，裆下像挂了个大茄子。

炳龙心里倒暗暗高兴。人善被人欺，马善被人骑，"大姑娘"不让人骑，也就没人再来打它的主意了。它只情愿拉磨。那磨出的白面就是钱，就是他和兰英的生计和希望。

炳龙从师傅手里学会的是做实心饼和油渣葱花饼。实心饼一般是乡下人买，油渣葱花饼一般是街上人吃。炳龙腾出心思，让兰英做馅儿，又做出了萝卜丝饼、豆沙饼、椒盐烧饼。现在的烧饼烤在炉里那味道就比以前香，香满一条街。兰英夸他，总算是没有辱没了白驹镇烧饼第一店的招牌。她说着，大清早的还没吃饭竟已开始干呕。炳龙先是慌张，立即就无师自通地明白，她这是怀了宝宝，有喜了。黑补丁得了信儿，跑过来给她算日子，她算来算去，说兰英怀上宝宝的时间总要比他们圆房早。炳龙由她说，并不计较，兰英原是个计较的，怀了宝宝却变了性情，也不计较了。她其实还没有显怀，看不出来已怀了孕，只护着肚子再不让人碰。她经常摸着肚子坐在床上自说自话，被炳龙看见却又羞红了脸住了嘴。她有一手好针线手艺，找来不少旧衣裳拆了，改成小衣裳。她也纳得一手好鞋底，可小儿的软底鞋她却不会做，只能到隔壁的红枣儿家讨教。不想晚上店里打了烊，对门的黑补丁却过来了。她先是"啪啪啪"地敲门，两个人都没想到会是她，她从来是人没到声先到，门一推就进来的。她进了屋也不坐，就站在那里说闲话，说来说去都不是她要说的话，也不是炳龙和兰英要听的话。半晌后，她从袋子里摸出两只鞋子来，是一双一拃长大小的虎头鞋。"这是我从前做的，没穿几天，还崭新的。"见兰英推着不肯要，她又说，"小儿鞋子不嫌多的，我那时从软底的到能下地的，大大小小做了十几双哩。"那鞋子被托在她手上，小巧玲珑，十分讨喜。炳龙见兰英不接，也不敢多话。黑补丁道："可怜我那个儿哎，才穿了这鞋几天就没了——这鞋真是崭新的。"说时眼睛就红了。她这话说得不好，兰英原还只是不愿意领她的情，听了这话却再也不肯收了。黑补丁渐渐冷了脸，搭讪几句就回去了。

对面的门咣当一响，那声音是带了气的。炳龙心里过意不去，怪兰英夹生。兰英道："她四更天倒马子，躲在窗下听壁角你忘记啦？"炳龙道："我晓得。"兰英道："她的小儿穿了几天的鞋，我的小儿就能接着穿啦？我还怕吞尸倒霉哩！"炳龙不说话了。他听说黑补丁原本也是有家有小的，小儿出生后一周多出痧子死了，她就散了板，兵也来匪也来，把个丈夫也气死了。兰英是个女人家，讲究个顺遂，这鞋子的确也要不得。黑补丁这名声也不好，补丁，补丁，补上了钉上了，就像个狗皮膏药，揭不脱了。

夜里兰英两口子谈了半夜黑补丁。黑补丁这诨名也来得不伶厅。说是达广夜里打二更天,那黑补丁正在堂屋里洗澡,人在澡桶里,身子却对着正门。达广从门缝里一眼看去,见到那白身子上有一块黑。他一慌,手里的铜锣碰出一声响,里面有声音问:"是哪个?"她不躲,达广胆子就更大。"是我,"达广道,"洗澡呢?你那身上怎么有块黑斑啊?也不洗洗干净!"黑补丁道:"哪里不洗干净?我衣裳都穿了。"达广问:"那块黑是什么?"黑补丁答:"那是裙子上的补丁哩!"那达广其实早看了个饱,一路笑着,就把这黑补丁的事播了一条街……炳龙被兰英说得情热,就要去动兰英。兰英扭了扭身子,在他膀子上狠掐一下。炳龙老实了些,只去摸,不再上身。兰英也被他摸得情热,支支吾吾地骂他。炳龙嘿嘿笑着道:"是要补哩,有个缝哩。"

兰英做好十数双鞋子,大大小小排了一溜,有事没事就在那里看。那马却出了怪,不肯拉磨了。两人忙前忙后讨好它半天,它就是不动脚。最后还是红枣儿过来,看出了门道。原来是那马的掌子磨破了,它怕疼,所以它赖着屁股不动身。红枣儿笑道:"你做了这许多鞋,就没有它一双,它怎能不气啊!"说起来倒也巧,红枣儿明天要去灯塔进货,灯塔多有养驴子的人家,想来也有人会打掌子,炳龙和她约好了,第二天一起搭米店的顺船去。米店的船大,又是空船,载得了马。

万万没想到的是,那短短的一趟出门,却让炳龙发现了做生意的新门道。

"灯塔"是大河边的一个小镇，因镇南的河堤上立着一座灯塔，给拐弯的夜航船指路照明，因此得名。炳龙和红枣儿在灯塔下船，各自去忙自己的事情。炳龙寻人打好了马掌，回到灯塔下面等，不多会儿，红枣儿挑着担子远远地过来了。

他们还要等船。十二里路，远路没轻担，马也不好过河。他们下船时米店的朱四叫他们不要等，说船来的时间把不准，但炳龙还是决定等那条船。炳龙见蚌涎河在灯塔前面拐了个大弯，船身还没出来，却老远就望见了那船帆。炳龙站在岸上喊，还拿了红枣儿的扁担舞着，那米船却像看不见这边。朱四肯定是躲在舱里，炳龙只看见船上有几个船工在扳舵帮篙。炳龙空喊了一阵，那船早去得远了。

一般的船也载不了这马，炳龙只好牵着马走回家。红枣儿自己愿意陪着走路。炳龙把她的担子拴好，搭在马背上，他扛着扁担走。十里路，他们渡了两条河，过第一条河时那马也上了渡船，过第二条河的船小，就载不了它了，炳龙只好站在船上牵着缰绳，让那马游水过去。他们走路过河速度本应该慢的，不想到了离白驹镇还有三里的十字坡，他们却远远望见那米船靠在河岸边。这十字坡传说是孙二娘卖人肉包子的地方，但现在却没有一家店，只有几棵一人抱不拢的槐树，那船就停在槐树边。炳龙晓得那船当然不是在等他们，人家其实是要避开他们。他对红枣儿做了个手势，两人远远地弯下了河堤。他们看见有人正在下货。炳龙晓得，那当然不是米。两个接货的穿平常衣裳，腰间却撅着

白 驹

短枪。他们接的货必定是私货。炳龙肯定，那些货才是真正能赚钱的东西。

他们两个都不想让船上人看见，沿着河汊向北绕路。红枣儿告诉他，她其实是晓得那是些什么货的。她常常要出来进货，早就晓得了。那果真是赚大钱的买卖，但她从来也不敢做。

那一天是炳龙家大兴旺的开始，但其实也是埋下了祸胎的开始。可这又有谁知道呢？老天让人长了前眼，又什么时候让你看清过前面的路？

炳龙和兰英商量好了，与红枣儿合伙，一起做那种生意。兰英原本是不肯的，她摸着自己的肚子掉眼泪。炳龙却早已打定了主意，马无夜草不肥，人无横财不富，他家的"大姑娘"夜里就是要加料的。那些货说白了也不吓人，就是些墨水、电池、钢笔、纸张之类的东西，既不是枪炮，也不是子弹炸弹，文气得很，西药、纱布，那更是救命积德的东西哩。

兰英始终不松口，炳龙就先悄悄地做了一趟生意。那些货都从东台运来，只能藏在船上夹带。东台是鬼子的地盘，其实查得紧。但这种交易既然已经有了市场，就另有一套路数。炳龙第一次是独自一个人去做的。他可不想钱还没挣到就先把红枣儿拖累进去。他是个生路人，好不容易看出点门道，带去的本钱却又不对路，人家不收纸钱，要硬货。亏得他还有几个洋钱，却又不晓得运什么货好。好货利要大，还要好出手。最后，他就只带了一点墨水和钢笔。他盘算着货要是出不去，他就把东西收着，等他儿子——肯定是儿子——等儿子长大了要让他断文识字，这钢笔和墨水也不算白进了。没想到第二天一早，他就看见了那个常到镇上来的戴草帽的汉子。

这人是"大顾来的"，是个熟脸。这两年"大顾来的"已经成了句黑话。"大顾"是白驹镇西北边的一个大庄子，是新四军的一个驻地。如果是一般的从大顾来的农民，镇上人只叫他"大顾庄的"，若说这人是"大顾来的"，就是说他是新四军。那汉子矮矮壮壮，一身短打，很精干，他做收废品的营生，挑个担子，一头是个筐，专门装破烂，另一头是个木盘，里面摆着梨膏糖，细伢子拿来破烂，他就錾一块糖给他。他稳稳地在街上走，走几步就喊一声："鸡毛卖钱！"虽喊的是鸡毛，其实猪鬃、鸭毛、碎布、头发、鳖壳他都要。炳龙做了私货生意后才突然明白，其实这人真正想要的就是那些东西。他的担子只是个幌子。红枣儿告诉炳龙这人是"大顾来的"，其实就是告诉他可以和他进行交易。但炳龙心里发慌，还没有和人家打过招呼就已像个贼。在东台进货的时候在街上看见鬼子，他也没这么慌哩。眼看着那"大顾来的"就要过去了，那边红枣儿喊道："喂，收破烂的，我家里有点瓶子，你要不要？"那汉子道："我看看吧。"说完挑着担子进了她家。过了一会儿，炳龙听见通河边的后门有人在敲，是红枣儿把那人引了过来。

一袋烟的工夫，那汉子又从红枣儿家出来了。红枣儿在他后面道:"下次我不要你的糖,你带点针线和我换吧!"那汉子应着,走过烧饼店时朝里面望望,随后挑着担子向西边去了。

红枣儿手里捏着块梨膏糖,从堂屋里出来。见黑补丁坐在对面朝这边瞅,忙笑嘻嘻地过去,将糖递给她。她嘴里唤着兰英,进了烧饼店。"兰英,这个解馋哩,"她嘴里说着,眼睛里全是压不住的喜色。兰英接过糖,却不吃。她坐在床沿,盯着床上的十几个大洋,右手有一搭没一搭地拨弄着一大把碎角子。这是一笔大钱啊,他们整天做生意,哪天连本带利见过这么多钱呢——对半的利钱还要转弯!炳龙得意得都不知道说什么好了,兰英和红枣儿也说不出话。他们心里都晓得,这交易肯定得做下去了。炳龙拿两个洋钱往红枣儿手里塞,红枣儿不肯要,"杀猪的要手狠,做生意的要嘴稳,我们的嘴一定要有个站门岗的,"她拿嘴努努外面道,"我刚才给她的是灶糖,为糊她的嘴,她不晓得就没事。"兰英道:"你们要警心着点,反正不能让她晓得,她不是灶王爷,是个丧门星哩。"

这一句话说得屋里人都有点凉飕飕的。炳龙简直被她们说怕了。不晓得师傅要是还在,准不准他去做这个生意。师傅说过,人心隔肚皮,隔层肚皮隔层山,可师傅也说过,树要一层皮,人要一口气,树皮长在外面,人赌气要赌在心里,炳龙心里道:我这也是赌气哩,我是和这日子赌气,我就不信过不好!

店堂里那马正原地踏步,它戴了眼罩,哪里也不看,只在原地踩。磨里的麦子早空了,马机灵,也不白使劲。炳龙在它屁股上拍一下，驱得它走了，自己往麦斗里添麦。白白的面粉淌出来了，白白的粉尘飘了起来。炳龙听到里屋的两个女人叽叽喳喳地说话，他手里送着麦，心里渐渐暖和起来。这是安稳的日子，他有马，有家，有自己的女人，有生意，而且这生意还会慢慢做得更红火。这店是师傅传下来的，地方太逼仄了，多少年来东一间西一间一点一点地接起来的，从里面看上去高高低低没个样子。但他想很快就会有余钱的，等钱够了，他要把这房子翻了重盖，连马厩都要砌得宽敞，至少要盖一栋七架梁的房子。上梁的时候他要放一万响的炮仗，要撒馒头撒糕，把全镇的人都引过来抢。他和兰英的婚事也要风风光光红红火火地再办一回。上回圆房，确实是太委屈兰英了。

红枣儿出去了。她临走时留话，说什么时候再去东台，给她来个信儿。兰英过来替炳龙往麦斗里送麦。虽说还没有显怀，但她蹲下来时却已有些吃劲。炳龙站起身，伸手摸了摸马。马鬃顺滑，从手心里滑过，仿佛那是它的头发。炳龙自己是个光头，没事就喜欢摸它的毛。他在心里说：大姑娘，大姑娘，我这生意，全靠你哩！

事实上做这生意确实也是靠了这马了。如果没有这马，没有它磨面赚来的钱做本，炳龙的私货生意根本就没法做起来。他们本来想着小打小闹地做做能有银圆赚就够了，但渐渐地就动了金子。他们用戒指、手镯去东台进货。红枣儿是个细心女人，手镯戴在手腕上太显眼，她戴在膀子上；戒指她让炳龙戴在脚趾上，幸亏炳龙没有正经做过农活儿，脚趾还戴得上，鞋子一穿，根本看不出，后来戴惯了，连走路时都不觉得疼。他们也不好再跟别人家的顺船了，隔个十天半月就自己雇了木船到东台走一趟。炳龙拉纤，红枣儿在船上扳艄，望上去十足就是两口子。炳龙回头远远望着船上的红枣儿，心里突然觉得对不起家里的兰英。兰英倒是不多心，每次他们出门，兰英都千叮万嘱，像是他们的娘。她真是个把家的女人，因为怕招眼，她提醒红枣儿，让她店里再做些南北货，这样他们到东台次数再多，也没人会起疑心了。

烧饼店的日子确实是发旺了。炳龙也晓得好日子更要敛着过，这是师傅给他留下的话。但俗话说"穷气冒三丈，富气满天亮"，烧饼店的旺气镇上人其实都看得出来。他和瓦匠木匠都打了招呼，等过了阴雨天就备料砌房。他日子过得旺，人也有些恣了，听戏打牌一学就会。到东台他也不光是做生意了，只要红枣儿不一起去，他就总要到戏院里泡半天。那戏院隔三岔五就要翻新戏牌子，换角儿，炳龙忙里偷空都不放过去看。都说人老了才喜欢泡澡，其实是日子过得快活皮就会发痒，炳龙差不多天天都要去洗一把澡。他躺在烧水的木蒸子上，那蒸汽把他全身都蒸得软和。高起兴来他还要喊人搓背，那搓背的十分吃得了苦，全身上下一寸不落，连卵蛋都给你搓得发红发亮。搓着搓着炳龙就哼了起来："……鲜花着锦花似锦，花开灿烂景更艳，花景双辉映。烈火烹油火更旺，红红火光照娇娘……"他记不全，那意思总归是日子过得发旺。哼两句戏词也就罢了,却又想起了那戏里的花旦,那眉眼,那身段,实在是靥……一想到这个他就出了丑,吓得扑通跳进水里去,半天不敢上来。

人一苦心里就有话,人一快活其实话更多。他把师傅留下的二胡找了出来。拉二胡其实不难,自己胡乱摸摸就能拉出调子。他吱吱嘎嘎地拉,咿咿呀呀地唱,东一锣西一鼓,窜了词他也不烦神。他想起东台戏院的三花脸,总是活蹦乱跳的,把他们班子里的戏名字都编全了,唱出来,想引人家天天来看。因为十分顺口,炳龙嘴一溜就唱了起来,一句也没错:

一箭仇,二进宫,三气周瑜芦花荡。四进士,武家坡,五鼠就把东京闹。六月雪,窦娥冤,水淹七军关云长。八大锤,九更天,十面埋伏小韩信。

他二胡虽拉得不好,嗓子却不差,和了那琴声后倒也不难听。有一天,他心念一动,运了手里的二胡就学马叫。没想到二胡学马叫倒是最顺当的,他连试几把,马那"咴咴"的叫声简直就活灵活现地出来了!他得意地看看那马,马诧异地望望他,凑过来朝他手里看,突然也扬着脖子叫起来。以后但凡他要拉二胡,总要先学几声马叫,引得那"大姑娘"过来,先当个听客。

他现在自己也喝点酒了。这件事他依了兰英,从不到街上的酒馆里喝,那样实在是太败家相了。这下子达广算是找到了对手,他常常自己带点酒食来凑热闹，连赵镇长有时也来赏光。赵镇长细细长长风一吹就像要倒的一个人，在这镇上却站得最稳，兵来兵去，无论谁来他都是镇长，这名头铁炮都轰不掉。他一来连兰英都觉得安心，觉得在自家也站得稳了。白驹镇的白天是镇长管，天一黑这白驹镇就全交给了达广管。每晚他喝到七八分时，就拎着梆子和锣出门去，咚咚咚……咣咣！二更天了……三更天了，炳龙和兰英躺在床上，床底虽藏着钱，心里却也安稳。咚咚咚……咣咣咣咣！打更的锣声还很清亮，达广的嗓音却已倦了。"月尽星稀，小心火烛！门户作响，起来望望……"四更天了，五更天了，天蒙蒙亮了，新的一天又开始了。白天总是忙忙碌碌，夜里听着悠扬的打更声。日子一天天过去了，炳龙两口子心里安稳而欢喜。

　　有一天对门的黑补丁家来了外客。酒肉香夹着男女的嬉笑声从门缝里漾出来，连那门缝里的灯光也比平日亮堂了。有个男人家里就是不一样。棉花店的伙计是个哑巴，光晓得弹棉花，一年到头也没个声气。那酒肉款待的是一个精壮汉子。那汉子敦敦实实，身上的衣裳都包不住他的筋骨肉，浑身像有使不完的劲。这是个盐侉子。前天晚上几个盐侉子来到白驹镇，一人挑一担盐一家家地托。这是个犯法的交易，只能夜里偷偷地做。盐家家都离不了，开饮食店的一次会进很多，他们一夜就把盐卖完了，其中一个却也不走，落了单，不晓得怎的就和黑补丁搭上了线。他挑着空担子进了黑补丁家，两三天都没有再出来。

这盐侉子叫什么，不晓得，只听黑补丁叫他"阿三"。他在黑补丁家做什么，不用问，听他用他那侉话和黑补丁的调笑声就明白了。她家的哑巴伙计心里有气，却说不出，悄悄跑出来冲人家比画。别人哪个敢多话？他自己急得手舞脚跺，头上青筋直往外崩。黑补丁笑着朝他招手，他一回去门就关上了，噼里啪啦一阵乱打，只听得那伙计嗷嗷一阵叫，过了一会儿也就安静了。绷擦擦，绷擦擦，那棉花又被弹起来了，开始还有些杂乱，渐渐就匀了，有板有眼，绷绷擦擦，绷擦擦……那棉花还在被继续弹着，不知何时，那声音里竟夹杂了另外的丝弦，那是二胡的声音。是简单的曲调，只听得黑补丁在唱："烧的山芋煎的团，锅盖不曾盖得完，被那黄狗吃掉一大半，咚咚咚锵！咚咚咚锵！"那汉子也放开嗓子笑了起来。

稍歇了歇，黑补丁和阿三在说话。阿三的弓两根弦跳着，等着黑补丁放声开唱。她一开口，那二胡声就贴了过去：

正月里来正月正，小寡妇在家冷清清，今年不过二十二，丈夫啊，我十七八就进了你的门。

二月里来龙抬头，双双对对往前走，别人家都一起行，丈夫啊，小寡妇无郎跟什么人？

三月里来是清明，家家户户去上坟，别人家坟上白纸飘，丈夫啊，小寡妇无郎泪哭尽！

……

> 十二月里大雪花儿飘,小寡妇在家多作焦,别人家有郎把被子焐,丈夫啊,小寡妇无郎冷到腰!

他们一唱一和,像是二人在前后脚走路。那二胡声突然停住,阿三道:"我来看看,是不是真冷到腰了?"只听得啪的一声,想来是黑补丁打了他一掌,随后咯咯笑道:"你手爪子作痒!"阿三又拉起来,自唱道:

> 东方发白晓星高,好吃娘子伸懒腰。身上的被子暖洋洋,哪个手摸得肚皮痒?麻油浸桃酥,洋糖甜芋拌蜜枣……

"你个死鬼!"黑补丁骂着,阿三哈哈大笑起来。

炳龙听着对门的声音心里没来由地着慌。他在家里坐不住。他把马松了套,牵到马厩,又去封了炉子里的炭火,拿指头戳戳发好的面,手脚就再没有地方放。那拉二胡的是大丰一带的"海里"的人,那边人说话都是这么侉,但和了那二胡声,就十分怪异,像是要惹出什么祸事来。炳龙想躲那声音,进了里屋,不由地望了望墙上的二胡。他伸手摸摸二胡的蛇皮,蛇皮竟也在颤动,外面轻它也轻,外面响它也抖得慌。炳龙一个晚上都像失了神,倒是兰英见怪不怪。也不晓得她是从哪里听说,以前就有个贩私盐的总在黑补丁家落脚,后来听说在外面死了。这个阿三就是那个人的侄子。她说，这个人兴许也没有好下场哩。

炳龙恨不得要把家里的二胡蛇皮戳破，让它不再响动，还好，对面的声音也歇了。那弹棉花的弓弦声又响了一阵，也住了。炳龙两口子洗洗上了床，却也睡不成。两口子想，黑补丁也许是旷得久了，干柴遇到烈火，又欺那伙计是个半聋，便十分的放肆。她家是个有二进房的院子，她住后进房，原本隔得远，但炳龙耳朵尖，被她撩得气苦，既没处出气，又没处煞火。忽然间他听到远处传来打更声响，终于觉得有了个存心处。达广的脚步声近了，却也轻了下来，听起来达广似乎老在喉咙里醒痰，突然间猛咳一声，锣也掉地上了，吓得屋顶上的一只猫失了脚，咣当一声踩落一片瓦，跑了。

第二天早上炳龙起来，两眼泛红，脸色发灰。黑补丁起来倒马子，他远远地避开了。他回去灭了炉火，交代兰英店门不要开，他要去东台进货。他到红枣儿那里留了话，说他这回要单独出去一趟，东台的货不全，他想去探探路，看能不能进一点西药。他心里放不下有身子的兰英，也不放心那马，就让红枣儿留在家里帮帮忙。黑补丁有了个俘男人，这其实不关他什么事，可不巧正与他家对门，无论如何这有点晦气，吵得他心烦。他估摸着几天之后他再回来时，那阿三也该走了。炳龙寻思，他总不至于在对面打了万年桩吧。

他在东台果然进不到西药。那个"大顾来的"说了，他们要的是"盘尼西林"，是能救命的药，有多少要多少。炳龙在东台仔细打听了路数，就乘了轮船到了无锡。

无锡是个富贵地方，十个白驹镇也没法比。无锡城里戏园子真不少，可他没心思进去听，他人生地不熟，还有正经事要办。他先是在街上找，他要找到能拿货的地方。无锡也有鬼子，炳龙倒不怕他们，虽说不是熟脸，但鬼子在白驹镇就是被打跑的，你不说你是从白驹镇来的，他们也不会来惹你。他又看见了马，鬼子骑着马在大街上巡逻，那些马枣红的多，有灰的，还有的竟黑得像猪，都没有他的"大姑娘"漂亮，不由地又觉得鬼子其实也呆，丢了马都不晓得找。后来他觉到肚子饿了，就想找个小饭馆吃饭。这时候，他又听到了二胡声。

这才是二胡哩。那声音一沾你的耳，仿佛就要把你拽过去，那弓就像是支在你心坎上拉。听了这二胡声，那阿三拉的就只能算个草鸡毛！那不是拉曲子，那是拉锯哩。炳龙进了那茶楼，见一圈客人围了张桌子，桌子边站个姑娘，姑娘身边坐一个人，正在那里拉二胡。那人约莫四十多岁，瘦得都枯了，穿得也单薄，脸上架着一副茶镜。他拉得凄惶，浑不知身边还有人在围了看，拉的声音像喝醉了的人在空房子里诉苦。他人生得瘦小，手膀子也瘦，但运弓把弦时却全是寸劲。慢的时候那弓像涩住了，手像粘了胶，拖不动，扯不开，陡然又快了，两手忙得像是急急风，有刀枪马上就要杀过来。炳龙也是听过不少小曲的——"一把扇子七寸长，一人扇风二人凉""凉月子天上挂，大小姐上绣房"……但今天这曲子他从没有听过，想也想不出名来。他听得身上发冷,心里发苦,苦水从心里漾出来,眼睛也潮湿了。那声音活像是分了两股,一股直冲上天,一股却直奔你心里去,想躲你都没处躲。炳龙听得呆了。他手里捏了两块饼,咬了几口,却不晓得滋味。

正听得入神,那曲子慢慢地就收了,一点一点,收成了丝线,那丝线被慢慢地扯着,拉着,眼见着是断了,在风里飘,再也看不见。炳龙差点叫出一声"好",怕人家笑话,又不敢出声。那人一曲拉完,坐着不动,鼻子上滴出一道清鼻涕,也不晓得去揩。身边的姑娘也不说话,端个盘子,一脸愁苦地望着看客。

"瞎子,我们不要听这个,没钱给你,你白拉了!"一个戴毡帽的腿跷在凳子上喊,"我们要听个喜气的!"那姑娘端着盘子走了一圈,果然没几个钱落进去。那瞎子听着那可怜的几下落钱声,僵坐着就不动。圈子里又有人喊:"阿柄,你就学一个吧,敲锣打鼓,百鸟朝凤,都成啊——学得灵光我们就请你喝酒!"炳龙晓得了,这拉琴的是个瞎子,叫"阿柄",不晓得是不是自己的那个"炳"。他原本是要给钱的,想到他马上还要拉,就住了手。阿柄把着琴,就是不动。半晌后说了一句:"我不拉。"姑娘伸手在他肩上轻轻捅了一下。"不拉拉倒!"那戴毡帽的摸出两个钱来,在手上叮叮当当地扔着道,"我的钱又不会发霉!"

阿柄叹了一口气,无奈地嘟哝一句什么,突然间一震,鸡炸了毛似的身子陡然大了一圈。喜气洋洋的锣鼓声顿时冲了出来!他那两个膀子张开又合拢,锣鼓铙钹全发着响声从他怀里往外

白 驹　　　　　　　　　　　　　　　　　　　　347

飞……怎么就这么像？就这一弓两弦怎么就能学出这许多声音？炳龙目瞪口呆。众人爆叫一声"好"。阿柄慢慢住了手，收了身子，略顿一顿，二胡里又传出了鸟叫音。众人都安静了。先听见一只鸟叫，然后是两只鸟对叫，渐渐地唤来了许多鸟，不知不觉间，无数的鸟围拢过来，麻雀、布谷、喜鹊，乱糟糟的，却又听得人心神清爽。阿柄拉得手乱，忙得像在扑火，头上青筋突出，突然他把着弦的手上下一滑，忽听猫头鹰"嘎"的一声怪叫，霎时间全静了，树林里的鸟全噤了声，茶楼里也像是空了。

阿柄身子软了，耷拉着头，像是要虚脱了。那姑娘端起盘子，叮叮当当的铜钱声响了起来。炳龙连忙摸两个钱扔进去。那戴毡帽的还在喊："我们要听百鸟朝凤哩，你这是夜猫子进宅，这钱我不给！"有人骂他："你总是白听，你就留着自己喝黄汤吧！"众人嘻嘻哈哈地笑着，炳龙看见阿柄脸上，两行眼泪从茶镜里淌出，流了下来。

盘子里的钱其实不少了。够买十来个烧饼了。炳龙晓得他拉得好，却拿不准是前面那个曲子好，还是学鸟音学锣鼓声学得更好，他更不晓得着阿柄又为什么要哭。炳龙寻思，拉琴也是个营生，好比做生意，什么好卖你就卖什么，给钱的要听什么你就拉什么，这也值得哭？看来这会拉琴的都不是一般人，师傅肚子里弯弯道道就多，这个阿柄，炳龙就更是弄不懂了。他有点后悔，刚才怎么就没想到让那阿柄学个马叫？他有这一身好本事，还不晓得学得多像哩。

一想到马，炳龙就想到了白驹。他出来了两天，也不晓得家里怎么样了。他想起那个阿三拉的什么"烧的山芋煎的团，锅盖不曾盖得完，被那黄狗吃掉一大半"，曲子听起来轻浮，想来也真不是什么好话。炳龙急着要回去了。他心里有事，拿货带货也就多添了点心，手脚也快。那药上全是洋码字，看起来就金贵。隔墙有耳，背后要长眼。他没敢多带，一路上倒也没出什么事。到家的时候，天已经擦黑了。

远远的，他望见了薄夜中的那匹马。"大姑娘"刚从水里洗完澡上岸，浑身湿漉漉的还在滴水，红枣儿牵着它正在往镇里走。炳龙没有喊出声，背着包袱赶走了几步。红枣儿没看见炳龙，那马倒有了知觉，它停了脚，转过了身，"咴咴"地叫了起来。红枣儿也回了身，望着炳龙微微一笑。炳龙心里一热，伸手抓挠着马的鬃毛。那马也欢喜，伸着它长长的脖子，直往炳龙的怀里拱。炳龙拍拍肩上的包袱，意思是诸事顺利。红枣儿笑笑，告诉他，家里没事，兰英也蛮好，她说："在外面的人不觉得，家里人可日夜担心哩。"说着，自己脸倒红了。

两人都不再说话。红枣儿放了缰绳，让马自己在前面走。街上摆夜市的人家都掌了风灯，炳龙和他们打着招呼，告诉红枣儿，他在无锡吃了那里的烧饼，比白驹镇的差得远了。红枣儿应着，悄悄说一句："我们这像是游街哩。"说着落到了后面，跫进了药店，炳龙晓得她是不愿和他一起走，脸红了一下，自己就先跟着马走了。

他是从西边进的镇。没走多远,忽听得街上乱了。"让!让!让!"有一帮人从东边喊着,直奔他家的那个方位。他慌了,抢跑几步马上又住了脚。他怀着鬼胎,下意识地拢了拢肩上的包袱。但他立即看出,他们这并不是冲自己来的。街上的人也慌了,有人躲着,护自己的摊子,有胆大的倒直往前拥。炳龙不晓得兰英在哪里,心里发急。那马站定了,不肯再走,他牵了缰绳往街边上站站,抬眼却望见兰英正急急慌慌地在关店门。兰英先看见了马,直冲炳龙打手势,让他快回来。炳龙使劲牵着马进了门,刚把包袱递给兰英,那伙人就到了。他们刷的一下就把黑补丁家的门围住了。

炳龙悄悄半开了门看去,是东边来的和平军,都带了枪。郭连长站在街心,手一挥,两个兵正要往里冲,这时黑补丁家的门砰一声就开了!那阿三窜了出来,只一拳一脚,就打得两个兵发了蒙,他一手抄起一个兵,抓住他们的头发,对准了狠狠一撞,两个兵就软了身子。郭连长举了枪跟着瞄,嘴里喊打,却也放不得枪。阿三如疯虎一般又捞起扑上来的两个兵,再一对撞,地上一共就睡了四个兵。人群这时全闪开了,街上空出了路,阿三嗷嗷叫着,拔腿要往西边奔去,地上倒也有两个睡醒的,爬起来又扑了上去。阿三稍一闪神,却被郭连长挡住了去路。阿三转着眼珠慢慢往后退着,退到墙角,几个人端着枪,一时倒也近不了他身。那局面暂时就僵了。

炳龙没想到刚一回家就看到这场战斗。他看得眼发直,白马却从他后面伸出头,也朝外面看。兰英拽它尾巴,它不理,还朝后弹弹腿。黑补丁木着个脸,站在自家门里,拢着袖子两不相帮,倒像是个看戏的。那哑巴伙计大概原本是在弹棉花,头上身上全是花絮,手里拎着大弓,也在门里看热闹。他那大弓天下无双,只是有弓没箭。那几个兵还在往前逼迫,阿三悄悄往巷子口瞥了一眼。哑巴伙计手上发痒,有心凑趣,时不时地还拨一下弓弦,嘭!嘭!嘭嘭!这声音平时炳龙是听惯了的,这时候听起来却真是怪异。事后达广也说这白驹镇也真是怪了,马是战马,还有人拎个大弓,只是都不济事。达广确实有资格这样说,要不是他,那阿三还真弄不住。阿三退到巷口,瞅个空子,呼地就往北奔。不想巷子里突然掉出一条凳子来,猛地绊他个狗吃屎。他还没有爬起来,达广不晓得是从哪里冒出的,上去一锣棒,打得那阿三满头开花。再要动时,几个兵已经扑上去把他按住了。

　　炳龙开了门站上街时,阿三已经被五花大绑地推着走了。炳龙拿眼去找黑补丁,只见她骂完那伙计,一扭身子进了门。不一会儿,弹棉花的声音又响起来了。

　　炳龙问兰英,晓不晓得这件事的首尾,兰英说她不晓得。红枣儿说她也不晓得。第二天,镇上到处都在传话,说什么的都有。本来郭连长也不是个多事的,贩私盐虽犯法,却也从来是民不举官不究,要是没人告发,哪个来管闲事?黑补丁是个什么角色?她不来贴你,你就该念佛了,哪个敢去主动贴她?比较一致的说法是,出头告发的其实就是黑补丁自己。贩私盐利润大得吓人,那阿三是个头儿,身上少不了黄的白的货色,他是光身被抓走的,免不了坐大牢,这下子又全落到黑补丁手上了。她卖的这一回,抵得上东台的私门子卖几年的了。

  白驹镇的人都晓得一句老话——"偷来的锣敲不得。"黑补丁拢了那阿三在家里,本就不该喝酒唱曲儿弄出那么大的声气,她故意弄得全镇都晓得,想来是要叫人拿不准究竟是谁报的信儿。黑补丁八成也听到了镇上人的闲话,第二天端个条凳坐在门口就开了骂。她擤鼻涕吐口水,骂天骂地,骂哪个失天火烧的背地里下刀子,大的小的一起死光。药店的桂香被她骂得难过,舞了膀子从东边冲过来,要同她拼命。赵镇长把桂香拦住,说她骂的是失天火,你家的房子是炮打了烧的,人家骂的又不是你。黑补丁骂一阵歇一歇,歇一阵又出来骂,一连两天街上都不得安生。她骂归骂,却不准哑巴伙计歇手。她骂来骂去没人搭腔,渐渐地也就没了火气,听起来倒像在唱戏。那弹棉花的声音替了二胡,像是在给她拉过门哩。

  炳龙被她骂得心慌,一连几天都没心思做生意。黑补丁骂了两天,第三天她突然就换了脸,坐在门前晒太阳,笑吟吟的,见谁都老远就打招呼。她安生了,炳龙家却安生不了了。那马原是个安稳的,不晓得怎么的,开始在家里着躁。原先它整天在家里拉磨,半天也没个声息,傍晚牵它出去,它才撒个欢,喊两嗓子。现在突然就变了性情。它拉磨拉不了几圈就不肯走了,喂它料它不吃，沾了麻油的烧饼它也不正眼看。尥蹶子掀屁股，连套都不让你给它戴上。兰英是有了身子的人，怕给它踢着，都不敢再近它的身。红枣儿悄悄对兰英说，它这怕是发情了。它要出去交配哩。炳龙以前是见过牛发情的，走近了一看，那马的阴门活脱脱就像个大牛鼻，又红又胀，像是肿了。炳龙又慌又臊，简直说不出口，只盯着马屁股发呆。他不说兰英其实也懂了。炳龙直在心里骂黑补丁：那实在是个撩骚精！不是她惹了那阿三来，半夜里弄得着火，这"大姑娘"好端端的怎么会发骚？谁说它就听不懂呢？它就是听不懂也能闻到对门的骚气哩。

他骂归骂，却也不敢冲着黑补丁骂，也不好对兰英说，要不兰英还以为他起了什么歪心思哩。两口子其实都没了主意。"牛鼻"不是吹的，是要公牛配的，这马也要找一匹公马来配，可这方圆多少里，哪儿再有一匹马呢？唯一的办法，就是耐着性子伺候它，等它自己熬灭了性子。男人起了性子是夜里难熬，天亮也就罢了，这马却不晓得丑，白天更不安生。它越来越躁，使劲地扯那缰绳，用来拴缰绳的柱子都被磨去了一层皮。炳龙实在拗不过它，只好把它牵出去，到牛市场那里去撒撒缰绳。

那天正好逢集，牛市场上猪叫羊喊的热闹得很。见来了马，马上就围来一群人。炳龙嘴里说着不卖不卖，心想自己来得不巧，这马根本就跑不开。马站在土场中央也不晓得朝哪里迈腿，它"嗒嗒嗒"地在原地踏着脚，在地上东闻西嗅，一个响鼻打出去，地上腾起一团灰。突然它扬起前蹄冲河边"咴咴"叫了起来。那里有一头牛,正在啃青草。见那马过来,警惕地抬起头,弓了腰,拉开了架势。那马跑过去,也晓得认错了主,又不甘心,围着牛团团打转。炳龙一时还有些发蒙,牛倒懂了马的意思,马上抬着犄角像端着两把刀似的防着那马。人群轰一声全笑了起来。牛主人拎着牛绳,当鞭子使着。"你这马疯啦,"他笑着朝炳龙喊道,"你自己不弄找我的牛做啥?你也是个公的哩!"炳龙臊得不行,朝马屁股就是一脚。这还是他第一次打马,那马激灵一下,飞一般纵起老高,腾起身子就冲远了。

这时牛市场大乱。猪啊羊啊叫成一片,地上的鸡鸭绑了腿跑不远,却一蹦老高。炳龙见势头不好,撒开腿就追,那马眨眼间就奔到了田里,朝北边跑去了。"'大姑娘'!'大姑娘'!"炳龙边跑边喊。后面的人一听都笑得岔了气。他们笑骂着跟了一阵就住了脚,就只一个炳龙还在后面追。绿油油的田野上跑着一匹白马,渐渐地马就跑远了。

炳龙实在跑不动了,他一屁股坐在地上,喘得像要断气。马早就不见踪影了,田野上空荡荡的。这正是师傅逃难走过的那条路,就在那一天,师傅死了,他捡到了这匹马,万万没想到,养了大半年,它还是没了。

命里是你的跑不掉,命里没有的你也别强求。炳龙在田埂上坐到天黑才回家。他原本还带了一点希望,因为那马以前也曾自己跑回家的,但这一次它真是连影子也不见了。兰英已经听说马没了,正在家里哭。炳龙只好劝她,说这是命。马槽里兰英放满了料,磨盘也在,久已不用的马鞍也在墙角摆着,连空气里也还有马的味道,但马却不在了。两口子在床上躺了半夜,三更天时,炳龙霍地坐起,呆了半晌,又躺下了。每天这时他都要给马添料的,现在用不着了。他自己也落了泪。

怎么也没想到,那马还会自己回来。第三天下午,他正在店里发面,东边街上传来了一阵脚步声。有细伢子喊:"马来了!马来了!"炳龙一时还醒不过神来。兰英连忙迎了出去。红枣儿站在门口道:"'大姑娘'自己回来了哩!"炳龙一看,那马从东边稳稳当当地踱过来了。它悠闲得很,松泛得很,伸着长脖子东张西望,见了炳龙,还咧了咧嘴。兰英一把抱住它的脖子,它也弯过脖子去舔兰英的背。马的身上多了些伤痕,缰绳也只剩了半截,真不晓得它是怎么回来的,更不晓得它从哪里回来。炳龙连忙把门全打开,那马"嗒嗒嗒"地上了台阶,自己站到了磨盘边。它这是想干活儿哩。炳龙心里一热,抓了两个烧饼送到了它嘴边。

这一回"大姑娘"在镇上真的成了个名角,说来说去都说它忠心、通人性。有人还说他看见了那马,见河游水,遇桥过桥,有几个乡下人也想追的,可一个也追不上。炳龙心里纳闷,这两天它究竟去了哪里呢?可是马不会说话。回来后它毛也顺了,气也顺了,乖巧得像个闯了祸的小孩。等了几天,还是黑补丁消息灵通,她告诉说:"有人看见那马是到灯塔去了,那边没有马,却有驴子,驴子小归小,也管用,"她嘎嘎笑着说,"它交配过了,不信你就等着看,它要下个骡子出来哩!"又说,"骡子也好,总算是添丁进口了,可惜的是种杂掉了。"她的话不好听,但炳龙倒也相信。他前次带它到灯塔去打掌子,就是因为那边不少人家养驴。马肯定是记着了。

  黑补丁说这话时兰英正好去了河边,不在家。她听说黑补丁说了这话,立即气不打一处来。她拎起一根扫帚枝,没头没脑地朝马抽过去,边抽边骂道:"你发骚,我叫你发骚!人家说你偷人哩!"炳龙拦住她,赔着笑道:"它偷什么人,它是个马,要偷偷的也不是人。"兰英丢了扫帚枝,骂得更响了:"你不偷人,你偷驴!连驴子你也偷!你猪也偷狗也偷,全镇上哪个不晓得你偷人咧!"那马被她打了骂了,却既不躲也不叫,顶着个眼罩只管拉磨。它似乎晓得主人骂的其实不是它,所以不计较。炳龙怕兰英惹出事来,又不敢顶嘴,手脚不晓得往哪边放。黑补丁家里不见人,只那个伙计在弹棉花,棉花絮子直往外飞。红枣儿听到声音来劝兰英道:"你何必和她计较,动了胎气自己苦。"她又警警对门道:"不是我说你,人家说得哪儿错啦?人长人眼,贼长贼眼,她最晓得怎么偷人哩。"炳龙也在旁边道:"'大姑娘'要真带了个骡子才好哩,马是捡的,骡子就是我们自家养的了,我们要更发旺了。"嘴里虽这么说着,心里却想到,和兰英的婚事到现在也还没有好好操办一下。兰英虽不说,其实真是受了委屈。可她现在已有了身子,再操办也难看哩。

其实现在日子算是好过了。兰英身子见重,脾气也大了,红枣儿说这是该当的。马真要下了骡子,那真是好事一件,但炳龙总觉得这阵子镇上不安生,就像要出什么事情。夜里镇外面时常有零零星星的枪声,其实镇上人都听惯了的,离得也远,炳龙却成夜地睡不着。他心里老着慌,像做了贼。从无锡带的货他一直没敢拿出手,就藏在床底下。那个"大顾来的"汉子来过两回,头一回跟炳龙要了一把马尾巴上的毛,说要带回去穿二胡的弓。第二回他是傍晚来的,坐着吃了两个烧饼,喝了碗茶,开口就说要借马使使。炳龙吓了一跳,连忙说这马只会拉磨,人从来都上不了身。那汉子道:"你哄哪个啊,你以为我们不晓得这马是从哪里来的吗?战马不能骑人,鬼都不信哩。"兰英也道:"这马有了身子哩,吃不得重的。"那汉子嘿嘿笑道:"我只看出你有了身子,这马我看不出来。有了身子它还拉得了磨,骑个人难不成就压坏了它?"随后他压低声音道:"不是我们一般的人骑,我们有个首长,大首长,他受了伤,要急速到北边去治。"炳龙心里道:养不住了,这马养不住了,难不成它就这样被弄走了吗?!他还是不死心,道:"要治伤乘船不更好吗?我们这边的路它其实也走不惯的。"那汉子道:"它到灯塔都能自己回来,机灵得很,你以为我们不晓得?"他又拍拍马屁股道:"有一段河有鬼子汽艇,我们从北边走旱路,明早就还你。"随后他笑嘻嘻地道:"你借我们一回马,也算是为打鬼子立了一功。"见炳龙还要说话,他边在身上摸索边道:"好了,要不我押个东西在你这里？"他摸来摸去也摸不出什么东西，炳龙看见他腰间有什么东西硬撅撅的，心想肯定是一把枪！他手刚摸到那里，炳龙就松口了。

那汉子想得周到。傍晚时分不是炳龙就是兰英反正总要有个人把马牵到西边去洗澡的。他先去镇外等，让炳龙随后牵着马赶到。炳龙是个乖巧的，既然要借马，连马鞍子都安好了交给他。他包了几个烧饼交给那汉子，让他喂给马吃，看着他牵着马往北去了。那汉子没走多远想骑上去，马"咳咳"地叫了一声，颠了几颠就把他颠掉了下来。炳龙远远地望见，心里解气，却又担心，怕马还要吃苦挨打。

不用说，炳龙两口子一夜没睡好。兰英哭得人心烦，他劝她，这马原本也是捡来的，就算那天没捡到好了。话虽这么说，炳龙还是一直支棱着耳朵，不放过外面的一点动静。他最怕有枪声，北面要是交了火，他的马肯定就没了命。二更天，三更天，五更天，天亮了。炳龙没心思做烧饼，有人来问，就说是身子不适，要歇一天。他坐在磨盘上发呆。到了下午，来了个面生的人，说是"大顾来的"，要炳龙到牛市场去一趟。炳龙大喜过望，跑到西面一看，老远就见那汉子牵着马在等他。因为逢集，土场一个闲人也没有。那马见了炳龙，撒开蹄子自己就跑过来了。它倒像没事一般，炳龙心里发酸，迎过去上下摸它。那汉子满脸是笑，说："平安无事，完成任务！"他说这话的时候是个兵，接着却笑成了老百姓："怎么样，一根马毛也没少你的吧？不信你数数。"炳龙两口子直道谢。那汉子道："我们是有规矩的，一是有借有还，二是买卖公平。"炳龙却好奇起来，问："它真的给人骑了？"那汉子道："怎么不给人骑？战马就是要给当兵的骑的。"又说："也怪哩，开始我们也骑不住它，后来马鞍子一拿掉，它就乖了。我们首长骑了后稳得很哩。"

炳龙顺手把马牵到水里，让它洗了个澡。回家的时候他心里一直觉得奇怪。他相信这马一定是被打怕了，才会给人骑的，可是马身上却又没有一点伤痕。难不成它真的精怪，卸了鞍子才让人骑？炳龙心念一动，把马鞍卸了扔到地上，屏住一口气，双手搭到了马背上。那马有了知觉，晓得他要骑，竟稍稍塌了腰，稳着身子等他骑上。炳龙后退几步，然后跑过去，猛地一窜，不想却窜过了头，一头翻过去了。他跌得肩膀直疼，想想不服气，又跑回那边，算好距离又往上窜。这一次他学乖了，一上马背，顺手就带住了马脖子，人终于是坐住了。

他刚一坐好，马身子就一矬，撒开四蹄飞奔起来。炳龙吓得大喊大叫，手忙脚乱地捞住缰绳，用力一勒，勒住了马辔头。那马说停就停，"咴咴"地叫一声就住了脚。它秀气地回头看看炳龙，好像是还没跑过瘾。炳龙道："你可不能让人晓得你也是肯让人骑的！"他把马鞍戴好，肚带扎紧，好像这样一来从此就把马护住了。他对马道："人家晓得你肯让人骑了，我怕是以后就养不住你了啊。"炳龙嘴里嘟哝着，进镇了。他现在这样子就像是刚牵了马去洗过澡，没有人会想到他的马已经离开白驹镇一整天了。

那"大顾来的"汉子姓刘,他说过他们的规矩是有借有还,买卖公平,下次他再来时,又说了这话。炳龙已经和他处得熟了,他本来就想好了,要把从无锡带来的货给他。俗话说捉奸捉双,拿贼拿赃,货老放在家里总是个心病。炳龙这其实是有点推死人过街的意思了。那天姓刘的一进来就吓了炳龙一跳,他买了一口一尺八的锅,顶在头上,猛一看像是戴了个大草帽。他一进门就把锅放在地上,要了两个烧饼,就着一碗茶,三两口就吃得精光。他东一榔头西一棒地扯话,眼见着天就要擦黑了。炳龙虽已打定主意要出货,却也晓得最近镇上不宁静,他关门打了烊,又让兰英去红枣儿家坐坐,自己一个人望着街上。姓刘的站起来望望天色,有了要走的意思,炳龙话一绕,就绕到货上来了。他问道:"那个西药,叫什么西林的,有什么用啊,怎么就那么金贵?"姓刘的笑道:"赚钱要有胆,没胆不发财,绕了半天你才归位!"他又挤挤眼睛道:"我晓得你手里有货,钱我这里是现成——货在哪里?"炳龙不说话,起身进了房门。他钻到床底,把那个包袱拿了出来。姓刘的跟进房来,一见货就欢喜,他笑嘻嘻地道:"我说哩,光做些墨水纸张能有多大赚头?我们是一手拿枪一手拿笔,你也该是一头做饼一头卖药。你是个角色儿!"包袱里有二十盒药,炳龙托在手上,简直不敢想自己怎么就把这么多药带回来了。姓刘的看看药,还要说话,炳龙心里发急,巴不得他赶紧掏钱走人。他晓得一手交钱一手交货这生意还不算了结，要等他平安离了镇才算万事大吉。姓刘的一支支对着光验了货，摸出五根韭菜金，放在炳龙手上。

炳龙捏着金子，手里沉，心里更压得慌。姓刘的把药装在拎褡里，背上了肩。他顶上锅，临走时又交代炳龙，下次不要在店里交货，约好时辰，就在镇外的十字坡成交。炳龙嘴上应着，怀里却像揣了个兔子。他心里想着，这一笔做过，下回怕是不能再做。他实在是怕。

姓刘的正要出门，突然间东边就有了动静。只听得红枣儿喊道："哟，郭连长，到街上转转啊？"兰英也扯了嗓子道："郭连长逛街还带了枪啊！"那边兰英其实已带了哭音。郭连长喝道："在哪里，人在哪里？！"说话间脚步就近了。这姓刘的才真是个角色，他刚才还一副疲沓的样子，顿时就挺了身子，掏出枪要往外冲。炳龙一把拽住他，压低声求道："我的爹爹哎，你快躲躲，打起来我就冲了家啊！"姓刘的略一迟疑，丢了锅，嗖地就窜进了里屋。炳龙听见那脚步声已经过了红枣儿家，也急了眼，操起地上的锅摆到了自家的锅里。他才把锅盖盖好，门哗啦一声就被撞开了，郭连长端着枪冲了进来。

"人呢？人在哪里？"郭连长的枪对着里屋，几个兵端着长枪立即就散了开来，里屋、马厩、烧饼炉子后面，每个地方都有枪对着。郭连长喝道："看不出啊，炳龙你好大胆！你把人交出来！"他盯着里屋，转着身子，倚到了马身上。马戴着眼罩，大概也晓得来者不善，抬腿就是一脚。郭连长嗷一声捂住了下身，蹲了下来。炳龙在马背上扇一巴掌。马嘶鸣一声，人一样站起来，像是两腿一蹬就要冲出房顶的架势！几个兵都吓得脸脱色。炳龙装糊涂道："什么人？你说的是谁啊？"郭连长苦着脸道："好你个炳龙，你敬酒不吃吃罚酒，搜！搜出来你罪加一等！"几个兵弓着身子分头进了马厩，入了里屋。马厩里当然没有人，里屋里却也没有。炳龙的心都好似要蹦了出来。"搜！仔细搜！我就不信他能变成土行孙！"郭连长喊着，也进了里屋。

烧饼店虽说往外接过几回，其实也就那么大，不说藏人，连个猫也躲不住。炳龙以为那姓刘的从后门走了，不由地抬眼看看那边。郭连长立即察觉，刷地朝后门举了枪，一步步逼过去。后门其实是从里面锁着的，这一下连炳龙也想不出姓刘的究竟躲在哪里了。店门外此时围了一圈的人，怕又挨枪子儿，也不敢靠近，都躲在墙垛子下面抬头看着。炳龙慌得腿软，却也晓得人在这时千万不能腰软，这时候一软，立马就散板。他赔着笑道："郭连长，我是个安分守己的，你到底要抓哪一个啊？"郭连长狐疑地盯着他，又进了里屋。里屋也就只有屁股大点的地方，他慢慢地把目光聚在了床上。"出来！你出来！"他呵斥着，从一个兵手里接过长枪，往床底下捅。他正着捅，反着捅，怎样捅都无果，收了长枪站起来。他奇怪地道："日鬼哩，明明有人看到的，他烂啦？化渣啦？变鬼啦？"他暴怒起来，一转身出了里屋，拿眼往店门外望——他这是在望谁哩？此后一连几天，炳龙心里都在想,他到底是在望谁?他望的是谁,就是谁报的信儿!这时兰英过来了,她浑身发着抖,一屁股坐在磨盘上抹开了眼泪:"人呢?是老的还是少的?是男的还是女的?你交给我啊?"她扬着嗓门哭起来。红枣儿也进来了,她到底胆大,接过话头道:"都是熟人熟事的,你若拿不到人,话不好听哩。"她面不改色声不颤道:"郭连长啊,也不是我多嘴,你哪里不找还专到床下找,逮到个男的就是兰英偷姑佬,逮到个女的就是炳龙偷嘴!捉奸捉双,你要交出个人哩!"

门外的人不知端底,有人笑了出来。郭连长铁青着脸,手一挥道:"撤!"随后气哼哼地走了。

炳龙劝着兰英,去把门关上了。红枣儿心里疑惑,奇怪地望着炳龙。炳龙摇摇头。他也不晓得那姓刘的还在不在,如若不在,也不知他是怎么走的。炳龙看看天窗,天窗好好的。天黑了,下起了细雨,天窗上滚起了水。三人在店堂坐了半响,外面的人也散了。红枣儿进了里屋,突然"呀"地叫了一声。炳龙进去一看,只见那姓刘的正坐在床上喘气。他头上身上全是灰,像是刚从灰堆里钻出来。他做了个手势,让他们不要声张,拎了拎褡裢一样开了后门,一闪就出去了。

兰英的嘴张得老大,半天合不拢。她问:"他就一直躲在床下?他倒是怎么躲的呢?"炳龙手里一直抓着那几根韭菜金,手里出汗,金子也像被挤出了水。他一屁股坐在床上,浑身像是面发过了头,软软地简直要瘫下去。三个人坐的坐站的站,像庙里

白 驹　　　　　　　　　　　　　　　　　　　　　363

的泥菩萨，一句话也说不出。炳龙这时已经断定，姓刘的肯定是抓着床桄贴在床下，所以长枪捅不到他。难得的是他毫无动静，像个壁虎似的能贴得牢贴得久。这才是真正的厉害角色。炳龙突然想起他的那口锅，决不能再留在家里。他出去揭了锅盖，站着发呆。红枣儿看出他的心思，说她带回去。她端了锅，从后门回去了。

炳龙把金子交给兰英，让她还放到墙洞里。他心里还是不踏实，也许要等到姓刘的下回再来，他心里的一块石头才能落地。这是汤锅边跑马刀口上舔血的营生，姓刘的若再要来，天大的利他也不能再做了。正胡思乱想着，突然远处传来了枪声！兰英从里屋奔出来，看着炳龙，都吓得傻了。

枪声是从南面的河边传来的。雨天里的枪声又闷又响，震得人心像树叶子般乱颤。两个人在家里六神不安，慌得团团转，也没个抓挠处。磨子上麦斗里的麦子早就空了，那马原先是停着的，这时却又拉起磨来。拉空磨的声音转得刺耳，一圈一圈，像在磨你的心。枪声响得成了串，马倒像是没耳朵，并不理会。炳龙稳住神，把马脸上的眼罩解了，马住了脚，脸对着他们两个，一只眼看兰英，一只眼看炳龙。它倒是不慌哩。炳龙听见那枪声里还夹着人喊声，却也听不清喊的是个什么。渐渐地，那枪声远了，拐到了西北面。炳龙想，这肯定是姓刘的汉子奔了"大顾"方向。炳龙好像看见他在前面跑，边跑还边朝后面还击。子弹嗖嗖地在飞。炳龙像是要死了，连神都散了，他自己也好像在跑，在田野上没命地狂奔,只是不晓得他是那追击的人,还是在被别人追。他跑啊跑,所有的子弹全飞过来追他,他只能一直跑到死。

更密集的枪声响起来了,"大顾"那边像炸开了锅。炳龙被震醒了,眼睛定了神。他像刚被鸟铳打过,浑身都漏了气。兰英道:"打起来了,'大顾'的人出来了!"炳龙望着兰英,突然哭了起来。"天呐,这祸闯大了啊!"兰英倒稳住了神,她抱着炳龙的头道:"没事的,他们抓不住他,他们抓不住就不晓得人是从我们这边走的。"炳龙淌着眼泪道:"怎么不晓得?他们是码准了才奔到这里的,他们刚才没有走远,就在附近周围等他。"兰英道:"只要不在家门口抓到,我们就不认!"她语气虽稳,其实也受了惊。炳龙的头贴在她肚子上,忽然感到她肚子里有一块突了起来,慢慢地胀,又收回去。这是他的儿子啊,他也不安生了啊。这个时候炳龙感觉到儿子在动,他更揪心了。枪声渐渐地稀了,停了,只听到街上有人家的门在响,那是出来探风声的。他突然想起了要紧的事,连忙跑到里屋,从床头的墙洞里掏出那个冰糖瓶子。瓶子里白的黄的都不少,那五根韭菜金也在,刚才太慌张,都被捏得绞了。他钻到床下,摸到两块松了的砖头,扒出来,把瓶子安放进去。

兰英看他做得妥帖了,说要去红枣儿家看看。正要出门,镇西边又乱了。哗啦啦的脚步声从石板街上风一般卷过来。炳龙听着那脚步声奔过来,更盼着那脚步声从门前奔过去。是祸躲不过,惹鬼走不脱,兰英正要把门闸起来,门砰地就倒了,要不是兰英让得快，门板就要打在她身上了。郭连长冲进来，黑洞洞的枪口对着炳龙："走！跟我们走一趟！"

这是炳龙平生第一回被枪正面对着。他嘴里说着："做啥事？做啥事？"身子直往边上让。兰英冲过来，护着炳龙道："我们犯什么法啦？他哪儿也不去！"边说边把炳龙往里屋推。磨盘边的马突然焦躁起来，"咴"地叫一声，前蹄一掀，在店堂里小跑起来。几个兵让着它，让得东倒西歪，郭连长抬枪朝它耳根就是一枪。那马猛一颠，哀叫着跑到马厩里去了。几个兵身上精湿，又是泥又是水，全像是泥猴子，人倒是一个没少，只一个兵手上滴着血，不晓得是被打了哪里。他举起枪拐子朝炳龙捣过去，炳龙一让，郭连长的枪口又戳到了他的腰眼上。郭连长戳一戳，炳龙就退一退，郭连长步步紧逼，把炳龙戳到了门口。兰英扯住炳龙的衣袖，又扯郭连长的衣袖，郭连长手一甩，就把炳龙推出了门。

外面雨大了，天很黑，石板街上却一片清亮。炳龙在前面走，几杆长枪对着他的后背。兰英哭着喊着在后面跟着，红枣儿把她拉住了。他一路走着，看见家家户户都掌了灯，人全挤在家门口看他，没一个敢多话的。炳龙感觉腿肚子像筛了糠，在人面前却也犟着，不尿包。他晓得姓刘的没逮到，郭连长吃了亏，怎么会不拿他撒气？早几天黑补丁家闹盐侉子，炳龙就看出郭连长其实是个笑面虎，发作起来六亲不认，但他没料到才几天工夫这枪就对准了自己。那姓刘的在镇上常来常往，肯定也不只做他一家的生意，最后却把祸惹到他家，炳龙想不出，到底是谁放的坏水。他眼睛散了神，眼神分了叉，像是在找人，却也不晓得要找谁。突然他望见黑补丁手里拎着一包酱菜从前面过来，炳龙顿时心念一闪，才晓得自己一路上其实就在找她。不是她又是哪个？哪个能把得这么准？黑补丁像是心里有鬼，往边上一让，一避就闪进了小巷子。炳龙刚要说什么，此时药店的桂香站在门口道："郭连长，喊人喝酒还带枪啊？"又笑眯眯地朝炳龙道："炳龙你不要小气哩，今天晚上该你会抄！早去早回，明早我们还要吃你的烧饼哩。"郭连长不理她，抬手又朝炳龙肩膀上一推。

天已经全黑了。街上全是人影子。炮楼已经不远了。炳龙突然慌了神，觉得两边的人都在看他，就像看着他去送死。出了镇要进炮楼是往北拐，另一条路朝东，通着蚌涎河大堤。炳龙站住了脚。郭连长枪一挥道："朝东，上大堤！"

上了大堤就是烂泥路了，脚上的泥越来越重。几个兵举着枪也走得艰难，不由自主地收了枪，扛在肩上，走得一跐一滑像在摇花船。河堤上风大，煞风迎头吹来，所有人的头发都湿漉漉地扒在头上，人却走得全乱了，像一群鬼影子在舞。大堤的下面是大河，黑沉沉的河水里散落着一片片的垛田，垛田上的油菜花早已零落了，远远望去却还是成团的黄色，一片片蹲在河水里。郭连长走得脚乏力，停下来，嘴里嘟哝着道："喝酒，你还想喝酒，今天你是要喝断头酒了！"炳龙晓得自己已近了鬼门关，见郭连长露出话头，马上就接口道："又不是我说要喝酒，是人家说你要喝。"说着话就软了："喝就喝哎，我请弟兄们一起喝，行不行？你们这是把我往哪里带啊？喝酒也不能在路上喝吧？"郭连长见他疲赖，来了火，大声喝道："你喝个屁！跪下！"后面一个兵对准炳龙的腿弯子就是一捣。炳龙腿软了一下，立即又硬起来。几个兵拿枪对着他，他站着就是不跪。他听达广说过，挨刀的不肯跪下，刽子手就不敢动刀，怕那死鬼来缠他。一个兵拿枪箍他的腿，他又跳又蹦地躲着枪，就是不肯跪。一时间他们气得呼哧呼哧直喘气，倒也拿他没有办法，就这么僵着。

大堤北边不远处是一片坟场，高高的老树林在风中号丧。树林里有一座碑露出来，是前两年新四军立的，上面写的是"大文学家施耐庵之墓"。这里就是"十字坡"了，天生就是杀人的地方。炳龙回头望望白驹镇，黑沉沉的，街口有一盏风灯点在那里。东边遥远的地方就是灯塔了，灯塔的光像是天上破的一个洞。他忽地想起了那匹白马，他和红枣儿带马去打掌子，就是从那一回开始他动了做私货生意的心思。两做三做，做到了今天这地方……他转过身，对着那几杆枪，呜呜哭了起来。

"哭你个鸟哩！"郭连长骂道，"你号个什么鸟丧，等你老婆号丧收尸吧！"堤上阴风阵阵，个个冻得浑身发冷，郭连长怕是也有点懊悔了。他在火头上把人直接带到这里，现在不好弄哩。这时候西边突然传来了声音。是马蹄声！炳龙一眼就望见那匹白马沿着黑沉沉的河堤飞奔而来。那马上有人喊道："枪下留人！"

那马转眼间就冲到了近前，如白龙一般腾起前蹄，仰天长嘶，收住了脚。马背上忽地跳下一个人，跌跌撞撞地跑过来，啪地一个立正敬礼，高声喊道："报告郭连长，枪下留人！"

来救命的是达广。他腰间还别着打更的家伙，一个立正，那铜锣就叮当作响。那几个兵早把枪撩过来对着他。"好啊，是你！"郭连长虎着脸道，"我以为是谁胆敢来劫法场。"他火像是更大了，手一挥道："不行，立即枪毙！拖走！"那几个兵不晓得他说的话是真是假，一时倒也不动。炳龙顺坡打滚，一屁股坐在泥地里，一声也不吭。达广拦着郭连长道："他是个好人哩，肯定是弄错了，他胆子还没个鱼胆大，你还不晓得？"郭连长斜眼看着他道："我晓得？我晓得个鸟！我就晓得你胆大，他是你爹还是你舅子？"达广啪地又是一个立正，吊起嗓子喊道："报告郭连长，这全镇就属我胆大，我胆大如虎！"他一动，腰间的铜锣就跟着叮里当啷响，"他不是我爹也不是我大舅子，是个烂死无用的鸟人，就是烧饼做得好。"郭连长道："你担保不是他作怪？"他把枪插到套子里，空出了两只手道："你拿什么担保？"达广道："拿我的头也行，不拿头拿别的也行。"他凑前一步道："杀个头也就留下个烧饼大的疤，我的疤和他的疤一样大，不必都晓得。"他左手在自己脖子上比画着，右手朝郭连长伸过去。郭连长一接，手里就多了个小布包，还有点分量。边上一个兵插话道："你打你的更，要你来打什么圆场？"达广笑道："毙个人多容易，刀都不用动，二拇指一抠就完事。可杀了我就没人打更，杀了炳龙大家就都吃不成烧饼，各位兄弟今天吃苦了。"他

白　驹

笑嘻嘻地说着转了一圈，几个兵个个手上多了两个袁大头，几个兵都拿眼问着郭连长。郭连长看着他叮叮当当地忙得锣响，只想笑，又不想让他太上鼻子上脸，于是发着余威道："走，带到炮楼去！"

郭连长得了钱心情很好。他望着那马，喊达广牵着，自己一撩腿骑了上去。炳龙刚在鬼门关前走了一回，这时却又担心马发性，万一把郭连长颠下来，自己又要吃苦。不想马也乖觉了，不颠不闪，郭连长骑得很惬意。走到镇东边，郭连长下了马，和达广打了个招呼，带着炳龙往炮楼去了。达广在石板路上擦擦鞋底的泥，托了梆子吊了锣，上了小街。"一更天哩——嘿，错了——二更天哩！平安无事哎！"他清清嗓子，笑嘻嘻地朝两边的人点头招呼，"嘟嘟……咣咣！屋上瓦响，不是达广！咣咣！水缸挑满，小心火烛……"

马不紧不慢地跟在他后面。它刚才出镇时像是尾巴着了火，现在它不着慌了。马蹄声悠闲清脆，比达广的打更声更让人安心。镇上人虽没见炳龙跟着回来，但他们却也晓得，炳龙的命算是保住了。

郭连长把炳龙带到炮楼，赵镇长已经在底下迎接。他叫了三桌酒，说是代炳龙和兰英来赔罪。郭连长沾了酒就散了架子，几杯酒一下肚就没了上下。他喊炳龙也来喝，炳龙惦记着兰英，哪里喝得下。后来却又发了狠，死命地喝。这酒肉其实是他的血肉，简直就是他用命换来的啊。他什么话也不说，只闷着头吃喝，三五杯下去就倒了。达广也来凑热闹时，炳龙的眼光都散了。他又累又怕，这一夜倒睡得透彻。他一觉睡到天亮，醒来一看，自己就睡在炮楼的底层，身上被扔了条破被子。谁都想不到，他睡在炮楼里的夜倒睡得最香。他醒了，觉得自己刚做了个大梦。从他到白驹镇当学徒开始至今，就像是做了一个清秋大梦。他不晓得接下来怎么弄，坐在那里发起呆来。那些兵也起来了，郭连长喊着他们在土场上操练，又是报数又是正步走，当然也有稍息立正，弄得跟真的似的。炳龙猜到，自己的事情还没有完，郭连长肯定还要报出价码。炮楼的角落支了个梯子，通到上层，想来上层也还有梯子，要不炮楼没有那么高，炳龙倒有点想上去看看，望望自己家的方位，但其实也不敢。郭连长在外面操练来操练去，像是想弄出点威风，也不晓得耍威风给谁看。他弄来弄去也就不弄了，正要散队，院子的铁门那里传来了一阵猪的叫声。两头猪懵懵懂懂地挤了进来。猪住了脚，站在院子门口朝里看，里面的人也朝猪看。他们看见红枣儿抓着根扫帚枝跟在后面，身边还跟了一头猪。炳龙站了起来。

　　院子里的兵看见猪，脸上都笑开了花，只一个郭连长还板着脸，大喊一声："立正！"他自己倒不立正，走过去，抬脚踢踢猪，试它们的膘色。那猪也是个疲沓的，嗷地叫一声，窜到院子里去了。不等郭连长开口，红枣儿掩着身子，又塞个小包给他。红枣儿道："本来要拎一篮子烧饼来的，炳龙不在，没人做，得罪了，明早让炳龙自己来。"郭连长满意地看看站得笔直的两队兵，爽快地对炳龙道："本来还要叫你给我们养几天猪，想你是个做烧饼的，也不会养。你走吧。"

那三头猪在院子里沿着墙角乱拱。站着的兵已经不安分了，摩拳擦掌地要动手。一个兵道："你小子恣哩，一个来接，一个在家里等，我们只有三头猪！"院子里全哄笑起来。炳龙不敢接话，鞠个躬，忙不迭地跟红枣儿走了。他一出门就听到院子里乱了，猪嚎人喊的，不晓得是哪头猪先要遭殃。他苦笑道："它这是替我挨刀哩。它一命换我一命。"又问："兰英呢，她怎么不来？"红枣儿不答，半响后才说："你先回去吧。回去了再说。"

炳龙晓得事情不妙。他心里咯噔一下，却也不敢再问。红枣儿走得急匆匆的，炳龙跟得更急。他抢到前面，直往家里赶。街两边摆早市的人见了他们，打着招呼却都没有话。炳龙越走越急，到后来，他的脚步已经完全乱了章法，跑起来了。

店门关着，家里是空的。不见兰英，也不见那白马。桌子上的匾子里还摆着几个烧饼，显然那是昨天卖剩下的。他心想，人呢？兰英哪儿去了？他急急慌慌地迎着红枣儿，嘴直抖，却什么话也说不出。

"你别急，"红枣儿道，"夜里来了一帮人，把兰英逮走了，马也被牵走了。"红枣儿说着就哭了，"也怪我，我不醒睡，我听了动静也怕，再起来，他们已经远了，我又不敢追。"红枣儿哭道。炳龙问："他们是哪边的人？"红枣儿道："我也不晓得。他们来似雨去似风的,我吓都吓死了。"炳龙心里突然就亮堂了,他说:"我晓得了,我早就该晓得还有这一着!"红枣儿问:"你晓得什么?"炳龙不答,继续问道:"他们是往西边去的,是不是?"红枣儿道:"是的是的。他们难不成是'大顾'来的?"炳龙道:"不是他们还是哪个?人是在我这里出的事,冤有头债有主啊!我们逃不掉的。"

炳龙急得团团转。他拿了两个烧饼,给红枣儿一个,两人却都吃不下。"怪我,还是怪我,"红枣儿流着泪说,"我们要是不做这生意,也不会惹上这个祸。"炳龙发火道:"现在说这话还有什么用?人也没了,钱也没了!"他蹲在地上,双手抱着头。马瘦毛长,人倒霉也死长头发。也就这么一夜,他的光头就已经毛拉拉的,短不短,长不长,揪都揪不住。他自己也晓得这事怪红枣儿怪得没道理,要怪还是应该怪那马,若不去打马掌,兴许就不会起心做这种生意,可他想到马是自己捡的,师傅送命的那天自己碰巧捡了这匹马,到底该怪谁?这是命,谁都抗不过命啊!

镇上人全晓得炳龙家的事了,他们不上门,却在炳龙家门前走来走去,细伢子还扒在门缝上看。炳龙索性把门打开。外面下了一天的雨,天色灰暗,屋上街上却清亮得扎眼。炳龙恶狠狠地瞪着对面,黑补丁店面里看不见人,连哑巴伙计都不在弹棉花了。红枣儿在身后骂道:"失天火烧的骚货,害了人就躲到阴沟里啦!我们堂堂正正,脸上跑了马,拳上站了人,炳龙还不是回来啦?"随后她挤到门口道:"想看笑话你就站出来啊!"炳龙倒反而有点怕，把门又关上了。

红枣儿气不打一处来，自己也骂得脸红。她气咻咻地坐着，突然站起来说要去找达广商议，总这么坐着确实也不是办法，炳龙说还是他去。他出了门，上了街，拐上了中正桥，正要往河南达广的窑洞那边去，几个细伢子突然喊起来："马来了，马来了！你家的马回来了！"

"真的是马回来了！"红枣儿也在桥下喊。他立即听到了马蹄声。他看见那马"嗒嗒嗒"地从小街拐向了桥口，跟着红枣儿，一看见自己，马上小跑着过来了。炳龙心里轰响了一下，眼睛都亮了。他冲下桥，朝着马跑过去。马抬起前蹄，长嘶一声，周围的细伢子全吓得散了。

炳龙抢步过去，正好接住了它的前蹄。马虚悬着蹄子，怕踩着炳龙。炳龙拍拍它的腿，让它站稳。他看到它浑身精湿，全身上下沾满了泥水。它直朝炳龙怀里钻，顶得他都站不稳了。炳龙眼睛里已经含了泪珠，也顾不得别人笑话，急切地问："'大姑娘'，'大姑娘'，你从哪里来的？兰英呢？她在哪儿？"他抱着马脖子，嘴几乎要贴到马的耳朵："你怎么一个人回来了？你应该把兰英驮回来啊！你这个没良心的！"炳龙呜呜哭了起来。他含含混混地说着，哭着，谁也听不懂他说的是什么。两天来，他所受的惊吓、他的苦和痛，似乎都只能对这马说。雨还在下，天色阴沉，围着的人渐渐地都避到屋檐下躲雨，只有红枣儿还在雨天里陪着他和马。她的头发上往下滴着水，衣裳贴在身上，人都显得小了。炳龙揪着马鬃，捶着它的脊梁，马不躲不让，只急切地踏着四蹄。"疯了，炳龙疯了，"屋檐下有人在说，"他撑不住了。"炳龙的身子果然慢慢地软了下来，跪到了泥水里。枪顶着他后背他都能站住，这会儿他却站不住了。红枣儿顾不得怕别人说闲话了，她奔过去，拍着炳龙的背道："先回去，回去再说，你不要在雨天里闹啦。"

青石板路很干净，干净得可以看见石头上的花纹，像蛛网，像河汊。马身上淋下来的泥水慢慢地在流淌。炳龙低着头，他看见自己撑在地上的手都泡得白了，跟沾了面粉的白不一样。马也白了，好像从来也没有这么白过。炳龙站起来，马也动了身子，拿头不断地顶他的后背。炳龙木木地往家里走，他头脑里是空的，他还感觉不到马在后面顶他。马好像很急，它顶顶炳龙，又跑到他前面，到了店门口也不进去，回头望望，一副还要往前走的样子。炳龙脑子里如炸雷般响了一下，突然醒了。他扭头对红枣儿道："马认得路，它晓得人在哪里！我要去找兰英！"他说着就要往马背上爬。马背滑得像浇了油，他爬不上去。马蹲下来，他刚要爬上去，见东边赵镇长撑着把油伞跑过来了，他喊住炳龙道："你别急，先回家，我有话对你说。"

炳龙站住，不晓得他要说什么。红枣儿趁空进屋去拿蓑衣。赵镇长一把将炳龙拽住，扯着进了店。"你别急，心急吃不得热粥，你懂不懂？"赵镇长道，"梁山上的好汉入伙还要交个'投名状'的，你就这么空手去？"炳龙瞪着眼睛道："我这是去入伙？我是去要人哩！赵镇长你有话快说，有屁……"他话没出口自己又憋住。红枣儿嗔他一眼道："赵镇长你别着气，我们是急哩。你说什么'投名状'？是不是要带东西去？"赵镇长点头道："炳龙你真是一点规矩也不懂。不要人家开口，你自己就要有数——那边用得上的是粮食，你家里有多少，先让马驮上。"一句话说得炳龙醒了神，家里面粉倒是现成，他忙不迭地喊红枣儿去找绳子，自己拎了两袋面粉拴成担子，担到马身上。赵镇长看着他们弄好，说道："管不管用我说不准，你自己去见机行事。"他从墙角拎张油布披到马背上，又道："你把家先交给红枣儿，有什么事，你再带信儿来，我来想办法。"炳龙应着，喊红枣儿到里屋，自己钻到床下，把那个雪花膏瓶子掏了出来。他虽想到不少硬货已经到了郭连长手里，但瓶子里的分量还是轻得令他心慌。他打开瓶子，里面只剩下那个姓刘的前天给的韭菜金了，还剩两根。他晓得兰英并没有料到她自己也要用钱，心里喊一声：兰英！眼泪又落下来。他把瓶子塞给红枣儿，说一声："我走了。"操过蓑衣，冲到了雨里。

马见他出来就自动走到了前面。炳龙牵起缰绳，走不多远却又放下了。说是去"大顾"，其实也只是瞎猜，谁晓得兰英究竟在哪里？他只能跟着马走。马走上活路他就有了活路，马走的要是断头路，他和兰英十有八九也就是死路一条。马现在不是在给他带路，是给他和兰英的命带路啊。出了镇，马拐向了北边，然后又向西去。他一直可以找到田埂上马留下的脚印。这是唯一的马，只能是它留下的脚印，炳龙心里渐渐踏实了些。南面是乌巾荡，满眼的芦苇，一眼望不到边。风雨中的芦苇摇来晃去，推涌起层层的波浪。一群野鸭被他们惊着了，呼啦啦飞上了天。那马也吃了一惊，住了脚，"咴咴"地叫着。野鸭子在天上盘旋，不敢在原地落脚。炳龙怕耽搁了时间，从田里绕到马的前面，说："你走啊，你不走我自己走了啊。"他走了几步，却也停了。他前面出现了两条路，两条路烂得都起了浆，但两条路都有蹄子印。朝西的一条是往"大顾"去的，继续往北大概会到竹泓。炳龙心想，兰英会在竹泓吗？他真不晓得该怎么走了。

马侧着头朝他看看，颠着身子，又绕到他前面去了。炳龙心里嘀咕，怕它走错了路，但那马一副笃笃定定的样子，并不怕炳龙不跟上来。又走了一段，对面来了一头牛，牛背上骑了个细伢子。那孩子也穿着蓑衣，蓑衣凭空大了一号，远看那孩子像个大人。"这马好漂亮！你走亲戚啊？"他说话也老匜匜的。炳龙嗯了一声，那马却不再往前走了。牛看着马，马也看着牛，都不肯让路。那马焦躁起来，突然嘶叫一声，抬起了身子。牛吃了一惊，纵起蹄子绕到麦田里去了。那孩子被牛颠得要掉，嘴里杂七杂八地大骂着。炳龙也不理他，跟着马去了。

这一来炳龙晓得了马并没有走错路。路上蹄子印虽多，有不少却是牛的。他相信马自己不会弄错。其实马掌子和牛掌子不一样，人也能看得出，只不过炳龙的心急得粗了。一路上过了五座桥，又渡了两条河，竹泓也就遥遥在望了。

俗话说,"八里不同风,十里不同雨。"竹泓倒是有个好天色。竹泓是个大庄子,比隔了三里路的"大顾"还要大一倍。庄子里四处长着竹子,房子全掩在竹子里。走到哪里,你都是先听见人的说话声,慢慢才能找见人影。庄子口有座桥,炳龙怕马和人一起过,桥吃不消,就让马先过。突然听见有人喝道:"什么人?站住!"随后是哗啦啦的枪栓响声。那马倒不理会,继续往前走,踩得木桥吱嘎作响。桥口的竹子后面闪出两个兵来,两个兵穿着灰色衣裳,都端了枪。炳龙喊道:"是我,是我。我是从白驹镇来的,我来找我婆娘。"说话间那马已经下了桥,有个兵伸手拢住马缰绳,厉声问道:"你怎么晓得到这里来找?哪个告诉你的?"炳龙隔着河手一指道:"是它,是这马带我来的,它认得路。"那兵笑了。他一笑就露出牙齿,特别的白,简直不像是牙齿。"嘿嘿,这倒真是老马识途啊。"他说话文绉绉的,听口音也不是本地人,不过炳龙倒也听得懂。"你婆娘是不是有了身子的?"炳龙忙说是的是的。那个兵道:"你过来吧。"

炳龙快步过了桥。两个兵商议了一下,那个白牙齿兵说人在宝音寺,他带炳龙去。一路上白牙齿兵不断地和人打招呼,遇到带短枪的还啪地敬个礼。炳龙就在后面赔笑。竹泓很兴旺,竹林里的土场上有几队兵在操练。前面传来二胡声,拐一个弯,看见一个穿灰衣裳的正拉着二胡,嘴里还在唱,一群当地人围着看:

春天到了万物青，鬼子黑良心，杀咱们老百姓！抢东西，扒粮食，牛羊都拖去剥皮抽筋！

这或许是另一路的"四季调"，炳龙却没有心思听。那白马虽说来过，在这里却也还是个稀罕物，几个孩子见了，马上围过来，跟着马屁股。炳龙其实一听见二胡声响心里就七上八下地着了慌，那二胡弓上的马尾，说不定就是那姓刘的上回带来的。那拉二胡的是个生脸，不认得，炳龙不晓得那姓刘的是个什么结局，他看来不曾死，要不这白牙齿兵决不会这么客气，但哪怕是受了伤也麻烦啊。炳龙心里乱想着，却也不敢开口问。那白牙齿兵是个念过书的，他边走边和炳龙说话，问这马是从哪里来的。炳龙不敢全瞒他，就说是在大丰那边捡到的，人家说是盐侉子运盐用的。那白牙齿兵倒有兴致了，突然指着马道："它不是马！白马非马！"炳龙吓了一跳，半懂不懂。"你不懂了吧？"白牙齿兵得意地道，"战国时有个公孙龙，牵一匹白马过关，守关的说马不能过，公孙龙就说，白马不是马。他是个铁嘴，守关的说不过他，只能让他过了。"炳龙本没有心思跟他闲扯，这时倒奇怪道："怎么会说不过他？分明是他不讲理嘛！"白牙齿兵道："他是铁嘴，什么白马黑马的，反正别人总说不赢他。"白牙齿兵大概自己也说不清了，就不再说了。炳龙被他说得发晕，想起刚才他和马过桥，对面人喊"站住"，他吓得站住了，马却一直走过去，说不定它自己倒晓得白马不是马哩……可不是马它又是什么？不管怎么说，这白牙齿兵倒是个讲理的。炳龙问："宝音寺在哪儿？"白牙齿兵指着北边道："就在庄子北边，马上就到。"炳龙还想打听那个姓刘的，正不晓得从哪里开口，那白牙齿兵却摇头念叨道："他瞎扯哩，这个说白马非马，那个又说鹿就是马，扯来扯去，马不是马了，猪也是马，鸡也是马，嘿嘿！"随后他手四处乱指着道："那我说这天，这地，这房子，全是马了！白马非马，指鹿为马，乱套了！"炳龙看得吃惊，想他刚才还像个讲理的，怎么一下子就说胡话了？炳龙心里越发着慌。跟在后面的细伢子见那马老实，一个胆大的突然伸手，拽一下马尾。马长嘶一声，纵起来，窜向前去了。炳龙抢上去，扶住马背上的面袋子，回头道："这是面哩，上好的白面，我做烧饼就用这个。"他觉得自己说话也有点颠三倒四的，忙说："一点见面礼，你们吃饱了肚子好打鬼子。"

　　白牙齿兵笑笑，指着前面道："到了。"

　　宝音寺不小。后面有一条河，河边全是竹子，前面的土场上长着松柏。马走到土场，自己站住了。炳龙一头跑进寺里，里面黑洞洞的。"炳龙，我在这里！"他听见兰英在喊他，定睛一看，才看见有一屋子的人，兰英坐在中间的小凳子上，一个穿灰衣裳的人正在前头讲话。他看了看炳龙，炳龙连忙蹲下了。那讲话的是个大高个，长着络腮胡子，很威武。他继续讲道："小日本野心不死，妄图蚕食中国——什么叫'蚕食'你们懂不懂？"底下有人道："不懂。"络腮胡子捏个粉笔，在黑板上画着："我们中国好似个桑叶，小日本像个蚕，它要一点一点地吃掉我们！我们能让吗？——不能让！"炳龙听着，直拿眼睛找兰英。兰英不回头，炳龙却见她坐得最直，凭空比前后的女人都高了半个头，他晓得那是肚子顶的，她肚子里的孩子肯定也好好的哩，炳龙松了口气。忽然他旁边的人捣了他一下，一看，却是镇上看澡堂的李癞子。他笑着指指炳龙的光头道："我以为来了个和尚，不想却是你。"炳龙奇怪道："你怎么也来了？"李癞子道："我怎么就不能来？我是来剃头的，顺便来听听。"炳龙没想到能在这里遇到熟人，心里真是热乎。李癞子经常挑个剃头挑子在四乡里剃头，他十有八九跟这里的人熟，炳龙道："我家的事你晓得了？千万要帮我说说话。"李癞子用手短短地朝前一戳道："他原先那大胡子就是我剃光的，别人的刀不行。等一会儿我和你一起说。"

正说着，炳龙听见络腮胡子说到了白驹："你们不晓得中国现在是什么样，白驹镇你们都晓得吧？老话讲'白驹生得苦，出门二十五'，说的是白驹镇到大丰、到东台，都是二十五里路，可你们却不晓得白驹镇为什么叫'白驹镇'。"络腮胡子在黑板上画个图形，比猪瘦，有点像牛，说："这就是白驹镇，白驹镇的地形像个马，所以才叫'白驹镇'。"他手猛地一挥，指向白驹镇的方向道："白驹镇自古就是个名镇，人民安居，百业兴旺，自打来了鬼子，闹得一塌糊涂！鬼子跑了，又来了二鬼子，二鬼子是小老二，他在这儿能长得了吗？！——不可能！砰！"他说得来火,猛一拍桌子道:"白驹镇是你们的,也是我们的,归根到底是我们中国人的,是共产党的!"他手点着白驹镇那边的方向道:"你们就等着看吧。"他手一点又一点,像瞄着枪。炳龙晓得郭连长此刻危险了,这络腮胡子的子弹随时都会找到他头上。炳龙想,反正这郭连长不是个东西,炳龙提前觉得解气。李瘌子捣捣他腰眼道:"你回去可不能瞎说,'白驹镇像个马'也不能说。"炳龙道:"晓得晓得。"李瘌子又说:"更不能说你在这里遇到了我。"炳龙道:"那你要帮我去求情。兰英要跟我家去,只有她才能管住我的嘴。"李瘌子嘿嘿笑道:"好,一个烧饼一个铜板,不再讲价钱!"

那马在外面等得不耐烦了,"嗒嗒嗒"地踱近了,探进头来。兰英站了起来。络腮胡子手一挥道:"解散!自由活动!"他走出来,那白牙齿兵啪地一个立正:"报告!这是从白驹镇来的马。他来接他老婆!"听起来倒像是马来接老婆了。络腮胡子笑了一下,对炳龙道:"就是你?"炳龙忙道:"是的是的。"白牙齿兵道:"他还带了两袋白面。"络腮胡子弯腰捏了捏已经卸在地上的面,问道:"老刘怎么样了,醒了没有?"白牙齿兵道:"他没事,跑脱了力,吐了两口血,已经好了。"炳龙暗暗松了口气。络腮胡子道:"我们已经调查过了,不是你弄的鬼。听说你被和平军逮去了?怎么没毙了你?"李瘌子插话道:"是的是的,他差一点就挨枪子儿了。"炳龙骂道:"他们是疯狗!瞎咬人哩!"他立即又收住话,想这里人多嘴杂,传到镇上他又要吃苦。兰英走过来,摸着马头,呜呜哭起来。"我们冲了家啦!他也捉你也逮,我们到底犯了什么法啊?我们没的活啦!"她一哭就断不了了,边哭边说然后就蹲到了地上。炳龙慌忙去拉她,她的手冷得像块冰。络腮胡子道:"人不都好好的吗?马也不要你的,你们回去,照样做你们的烧饼。"他想来是要安慰一下,轻声道:"有机会还可以帮我们弄点东西。我们换个人去。"炳龙被火烫了似的叫起来:"老天,你就饶了我吧,我们还想多过几天哩!"络腮胡子失望地道:"瞧你这觉悟!你怕啥?我说过的,二鬼子在这儿也长不了的!你还想跟他们攀亲戚不成?"他说着说着来了火,道:"我也说过的,通敌资匪,也没有好下场!你是个男人哩!"

炳龙吓得不敢说话,把兰英拉起来时,那络腮胡子已经走了。李瘌子怪他道:"你怎么说这个熊话?闷声大发财不就好啦?"白牙齿兵看上去也不晓得该不该让他们走,只道:"你们先在寺里坐坐,我再去看看。"随后也跟着去了。

炳龙恨不得打自己的嘴。兰英身上衣裳倒不湿,想来是焐干的,可身子直发抖。等了半晌,却看见赵镇长从竹林那边闪出来了。他手里拎着个袋子,跑得一头都是汗。炳龙见了他,就像是见了救星。赵镇长不跟他们多说,只问:"首长呢?找到首长才有用。"李瘌子道:"我也不晓得,我是来剃头的,也被带到这里。"赵镇长对炳龙道:"你跟我去找。"炳龙带了他往庄子里走去。赵镇长拎拎袋子道:"你晓得我带的是什么?我费了大事了!"炳龙接过来一看,是一袋子墨水电池钢笔之类的东西。他苦着脸叹道:"我真是冲了家啦。"赵镇长道:"钱要紧还是人要紧?你先找人,回去我再交账。"

炳龙也不敢乱跑。他沿着来路回到桥口,那白牙齿兵果然在那里。他接了那袋子东西,让他们跟着去。炳龙却不肯。他实在有点怕了那个络腮胡子。赵镇长到底见过世面,直接跟着去了。

他们一走炳龙又后悔,他想到那袋东西交过去,人家说不定会给钱的。那姓刘的不是说了吗,他们有借有还,买卖公平,事实上也确实是从来不曾赊过账。他本人不去,钱就要到赵镇长手里,十有八九要被吞掉。炳龙正骂着自己胆小,白牙齿兵过来了。炳龙想问他钱的事,话到嘴边又吞了下去。又劝自己道,也不是自己特别胆小,这时候有哪一个还敢提钱的事?差点躺进棺材里还要伸手要钱,弄不好连人都要不到。那白牙齿兵倒懂礼,还说让他们吃过中饭再走,但炳龙晓得人家客气,自己不能就当成了福气,当然表示不肯。正说着闲话,赵镇长笑吟吟地牵着马带着兰英过来了。

白驹镇的雨也停了,只是地上还泥泞着。兰英骑在马上,马比两个男人走得还稳。到了镇北边的韩家窑那里,兰英又嘤嘤地掉了眼泪。炳龙也不敢劝她,他晓得她是想起了师傅。才过了年,他们这就经了多少事啊。他们哭过,也笑过,地下的人是永远也不晓得了。眼下他就有个难题:那一袋东西的账,究竟怎么个算法？赵镇长一路都在摆功劳，说前说后的，他越吹，炳龙就越记挂着钱。兰英身上怀着孩子，多一个人就多一张嘴，他突然想到马，它肚子里也有了个崽，几天没注意，马肚子也显得大了一些。他听说马也是十月怀胎，到时候下个骡子说不定倒能卖个好价钱？骡子能卖多少，他没数，反正现在还指望不上。赵镇长嘴里虽不提一个钱字，但他要是开了口，家里却已经一贫如洗，他拿什么来还账？

快进镇的时候兰英要下来。炳龙一搀她的手，发现她手冷得厉害，还有点抖。炳龙着慌了，心想她这两天又惊又冻的，可不要弄出病来。他顾不上和赵镇长拉呱，恨不得一步就跨到家里去。他想，赵镇长要是不提钱的事，那就是人家已经给过他了；他要是提，那也只能再慢慢想办法。只要人没事，总不至于走到死路的。

回了家，镇上不少人都来看他们，都说赵镇长有手段。兰英看上去还好，和红枣儿一起张罗了一顿酒饭，把达广也喊来了。酒足饭饱，达广和赵镇长都说要走。赵镇长说："你们先歇歇，我明天再来。"红枣儿收拾了桌子，就和兰英钻进里屋说话。炳龙到折子里刮了点麦子，正喂着马，红枣儿突然在里面喊："炳龙，你快来看看，兰英烧得厉害哩！"

兰英躺在床上。她刚哭过，脸上烧得通红。炳龙摸摸兰英的头，他是做烧饼做得皮老的，摸着也觉得烫手。兰英有气无力地道："我没事，焐一焐就好了。"炳龙忙帮她脱下身上的湿衣裳。

红枣儿也在房里,炳龙有点发窘。红枣儿顿时红了脸,说她去烧点生姜红糖茶,就出去了。

兰英这一病就不见好。红枣儿相帮着忙里忙外,请郎中、抓药、熬了喂兰英喝。那马也要人伺候。炳龙忙得四脚朝天。烧饼店是彻底熄了火,马也不再磨面了。一个家只要有一个病了,就完全散了架,不成个样子了。家里的开销也吃了紧,只见出,没有进,两口子只能相对着流眼泪。兰英躺在床上,肚子还挺着,人却瘦得厉害,双唇都起了燎泡,她哭着抱着炳龙道:"我不想过了,你让我死了吧!我们到底是做了什么孽啊,要受这个报应!"炳龙也哭了,他摸着兰英的肚子说:"你会好的,你不会死的,你还带着孩子,你要把他生下来,我们还能把这个家再过起来。"他虽这么劝她,但其实自己也看不见亮光。红枣儿天天要过来好多趟,不带郎中来时,她就从后门走。有天她晚上过来,从怀里摸出了那两根韭菜金,塞给炳龙道:"这本来是你放在我那里的,你拿去花了用吧,我晓得你手头紧。"炳龙道:"你已给我们垫了多少钱啊,那几头猪,还有这些药。可你晓得的,我现在还没钱出。"红枣儿道:"你怎么也要把兰英治好,有了人,什么都能回来。"兰英在里屋听到了,喊一声:"嫂子!"说完哭得说不成话。红枣儿进屋坐在兰英床边道:"天不断人路,炳龙还有手艺,大不了从头再来就是了。"

话虽这么说,炳龙还是有心病。兰英回来的第二天,赵镇长就来过,见兰英病了,就没有提钱的事,但他几乎天天要来。他来了不提钱,只说烧饼店还是该开门,马也不该闲着,炳龙就晓得他终究还是要伸手来讨。他心里愁。他终于晓得他远远比不得师傅,他原来竟是这世上最没用的一个,是人是鬼都可以来让他钻裤裆。他头发长了寸把,胡子也乱糟糟的,样子人不人鬼不鬼的,脸更整天苦着,仿佛能挤出黑水来。

兰英的病越发重了。她一直烧着,是一块炭也要烧完了啊。她成日哭,摸着她的肚子哭,她哭她还没出世的孩子,哭得上气不接下气。药是一直吃着的,镇上两个郎中都来看过,也不见好。渐渐地,她话都说不动了,不开口也喘得像个风箱。她一连几天水米不进,已瘦成了人干子。眼看着是不成了,炳龙急慌慌地跑到桂香家,找她丈夫讨主意。赵郎中也懂一点西医,说这八成是肺炎,他也回天乏术,除非打一种针,叫什么"西林"的。炳龙一听眼睛都亮了,他说:"我有,我有。"飞奔着朝家里跑去。

他老远就听到兰英在家里咳着,那一口气就像要接不上似的。他跑进屋子,见兰英挺着肚子,张着嘴,憋得就像蹦上岸的鱼。兰英无力地摇摇手,让他不要动她。她头发也枯黄了,散乱在枕上,像是深秋的草。炳龙想到了师傅,想到了死。师傅的死就像是凭空飞来的一把刀,嗖地戳你个穿心透,而兰英却被慢慢割着,受的是凌迟之苦。他心里疼。他生怕她一口气掉下去就再也上不来。真要是那样,他就是下了死劲也拽不住。炳龙急切地说:"我有办法了!我们有救了!"他告诉兰英,有一种药,叫盘尼西林,能起死回生,一打就好。兰英望着他,喘气道:"你不要做洋盘，我不打，那就是金子哩。"炳龙道："你的命比金子贵！"他已经打定主意，不由分说地把兰英扶起来，给她穿衣裳。兰英捶着他的背道："你脑子发晕啦，你要带我到哪里去？"炳龙抱起她道："我带你去打针，那地方一定有。"

到了店堂，他略一迟疑，让兰英在条凳上坐好，自己去牵那匹马。马上了街，他又回身来扶兰英。对门的黑补丁已经几天没见人，天放晴了，她也出来了。她倒像心里没关目，突然满脸摆了笑，问道："喔，我听说兰英病了，正想着去看看。怎么，要去看郎中啊？"兰英原本就烧得发红的脸现下更红了，想骂她却也没了力气。炳龙怕兰英说出什么难听的话来，连忙道："我带她去搭搭脉，赵先生说有个偏方。"说完把兰英抱上马就走。见红枣儿站在她摊子前要过来，炳龙道："劳驾你帮我看着门。"兰英是个要强的，硬撑着精神，眼里带了笑，身子却在发抖。炳龙扶着她，一路上老有人问他，他都说是去看郎中。说去看郎中其实也没有打谎，他们这是去找郎中，去找救命的药。

他不敢说他们是要到竹泓去。走到镇西，他不出镇，推一下马头，他们拐进了巷子。这就是从前炳龙来镇上当学徒那天走过的小巷。巷子又高又深，满巷的阴沉气息。炳龙做了贼似的走得很急。出了巷子又过了一条小河就是田野，他们算是躲过了众人的耳目。兰英已晓得他们这是要到竹泓去，却已经没有力气反对，任凭丈夫把她带到天边，她也只能随着去。这一路他们走得艰难。兰英根本就骑不住马，炳龙只能扶着她。那马实在是高大，炳龙差不多是在举着她走。七月天，雨一停天就热得凶狠，毒辣的太阳似乎比烧饼炉子都要热。兰英呻吟着，豆大的汗水从她额上往下落。马走得很稳，却也快不了步子，过桥过河都是一般苦。兰英闭着眼睛，炳龙怕她撑不住，不断地对她说："快了，快了，只要打一针就能好。"其实他心里也拿不准，人家到底肯不肯打这一针。那药是从他手里出去的，他晓得那东西金贵——可这不是一条命，是两条命啊！炳龙想，他们是讲道理的，他们自己就说他们讲道理，既然讲道理就不会见死不救。再说了，兰英要是不被逮去，又哪里会得这个病？——不过这话他不能说，说了就要得罪人。他想，现在谁有这个药，谁就是天王老子；谁给兰英打针，谁就是菩萨了。

突然炳龙又想起赵先生的话来了。赵先生告诉他，打针是要打屁股的，就是说兰英要把屁股给人看。炳龙不晓得那打针的是男是女。如若是个男的，兰英自己就不会肯打。但真要那样，也由不得她了。命比脸面要紧啊。

其实真去了倒也没费什么周折。巧的是在桥头站岗的还是那个白牙齿兵。他果真是个讲理的，让他们在原地等着，自己去找了首长，不一会儿就把他们带到祠堂，给兰英打了针。打针的也是个女的，比兰英还要俊俏。针打过了她却说一针其实不一定管事，还要继续打下去，直到病好。兰英却不肯再打，撑着身子马上就要走。炳龙想这里确实也不是久留之地。他宁愿相信赵先生的话——"别看这个姑娘会使针,先生还是老的好,男的好。"赵先生说过的,一针就好,再说,再打一针,人家还会不要钱吗?炳龙打躬作揖,千恩万谢,然后把兰英抱上马,回去了。

　　出了庄子,兰英伏在马上,不停地喘气。炳龙倒不慌了。他想起桂香也说过的,良药苦口,好药总要在身子里作龙虎斗,斗过了就好了。他扶着兰英,心里倒在后悔,刚才在竹泓,他怎么就没有多问一句话,问一问前一次他们有没有把钱给赵镇长。他到底还是嘴钝了,终究是一笔糊涂账,他回去还要打发那个讨债鬼。但千难万难,他只要有了兰英,只要有了这匹马,他相信再大的洞他也能够补起来。这匹马怀着崽,兰英也怀着孩子,这一条田埂上,走着他们一家的人。这是他全部的盼头。他想,等兰英好了,自己在镇上再不惹火,再不惹水,一切全都能好起来的。

　　但兰英陡然软了下来。炳龙喊了一声,飞步上去托住她。她抓着自己的衣领,死命地喘气。她嘶着嗓子喊一声:"炳龙!"然后就瘫到了地上。炳龙抱着她的头,拼命喊她。兰英抽着身子,像有鬼在拔她的脊梁。"你怎么啦?怎么啦?"兰英已说不出话。那马也嘶鸣着,围着他们团团转。她抓着炳龙的膀子,没想到力气竟那么大,炳龙的膀子都出了血。突然间一松,兰英的头垂了下来!

　　炳龙号啕大哭,哭得仿佛要死过去。马也呆呆地站着,两行泪水从它眼里流了下来。这是一年里最热的日子,地上的湿气被蒸上去，压在半空里。更高的天上，有鸟飞过去，落下一串鸣叫。炳龙的泪眼里，一切都模糊了，全是虚的，只有怀里的兰英还是个实在的人，可是她已经死了，孩子也没了。他摸着兰英的肚子，感觉孩子还在动，他这是憋得难受，是在喊救命啊，可是炳龙救不出他来。炳龙呜咽着，头在地上碰出了血。热天的田野上，空荡荡的，再没有别人。一匹马，一个人，他抱着他的兰英。

白驹镇其实已经不远了。他想起也是在这里，一年以前，他师傅被流弹打死了。今日，兰英又在这里送了命。这难不成真是他们的夺命路、断头路？这世上究竟还有没有活路？太阳在天上走，他越走越热。炳龙抱着兰英，也不知过了多久，他脸上的泪都干了，凝在脸上，像结了壳。马围着他转，亮晶晶的眼睛不时望一望他。它喘着粗气，伸出头来，舔他的脸。炳龙搂着它的脖子，呜呜又哭了起来。

马不叫不走，任他搂着。半晌后，它抬起头，用力一扬脖子，把炳龙的身子拽离了地。炳龙借着马力，抱着兰英站了起来。马"咴咴"地叫几声，望着炳龙。他听懂了它的意思。太阳已经偏西了，家虽已残破，他们还是得回去。马四蹄蹲下，待炳龙把兰英的身子抱上去，缓缓站了起来。

炳龙抱着兰英，骑在马上。恍惚中，她似乎还不曾死去。"我们回家去，兰英，我们回家去吧。"他喃喃说着，泪水刹不住又淌下来。一切全是模糊的，他看不清路，也不牵缰绳，就由马自己走。镇边的菜地里有个老汉正在浇水，见炳龙哭着来了，以为

白　驹　　391

有谁淹死了,走到路边道:"这马倒是走得稳,比水牛也不差。"他指教炳龙道:"你不要抱她呀,你要让她横仰着,马担着走,马一颠水就呕出来了。"见炳龙不理,叹气道:"你不听老人言,吃苦在眼前哩。"他还想上前去帮忙。炳龙好像是聋了一样。老头远远地在后面喊:"没有过不去的河,没有跨不过的坎,小伙子,你要想开些哩。"

兰英第三天就下葬了。赵郎中也会看阴阳,日子是他选的。兰英已经出了门,不能和她爹葬在一起,就葬在了乡下炳龙家的祖茔里。四野荒凉,坟头林立,兰英在这里没有一个熟人,炳龙觉得她孤单。他像是也已经死了,只还剩一口气,人家叫他往东就往东,叫他向西就向西,他已经完全散了神。送走三亲四戚,他大病了一场。再出门时,头发长得已经倒了,鬓角也杂了白。猛一看,已不是原来那个人了。

可日子终究还是得过下去。烧饼店也开门了,炉火依然熊熊,依然红通通的,店里却没有一丝活气。马也蔫了,整日窝在家里,提不起精神。饼他也不多做,也再不弄花样,天天糊个嘴就罢了。他一天说不了几句整话,对门的哑巴伙计老看着他笑,因为炳龙也成了个哑巴,和他一样了。炳龙见谁都不搭理,看到谁心里都犯恶心。他不理黑补丁,不理赵镇长,不理赵郎中,连红枣儿也看不到他的笑脸。其实还多亏红枣儿了,赵镇长的钱就是她还的。他难得煮了次饭,拿个烧饼啃啃就拉倒,要不是红枣儿端些饭菜过来，他根本撑不下去。红枣儿端着饭菜从后门过来，见他又吃烧饼，嗔道："你真是不讲理哩，做生意的不能做什么吃什么，你又不是不晓得。"炳龙嗯一声，端起碗就吃，也不说话。其实他也是会做饭的，但他晓得红枣儿见他吃两顿烧饼就会忍不住送饭来，就像他以前晓得兰英就是再忙，到时候也要去做饭一样。他这其实是有点耍赖了。他吃着饭，红枣儿又去喂马。他看着她的背影，突然就流下了两行泪，又连忙擦掉。他们其实只隔着一堵墙，但炳龙心里的墙更厚实。他人在店堂里，就觉得兰英还在里屋；他躺在床上，就总看到兰英还在店里面忙着。可是兰英的坟上，已经现了草色了。

兰英不在了，黑补丁就敢来拉呱。炳龙想到她就恨，恨不得要动刀，但真见了她倒也说不出什么狠话。师傅死了，那枪子儿不晓得是从哪里来的，兰英也去了，其实也是个无主的债。黑补丁见红枣儿对炳龙好，怕是看得眼热，朝隔壁努努嘴道："人家对你有情意，晓得啵？"炳龙斜眼看看她，不说话。黑补丁道："你不要装呆。你不能冷了女人的心，女人的心冷了就狠了。"炳龙眉头挑一下，呛她道："人心难测哩，我师傅以前就交代过的。天下有三毒，砒霜、马肝、女人心！"黑补丁见不是话头，便搭讪道："你连你的马都骂上了，你气不顺哩。"说完红着脸就走了。

炳龙现在同达广倒合得来。也没有多话，就是喝酒。达广三天两头带酒来，也不多带，就一瓶。就着一点熏烧，两个人喝完，都不醉。炳龙这才晓得自己还真有点酒量。达广喝得脸上红堂堂的，拎上家伙出去打更，他临走时还不忘带上那个酒瓶子，说道："下回打了酒再来喝。"那酒瓶子满的来，空的走，打满了酒又再来，转眼小半年过去了，天渐渐凉了。

这是个收获的季节。丰饶的田野被收割干净了，四乡八舍的粮食都涌到了镇上，牛市场热闹了。那一年各类果子也格外的饱满，柿子、苹果、菱角、藕，都比往年多收几成，似乎乱了这么多年，那土地倒没闲着，积蓄着地力，时辰一到，都沿着落地的根须灌到了果实里。紧接着镇西头的芦苇也枯黄了，厚厚实实风都吹不透，乡下人下河去割了，堆在牛市场上卖。这时节家家都要买草，河南的砖窑要的草更多。穿镇的小河里，数不清的船在卸草。街上整天不得干净，芦苇花四处飘扬，连空气都乱了。

镇上的风声也紧了起来。周边的庄子里，夜里常常有枪响声。狗也一阵一阵地叫，一叫就是大半夜。来镇上的乡下人悄悄说，新四军在狠命地练兵，像是要动手了。

炳龙早已不做那要命的生意。他反正光堂堂一个人，真要挨枪子儿，倒下去也就是一根草。他叫红枣儿不要慌，真要打过来也不要跑了，死在家里也不算是个野鬼。郭连长大话绰绰的，他气昂昂地道："他们不敢来！来了就得吃'花生米'！"他拍着腰间的手枪道："我们也不是吃素的！"他话说得越大，其实越是靠不住。炳龙想起竹泓的那个络腮胡子，那才叫威武，就是郭连长也不是对手。那络腮胡子说过的，鬼子长不了，二鬼子更长不了。炳龙认为还是他的话扎实。他反正不去烦神了。他听到远处零星的枪声,竟觉得那是锣鼓声,仿佛好戏就要开场了。他拿了家里的二胡,拔一把马尾,把弓穿得紧了,在家里咿咿呀呀地拉着。红枣儿见他又有了弄二胡的心,倒高兴,站在旁边听听,笑笑,还让他有空去赵先生那里请教。他学几声马叫,引得那马过来听,顿时觉得自己就是那个精壮的盐侉子了。他拉着拉着慢慢就闭了眼,那姿势神态有点像那个无锡的瞎子,只是没人家拉得好。他到底还不算个高手,一闭眼就乱了套,又连忙睁开眼来找把位。见红枣儿看他,马也在看他,他的脸红了。

炳龙所料不错。果然那西边突然就打过来了。新四军胆大,天不黑就动了手。下午没生意,炳龙牵着马去牛市场遛马。他坐在土场的石辘轳上,随那马自己散心。突然芦苇荡里的水鸟呼啦啦腾上了天。那马正有一口没一口地啃地上的草,听到声音立即警觉地竖起脖子,定了神朝远处望。炳龙忽地坐起,他听见西北边传来了脚步声。等他站起来时,一群灰衣裳的兵已经跑到了他身边。俗话说"贼步脚轻",这些偷袭的兵也轻着脚跑。他们做了个手势,让炳龙不要声张,然后散开队伍往镇上跑。他们来得快去得也快,几十个人眨眼间就分成了两路,一路向南沿着河边走,另一路从镇北边包抄过去。炳龙还以为会遇到熟人,站在那里发傻,他晓得马上就要打起来了,牵了缰绳正拿不定主意要不要去给红枣儿报个信,身后又来了一队兵。那白牙齿兵扛着个机枪跑得气喘吁吁的,见了炳龙,忙喊道:"嘿,正好,你帮个

白 驹

忙！让马帮我扛机枪！"炳龙瞪眼看着他，好像听不懂他的话。其实他懂是懂的，只是不想去送死。他正装着傻，白牙齿兵已经伸手去操缰绳。那马倒机灵，早瞧出势头不好，陡然叫了一声，身子一矬，嗖地窜出了几丈远。它回头朝炳龙叫几声，像在喊他也赶紧跑。炳龙拿着架势追道："你别跑啊，你个怕死鬼！帮个忙有什么？我抽死你！"喊着骂着，那马早去得远了。

他回头看见白牙齿兵几个嘴里骂着，扛着机枪跑向了镇南边。他猜他们这是要把机枪架到窑顶。他佩服他们有章法，要是从街上过去，人一哄没个不漏风的。转眼间镇东头就打起来了。炮楼那边炸了锅。炳龙记挂着红枣儿，见街口还不曾乱，骑上马，飞马直奔镇里。街上家家抢着关门，行人也纷纷找个巷子躲了，马到时，前面已成了空街。青石板路上，白马如电，马蹄声仿佛浪头一卷而过。炳龙催马赶到家时，老远门就开了。门开处，是红枣儿惊慌的脸。

她自己摊子也没收，正等在他店里。炳龙说着："别慌，别慌。"心里倒真不怎么慌。红枣儿接过马缰绳，身子颤着，突然一把抱住他，呜呜哭了起来。炳龙浑身麻木，定在那里，动也不动。他想到过这一天，也梦见过这一抱，没曾想却是在这沸反盈天的枪声里。外面的枪炮声震得耳疼，他听起来却像永远也不断头的炮仗，平添一股喜气，也平添一种伤心。他抱着红枣儿浑圆的肩膀，突然想起兰英，也哭了。那马慢慢踱过来，伸长了脖子，围着他们转。它眨着灰色的眼睛，看看红枣儿，又看看炳龙。炳龙把红枣儿抱得更紧了。

这一夜红枣儿没有回去。外面的天空火光闪烁,枪声紧了疏,疏了又紧,但没有一颗子弹射穿他们的墙壁。他们紧紧地拥抱着。秋夜深深,也有春意。

郭连长被打跑了。和平军趁着夜色逃到了东台。第二天满街的人都在谈论,说他们也还是不经打,怎么说鬼子也还撑了一夜的,又说惹祸的其实也还是鬼子。镇上因为有窑工,澡堂子一直四乡有名,鬼子皮痒了,有时就悄悄从东台下来泡个澡。新四军算好了他们那天要来,正好打他们一个光屁股。鬼子一共是三个,看见的人都说打得笑死人,鬼子一听枪响就抱着衣裳窜出来了,水淋淋地直往炮楼里跑,前面那话儿还说得直晃荡哩。镇上人说得兴起,又鬼鬼祟祟地说镇上一定有新四军的坐探,否则迟不打早不打,怎么正好这一天摸过来?不在夜里打,那是因为澡堂二更天就放汤了。炳龙也听得发笑。这些话他要是半年前听到,说不定心里就会发慌,觉得人家是拿话在刮他,现在他不往心里去了。打来打去,只要子弹不朝他家打来,他就不操那个心。和平军走后,镇上暂时没有人驻扎,还是赵镇长出来管事。他一个,再带上打更的达广,白天夜里镇上也都不散板。那一阵各路的兵过得更勤了。他来了你去,你去了他再来,巧的是彼此都打不上照面。镇上人看了,心里都安逸。他们就像是在看戏,看戏台上你来我往地打得热闹,其实那拳脚是练熟了,招招都不沾肉,枪枪全不见血的。炳龙有了闲心,把师傅传的手艺使了出来,揉、发、擀、贴、铲,道道工序都不马虎,烧饼又做出了花样。红枣儿到底是个有过家的人,晓得疼人,手脚也麻利。炳龙脸上竟又有了血色。那马也肥了,到了春还真下了头小骡子。炳龙在墙上扒个门,两家就成了一家了。

他不再拼命地赚钱。命里没有,你挣上万贯家财也还是要散。他看得破了。他的二胡拉得有腔有调,比那盐侉子阿三强得多了。他其实认不得多少字,只能记个账罢了,却从赵先生那里学了道情。那道情传自板桥,说的是十样人物。他半懂不懂,饶是记性不坏,却也丢三落四,只自己拉得有滋有味:

暑来寒往春复秋,夕阳西下水东流。将军战马今何在,野草闲花满地愁!

他唱一段又说道:"赵先生授我道情十首,倒也踢倒乾坤掀翻世界,唤醒多少痴聋打破几场春梦!今日闲暇无事,不免将来歌唱一番,有何不可——"红枣儿在边上应道:"好啊,谁说不可了?你就唱呗。"炳龙继续拉着唱道:

老樵夫,自砍柴。捆青松,夹绿槐。茫茫野草秋山外,丰碑是处成荒冢。华表千寻卧碧苔,坟前石马磨刀坏。倒不如闲钱沽酒,醉醺醺山径归来……

拉着唱着，眼瞧着那马，小骡子正倚着它拱奶，他手也慢了，音也碎了，怔怔流下泪来。

炳龙坐在店堂里拉唱，如若不是烧饼上午就卖完了，他倒是个好招牌。但镇上人都看出，他没有多少心思摆在生意上了。兰英在时，他整天想的就是发家，把日子过得发旺，跟红枣儿过日子，他就只图个安心了。红枣儿是个贤惠乖巧的，只随着他心思过。炳龙做烧饼，她给他打下手。青货摊也还摆着，只是往炳龙门前挪了挪，这样她两边都能照看着。她虽不催炳龙吃苦，自己却上着劲，慢慢地把家往好过。那马早被她伺候惯了，小骡子也和她亲。她给它们梳毛，带着它们出去散心。它们两个围住她，这一大一小倒都像是她生养的。马在月子里时，她更是精心，白驹镇的女人都会过日子，但红枣儿却舍得拿鸡蛋打在麦子里喂马。那马也十分晓得好歹，红枣儿只要一喊："'大姑娘'！"它耳朵一支棱，老远就撒着欢儿跑到她身边，尾巴舞得比狗还要勤。炳龙发酸笑道："你看，你看，它是你的女儿，小骡子是你外孙哦！"红枣儿笑道："可你不晓得男人是天。'夫'字上面'天'出头，你比天还大哩。"

个把月过去，小骡子长得身高腿硬，马也养得膘肥毛亮。红枣儿给马上套了。她收拾了磨盘，又让马开始磨面。那马也许是因为月子坐得好，养出了好体力，活干得更轻快了。原先它磨两斗麦子就要吃麻油烧饼的，现在一口气磨三斗也不住脚。就是有一样：它不肯再戴眼罩。那小骡子一直跟着它妈，寸步不离，一圈一圈又一圈，有时又调皮，反了身等在磨道前面挡它妈。马不时侧头看着它，停下来，等它上来拱几口奶子，又接着拉，拉得愿心服气。

日子顺了红枣儿的心，又在往好过了。趁着天好，她把家里的被子一条条拆了，全翻了新。这事倒也顺便，棉花店就在对门。黑补丁从来是个心热的，她不怕有事，就怕你不来找她。两家自从兰英死后，就不再有来往，平日里也没有多话。她一见红枣儿有事上门，就像天上掉了元宝，脸上的笑堆得老厚。她接过棉胎，马上张罗让伙计快弹。还说这棉胎早就该弹了，上面全是兰英的味道，她嗅着道："也亏你睡得惯，我夜里都替你委屈哩！"红枣儿被她说得动气，板着脸对她说："这不是炳龙的被子，是我自己家的。"黑补丁道："无论是你的他的，反正都是你们两个睡！"她哧哧笑道："一床旧被子，两个新人儿，我保证翻得跟新的一样。"她也不管那伙计听不听得见，只扬着嗓门交代道："被子要弹得松，盖了不能压身子，压了身子不活泛。纱要网得密上加密，炳龙力大也蹬不透！"红枣儿被她说得满脸通红，实在站不住，搭讪着走了。

棉胎下午就拿过来了。新被子盖在身上确实舒坦，连皮肉都发松。炳龙也是个没出息的，想起黑补丁早上的话，还真要拉红枣儿折腾。不想刚一动，腰上却一疼，他嗷地叫一声，像被胡蜂蛰了一口。红枣儿伸手去摸，手顿时被戳出血来。两人点上灯一找，原来是一根针，亮晶晶的藏在棉胎里。红枣儿来了火，嘴里骂着"骚货"，掀了被子就要去找黑补丁算账。炳龙拉住他，朝店门指指。店外听壁角的也慌了，脚步一响就没了声息。炳龙劝道："你现在出去，闹起来你要脸她不要脸，吃亏的还是你。"红枣儿气呼呼地躺下了。

第二天一早，红枣儿连炉子都没捅，还是要去找黑补丁问罪。炳龙拦都拦不住。不想她还没开口，却看见黑补丁正舞个掸子打那伙计。她边打边骂："你个死鬼，那是你动的东西吗？你想当女人就去骟掉！好好的动我的针做什么？！"随后她皱着眉朝红枣儿道："他把针撒了一地，害得我捡针时都被戳了手。你说该打不该打？"她手指头还真见了血。红枣儿看得眼直，倒也不好再说什么。想想还是不甘心，她接嘴道："你是手被戳了，我是身上都被戳了哩！"进了烧饼店回头又道："棉花里面还藏了针，我们防不住，不能这么弄哩！"

从此后两家更是生分了。各房点灯各房亮，各做各的生意。想到黑补丁这么阴，炳龙两个更是托着小心过日子。红枣儿连马都看得牢了，马槽里的料她都是亲手添，看着吃完才放心。他们都不再拿对方上话。早上黑补丁要吃饼也不自己来了，让那伙计来买。虽说是门对门，他们都不再正眼朝对面望一下。一条小街店连店，只到了他们这里，就等于对面是个空地，缺一块。日子过得也真是快，就像白马跑过巷子口。忽一日就听说鬼子投降了。用镇上人的话，就是"鬼子被打得服死了"。鬼子不但从东台跑掉，据说是在全中国都蹲不住了。达广拎着锣咣咣地在前面开道，赵镇长一路吆喝着向全镇发布了消息。镇上有事一般是要求一个烟囱出一个人，现在全镇人都在迎接他。他喊得满脸发红，从东喊到西，又张罗着喊人帮忙，在小街的腰眼处搭了一个凉棚，上写几个大字——"庆祝抗战胜利！"镇上人老远就能望见中正桥下的凉棚，也觉得喜气。

不几日镇外面却又传来了枪声，都说是国军和新四军又交火了。这一回倒打得不凶，枪声也稀疏，零零星星的，就像是成串的炮仗落在地上发出的余响。这一仗不紧不慢地打了好些天，看样子还是国军占了上风。有天下午，三五十个兵又从东边进了镇，还是驻在炮楼里。

国军进镇时炳龙和红枣儿都在家里。他前几天就关照红枣儿，外面不太平，不要再出去遛马。他拉一阵二胡，又把那马厩清了清。红枣儿把那一大一小两个唤到身边，拿刷子给它们刷毛。等他倒了粪回来，却看见达广也在店里。达广告诉他，国军刚才进了镇，怕是要有麻烦了。他一贯胆大，这时却也有些慌张。红枣儿直愣愣地看着他。他叹口气道："听说你丈夫回来了哩！"

红枣儿霎时就呆了，手里的刷子扑地掉到地上。炳龙心里一沉，他急切地问："真的假的？不是说他早就死了吗？"达广道："我也是听人家说的，还不能算个准信儿。"红枣儿双手紧紧搂着马脖子，好像不倚着马她立即就要倒下去。她心里已是信了。前些年她耳朵边上就有话刮过,说他没有死,只是一直找不到人,也没个准信儿,慢慢地也就绝了心,没想到,他终于还是回来了。她呜呜哭了起来。

几年来,这屋里的哭声一直就没有断过根儿。他哭师傅,哭兰英,没想到今日红枣儿也要在这里哭她自己。夺走师傅和兰英的是阎王爷,他斗不过,现在另一个男人又要来生生撕走他的人了。且不说这男人有枪有刀,关键是人家才是明媒正娶的正主儿,他炳龙凭什么扯住她?红枣儿捂住脸道:"天呐,我这是什么命啊!"炳龙看着她,失了神,什么也说不出。达广让她不要哭,他坐下来道:"我代炳龙说个话,成不成?——你要拿稳自己的心!你心在这里,上刀山下油锅也有炳龙陪你;你要是想走了,炳龙他也拦不住你。炳龙也是个汉子,他不会做那种下作事!"

炳龙听了,心中一震,顿时也生出豪气。他唤一声"红枣儿",对着她的脸道:"我们相好一场,你随哪个,我都听你的。"他话一出口却又哽了嗓子:"我不怨旁人,只怨自己的命!"

"你说的这是什么话啊!"红枣儿猛地抱住他道,"现在你还不晓得我的心!"炳龙身子直直地由她抱着,任眼里的泪水往下淌。达广在旁边道:"好啦好啦,说不定人家早已是有家有小了,说不定来的根本就不是他,我们倒先在这里愁了。"他笑嘻嘻地摸出酒瓶子道:"饭还是要吃,酒我也还想喝,不晓得嫂子舍不舍得?"

红枣儿揩揩脸上的泪，上街买来了酒菜。三个人围着小桌子坐好，达广也不多话，请红枣儿让让，自己和炳龙对喝。炳龙喝的是苦酒，他晓得达广不是个舌头打闪的，只不晓得那男人是今夜到还是明早上门。红枣儿坐着，不大动筷子。人心里一急，连马都忘了喂。"大姑娘"在马厩也不安生，小骡子已走了过来，伸了头直拱红枣儿的背。红枣儿一惊，慌慌张张地把它拢开去喂。

喝闷酒最上头，几杯下去炳龙就觉得身子发飘，心里更发虚，只有看见达广敦敦实实的一个身子坐在对面，他才觉得安稳些。达广见炳龙已有点委顿，抓起剩下的小半瓶酒道："酒是夜的胆，这个我留着打更。"他站起身，拎起家伙道："你们也不要愁了，早些睡，小心火烛，门户关好！"说完他出了门，嘟嘟嘟……咣咣！敲起了家伙。"月尽更稀，火烛小心！"他喊了几声，脚步却又绕了回来，在门口探头道："兵来将挡，水来土掩，他要真来了我们再说！"

红枣儿道："兵来了，你就是将。"

达广喷着酒气道："放心！放心！"

他们怎能放得下心。这一夜，他们都一宿未睡。两人躺在床上，炳龙忽然觉得她的身子陌生。他不敢去碰她。红枣儿嘤嘤地抽泣着，突然一把抱住了炳龙。他突然就觉得这是他们最后的一夜了。他发疯似的折腾，恶狠狠的，像有使不完的蛮劲。红枣儿应和着他，呻吟着，像是在哭，又像是在诉说。最后，炳龙也哭了，他的泪水滴落在她脸上，自己又贴上去，湿漉漉的两张脸。

谁也想不到，这竟是他们最为畅意的一夜。

他们并排躺在床上。身子乏了松了，心却还紧着。达广的打更声远远近近，从东到西，又从西到东，像在专为他们守夜。五更打过，天也亮了。

这一天他们起得格外早。天亮了还躺在床上，那活像是在等死。他们手不停脚不闲地忙着摆早市，老天都该望见他们是钉在铁板上的一家子。他们做烧饼、烧早饭、给马和骡子添料，你吱我应的，心里竟像是有了点底气。

第一炉烧饼也出得早。对面的哑巴伙计来买了两个饼，街上来买饼的接二连三不断头。炳龙再做一炉饼放到匾子里，抽空吃着早饭。红枣儿端个粥碗，粥上放一点咸菜，站在匾子前，有人来了，就把筷子担在粥碗上，放下碗卖饼。突然街东边有人喊："来了，来了！"

只见得街上来了两个兵，黄军装穿得齐齐整整的，迈着大步直朝烧饼店走来。街上人见了都闪。那拿短枪的就是友根，不少人都认得。他步子走得直，目标明确，脸上却还带着一点笑意，直朝街上人打招呼。炳龙霍地站起。红枣儿早望得真切，心里慌着，慢慢地把手里的碗摆在匾子边，筷子也并好。她脸上的神情又像笑又像哭，嘴里却说不出话来。她回头看看炳龙，炳龙也正看着她。两人的眼里都有无数的话。

友根离家好几年，人倒是没大变，只黑了些，也胖了些。他走到烧饼店门口,看看红枣儿,又看看炳龙,点点头,径直进了店。他对这里并不陌生,但店里显然有了变化。店堂里多了个门,通着隔壁,友根朝那边瞟瞟,眉头挑了一下。那小骡子本来在店堂里玩,见来了外人,蹦跳着窜进了马厩。马在里面叫了一声,友根跟着过去探头朝里面看看。他似笑非笑的朝炳龙道:"我们在前面打鬼子,你倒也招兵买马啊。"他看也不看红枣儿,走到店门口,从口袋里摸出盒香烟来,见人就递一支。黑补丁接了烟,叨起来道:"你家来啦?家来了就好了。"友根道:"好吗?"他示意那跟着他的兵给她把烟点上,道:"还不晓得好不好哩。"黑补丁回头对大家说:"友根当了官了,是个连长哩。"旁人都只干笑,不敢答腔。

那小兵钉子似的站着,像个站岗的。友根朝红枣儿道:"你还不回家在这里做啥?"他到现在才对红枣儿说话,一开口就是一股兵气。"快家去,我马上就到!"他命令道。

红枣儿迟疑着。炳龙插话道:"她早饭还没吃好哩。"友根也不理睬他。红枣儿给炳龙递了个眼色,让他不要多话,自己慢慢解下围裙,出门去了。

难不成她竟就这样走了?炳龙感觉心像在火上烤,冒着烟,滴着血,双唇哆嗦着说不出话。友根站在店前面,叨了根烟,小兵刚要来点上火,黑补丁就已跟他对着了火。友根喷着烟雾和她拉呱,也是说给众人听。他说他那年死里逃生,后来就顺便当了国军。这几年一直在打仗,多少次死里逃生才当到副连长。又说镇上也没大变,各家恐怕都发财了,只闷着看不出。众人慢慢也热络了些,嘴里应着干笑,都拿眼瞥着友根家那边。黑补丁眉开眼笑的,说:"你们在打仗,我们日子也难熬哩。听友根说镇上变化不大。"她收了笑脸,撇撇嘴道:"哪个说没大变,不一样了哩,有人走了是见了阎王,有人走了是见了情郎!你其实心里有数,不用我们多嘴的。"

她声音不大,众人都被她吓得脸变色。炳龙在店里坐着,也不晓得听见没有。友根被她撩得火起,冲大家拱拱手,说声"得罪了",然后直冲自家去了。

炳龙其实听得一清二楚,只不敢发作。外面的人都散了,装着做生意的样子,其实都在远远地观望。隔壁静悄悄的,炳龙壮着胆子走到门口,见那小兵正笔直地站在隔壁门前。回头看看家里,一切都还是老样子,马在,骡子也在,都在慢慢地嚼食,都不作声,红枣儿似乎是才出门去买东西,或者上河边。她没吃完的那碗粥,还顿在桌子上,筷子平摆在碗口,白粥上摆着一点咸菜,有一丝热气还在冒着。

他听见了隔壁的说话声。店堂的门洞被那边用一块门板堵上了,但声音堵不住。开始声音轻,他听不清,渐渐那友根就吼了起来。乒乒乓乓的不晓得谁在砸东西。炳龙坐着像个泥胎,只耳朵伸得老长。他听见红枣儿嘶着嗓子喊道:"你不要动我,你动我就是要我死!"只听得啪的一声,不晓得是谁打了谁的嘴巴,隔壁一阵乱后,门哗地就开了。

白 驹 407

炳龙忽地跳起，跑到门边。红枣儿出了门没朝他这边跑，只沿着小街直朝东去，向南一拐上了中正桥。友根气冲冲地跟着，那小兵也跟了过去。炳龙明白了红枣儿的心，她是不想把祸水引到他这里。他心里一热，嗓子也哽了。街上人全丢了手里的生意，呼啦啦一片都跟了过去。

　　炳龙跑过去，又远远地站住。炳龙想，这是人家家里的事，他不好出头。他觉得自己像是掉进了苦海，一个浪头过去，又一个浪头过来，打到嘴里全是苦的。桥上桥下全是人，红枣儿跑到桥中央，被友根拦住了。她披头散发，双手抓着栏杆，什么也不说。友根正了正帽子和皮带，厉声道："你跟我家去，你走不走？"红枣儿望着河心，就是不说话。友根发了火，抬手就是一个嘴巴！红枣儿的嘴角顿时见了血。她朝河里吐一口血水道："你就死了心吧！你要了我的人，心也不是你的，"她呜呜哭起来说："你又何苦呢？"友根大怒，朝身后手一挥道："拖走！"

　　那小兵得了令，伸手上前就去拖红枣儿。红枣儿一挣，肩头衣裳就炸开了线。"友根，这样弄就不好了，"剃头的李瘸子道，"有话说话，不能强拉。"药店的桂香也出来说话了："你自己动手我们不问，这人是谁，我们都不认得，就好去强拉她？"赵镇长也挤过来打圆场道："有话说话，不要动手。心急吃不得热粥，慢慢再劝劝。"友根冷笑道："好，那我自己动手！"说完拽着红枣儿就往外拉。红枣儿死挣着，双手像长到了石栏杆上。正拉扯着，远处忽然有人喊一声："手下留情！"

人全朝那边望去，原来是达广。众人让出一条路，达广一路跑，还回头对炳龙道："你怕个鸟！头不要缩！他是国军长官，子弹不会朝你打！"

友根斜眼看着他，眼里像要喷出火来。达广全不在意，笑嘻嘻地道："不晓得我能不能多句话？"

友根道："讲！"

达广道："其实我刚才已经喊过了，大家都听见了，我说'手下留情'，说的就是做朋友要讲情，做夫妻更要讲情。捆绑不成夫妻。"

"她本来就是我婆娘！"友根道，"这叫光复你懂不懂？"

"我不懂。她本来是你婆娘，这话也不假，"达广摊摊手道，"可也要看人家现在愿不愿再和你做夫妻。"

红枣儿弯腰搬起桥上的一块砖头，朝河里一扔，河水溅起丈把高，喊道："要我和你做夫妻，除非这砖头浮上河！"

友根气得脸直发青，喝道："拖走！"那小兵又要去拉人，达广身子一晃就闪到了前面，只肩头一顶，那小兵就被撞开去。友根手摸到枪上道："你要动手是不是？"达广道："我不敢跟枪动手，我只晓得你要动了手，你今天就亏了心。"他继续点着头道："为人不做亏心事，半夜敲门不吃惊。我是个打更走夜路的，从来就晓得哪个要是亏了心，夜里就不安生！"他这话是笑眯眯地说的，听上去却阴森森的。友根铁青着脸僵着。赵镇长这时也出来打圆场，说："大家低头不见抬头见，有话坐下来慢慢谈，他愿意做个中人。"达广忽地话倒又软和了,说自己也是胡说八道的,请友根不要往心里去,又说等几天他来做东,大家一起坐下来喝两盅,他右手捏个圈道:"酒杯一端,万事好谈。"

友根望望桥下,满眼是人。桥口的台阶上空出了一条路。他朝赵镇长道:"那这事就着落在你身上。我们走!"说完抬脚下了桥。围观的人全往后退。友根走到街口,站住脚道:"向西,把马牵走!"

好多人在劝红枣儿,桂香拉她先到药店里坐坐。那边友根话一落地,人群又拢了过去,全往烧饼店跑。炳龙晓得又不好了,他望着桥上的红枣儿,不晓得自己该往哪里去。等他走到街口,那小兵已经牵着马过来了。炳龙拦住道:"这是我家的马,你做什么?"友根骂道:"什么都是你家的?!这是敌产!走!"那马见了炳龙,顿住脚不肯再走。友根这时掏出枪来了,朝马屁股就是一枪,又朝炳龙喝道:"你以为我们不晓得这马是哪里来的?别把我们当洋盘!"他枪口对着炳龙道:"你滚!要不我毙了你!"

马看着炳龙,眨着眼,看得炳龙心痛。那兵使劲拽马,马赖着不动,脖子被拉得老长,脸都歪了。炳龙想起红枣儿还在桥上,叹一口气,在马屁股上轻轻一推,马这才动了身子。炳龙望着马的背影,一下子蹲在地上。

这一天镇上人全在议论这件事。炳龙闷在家里不出去。他听到红枣儿回了隔壁,店堂里的那个门一推就开,但他不敢去碰它。中午时分,红枣儿自己移开门板过来了。她扑到炳龙怀里,不出声,泪水直接洒在他脖子上。店里的烧饼没有卖完,炉子也熄了。他们关着门,就着烧饼过了一天。天黑了红枣儿也没有走。她望着那门洞,说要把门洞堵上。炳龙在心里叹了一声,以为她的意思是要和自己断了,不想红枣儿却道:"他的房子我还给他,我不想欠他的。"她眼里含了泪望着炳龙说:"房子是他的,什么都是他的,我是你的。"

炳龙抱着她哭。这一夜两人没有上床睡觉,两人感觉好像全镇人都在暗中望着他们,友根也在等着捉奸。那小骡子没了娘,不吃不喝,在家里急得团团转。红枣儿搂它、亲它、给它刷毛,也不晓得拿它怎么样才好。两人心里都不踏实。夜里达广打着更,转一圈就来坐坐。他说,车到山前必有路,船到桥头自然直。这些他们也都晓得,他们见了达广就心安,觉得有了靠山。不想三更天过,达广的梆锣还在西边响着,突然门砰地被撞开了。友根带着几个人闯进来,黑洞洞的枪口直对他们的心口。炳龙感觉像在做着噩梦,直到红枣儿对他说"你在家等着,我去去就来",他这才醒过神来。他追到门口,见一群人已去得远了。

炳龙呆呆地站在门口。身后的小骡子受了惊吓,哀哀地叫着,拿嘴拱着他的脊背。他动也不动。街西面传来了脚步声,达广拎着打更的家伙跑了过来。他一进门就问:"人呢?走了多久了?"炳龙摇摇头不答。达广跌脚道:"老子还是走了眼!他们掏得个好空子！"他一屁股坐在条凳上，砰地扔下梆锣，骂道："你这鸟人为什么不喊？为什么不喊救火？"见炳龙还在发蒙，又道："你不要喊救命，你喊救命人家都不敢出来，你要喊救火！你一喊救火人全会起来。"炳龙哭丧着脸道："那有什么用？"达广道："怎么没用？你没喊怎么晓得就没用？人全起来了，我看他还有个什么脸！"他盯着炳龙道："他白天缩头，夜里出手，这就是个属乌龟的！兄弟，你要长个心眼哩！你夜里失了人，没人看见，冤无头债无主，你还不好去要人哩。"炳龙被他说得心里窝囊，突然道："你不是说靠你吗？我靠谁能靠得住？"达广一愣，嘿嘿笑道："那是那是，我说的大话，我负责收拢。夜里出了事，本来就怪我。"他恨恨地咬牙道，心想：这明摆着是拿我当聋子，不当人看！我达广白天夜里多少年，今天算是被打瘪了嘴！炳龙见他自责，也晓得其实是自己不讲理，低了头不再说话。

达广又坐了一会儿，已到了四更天。天角已经现出了灰色。他拎上打更的家伙走了。临出门时他道："天亮了你不要声张，容我再筹划筹划，反正不能歇手，还要弄！"

这几天炳龙心里煎熬得苦。以前是兰英，后来又是红枣儿，没了女人打下手，他连饼都没法做了。他依了达广的话，连店门也关了，闷在家里不出门。镇上人虽不来问，却也全都晓得红枣儿被友根抓去了。这是人家的家务事，他们不好来插嘴。炳龙蹲在家里，全身像泡在苦水里。他看看小骡子，骡子也在淌眼泪。骡子没了妈，他没了红枣儿，一样苦命。他前思后想，觉得这屋子里压根就养不住女人，他天生就是个打光棍的命！

炮楼那边没有一点消息，如果不是夜里亲眼见到那一幕，他简直觉得红枣儿是从地上飞走了，再也不回来了。他实在耐不住，晚上悄悄沿着河边走到炮楼底下，伏在河堤上，张着耳朵听。炮楼里有人在说话笑闹，但没有女人的声音。突然他听到马叫，隐隐约约的"咴咴"两声，他听出那一定是马，是他的"大姑娘"！他想，马在，那红枣儿一定也在！他的心狂跳着，恨不得马上就冲上去。他的手脚在抖，一不小心，人沿着河堤滑了下去。炮楼上立即有了动静。"哪一个，不要动！"有人喊着下来了。炳龙慌忙得如老鳖一样无声地钻下河，一个猛子扎到垛田那里。炮楼的探照灯唰地亮了，四处乱扫。明亮的灯光下，垛田像一个个坟。他在垛田的沟岔里游了很久，才游到镇中的小河，爬上了岸。天已经很冷了。他像个水鬼，冻得直发抖。他吓得简直失了魂，人也像个孤魂野鬼，沿着墙根往他家后门跑。不想一头遇上了到河边洗东西的黑补丁。她愣了一下。炳龙怕她看出自己浑身水淋淋的，直接拐进小巷子里去了。

他又被多冻了一会儿。进了家门就赶忙换衣裳。但他总算是没有白受冻，他至少晓得了红枣儿还在镇上，他放了点心，却又更揪心。红枣儿在炮楼里没有一丝声息，难不成她已经从了友根？既是从了那又为什么不回她自己家？难道她是心软怕自己脸上难看？……如此翻来覆去地想，身上一阵冷一阵热，渐渐地打起寒战来。他晓得自己在发烧。兰英就是被烧死的，现在轮到他了。他们是原配的夫妻,也许命里就该是一样的死法……炳龙捂着被子,昏沉沉地睡着了。

一连几天,他身上寒热交替不断。他自己煮了一点生姜红糖茶,就着冷烧饼熬日子。那小骡子也乖巧,它反正不要吃热的,炳龙给几把麦子它也能过得去。它吃了一阵,大概也只吃了个半饱,就离了槽跑到炳龙床前,狗一样蹲着,望着炳龙。见炳龙不理会,便自己跑到店堂里,怔怔地盯着门缝处的光亮。它不会开门,要不它肯定要跑出去,去找它的妈。这一来炳龙更不敢开门了,开了门它没准也要惹出祸来。他到底身子骨扎实,睡了几天,烧热也就退了,终于还是没死。他的心也还没有死。他不时望一望店门,盼着那门缝突然开大,地上的那一条亮光突然间亮成一片,然后红枣儿笑吟吟地走进来。

炳龙想,盼红枣儿盼不来,至少达广也该来啊。他说再筹划筹划,却一连几天不再登门。夜里听见他打更的脚步声,炳龙也不好开门找他,怕对了面彼此难堪。达广也许只是发发野狠,真要出头弄回人来,其实也没那个胆。这年头做乌龟总是最划算的。他自己丢了红枣儿,不也就只能躲在家里?

对门的黑补丁家里却热闹起来。太阳一偏西,棉花就不弹了,黑补丁吆五喝六地喊伙计出去买酒菜,那伙计耳朵不管事,她的声音也就格外地大,半条街都听得到。晚上她家里一坐一桌,先是喝酒行令,酒足饭饱了再赌钱。别的人炳龙认不出,友根的声音他能分得清。他耳朵伸得老长死命地听。黑补丁的作派炳龙早已习惯了,他晓得这也是铁打的营盘流水的兵,长不了的,他是记挂着红枣儿。他想,友根不在炮楼里陪她,却跑到这边来瞎混,莫不是红枣儿压根就不服帖?他扒在门缝上,看见对面灯影绰绰,海吃胡吹,却听不见他们提到自己。他把伸过头来的骡子往后面推推,拖张条凳坐在门后。友根虽不提他,也不提红枣儿,但那喝酒行令的嗓门里却透了杀气,气汹汹的,腰里有枪的人才有这气势。炳龙听到那声音,已经是怕了。

深秋季节,田野里收获的是庄稼,镇上迎来的是客流。周边的乡下人都要把收成拿到镇上来换钱,添置农具,镇上各家的生意都发旺了。镇上的狗眼见着也更多了,有了吃食,它们闻风而至,连钢头花子也到了。他们春荒时上江南,秋天了再回来,从这时一直到过大年,都是他们饱肚的季节。钢头花子人丁兴旺,队伍又扩大了,他们添丁进口不靠女人,靠的是饥饿。那群花子大大小小有一队人,领头的还是那个大叫花子。他们都围着破棉袄,变了色的棉花拖出来,油脂麻花儿的。多时不来,也不见他们长了什么本事,还是使枪弄棒的老一套。他们吆喝着,杂沓的脚步声把镇上弄得乱了。

炳龙身子骨硬实了些,也开了门出来望。正午的阳光逼得他半闭着眼睛。小骡子也闷怕了,见开了门连忙往外挤。炳龙晓得它可怜,摸摸它的头,领着它往西边牛市场去。街上人见了他都吓了一跳,他瘦得都脱了形,光头上灰发竖竖立着,乍一看竟有些像他师傅了。小骡子乍见天光，撒着欢到处乱跑，炳龙嘴里嘟哝着不时和它说说话，那一人一骡的光景是越发凄惶了。街上人和他打招呼，炳龙应着，眼光却涣散，看上去就有点颠三倒四的。人家看了他像看着个半疯不呆的人，炳龙也晓得自己是个晦气人。钢头花子们在中正桥口乒乒乓乓地闹着，呀呀哈哈地喊着，炳龙听了就觉得心里慌张。正午时分，其实也算是光天化日，炳龙却觉得不安。福无双至祸不单行，谁晓得还有什么祸事跟在脚后呢？

镇上总是说乱就乱。只听得"让！让！让！"东边有人喝着，声音才到，人已是来了。友根领着五六个兵杀气腾腾地直冲过来。炳龙顿时就木了半边身子，他犟着腿不打软，其实全身已在筛糠。那小骡子比他机灵，"咴"地叫一声，飞速窜到小巷子里去了。炳龙醒悟过来，喊一声："你别跑！"装作在追骡子，自己也钻进了巷子。那骡子进了巷子却不再走了，挡了路不动，急得炳龙直打它屁股。说时迟那时快，巷子外的脚步声已泼风般过去了。炳龙这才晓得他们不是冲自己来的，他回头朝巷口一望，那友根正得意地朝巷子里冷笑："嘿嘿！你也晓得怕啊！"他扔下一句话，也奔西边去了。

炳龙随着那骡子又来到街上。街上全是人，乱哄哄的，都想跟过去看热闹，却又哆哆嗦嗦地不敢往前。眨眼间西边就鼓噪起来了。挤在前面的人看见几个兵冲进了李瘌子的剃头店，李瘌子在里面嗷嗷叫着，几个兵像是一时还弄不住。屋子闷得像个鼓，里面乒乒乓乓，打得一塌糊涂，大镜子也碎了，一条长凳飞了出来。友根举着枪把在门口，嘴里喊着："打！往死里打！一起上！"

想不到李瘸子倒也有个好身手。里面有人"啊啊"惨叫着，外面的人看不见里面的一场好斗，正着急间，突然那排门板哗地全倒在街上，街上的芦苇絮直飞上天！李瘸子嗷地叫了一声，饿虎一般冲出来，想往西跑。但他终究还是吃了腿不好的亏，没跑几步就被按倒了。

友根身上有现成的绳子。李瘸子被绑得像个肉粽，被押向了东边。他拐着腿，却昂着头，颈子上的青筋绷得老高。有两个兵头破了淌着血，几个人呼哧呼哧喘着粗气，推着李瘸子走得飞快。街上人老远看到就往后退。友根在后面压阵，高声喊道："这就是做坐探的下场！通匪通共都死路一条！"李瘸子回头呸一声道："我通你个鸟！"友根抬腿就是一脚，喝道："别磨蹭！架起来走！"两个兵架起李瘸子，拖着就朝前跑去。李瘸子一路喊道："我是白驹镇的铁拐李，做的是头等生意顶上生涯！是哪个嚼蛆诬赖，下回剃头吃我一刀！"友根笑道："还下回哩，你没下回了！"李瘸子骂道："前天你来剃头，我就该割了你！"友根笑着对旁边人道："这鸟人还真是嘴硬哩，马上叫他人头搬家。"随后走到黑补丁的店门口，喊道："嫂子！今天镇上开杀戒，晚上到你家喝酒冲喜！"黑补丁嘴里应着："好的，好的。"身子也往后闪。李瘸子又喊："是哪个嚼蛆，等我一刀——"后面的兵一揉，人就被推过去了。

炳龙一路心惊肉跳。明明晓得不是他的事，却也吓得心慌气急。他跟着人群领着小骡子回到家，衣裳竟被汗浸湿了。李瘸子被押到炮楼里，一顿饭工夫就传出话来，说要杀头。这是见血光的活计，听说当兵的竟没一个肯杀。友根不晓得是不是被骂得怕了，他自己就是不肯动手。他喊了赵镇长来，要他找人。赵镇长说通镇就属达广胆大，不怕鬼神，要他去杀。可达广大白天却喝醉了，睡在窑洞里像头死猪，不要说杀人，你拿刀来杀他他都不会醒。赵镇长急得挠头，又去找了开肉案子的赵大，说他做的本就是白刀子进红刀子出的营生，一定敢杀。不想那赵大顿时就筛了糠，哭得稀里哗啦地说自己其实连猪都不杀的，肉都是在灯塔拿的，他只管卖。要他杀人还不如先杀了他。最后还是赵镇长有办法，他喊来了那领头的钢头花子，指着他脖子道："就是你了，你来！"那花子饶是泼皮精壮，也吓得直躲。赵镇长道："你不是刀枪不入水火不侵吗？"花子道："假的，那是假的。"赵镇长道："你不是会玩刀剑吗？"他指着花子手里的刀说："那刀快，我们都见过。"花子赔笑着把刀抖得咣当当响，道："软的，这是软的。"身后的兵不耐烦了，喝道："少啰唆，拖走！"说拖就拖，几个兵扑上去架住了他的膀子。一个兵从背后嗖地拔出一把鬼头刀来，往前一送道："这刀今天必要见血，不是他，就是你！"赵镇长早有准备，见花子还在迟疑，摸出一瓶酒来，朝他手里一塞道："我送你一个胆。一瓶酒下去，你爹娘都认不得了！"他又拍着花子的肩膀道:"走吧,先喝一席酒!尽吃尽喝!"

杀人必须在午时正阳时辰,找刀手耽误了不少工夫,当天没有杀成,李瘸子因此多活了一天。钢头花子们也吃喝得快活。下午,那大花子喝得醉醺醺的,拎着鬼头刀上了街。他一摇三晃地上了中正桥,找块好石板,刷刷磨起刀来。街上人都躲得远远的,活像大白天见了鬼。中正桥等于是断了,没有一个敢靠近。刷,刷,刷……过桥的等了半天,刀怕是都被磨小了,也不见他收手,只好绕路找船过河。他这一磨就是半天,天晚了,他拎了刀到炮楼喝酒。这一夜全镇人都睡得不安。第二天一大早,他又喝成个醉鬼,拎着刀又上了街。刀已经被磨得能照见人影,他也不磨了,将刀插在背后。见了人就停下来,诚恳地请教道:"你说,我该怎么杀?"他手里比画着各种姿势道:"你帮我出个主意,是让他躺下来,我去剁,还是他跪着我一刀就荡过去?"对面的赵先生早已听得魂飞魄散,只迈不动腿。大花子又问:"就算他肯跪,你说我是从背后砍,还是和他对着面杀?"赵先生见他不像是就要行凶的样子,赔着笑道:"你看过《六月雪》没有?《铡美案》里也有杀人的场景,你就照着个样子杀。"说完就支吾着退去了。那大花子嗖地拔出刀来,又摸出一瓶酒,抬头就是一大口,舞着刀道:"不管那么多了,酒叫我怎么杀我就怎么杀!"

中午时分,花子的队伍在街上出现了。他们全喝得像一群关公。那大花子两眼红得像发骚公牛的双目,敞了怀露着黑肚皮,拎着鬼头刀摇着方步上了街。那刀上拴了辟邪的红绸子,一甩一甩的像一团火。街上人都怕,眼光软软地躲着。从来还没有人这样注视过他们,花子们都高兴得发了癫。他们跟着那刀从东头晃到西头,又从西头再晃回来。时辰一到,日照当头,大锣老远就筛过来了。咣咣咣……如急急风的锣声在前面开道,两个兵架着被五花大绑的李瘸子风一般过来了。街上顿时卷起杀气,家家收摊,户户关门,人人都把头伸出门朝外看。乱哄哄的街突然又静了,原来是杀人的队伍停住了脚,歇在了中正桥下。想来李瘸子身子重,他们也没本事一口气拖一条街。那打锣的小花子要饭时也是个打惯了锣的,拎了大锣后更神气。他站住了脚也不闲着,大锣敲得悠缓了些,边敲边喊道:"大家快去望噢,杀头喽!望了不要钱噢!"炳龙的店离桥口近,他看见友根在李瘸子身边踱步,李瘸子耷拉着眼皮,理也不理他。那大花子挺胸凸肚地靠过去,对李瘸子道:"兄弟,我们还是再商量商量,"他拎拎李瘸子身上的毛线衣道:"这是个好东西,你不要糟污了。我好刀送你上路,你还是先把这个脱下来给我。"李瘸子直挺着身子,呸道:"你死心吧你!我就穿着等你来杀!"友根喝道:"少废话,走!"两个兵又架住了李瘸子。大花子骂骂咧咧地道:"我一刀下去还不是我的?没个下巴勾着我脱起来更顺便,我不过回家洗洗罢了!"话音刚落,一群人旋风般往西边去了。

  炳龙心惊肉跳。他感到脖子上凉飕飕的,好像要杀的是他。他也想去看,可一步也迈不动。那杀人的队伍妖风般卷过去了,镇上人的魂都像被摄走了。整个镇子像断了气,死气沉沉,只有西边牛市场那边大锣声筛上了天。有人在那边扯着嗓子喊话,风把话送来,像是来勾魂。炳龙听不清那边在说什么,也不敢听。他吓得闭上了眼睛。那锣咣咣敲着,不紧不慢,不轻不重,像敲着开场锣,还夹着花样,有一点俏皮,还有点漫不经心。那锣声一紧一松,一纵一送,像蚕儿结茧,像蜘蛛封门……那锣有尺八锅的口那么大,叫筛锣,就是要震得人筛糠。慢慢地那锣声紧起来了,越来越急,已经像是救火的锣。那锣声前槌跟着后槌,催命一般响成了一条线、一团麻,死命地绞你的心,越绞越紧,扼你的喉咙要你的命。炳龙差不多看见那操刀的人了,他举着刀,正瞄着脖子养力气。炳龙正感到透不过气来,突然"咣""咣"两声巨响,锣声戛然而止……那锣想必是破了,无数的碎铜飞出去,飞落在地上,叮叮当当作响,余音不歇。血肯定喷出来了,李瘌子的头不晓得滚到哪边去了。

牛市场那边"啊啊"地欢呼起来。天地都静了。

炳龙觉得脖子发冷。他坐在小琵琶凳上,倚着烧饼炉。炉子是凉的,他身子更凉。小骡子也晓得怕,头直朝他怀里钻。炳龙摸着它的头,正发着呆,锣声再次响了起来,从西边慢慢往镇子里飘。这一回是得胜锣声,不着忙,三步一槌,五步一棒,懒懒散散地响满了街。锣声还没到,家家户户的门都先关严了缝,怕的是和他们打照面。但其实关门也没用,那大花子拎了头,一路血滴滴地过来,到了肉案子那里,砰地推开门,手里的头一送道:"七斤半!换肉!人头换猪肉,你也不吃亏!"那赵大吓得三魂去了二魄，连忙打躬道："快拿走，快拿走！肉你随便拿。"早有个小花子操起半块猪肉，扛上肩就往下家去了。到了熏烧店，手一抬又道："拿去，给你做熏烧！"卖熏烧的一家立即躲得没影了，桌上的东西全被包了圆……就这么一路走着换着，到了烧饼店附近时，几个小花子肩上手上都不空了。最轻松的是那个打锣的，他左手拎着锣和棒，右手抓着李瘌子的红毛线衣。他脑筋灵光，洒了血的毛线衣被他里外一翻，抓在手上，就一滴血都不滴了。

炳龙看不见这些，只听到西边鼓噪不已。他按不住好奇，悄悄扒在门缝上朝外望。那锣声还没到，友根先到了，他是个监斩的，身上也不带血，清清爽爽地和黑补丁说话。黑补丁开了门，迎他进去，两人叽叽咕咕地说了几句，又嘎嘎嘎地笑。炳龙不晓得原因，只突然觉得有什么地方不对。友根出来，站在街当心，眼睛直朝炳龙店里看。炳龙心里发毛，推着骡子屁股就往马厩里钻。他还没出来，就听见街上乱哄哄的脚步声了，锣声在他家门口停了下来。他不敢动，外面人也不走。突然间门被一脚踢开，屋里一亮，一个黑乎乎的东西飞了进来，正落在他摆饼的匾子里。他喊道："做什么？什么事？"刚想定睛一看，眼前就黑了！他一屁股坐在了地上。

那是头。李瘌子的头。那头扔得好，滚了两滚，正正地立在匾子里。友根笑道："换烧饼！出来换烧饼！"操刀的大花子脸上满是血，瓮声瓮气地道："我码过了，七斤半，换多少合适？"

炳龙吓得魂飞魄散,闭上眼坐在地上不动。友根哈哈笑着,带着人去了。

炳龙还没起来,门口就已围了满满的人。一时间没有一个人说话。血腥气升了上来。有女人在外面呕起来。人渐渐越挤越多,后面的往前挤,前面的朝后退,这时门板"哗"的一声散了架。

炳龙哆哆嗦嗦地站了起来。李瘌子的头血肉模糊地瘫在一摊血内,外面的阳光映进来,照着那李瘌子的头睁一只眼闭一只眼。炳龙头脑里早已空了,这时却直愣愣地盯着那个头。那头上的头发沾了血,草鸡毛般竖成一撮,心想肯定是被人一把抓了杀的。炳龙脸上似哭非笑,忽然注意到这李瘌子头发倒不短。镇上上了点年纪的都是光头,这李瘌子倒还有点发型哩,只是现在看不出样子。炳龙忽然指着那头道:"他自己是个剃头的,你们晓不晓得他自己的头是哪个给他剃的?"

他此话一出,门外的人轰一声就退了。有人笑,有人骂,不晓得哪个女人还哭了出来。炳龙喊一声:"兰英!"又喊一声:"红枣儿!"眼泪顿时涌了出来。达广不晓得什么时候也到了。他挤进去,叹气道:"好了好了!晓得哭就好了!"炳龙直勾勾地望着他的脸,又看看匾子里的头,身子往后一软,倒了下去。

青石板的街上有一条暗红的血线,从西而来,到了烧饼店就断了。几条狗沿着小街一路舔血。到了烧饼店门口,全瞪着血红的眼睛朝里看。

炳龙醒来时，发现自己已经躺在了床上。他隐约记得他也醒过一次的。达广把他抱到床上，掐人中拍嘴巴，把他弄醒了。他散着眼神望望达广，咧咧嘴，又迷糊过去了。这一睡就睡到了晚上才醒。药店的桂香看不得他这可怜样，在他灶上做了一大锅猪油菜饭，够他吃几天的。达广盛了碗菜饭，自己坐着吃。他是个有见识的，晓得人的魂散了要慢慢归拢，"病来如山倒，病去如抽丝。"收魂也要如抽丝一般慢慢收，急不得。他要等炳龙自己醒来。他出去打过一更又回来等着。二更天一过，炳龙在床上哼了两声，总算是醒了。

这一夜达广就在烧饼店歇的脚。他拎着家伙出去转一圈，喊一路，再回来陪炳龙坐坐。炳龙脑子里乱哄哄的，全是师傅、兰英、红枣儿、白马、骡子、友根、黑补丁……死的活的，人和畜生，全在里面绕圈子。达广话也不多，有一搭没一搭地说几句闲话，根本就不提白天的事情。他盛了一碗饭喊炳龙自己起来吃，随后拎着家伙又出去了。梆梆……咣咣咣，这时的打更声仿佛是收魂的药引子，声音在夜空中飘荡着，慢慢地细了，芦苇花一般无声地落在地上，炳龙的心神也渐渐收拢了。达广敲了一圈再回来时，炳龙面前的饭碗已经空了，他正在马厩里给骡子添料。达广暗暗松了口气。两人面对面坐下来，炳龙抱着头，直愣愣地望着门外。灯光照着他的半边脸，他眼不眨身不动，就像躲在寺庙旮旯儿里的鬼。达广心里透亮，他晓得炳龙人醒了，心还没全醒。他起身去看看骡子，叹口气道："这骡子瘦了，不晓得那马想不想它哩。炮楼里真是一点声息也没有啊。"他说着,望着炳龙。炳龙身子转过来了,眼睛里闪出了灵光,他问:"你说她还会不会回来?"达广扑哧笑了一声道:"她怎么回来?她能有本事回来?我还以为你早已心死了哩!"他又嘿嘿笑了两声道:"你关在里面时是哪个救的你?是她!一报还一报,一恩还一恩,你脑子不散黄就该去救她!哪怕她回来再跟了友根!"炳龙疑惑地问道:"她若愿意跟友根我又怎么去救她?她要是不肯出来呢?"达广怒道:"你个熊人,没鸟用哩!她传话出来了?她说她不跟你了?她还被关在里面,那就是她心没变!你脑子还是散黄了。"他拿锣棒指着炳龙道,"她要是变了心,友根快活还来不及呢,还会把人头往他自家隔壁扔?他就不怕煞神太岁?"

一提到人头,炳龙的脑子就真散了黄了。他心里其实一直在怕,只自己不敢提。他目光四处乱飞,就是不敢朝案板处的匾子上落。达广哈哈大笑道:"那头我早就收拾了。我怕说了你会浑身发抖,才不曾告诉你。"炳龙问道:"哪儿去了?"达广道:"从哪里来的还到哪里去,我拎到牛市场,让李瘸子自己去对榫了!"

炳龙听得汗毛直竖。他忍不住朝达广手上看去。达广拎了头送到西边,其实也有一番周折。他遇到了来收尸的几个壮汉,都带着枪,开始时人家还以为操刀的就是他,差点动起手来,好在他手里还拎了把锹,稍一分说,人家才相信他是来做善事的,几句话一搭,还搭出了交情。只因为镇上没人看见,他回来也就不说一字了。见炳龙盯着他的手,他双手一拍道:"他的事了啦,你就想想你自己吧。今天被你耽误了,酒没喝到,心里发毛,有空我们再来喝!"他拎上家伙站起身道:"你晓得我是酒喝几分就有几分胆。可不要事到临头我有了胆,你却没了魂!"

远处的鸡此起彼伏地叫起来了,该打五更了。这一夜过去,炳龙算是拾了魂。他起身送达广出门。达广见他终于算是有了个人样,过去悄声道:"收你的魂我是慢慢收,就像在收风筝线,收急了就要断。要救红枣儿,出手就要快,你懂不懂?"他挤挤眼睛,抬腿出去了。临出门,顺手拿起案板上的匾子道:"这东西我带去扔掉,煞气给你除尽。"走了不多远,外面就传来了他的喊声:"五更天亮,满天大光!坏事不做,心里亮堂!多做好事,遇鬼不慌噢……"

这是他瞎编的词。炳龙听着咧了咧嘴。

达广一走,街上渐渐有了动静,家家店铺都开门了。炳龙打算做起烧饼,一想昨天晚上根本就没发面,只得作罢。他饭也不想做了,想着把桂香做好的菜饭热热就能下肚。这一天他完全无事可做,一个人在店里发愁。对面的棉花店也忙活起来,"绷擦擦""绷擦擦"的声音不绝于耳。炳龙操起二胡,哆哆嗦嗦地调调弦,拉着哼起来:

暑来寒往春复秋,夕阳西下水东流。将军战马今何在，野草闲花满地愁……

他哼了一阵，想到了自己的"大姑娘"，那也是一匹战马哩，不晓得它在炮楼里会不会挨打，食料有没有人给它添。它再也不会来听他拉琴了。他停了歇歇，回头看看小骡子，又开始边拉边唱：

拨琵琶续续弹，唤庸愚警儒顽，未央宫里王孙惨。四条弦上多仇怨，黄沙白草乱鸟还……

他嗓音哽咽，弓也拉得涩，索性停了手，顺着曲调哼道：

玉笛金箫良夜，红楼翠馆佳人。花枝鸟语漫争春，转眼西风一阵。滚滚大江东，世间多少梦和醒，惹得黄粱饭冷……

他哼不下去了，忘了词，也忘了自己身在何处。他喊了一声："红枣儿！"低头抱了二胡，垂下泪来。蓦地，他脑子里全乱了，无数的词闪出来，顺着胸口往上涌，他一抖二胡，夜鸟炸林似的琴声歌声一涌而出：

水田衣，老道人；背葫芦，戴袱巾。棕鞋布袜相厮称。修琴卖药般般会,捉鬼拿妖件件能!白云红叶归山径,闻道是悬崖结屋,却教人何处相寻……

他想起达广的话——"要救红枣儿,出手要快。"达广其实已有了允诺,他说过的,他有十分酒就有十分胆,还说过"不要事到临头我有了胆,你却没了魂",可他人现在在哪里?他那窑洞里,现在正是睡觉的夜。他一觉睡醒,天黑了再出来说这些狠话,又有个什么用?炳龙这时浑身是胆,心里又苦又毒,恨不得拎了刀枪就冲出去,抢了人和马再给那炮楼点一把火!可是,他提不起那股气。他一辈子就差了那一股气。喷着酒气的达广哪怕再来坐坐什么狠话也不说,炳龙也会觉得心定一些。可是,日正当午,他还有的睡哩。

白驹镇似乎永远都有祸事发生。炳龙扔了二胡正躺在床上打盹儿,东边忽然传来了哭声。他猛打一激灵,立即就听出是药店的桂香在哭。他跑到门口,听见街上人正在往东边跑去。弹棉花的声音也停了,黑补丁骂着伙计叫他别歇手,自己也跑去了。又怎么啦?又是什么事?桂香是个好人,也是个苦命的。药店被一把火烧了,好不容易才过成个家,不晓得又遭了什么泼天灾。水火无情,水火无情哩,他脑子里刚没来由地闪出这话,黑补丁就已得了信,一路跑回来散话了。炳龙一听,顿时就呆了。这已经是大冷天,河里都要上冻了,怎么还会淹死人?再一听,原来是桂香的儿子顽皮,到隔壁酱园店的酱缸边玩水,脚下一滑,一头扎进去就没了命。其实人人都晓得那酱缸冷天闲着，当水缸用，高过半人，对细伢子来说简直是口井。那黑补丁怕人家不懂，双手比画着解说给众人听。炳龙长叹一口气，心想，水火无情，他们家是水和火都没避开啊！他没有过去看。他怕再看到那呼天抢地的场面。他的心已经麻木了。

镇上一连两天都没断哭声。因为死的是个孩子，丧事办得很潦草，第二天就埋了。孩子是淹死的，虽不是死在河里，河灯却也不能不放。一听到有人淹死，不用来吩咐，扎灯笼的赵四家就开始扎河灯了。人下地的当天晚上，乌云遮天，星月无影，十几盏河灯被赵先生点上蜡烛，从东边的船码头放到了河里。"乖乖哎，苦命的儿！爹妈点灯给你照光，你一路走到天脚下亮……"桂香披头散发，在河边顿着脚，边哭边念叨。河灯随着流水朝东漂着，照出了一条路，漂到垛田那边，又被分成了几拨，钻进了曲折的水道。有一盏灯被垛田顶住了，东摇西晃，没有了去路，眨眼间就灭了。河边的哭声更响了。

炳龙站在岸上，望着那些河灯，身上冷，心也缩瑟成了一团。他已经几天没出门了，今日来这里，更是因为他惦记着红枣儿，还有他的马，人和马还被关在河边的炮楼里。他远远望着黑夜中的炮楼，悄悄退出人群，往炮楼再靠近一些。炮楼上的人也在看热闹。他们把探照灯打开了，照得河面上刷亮。炳龙在一片哭声里仔细辨着声音。他希望能听到他想听到的一点声音，哪怕是红枣儿说一个字，哪怕是那"大姑娘"打一个响鼻，他也肯定

白　驹

都能辨得出。可是他什么也没有听见。只有赵先生的号叫声夹杂着桂香那已经不成人声的哭音在河面上飘荡。

他正要走,突然有人"啊"了一声,"快看!快看!"很多人都喊起来了。他看见小河出镇的河口陡然出现了很多河灯。那些河灯更大,更亮,一个接一个,从河口流淌出来,漂荡到阔大的河面上,继续向东漂荡。岸上人都呆了。这显然不是桂香家放的,桂香家的河灯早已漂远。新漂来的河灯不晓得有多少,只见源源不断,似乎永远都漂不尽。这时早有腿快的去小河那边看过了,回来说河灯是从西边淌过来的。这些灯显然经过了不短的路程,有不少已经熄灭了火。熄了火的河灯却没有倒,也跟着继续淌。河灯飘进垛田,星星点点,把垛田都照亮了。垛田像个迷魂阵,岸上的人仿佛也迷了魂。赵先生一家人哭声震天。"乖乖哎,老天爷在给你点灯哩!"桂香哭倒在河边。看灯的人全都迷了神,七嘴八舌地议论纷纷。所有人正没个头绪,赵镇长忽然喊道:"看,灯上好像有字!哪个眼尖的快望望!"众人哗啦啦地全往河边涌,有人看清了,念了出来:"血债血还!"

写着字的也就一两盏灯,但好些人都看见了,确实是这几个字。大家立即吓得噤了声,连桂香的哭声也停住了。有人说:"走吧,走吧,我们家去吧。"不晓得是谁先抬了腿,大家跟着一起呼啦啦地就都走了。

炳龙其实已经想到了已被杀头的李瘌子。他既是坐探,也是个有主的。这河灯八成就是从竹泓放过来的。他回头望望炮楼,探照灯正转了方向朝镇上四处乱扫,一看也着慌了。上面的人怕是也看见那四个字了,他们站得高,还有望远镜。想来他们也警心了,炳龙心里猜着,嘴里也不敢说。一起回家的人大概也有想到一路的,只藏头露尾地说了半句,见没人答腔也就不再拿河灯上话了。

炳龙满腹心事。他希望那些河灯与李瘌子无关。那四个字杀气腾腾,说要报仇,说不准夜里就要来动手。可红枣儿还在炮楼里啊!真要动起枪炮,红枣儿哪里还有个命?!可是,那河灯从西边漂来,不是为李瘌子又是为哪个?他在家里再也坐不住了,想出门去找达广。刚出门,达广的打更声就过来了。他倒是不慌不忙,不紧不慢,到了中正桥下,又在那里和人说一阵闲话。炳龙等得发急,见他一过来,就把他扯进了门里。

他一急话也说不顺。达广听着,笑道:"那我们今夜就去抢人,你敢不敢?"炳龙眼睛发直,说不出话。达广坐下来道:"你猜得不错,这河灯肯定是新四军放的,"他笑吟吟地晃着腿道:"可你不要慌!杀头的人没听说要放河灯的,人家是气急了,来送个话。"炳龙急道:"那不就糟啦?"达广笑道:"糟个鸟!人头虽说扔在了你家匾子里,可人又不是你杀的,你怕个啥?"炳龙被他说得汗毛直竖,结结巴巴地道:"你晓得的,我是怕他们打炮楼!你晓得,红枣儿——""嘿!"达广抬脚拨弄着地上的打更家伙道,"我告诉你,这灯既是新四军放的,今夜就不会打!"他指指外面划过的探照灯光道:"噢,还没动手先来报个信儿,让他们先有个防备?人家有你这么呆吗!"

炳龙木怔怔地想了想,觉得他说得有道理。"可他们肯定是要打的啊,迟早有这一天的!"炳龙念叨着,心里像在被油煎。达广沉吟片刻道:"你这话算是上了路了。我倒有了个主意,就是不晓得你敢不敢。"炳龙道:"我敢,我还有什么不敢的?"随后他拿眼睛睃了睃放匾子的那个地方道:"这镇子我怕是不能再蹲了。"他叹了口气。达广霍地站起,拎上家伙道:"新四军有枪有炮,友根防的是硬的,我们就给他来软的。你别急,等我的信儿。"

外来的河灯是个异兆。这些年镇上出的事不少,但没有哪一个像桂香家的事这么招话。女人本来就喜欢嚼舌根,男人们的舌头也不闲着,天亮了,他们不再怕了,街上一开市,流言就满街飞扬起来。有的说,桂香家的孩子一死,竹泓那边就有人家生养,孩子一落地就浑身喷香,满屋红光,是个真龙天子,所以天河放下河灯来道贺。又有的说这话是说反了,桂香家的孩子是个冤孽,前世里害了人,所以老天收了去,放下河灯来是为做个了断,你没看见那河灯上的字吗……说这些话的人都藏头露尾,躲躲闪闪,到了黑补丁嘴里全归了拢。她坐在门前晒太阳,见人来了就上去拉呱,嚼蛆翻舌头,也忙得不轻。听她说话的人都拿眼睛往烧饼店里瞅,见了炳龙也尴尬。炳龙在家里待不住,只好到街上去转转。街上人对他都还算客气,但没有几个是和他真正热乎的。

他们正在交头接耳,见炳龙来了,马上住了嘴,互相说几句闲话就扯得不着边了。炳龙这时只觉得奇怪,他晓得人家有点隔心隔肺,却还不晓得有人已经在拿他上话了。在小街尽头稍一拐,他远远望见了药店前"悬壶济世"的招牌,他略一迟疑,和赵先生打着招呼走了进去。他想自己应该去安慰安慰人家,他自己也满腹心事,也实在是闷得难过。

药店虽开了门,桂香和她丈夫却都还没心思做生意。见炳龙进来,桂香倒也不夹生,只一迭声地问昨夜的河灯他见了没有,又问晓不晓得后来漂来的河灯是个什么兆头。炳龙支支吾吾的,只说天河放灯,是个吉兆。桂香气愤地说:"有人就喜欢呕屎哩,说你家那白马是个灾星,自打马一到,镇上就不太平。还说那马是日本龙王爷的三太子,天生就带了煞气,专门呼煞风唤恶雨,弄得你家不顺遂。"桂香也是气急了,唠唠叨叨说了一大通,炳龙听得两眼发直,张着嘴呆了。赵先生对桂香使着眼色,叹气道:"防民之口甚于防川,小人的嘴皇帝也防不住。你只当她是在放屁就是了。"

炳龙嗯嗯地答应着,出了药店他还回不过神来,思前想后,觉得那马真像个恶物。师傅死时他也曾这样想过的,但那是那么秀气的马啊,它温良、勤力,它懂得人的心。兰英死了它哭,家里不安生顾不上它,它也不吵不闹,从来都不曾添过乱,只晓得听话干活儿……是的,它也曾发过性的,可它发性也就是自己出去跑了一趟,最终倒还下了个骡子来……现在他的店里一片冷清，他孤零零的，只有那小骡子和他做伴，只有它还是个活物。

炳龙心里乱得像有一团麻。桂香还说了，有人说他是个滚刀肉，命硬得像烧过头的老砖，是个克命的灾星，烧饼店的主一个个都被克死了，他得了绝户家私。听到这里，炳龙流下了眼泪。他关上门，搂着骡子无声地哭起来。他哭兰英，哭师傅，哭红枣儿，更哭他自己。几年前，他还在乡下种田时，怎么也想不到，他还有这一段命。他躺在床上，模糊的视线里满眼都是灰色，灰色的墙壁、灰色的屋梁、灰色的一切。这里也曾充满女人的笑声、人喊马叫的热闹、天天点着钱做着梦的光景。他那么死命地学手艺，一道一关那么艰难，他却也不觉得苦。他曾发下雄心壮志要把这屋子翻盖了，要过得像个好人家，现在，全成了一场空……恍惚间他看见了那白马，无声无息地进来了。女人迎上去，摸着它的鬃毛。他看不清那女人是谁……"兰英！"他喊了一声，"红枣儿！"他猛地坐起，发现人和马都不见了，磨盘边空荡荡的。里屋很黑，店堂里却亮堂，似乎那白马消失了，还留着余光未散。炳龙站起来，在店堂里转了转，坐到了磨盘上。磨盘上洒落的白面落了灰，已经成了灰色。白马是这磨子的魂，马不在，磨子就死了。他觉得自己的心也死了。

可是他不甘心。师傅的画像立在家神柜上，望着他。他越发相信这马是他师傅的命换来的，师傅总是为他着想，马也决不会坏他的命！他突然想起了达广。他是个命硬的，逢凶化吉，水火不侵，他说了等他的信儿，可他到底什么时候来呢？

黑补丁也是个命硬的。你看她迎来送往，倒一直平安无事，只是为人太恶。友根现在大白天也来耍了。那伙计弹着棉花，拿声音作个幌子，挡着里屋的嬉笑声。炳龙断定红枣儿还是没有屈服。友根没个出火的对象，才来找黑补丁瞎弄。红枣儿一定还在等自己想办法。炳龙打定主意，要是能把红枣儿救出，他要和她正式成亲。他要和乡下的爹商议，他生的孩子就随师傅的姓，也堵住了那些烂嘴……他心里七上八下，东想西算，到了下午，他到街上买了许多酒菜，等着达广上门来。

整个白天他店门都没关死，虚掩着，却没有一个人上门。以前不是这样的。他晓得了，就算没有那些闲话，李瘌子的头也把人家全吓得躲起来了。这算是血光之灾，哪个不怕沾惹到自己身上？既然如此，他就是拿出全部的本事，把烧饼做得再好，把镇上人喉咙里的馋虫全引出来，人家也不会再来买他的饼。他想他的店是开不下去了。

他已决意离开白驹镇。真要走，却也撕心裂肺地舍不得。酒菜摆好，达广还没有来。炳龙挽了衣袖，去河边弄来了一桶稀泥，把通隔壁的门砌上。炳龙心想，这是师傅的产业，怎么也不能让友根并了去。当时破墙时砖头就堆在旁边，他干得很顺手，砌得很快。那门洞越来越小，只剩一排砖的大小了。炳龙拿着砖头，往红枣儿那边最后再看上一眼。无论红枣儿回不回来，那边的屋里，他是永远也不会再看见了。他怔了怔，然后飞快地把砖头堵了上去。

他洗了手，这时达广也来了。他一进门就看见了那已堵起来的门，也没有说什么，却告诉炳龙，那操刀的钢头花子死了，被人砍了头，身子飘在西边的芦苇荡里，头却找不到了。炳龙吓了一跳，奇道："头没找到，又怎么晓得就是他？"

达广笑道："怎么不晓得，你看见你也晓得。"他拎拎身上的衣裳继续道："他穿了李瘌子的毛线衣啊！那是夺命衣、丧魂衫，谁穿了就要掉脑袋！"

炳龙听得浑身毛孔发竖，道："这是阎王爷的号衣啊？"

达广嘻嘻笑道："你还别不信我的话，那几个小叫花子把人拖上来埋了，也没敢声张，那件衣裳谁也没敢再动！"他指指桌上的酒菜道："吃啊！"他捏起一块猪耳朵，塞到嘴里嘎嘣嘎嘣咬了起来。

炳龙拿来两双筷子，达广从怀里又摸出一瓶酒，给炳龙的酒盅斟满。炳龙看着桌上的酒肉，觉得气味血腥，光喝酒，不动筷子。他觉得这镇子里到处充满了血腥气。他放下酒盅，眼睛直愣愣地看着达广，等他说话。达广似乎不觉，肉吃得猛，酒喝得狠，一口就是一盅。"你老望我做什么？"过了半晌，他拿筷子指指对面黑补丁家道，"你晓得吧，友根也在那边喝呢。我们这是对台酒哩！"他哈哈大笑起来。炳龙胆怯地望望对面，指指嘴，叫他小点声。达广道："你怕个鸟啊，他比你还怕哩！你以为那花子被剁了头他就不怕吗？他这是在借酒压惊！"他挤挤眼睛又道："他马上就要上床去快活了，哪里还顾得上你！他快活一天是一天了。"

炳龙挑了一块素鸡肉吃着,感觉完全没有滋味。他着急地问:"你说要弄的,到底怎么弄,你别再卖关子了。"达广把头伸过来,朝炳龙勾勾手。两人互相咬着耳朵,如此如此,这般这般……炳龙一会儿皱眉,一会儿点头,最后端起酒盅和达广的一碰道:"就这么着!明天我们都在家睡个饱!"达广把喝剩的小半瓶酒塞到怀里,拔脚出了门。他望望天轻声道:"明日是个好日子,百无禁忌!"

西北风在旷野上呼啸奔突,野风从白驹镇的各个入口长驱直入,寒风像长了芒刺,一直吹到人的骨头缝里。天实在是冷了。街上的人都拢着手缩着脖子,脸上冻得麻木。好不容易熬到晚上,他们纷纷收摊子打烊,喝饱热粥钻被窝了。

炳龙依了达广的话,一天都在家养精神。他把家里值钱好带的东西都收拢了,师傅的画像也拿衣裳包了,一起放在包袱里。他把两个包袱结成个褡子,先在小骡子背上挂了挂。那小骡子从出生至今还从来没背过东西,乱蹦乱跳地直往远处躲。炳龙喝道:"别跳!玻璃打碎了我打你!"他随即又摸摸它的毛道:"不用你背,找到你妈妈后还是它来背,你不要慌啊。"他不时地给骡子添料,那骡子已吃得很饱,见他添个不歇气,奇怪地朝他望。

没病没患的人闷在家其实也是受罪。下午时分炳龙就已经料理停当。他心里七上八下的,实在是不着底。他在家里四处查点,看有没有什么落下了。突然他想起他的二胡，又想这东西不好带，带着太滑稽。从此以后，他也永远不会去拉它了。他苦笑着荡着弓，曲调未成，心中就已有了千般话语：

  月儿渐渐高，挂在柳树梢，小佳人坐绣房，心中好凄惶。

这是小调叫《月儿高》的，炳龙先前听人拉过，手一溜就从二胡流淌出来。

  思想我的郎，死得真冤枉，天上掉灾祸，落在郎身上。
  一心要报仇，脚下不能走，三岁小孩童，丢把哪一个……

炳龙拉得心里苦。想到马上要做的事，他的心突突直跳。达广说得利落，真要弄起来，谁晓得是个什么结局？说不定是个塌天的祸！他把二胡挂回墙上，满腹愁肠。

天渐渐黑了。月亮升起来，稳稳地贴在天上。街上寂静下来，只有满街的风在四处吹着刮哨子。几盏风灯挂在屋檐，叮叮当当，响得冷清。远处传来了达广的脚步声。他飞快地贴了门，脸上隐隐透出煞气道："把马鞍子给我，我要带去。你该出门了！

别忘了带上一条麻袋！"炳龙听了直瞪眼，以为他这时还有心说笑。马鞍给他是先前说过的，怎么又要麻袋？达广道："记住，麻袋你自己带！"说完大步走了开去，走出一丈开外他大声说道："炳龙啊，今天不陪你喝了，你量太小，和你喝不过瘾。我上东边去了——二更天喽……"声音送过来，人已是远去了。

过了半晌，他却又绕了回来，悄悄进门对炳龙道："你要不要把对面弄掉？"他拿嘴努了努黑补丁家那边道："大丈夫快意泯恩仇，你有胆就给她来一把火！"炳龙大惊失色，两手直摇道："别！别！我命都没有了，哪儿还有胆？罢了罢了！"达广摇着头笑笑走了。

天太冷，冻得人全身发硬。炳龙又等了片刻，侧耳听了听外面的动静，轻手轻脚地拿了包袱，牵了骡子，锁上门上了街。他一个人也不曾遇到。通镇都没有一个人看见炳龙出镇。出了镇西，他猛拍骡子一掌，骡子飞跑着进了镇北的土地庙。这是他提前来打过脚的地方，骡子就先拴在这里。按达广的安排，他先要在这里待上两个时辰，等那边酒喝到七八分再过去。土地公公和土地婆婆站在神龛里，黑黢黢的。他等了有一顿饭工夫，实在是焦躁难耐。他迟疑了一下，把包袱往墙脚一藏，再把骡子的缰绳拴牢，就出了庙门。他顶着寒风，沿着田埂，朝着炮楼飞跑而去。

月牙儿高挂天角，四周乱云飞渡。炮楼像个大玉米般竖在镇东头。探照灯亮着，但是纹丝不动，像是睁着睡着的眼。炮楼下

白　驹　　　　　　　　　　　　　　　　　　　　　439

的院子里灯火通明。里面的酒显然已是喝得很开了，酒气顺着风散开来，飘到河边。炳龙伏在河堤上，听到里面人声喧闹。达广在吆喝，友根在喊，赵镇长不时地敲着边鼓，里面乱糟糟地喊着："你喝！""好，喝就喝！""不许耍鬼！"炳龙心想友根他们大概是怕了好几天，一直没什么好吃喝，嘴里早淡出了鸟，今日正好大吃一顿。达广早已筹划好，是有备而来，不把他们放倒决不会歇手。炳龙晓得自己是猴急了，来得太早，只得沿着河堤找了个洼子，蹲了下来。

达广怕自己面子不够，把赵镇长也喊上了。他们中午就来约好，说要来犒劳国军，顺便代炳龙赔个罪。友根原本满心狐疑，但顶不住达广说得好听，他说："炳龙这鸟人是麻雀占了喜鹊窠，自己心里也抖呵。本来他是死屌不软，还想硬一硬的，那李瘸子的头往他家一落，他便吓得尿了裤子！"赵镇长在边上道："是真的尿了裤子，棉裤潮了没的换，只得钻被子。"达广又说："他晓得你们的枪不吃素，特求我们出头来圆场。只要保住他的项上狗头，他情愿不打红枣儿的心思。马鞍子也托我带来了，马他也不要了。今天的酒席全是他做东，他自己也不敢来，我倒讨巧有一顿好吃喝。"赵镇长道："这小子是个吝啬鬼，一泡尿都要撒到自己地里的东西，这次是临死挺响屁，我们不吃白不吃！"他这话说得粗，倒也合了友根的胃口。他哈哈大笑，手一挥道："那就吃！我二十几个兄弟个个好下水，灌饱了我就不同他怄气！"又皱着眉头盯着达广道："这事就着落在你身上了？

我老婆回去，他要是胆敢再勾一下眼，休怪我刀下无情！"达广嘿嘿笑道："他连你的照面都不敢打了，哪里还敢勾眼？"赵镇长拍着胸口道："不要说你，就是我出面，朝他瞪瞪眼，他也能被吓出苦胆！"

友根被撸得毛顺了，下午就交代手下抬桌子摆长凳，拉几盏大灯，等着酒肉上门。达广一下午忙得不轻，高粱烧、牛羊肉，还宰了一头猪。红枣儿的事是友根心里的一块病，她一直不从，像是乌龟吃了秤砣铁了心，他夜里动粗，红枣儿死命反抗，弄得他下身还带了伤，只不过别人不晓得。他是一方长官，实在丢不起这个人。他走路发叉，却还要挺直腰板，其实正没处下台。现在炳龙服了软，酒杯一端他这脸就算是争足了。这顿酒他喝得实在是爽！更爽的是红枣儿也给了他好脸。她原本住在院子里的小房，友根装硬气，轻易不进门，其实是怕她寻死觅活闹出笑话。今天她自己开门出来了，脸上还化了妆，慢慢地来端端菜。当兵的见了这局面，都酒喝得疯了。他们原本在心里暗笑友根当了乌龟，现在这乌龟长了脸，消了气，他们也趁机泼开来耍。酒过三巡他们摸出纸牌来，开了赌。灯光明晃晃的，他们脸上红堂堂的，他们揎臂攘袖，手不停，嘴不闲，摸牌出牌都有一套现成的唱词，你一句我一句，都扯开了嗓子唱：

一大张，二大张，三打祝家庄，四老爷打面缸，五台山上舞禅杖，杨六郎告御状，七夕会牛郎，八府幽州闯，闹的是酒（九）浆，十张就成双！……

那最后拿牌的有心凑趣，嬉皮笑脸地叫道：连长，你成对成双，我们也喝一大缸！友根哈哈大笑。

友根到底也是个带兵的，开始也还有些警心。炮楼上他留了个人瞭望，院门口还有两个站岗的，二十几杆枪全排在院墙边，一有情况就能操家伙。但他是个酒虫子，几杯下肚也就懈了，喝得口滑，竟和达广喝起了擂台酒。各自一瓶下去看不出酒量，他只是喝得快活。他手下的兵发了赌性，麻将也拿出来了。友根笑道："这些鸟人，玩意儿都随身带哩，平时倒看不出。"笑着又喝酒，自己都觉得是爱兵如子了。那些兵难得如此放肆一回，边喝边赌，摸、碰、胡，闹成了一堆。红枣儿自己稍吃了点，随后就去喂马。那"大姑娘"就被拴在她住的小房子外面，这几天她除了跟马说话，谁也不理。虽然她也是顿顿喂的，那马还是瘦了。友根看她只和马好，曾恶狠狠地说要把马杀了吃掉。她想现在他吃得像头蠢猪，她的马怕是也安全了吧。她预感到今天这顿酒来得蹊跷，但最后怎么了局，她心里也没有底。她脸上板板的，老拿眼偷偷地朝达广望。可达广只顾喝酒，眼里没她这个人。她心里喃喃骂道：炳龙！你这个软腰的冤家，你真是连面也不敢露吗？

炳龙其实正冻得苦。西北风吼吼的，沿河堤旋起来，如乱针在扎人。幸亏他还带了个麻袋，当件衣裳裹在身上，也能挡挡风。

炳龙缩在洼子里，心里也疑惑，难道这达广真像说书里说的"山人自有神算"？连挡风的麻袋都已预先想好？可要挡风又何必用麻袋？达广并不晓得自己会提前跑过来，蹲在河边吃风啊……正胡思乱想着，院子里的马"咴咴"叫了起来。炳龙忽地站起，他伸着脖子，看不见马，却看到那马巨大的影子正映在炮楼上。马扬起脖子又叫了一声，叫得炳龙热血翻涌。马晃晃脑袋走开了，炮楼上却又映出了红枣儿的影子，炳龙看到那两根大辫子，便断定不会再是别的人。院子里打牌的人一阵哄闹，吵开了锅，红枣儿被一群人的影子淹没了，炳龙望着那炮楼，心里翻江倒海，竟看得痴了。

他直愣愣地望着炮楼，身上不觉得冷。按达广的谋划，他要把友根他们全部灌倒。看这阵势，这群兵大爷也全是海量，一时半会儿还醉不倒。炳龙这时倒担心酒不够，恨不得身后的河水全化成了酒，拎过去往他们嘴里猛灌，又怕达广比人家还不济事，人家没歪他倒是先倒了……炳龙急得身上发紧，喉咙发干，却也帮不上忙。院子里的兵赌得正酣，听声音友根和达广也上了阵。麻将乒乒乓乓地拍得山响，碰！吃！胡啦！洗过牌后又是一圈。他们手不闲嘴不歇，每个出牌的都有一句唱词。炳龙晓得急不得，便坐了下来。他不听也得听，乱七八糟的声音顺风刮来，东一榔头西一棒：

万杞良把长城造！

武都头回家探兄嫂！

七擒孟获班师回朝！

白娘娘盗仙草！

南极仙翁道行高！

西门庆狮子楼吃刀……

炳龙也是个会打麻将的。他听得出他们打的牌是一万、五万、七万、白板、南风、西风，彼此之间斗得红了眼。他蹲不住了，这时他的耳朵一点也找不到马和红枣儿的声息。他生怕节外生枝，不得好收场，便悄悄上了河岸，猫一样跑过去，贴到了围墙脚下。

他终于听到有人呕吐了，那人嗷嗷地呕得苦，一群人在边上哈哈大笑。达广笑骂道："你这鸟人不中用！还是个拿枪的哩！这才下去多少？再来！再来！"只听那人扑通一声，大概是倒了。友根大叫道："拿酒来！怎么见得拿枪的就不如你这个拿锣棒的？我们两个还要分个高下！"

有一个人喝倒，倒激得当兵的起了兴，牌也不打了，只是吃肉灌酒。只听得达广叫道："我这一坛酒是五年的陈酿，还没闹鬼子那会儿我就埋在窑洞里。我那窑洞虽破，却是个暖窝，五年等于十年！哪个吃不消就缩手，不要丢脸！"友根道："你少废话，满上！大家全满上！"达广喊道："你们长官说了，全满上！"只听得咚咚咚的楼梯响声，想来是达广上了楼。他站在炮楼上说:"兄弟,你也来一碗挡挡寒气。"又冲下面喊:"站岗的兄弟,你们自己动手啊。我这酒里难不成还有蒙汗药?怕个鸟啊!"

月牙儿慢慢转到了天中央。炳龙冻得尿多,憋不住,又怕里面听到动静,便对准围墙悄悄地撒。里面又闹了一阵,慢慢地动静却小了。赵镇长奇道:"这酒力道好大,直往头上奔!"炳龙撒完了尿正轻松,还没在意,只听得里面的友根支支吾吾地道:"好酒,好酒啊!劲头是不小。"达广笑道:"好酒要有曲儿助兴,我唱一个吊吊味儿!"他扯着嗓子唱道:

  一更鼓儿响呀,亮月子正东方,大姑娘窗下盼啊盼情郎……

他这时候唱出"叹五更",炳龙只觉得奇怪。他怪腔怪调的,那"大姑娘"三个字唱得特别的响,像在咬脆萝卜。炳龙皱眉,不懂他的用心,院子里的马却叫了起来。那马以为是喊它哩。达广又唱道:

  二更鼓儿忙,亮月子照海棠,爬灰的公公走进媳妇房。手忙脚忙没命的忙!

里面的人全哄笑起来。友根笑着呛道:"你也是个骚家伙哩！"达广继续唱道：

三更鼓儿闹呀，亮月子照红枣！有个男人胆子小，红枣儿怎不恼……

友根这时已起了疑心。他卷着舌头道："你唱的是什么鸟！你——"说着便扑通一声跌了下去！友根挣扎道："好……你个达广——"达广拍手大笑道："倒耶！倒耶！"院子里的人应着声扑通扑通倒成了一片。炳龙看见那炮楼上映着的影子一下子全没了，只剩下达广的身影兀自站立。猛见他一猫腰，窜到了院子门口，只听啪啪两声闷响，站岗的哼了几声，就没声息了。铁门吱呀一声打开了，达广拎着锣棒站在门口喊道："我唱得口都干了！你还不出来！"

"来了，来了！"炳龙贴着院墙闪了出来。灯光下，达广的锣棒正往下滴着血。炳龙大惊道："你打死人了？！"达广冷冷道："死不了！"炳龙朝他身后一看，眼见院子里的人倒了一地，他颤声问道："你下了砒霜？"达广笑道："我不要他们的命，嘿嘿，谁叫他们喝不倒，我只好再下蒙汗药！"他把锣棒朝院门口地上的人一指道："我手上寸着劲哩，这两个也死不了——红枣儿，你出来啊！"

红枣儿见了这阵势早就吓得腿软。她把马拢到小房子里，躲在里面直发抖。她还没出来，那马先拖了缰绳跑出来了。它到底是上过战阵的,眼见满地倒的都是人,却丝毫不惧。它奔了炳龙窜上去,两条前蹄纵一纵,像要往他身上扒。炳龙心里一热,却闪开身去,顾不得和它亲热。他冲进房子里,一头抱住了红枣儿。两个人都哭了。

马在他们身边转悠,头往他们背上拱。房子太小了,两人一马挤得满当当的。达广趁空去院子里转转。他如走梅花桩般让着地上的人,走到赵镇长那边,拖他起来摇摇道:"不曾先跟你打招呼,对不住了。你要是不倒,你也要招祸,我是为你好哩!"赵镇长嘴里发出呜呜两声,又扑通倒下去了。达广望望小房子那边,喊炳龙把麻袋拿来。他两手一张,哗哗把麻袋撕成几片,往炳龙手里一塞道:"快,把马蹄包上!手脚要快!"

炳龙一进院子腿就开始发飘,活像在做梦。这话把他吓醒了。是啊,要快,快点走,不能声张!红枣儿找来绳子,两个人手忙脚乱地包着马蹄。达广朝四下打量一圈,突然快步走到院门口,从地上躺着的人身上撕下一块布,沾了血,跑回炮楼下站好,拉开架势,自己先笑了起来。炳龙正诧异着,只见他在墙上写下一行字来:

抢马者,打更达广也!

他哈哈一笑,扔下布团道:"走!"

三人一马蹑手蹑脚地出了院子。临走时达广又把电灯关掉，说让他们好好睡个饱觉。他在前面带路，红枣儿跟着，炳龙牵着马走在最后。他们往北出镇，再往西走。月光忽明忽暗，身后的白驹镇像一带黑色的山丘。炮楼死气沉沉地竖着，探照灯无精打采，像瞌睡的眼睛。按照他们的计划，他们这一离镇，是再也不能回去了。达广慢了脚步，不知从哪里摸出了打更的家伙来，使足了劲对着镇子喊道："三更天喽！月明星稀，平安无事喽！嘟嘟嘟……咣咣咣！"他嘻嘻一笑，手一扬，把梆子扔到了田里。红枣儿道："锣你别扔啊！"达广笑道："那是当然，这是熟铜制的，还能换酒喝哩。"他说着，加快了步子。

他们在镇北的土地庙里取了东西，稍歇了个脚。小骡子见了马，立即奔了过来。一马一骡互相蹭着颈项，你呼我答地轻声叫唤。红枣儿悄悄抓住炳龙的手，轻声抽泣起来。炳龙心里有句话一直想说，这时他问达广道："我们两个回我老家，你到哪里存身呢？"红枣儿道："祸是我们惹的，你当然得跟我们一起走。我们在哪里安身哪里就多你一双筷子！"达广道："我早就想定了，不想好我怎么敢动手？"他咬咬牙道："我吉星高照，本事不差，哪里没有我的阳关道？"正说着，他忽然站起身，一望外面道："不好！快动身！"

炳龙出去一看，见远处的炮楼灯又全亮了，有人影子在晃动，隐约传来了人声。达广凛然道："快！往西走！"

炮楼的探照灯活过来了，东摇西晃地开始乱扫。见那光照了过来，他们立即躲到了一个干涸的水塘里，但还是迟了。马很机灵，会躲，小骡子就很懵懂了，见了光还在田埂上撒欢。探照灯光第一遍一扫就过去了，再扫过来时就定住不动了。眨眼间镇东头就鼓噪起来了。

他们立即赶着骡马往西飞奔。红枣儿到底是个女人，走不快，小骡子也慌了神，直往田里窜。眼见一片火把追过来了。"这样下去不是个事儿！"达广急道，"他们还不晓得我们到底是哪几个，我们分开跑，我去引开他们！"

正说着，东边枪声响了。红枣儿带着哭音道："不成啊！你哪儿能跑得过枪子儿！"达广厉声道："别废话！我骑马跑！"随后对炳龙道："我们患难一场，这马我要骑走了。你不要舍不得。"炳龙咬咬牙直点头。达广飞身上马，回头道："你们下了前面的沟后，一直往西。"话音刚落，啪地在马身上拍了一掌，喊一声："——马哎一开！"便飞驰而去。那马四蹄翻飞，卷起一阵泥雾。

炳龙死死地搂住小骡子。那骡子蹦着跳着，炳龙一个趔趄摔倒在地上。小骡子"咴咴"叫着朝黑暗中奔去。红枣儿喊着："回来！你回来啊！"说着也跟过去了。炳龙刚站起身，见达广身下的马在麦田里兜了个大圈，又跑了回来。达广嘴里"驾！驾！"地喊着，使劲地拽着马缰绳，马头都被拽得歪了，但还是直朝骡子跑过来。这也是一对母子哩，刚一重逢，又要分别！小骡子其实早断了奶了，这时却把头钻到马肚子底下，哈哧哈哧地拱着奶子。那马站立着,端凝不动,达广在上面急得直擂马。红枣儿一把搂住小骡子。达广喊道:"炳龙,你挡住它,挡住它的眼!"这时枪声更近了,子弹嗖嗖地飞过头去。炳龙推开骡子,敞了衣裳遮在骡子前面,使劲顶着它。达广大喝一声,在马屁股上狠狠就是一拳,马"咳"的一声长嘶,窜了出去!

炳龙几乎是把小骡子抱着一起躲到了沟底。这是农民引水浇地的沟,久不下雨,早已干了。红枣儿流着泪不断抹着骡子的毛,喃喃地说着话。炳龙看见那探照灯立即就照定了达广,有牛市场那么大的光圈追踪着白马。达广扬着右臂用缰绳抽着马屁股,身子纵送着,奔驰如飞,端的是人如虎,马如龙。炮楼里追出来的人完全被吸引了过去,打着火把散开来,有的追,有的拦。田野宽阔,那马正好驰骋,遇到沟坎,它腾身而起,轻轻跃过,简直像传说中的飞马。啪!啪!那些兵见追不上他,蹲在田里开始打枪。红枣儿发出"哎呀"一声,喊道:"不好,他掉下去了!"果然那马上不见了人。炳龙张着嘴呆了。但转瞬间达广又从马的侧面闪了上去。达广打着马直向西北奔去,炳龙立即想到前面有一条河,河上只有一座桥,容不下马这样的快跑。果然那马眼瞧着就慢了,停在河边,顿蹄徘徊。炳龙五内如焚。他心中热浪翻涌,嗓子哽了,什么也说不出。他早就看出达广是条好汉,现在才看出他胜似兄弟。今天这兄弟就要为他送命了!他不顾红枣儿在身后呼喊,爬上了沟。这时,友根的手下已瞧出便宜,火把撒成渔网沿河边抄了过去。炳龙往前猛跑几步,他晓得他要是跑过去今天送命的就是一双。正有些迟疑时,他望见达广已经下了马,牵着马小心翼翼地过桥。友根狂笑着喊道:"别开枪,抓活的!我要掏出他的牛黄狗宝!"眼见着追兵离桥口近了。红枣儿急得在沟里号啕大哭。

正在这时,河对面的韩家窑方向突然传出了枪声!那枪声乍一响起,就如连珠串似的响成了一片。旷野上所有的人都呆了。一群人影蹦纵窜跳着从庄子里冲出,喊杀声在夜风中震响。达广趁机过了桥,跨上马继续向北边飞奔。从韩家窑出来的人大概也摸不准那马的来路,立即分出一拨人去包抄。河两边的兵互相对射,各从南北边朝着马直追。友根他们手里的火把这时已成了活靶子,立即全扔了,天地间顿时只被月光笼罩。红枣儿在哆嗦,小骡子也在哆嗦。沟边的衰草呜呜尖啸。炳龙的视野中,那旷野上的场面十分怪异,两边的兵都在追着那匹马,却又彼此缠斗,开着枪阻击对方,挡对方的路。他们拼命绞杀,那白马倒得了间隙。达广怕是晓得终究走不脱,或者是存心卖弄,那马竟在田野上跑出了曲线,弯弯绕绕有如粉蝶穿花,一时间谁也捉它不住……炳龙茫然站立,像坠进了一个梦里。许多年以后,他还时常梦见这个奇异的月夜。残月高挂,煞风如刀,白露成霜,杀声连天,苍茫的大地上只一匹白马在飞驰,翩若惊鸿,宛若游龙,如白练般在光影中飘忽闪动。两边的队伍都在追赶,似乎一直要追到天边……

突然间他的梦醒了。只听见"哒哒哒"一串机枪点射声,炮楼上一直追踪着白马的探照灯灭了！田野立即坠入黑暗，两边的队伍都失去了追击的目标，枪声也停了。只听得友根喊道："不能让他们抄我们后路！狠狠地打！"河两边的枪声应声而起，双方都抢了地形，隔着河对射。流星似的子弹拖着火星在河面上穿梭。炳龙再要找那匹马时，却只望见东边遥远处有白光一闪，转眼就不见了。

星罗棋布的田野上枪声震天。一轮弯月洒下碎银似的月光。

达广和那匹白马如泥牛入海，从此以后不见踪影。炳龙去竹泓、大顾一带寻过，东问西访也没得到个准信儿。有人说达广带着马到大丰那边入伙了，当了盐侉子，炳龙也托人去访过，却也没有了下文。倒是听说那天夜里友根屁股上被枪子穿了个洞，在黑补丁家养了两个月才好，腿却是残了。他索性和黑补丁并为了一家，连烧饼店也占了。炳龙心里气苦，却也无可奈何。他和红枣儿在安丰庄上，日出而作，日落而息，万事不出头，渐渐地日子倒也过出了滋味。红枣儿很快就开了怀，生了个女儿。女儿还是随他家的姓，他要等到生了儿子再跟师傅姓，也算了却自己的一桩心愿。那骡子十分顶用，驮重舂米样样能做，等开了春，他就准备让它帮着耕田了⋯⋯可他怎么也忘不了那匹马，那个曾经和他相依为命的"大姑娘"，他时常想起它，就像他不敢再去白驹镇，却无法忘记在白驹镇的日子。他只能劝自己，那本就不是自己该养的马。俗话说得好："敲锣卖糖，各归各行。"他一个小小百姓,本就不是养战马的命。说书的有一句套话:"神龙见首不见尾。"那马就这么跑到天边,跑到他眼界外面,不似了局,也是了局……这么想着,他渐渐也就不再去想那匹马了。

乡下的日子一天一天过得很慢,回想起来却也快。一晃又过去两三年,骡子已经会耕田了。它一身灰色的亮毛,蹄子足有二号碗口大,虽没有白马漂亮剽悍,却也十分健壮;它远不如白马精灵,却很憨实;它的嘴也特别泼,青草、干草、麸子、小麦,有什么吃什么,从不挑嘴。炳龙养它可是省了心了。那"大姑娘"在时他们很精心地伺候着,把它当个姑娘伺候,现在养的是个泼皮嘎小子,跟养头猪、喂只羊差不了多少。比起白马,骡子更像个居家过日子的牲畜,红枣儿似乎倒更喜欢它。

这几年,方圆几十里的地面上还是你来我往地打个不歇,但安丰庄总还算安静。眼见着新四军势力大了,大庄小村都有他们的身影。到后来,一队一队的兵从庄上经过,呼啦啦向南席卷而去。炳龙他们也渐渐忙了,纳鞋底送公粮,时常还要去出个工。有一天,一门小钢炮陷在田里,不晓得是哪个想起了炳龙的骡子,炳龙把骡子弄来一拉,只见那骡子轻轻巧巧,腰一拱就拉上来了。这一下炳龙的骡子养不住了。那个和炳龙打过交道的白牙齿兵找到炳龙,说要借他的骡子使使。他是个有文化的,说了不少道理,炳龙听得直点头。其实他就是不说道理,炳龙也肯了。只是红枣儿苦着脸,摔锅打盆的一句话也不搭。炳龙装作看不见。没想到那骡子却不听话。以前那"大姑娘"被人牵了不肯去,炳龙在它屁股上推推也就依了,这骡子却发了驴脾气。先是炳龙好好地牵它,它赖着不动,四条蹄子就像四根桩子。后来几个人围上去,那包围圈越缩越小,眼见着就合拢了,骡子却嗖地一窜,窜到了人圈外面。它扯着嗓子叫着,那声音似驴非马,那气势又像待宰的猪。它庄里庄外四处乱跑,滑溜得像条鲇鱼,几个人根本逮不住它。无数的细伢子也跟在后面喊,整个庄子鸡飞狗跳。它跳着叫着跑到了庄子外的小河边,稍一迟疑,有个脚快的已经赶到,一头扑了上去。不想它站定了脚,回头就是一顶,那人被顶了个四脚朝天!说时迟那时快,它一纵身子就下了水,惊得渔船上的鱼鹰嘎嘎叫着四散乱飞。最后还是那白牙齿兵有办法,他飞快地从渔船上扯了个渔网,在手里悠着荡着,趁骡子刚上岸立足未稳,嗖地撒了过去!骡子蒙头转向,又跑了几步,脚下一绊,一头栽倒了。

炳龙望着骡子慢慢服帖了,最终被牵走了。白牙齿兵意犹未尽,喘着粗气对炳龙说:"这叫以逸待劳,出其不意攻其不备,这才是天罗地网啊。"炳龙嘿嘿赔着笑,等他们一走,却哈哈狂笑起来。

现在他连猪也不养了,只养了一群鸡,"叭叭叭"嘴里一唤,公鸡母鸡全围上来讨吃,一副儿孙满堂的样子。红枣儿抱着女儿看着他直笑。炳龙已经几年不去白驹镇赶集了,听说友根他们早就跑了,就去添置些农具。他没有进镇,在牛市场就把东西置齐了，顺便还买了些菜籽。菜籽是用报纸包的。他回了安丰，第二天傍晚他下田撒种。解开纸包时，他却呆了。

这是解放军占领南京的照片。一队战士正进入下关。队伍里间隔地走着一些骡马，都驮着枪炮，看上去全都差不多。炳龙却是看痴了。那些骡马都是些背影，照片也不清楚，也有白的，也有灰的。炳龙哆嗦着，手里的种子撒落在地上。

太阳落山了。天地间的一切都影影绰绰。炳龙醒过神来，细细匀匀，把种子撒向地里。他久已不拉二胡，那二胡还挂在烧饼店的墙上，怕是早已暗结蛛网，说不定蛇皮都被虫子蛀了。这时候，那些词却如流水一样淌了过来：

几行衰草迷山郭，一片残阳下酒楼。栖鸦点上萧萧柳，撮几句盲辞瞎话，交还他铁板歌喉。金粉南朝总废尘，李唐赵宋慌忙尽，最可叹龙盘虎踞，尽销磨燕子春灯。三国争雄曹家江山，孔明也不算个雄汉，早知道茅庐高卧，省多少六出祁山……

他轻轻哼唱着，唱完时种子也撒完了。

2005 年